Pôlefiction

Vincent Mondiot

Les derniers des branleurs

GALLIMARD JEUNESSE

Cette histoire a été écrite avant la pandémie de COVID-19 et toutes les conséquences qu'elle a eues. De fait, l'année 2020 décrite dans ce roman ne correspond pas à celle que nous avons vécue. L'auteur et ses éditeurs ont cependant décidé de ne pas modifier le présent livre. *Les Derniers des branleurs* sont donc, involontairement, ce qui aurait pu être, voire ce qui aurait dû être, plutôt que ce qui a été.

Un peu comme n'importe quel roman de fiction, finalement.

À Aurélien, Josian, Yann,
et à tous les autres élèves
de la terminale ES du lycée Jean-Vilar,
Plaisir, 78370,
année 2001-2002.

FÉVRIER

"La race humaine me dégoûte,
J'allume gros pilon au chalumeau,
Nique ta fondation de merde,
J'préfère sauver les animaux."

Booba, *92i Veyron*.

C'est quoi, déjà, ce coup-ci ?

Dans les rues autour de la gare Saint-Lazare, des CRS casqués courent derrière des manifestants avec des foulards devant le visage. Sur le parvis, une grenade lacrymogène explose. Deux manifestants tombent sur le bitume noir et humide. Une dizaine de CRS se mettent à leur taper dessus. Une arcade sourcilière s'ouvre dans un bref hurlement et une impressionnante gerbe de sang. D'autres manifestants se rapprochent et lancent des projectiles sur les forces de l'ordre. Celles-ci répliquent par une nouvelle grenade lacrymogène. Un peu plus loin, abandonnée près d'une poubelle verte destinée aux détritus recyclables, une banderole dit : "CHOISIR ENTRE LA TERRE ET LE CIMETIÈRE, C'EST MAINTENANT !"

Ouais, c'est ça, effectivement, ce soir : un rassemblement contre le réchauffement climatique*. Minh Tuan trouve bizarre de défendre une telle cause en hiver.

Réchauffement climatique : aboutira potentiellement, d'ici la fin du XXIe siècle, à la quasi-extinction de notre espèce. En 2020, une partie non négligeable de la population commence à en prendre conscience, mais une partie encore moins négligeable continue à s'en moquer. Minh Tuan, Chloé et Gaspard appartiennent aux deux groupes à la fois.

Assise face à lui à l'étage du Burger King situé à l'intérieur de la gare, Chloé colle son téléphone à la vitre, essayant de filmer les affrontements comme elle peut. Gaspard, lui, casse des ampoules de Phénergan* dans son gobelet de Sprite.

– T'arrives à filmer, avec la nuit ? interroge Minh Tuan.

– Ouais, répond Chloé en jouant avec les réglages de son téléphone. En zoomant bien, je peux même, genre, avoir les détails des blessures et tout !

– Tu vas le foutre sur Insta ? demande Gaspard en mélangeant sa boisson codéinée avec sa paille.

– Peut-être en story, oui...

– Fous-leur un filtre pour qu'ils aient tous des oreilles de chien ou un truc comme ça !

Les trois lycéens éclatent de rire, tandis que Chloé met en ligne sa vidéo.

#ViolencesPolicières

#AttentionChiensMéchants

#LaBonneAmbi

Gaspard termine la confection de son breuvage, tandis que Minh Tuan ouvre le sac en papier posé au centre de la table. Il trouve son menu parmi la dizaine de hamburgers achetés par Gaspard. C'est toujours son rituel, à ce crétin, qu'ils aillent au Burger King, au McDo ou n'importe où ailleurs : il achète le truc le

---

Phénergan : sirop codéiné contre l'urticaire. Uniquement disponible sur ordonnance ou à la sauvette dans certains quartiers de Paris. C'est ce canal qui a les faveurs de Gaspard.

moins cher, en une quantité stupide qu'il ne finit jamais. De son sac à dos, il sort des tranches de fromage industriel à un euro quatre-vingt-neuf le paquet et commence à consciencieusement transformer ses hamburgers en cheeseburgers.

– C'est pathétique. Genre, méga pathétique, commente Chloé avec un froncement de narines.

– C'est une astuce pour combattre le système, répond doctement Gaspard en suçotant la paille de son gobelet.

– Ah ouais, non mais de ouf, se moque Minh Tuan en roulant des yeux. C'est clair qu'en faisant ça, tu niques grave les Illuminati* vendeurs de fromage.

– Exactement, confirme Gaspard sans saisir l'ironie. Un geste après l'autre, j'échappe à leur contrôle.

– File-moi la lean*, pauvre connard, soupire Chloé en lui volant sa boisson.

Minh Tuan sourit, adossé à la vitre du fast-food. De l'autre côté de celle-ci, les CRS continuent à casser les gueules des manifestants. Voilà ce qu'on gagne, à vouloir sauver cette planète de merde… Entre les tables, un SDF promène sa mauvaise odeur et sa main tendue de client en client, pour la troisième fois depuis que Minh Tuan et les autres sont là. Pour la

---

Illuminati : prétendue société secrète qui regrouperait industriels, politiques et artistes autour du projet de dominer le monde.

Lean : boisson narcotique mélangeant soda et médicament codéiné. Ses effets sont relaxants et anesthésiants. Le nombre de décès liés à son usage est incertain.

troisième fois également, l'adolescent sort une pièce d'un euro de la poche de sa veste et la pose sur le coin de la table, la désignant d'un mouvement du menton lorsque l'homme vient chercher son tribut. Tout en reprenant sa lean, Gaspard le regarde s'éloigner avant de se tourner vers Chloé et Minh Tuan.

– Vous pourriez être clochards pendant un an, si après on vous filait un salaire de deux mille euros tous les mois pendant le reste de votre vie ?

– Qui c'est qui le filerait ? demande Chloé.

– Je sais pas. L'État.

– Ce serait grave chelou, non, que l'État organise des trucs comme ça ?

– C'est juste une hypothèse. Pour savoir.

– Une hypothèse de merde, wesh !

– Franchement je sais pas si je le ferais, coupe Minh Tuan. Deux mille euros, c'est pas *si* ouf comme salaire.

– Ouais, mais c'est toute ta vie, alors que t'as juste à être clochard un an !

– Un an c'est long, quand t'es à la rue.

– Genre, t'en sais quelque chose ! ironise Chloé. Tes parents sont méga blindés, t'as aucune idée de ce que c'est qu'être à la rue ! File la lean, Gaspard.

– Parce que toi, si ?! Chloé Vaguaire, experte internationale de la misère et de la survie en terrain hostile !

– Je connais toujours ça mieux que toi !

– N'importe quoi ! T'habites un pavillon et ta mère est une putain de dentiste !

– Ton père est diplomate, tocard !

– Le mien est responsable du rayon jardin à Auchan, intervient Gaspard d'une voix pensive. Je suis le plus proche d'être SDF.

– Et donc, tu le ferais, alors, toi, ton pari de merde ? demande Chloé. Tu serais clochard pendant un an ?

– Je crois, oui… Toi ?

– Non, répond la jeune femme d'une voix traînante, alourdie par la codéine. La rue ça craint, pour une meuf. Je me ferais grave violer dans tous les sens et tout.

– Tu pourrais te prostituer, propose Gaspard.

– Parce que, genre, les putes se font pas violer, peut-être ?!

– Si, mais t'aurais un mac pour te protéger.

– Ça se trouve, je gagnerais plus de deux mille euros par mois, si je me prostituais.

Minh Tuan se détourne de la conversation pour regarder une nouvelle fois par-dessus son épaule, vers le parvis de la gare. Même si les cris continuent, ils se sont éloignés. Il ne reste plus devant Saint-Lazare que quelques petits groupes de CRS et une grosse flaque brillante. Elle semble rouge. Elle est rouge. Probablement du sang. Certainement du sang. Par le truchement du reflet dans la vitre, Minh Tuan aperçoit le SDF, de retour pour un quatrième euro.

– Venez, on se casse, propose-t-il en soupirant. J'en ai marre d'être ici.

– On passe acheter un 'sky dans une épicerie, avant ? demande Gaspard. On est samedi. Faut boire. On n'a pas bu.

– On est en train de boire de la lean, genre,

là maintenant tout de suite, espèce de mongol ! s'agace Chloé.

– Je veux dire boire *de l'alcool.* Suis, un peu, sinon ça sert à rien que je parle.

– Ouais bah ça, je confirme ! Connard.

Gaspard grommelle, puis se lève en fourrant dans ses poches les hamburgers-devenus-cheeseburgers qu'il lui reste. Chloé se lève aussi, renfile son blouson en cuir noir, saute sur place deux fois pour bien remettre le vêtement en place. Minh Tuan quitte en dernier les banquettes et rejoint ses amis en direction des escaliers.

Ils doivent marcher presque une demi-heure, en s'éloignant des manifestations, pour trouver une épicerie ouverte. Ils y achètent une bouteille de Jack Daniel's et trois grandes Leffe*. Leurs manteaux fermés, leurs cigarettes allumées, ils errent dans Paris jusqu'au dernier train, dans lequel ils montent finalement pour retourner à leur ville de banlieue.

Encore un samedi soir bien utilisé.

Le lendemain matin, Gaspard envoie un message sur leur conversation groupée pour dire : "C'était bien, hier ! Vous faites quoi cet aprèm ?"

Chloé répond en annonçant fièrement que sa vidéo de la manifestation a dépassé les trois cents vues.

Minh Tuan coupe son téléphone et se rendort jusqu'à seize heures.

Grandes bières : en avoir une à la main est une marque de reconnaissance entre âmes perdues. N'est étrangement pas vrai des bières de taille normale.

Lorsqu'il se réveille, il estime qu'il est trop tard pour faire ses devoirs. Il nourrit Rose*, son chat, allume son ordinateur, lance une playlist YouTube et démarre une partie de *Fortnite**. Il perd au bout de quatre minutes vingt-huit. Il va se recoucher. Ses parents sont absents pour encore au moins une semaine, et la maison est empuantie d'odeurs de pizzas et de joints. Il rallume son téléphone et demande à Chloé et Gaspard s'ils veulent passer. Ils le veulent effectivement. Il commande des sushis grâce à la carte bleue laissée par sa mère, puis attend dans son lit que sa nourriture et ses amis arrivent. Sa main gauche pend dans le vide, caressant autant Rose que les jaquettes des dizaines de mangas empilés près de lui.

Minh Tuan réalise que, la nuit dernière, on est passé de février à mars. Plus que quatre mois avant la fin du lycée. Il ne sait pas quoi faire de cette information.

On sonne au rez-de-chaussée. Ce sont les sushis qui arrivent en premier.

Rose : âgée de sept ans. Appelée ainsi en hommage au personnage de *Street Fighter* que Minh Tuan préfère dans les versions *IV* et *Alpha* du jeu. Malgré le sexe de l'animal, Minh Tuan parle toujours de "son chat", et jamais de "sa chatte", pour des raisons évidentes.

***Fortnite* :** jeu vidéo en ligne qui connaît un succès gigantesque chez les adolescents, notamment grâce à sa gratuité. Celle-ci est à relativiser par le fait que beaucoup de joueurs y dépensent des sommes considérables en costumes alternatifs et autres petits chapeaux pour leurs personnages. Minh Tuan y a lui-même gâché cent quatre-vingt-douze euros.

MARS

"J'allume une clope au taser,
J'bois pas d'sirop pour la toux.
Ils ont l'air mort,
Pourtant j'ai pris leur pouls.
[...]
Hiver sans neige,
Sommeil sans rêve,
J'suis pas ton psy, pas d'bon conseil,
Cigarette sur cigarette,
Qu'est-ce qu'on s'emmerde,
Qu'est-ce qu'on s'emmerde,
Qu'est-ce qu'on s'emmerde,
Qu'est-ce qu'on s'emmerde."

Columbine, *Rémi*.

1.

M. Truculent*, fils de pute notoire, sort de sa voiture, en claque la portière, manque de faire tomber la pile de dossiers qu'il tient sous son bras, la remet en place, grogne, fait tomber ses clés, se penche pour les ramasser, puis fait enfin tomber la sus-citée pile de dossiers qui s'étale à ses pieds sur le bitume du parking des profs.

Un caquètement moqueur lui fait tourner le regard sur sa droite.

Affalés contre le portail encore fermé de l'établissement, Minh Tuan Deloix, Gaspard Lang et Chloé Vaguaire le regardent. Même à cette distance et malgré les restes de brume matinale, M. Truculent peut discerner la rougeur de leurs yeux, la fumée interlope qui s'élève d'entre les doigts de Lang et la bouteille qui traîne près des baskets de Vaguaire. Évidemment. Il grogne de nouveau, tout en ramassant ses dossiers.

Timothé Truculent : professeur de mathématiques. Détesté par la quasi-totalité des élèves du lycée. Père d'une fille de deux ans. Aime jouer au badminton le week-end. N'est pas au courant que son épouse envisage de divorcer.

– Qu'est-ce que vous faites là, vous ?! hurle-t-il pour se faire entendre. Le lycée n'ouvre pas avant une demi-heure !

Il faut cinq bonnes secondes aux trois adolescents pour donner signe de vie. Puis cinq de plus pour qu'ils trouvent quelque chose à répondre.

– On est venus en avance pour réviser, tente Vaguaire.

– Gamins de merde… soupire M. Truculent en regardant sa montre. Interdiction d'entrer dans l'établissement avant huit heures ! hurle-t-il de nouveau. Et interdiction de fumer devant le portail, également, monsieur Lang !

Par-dessous son éternel bonnet, Lang lui accorde un regard mort, puis passe à Deloix ce qui n'est définitivement pas une cigarette.

– Gamins de merde… murmure M. Truculent avant de se diriger, sans un regard en arrière, vers l'entrée du lycée.

Minh Tuan aspire la fumée du joint, la retient un instant dans sa bouche, ferme les yeux, avale, souffle. Lorsqu'il rouvre les paupières, Truculent a disparu.

– Enculé, dit-il à personne en particulier.

Du bout de son pied, Gaspard tire jusqu'à lui la bouteille de vodka. Vide. Il se frotte le visage.

– Je suis décalqué. Je crois que je vais sécher. Faut que je dorme, et je dors jamais bien, en cours.

– On a contrôle, en première heure, rappelle Chloé.

– Et ?

– Et si tu sèches, tu vas devoir le repasser. Ou avoir zéro.

– Et ?

– Ta gueule.

Elle prend le joint des doigts de Minh Tuan et le porte à ses lèvres. Gaspard la regarde faire un moment avant de commenter.

– T'as vraiment une bouche super sexe, Chloé.

L'adolescente gémit de dégoût.

– Ta gueule, wesh. Sérieusement.

– Non mais je disais ça comme un compliment, pour de vrai ! C'est pas que je veux baiser avec toi ou quoi ! T'es comme une sœur, pour moi. Une sœur, tu comprends ? Et je te jure que le tag *incest**, c'est pas du tout mon délire. Je disais juste que t'avais une super bouche. C'est tout.

– Tu me donnes envie de vomir. La ferme. Même si t'étais la dernière bite sur Terre, je la sucerais jamais. Pauvre type.

– Pourquoi je serais la dernière bite sur Terre ?

– J'en sais rien, moi ! Apocalypse, un truc du genre...

– Ce serait chelou qu'y ait une apocalypse et qu'on soit les seuls survivants... Statistiquement, je veux dire, y a peu de chances que pile les deux derniers survivants se connaissent déjà et habitent dans la même ville et tout, tu vois ?

– La ferme, répète Chloé.

Elle tire de nouveau sur le joint et le lui passe.

Calé dans l'angle formé par le mur d'enceinte

Tag *incest* : mot-clé utilisé sur les sites internet à contenu pornographique afin d'orienter la recherche vers des œuvres mettant en scène des relations sexuelles entre membres d'une même famille. La popularité dudit mot-clé soulève des questions psychologiques intéressantes.

et le portail, Minh Tuan tourne la tête en soupirant de fatigue. Lui aussi se sent sévèrement décalqué. Ils ont passé la nuit à manger des sushis, boire de la vodka et jouer à *Street Fighter**, et l'ambition d'assister aux cours comme les élèves modèles qu'ils ne sont pas, ça se révèle être une sacrée idée de merde. Probablement que ce serait passé s'ils étaient arrivés pile à l'heure… Mais là, devoir attendre trente minutes dans le froid que ces connards ouvrent les portes, c'est à se taper la tête contre le sol. La faute en revient aux bus municipaux, qui ne relient son quartier et le lycée qu'à des heures complètement délirantes… La motivation de Minh Tuan s'évapore progressivement, remplacée par sa gueule de bois. Ils doivent puer l'alcool, tous les trois.

Autour d'eux, le ciel couleur fin d'hiver, de la brume, des saloperies de voitures qui partent vers des saloperies de tafs en menaçant chaque fois de projeter sur eux la saloperie d'eau dégueulasse des flaques qui encombrent les caniveaux de cette saloperie de ville, des bancs encore vides, des mégots humides, des tags sur les briques qui disent *"Mégane* vous encule tous"*,

---

***Street Fighter* :** série de jeux de combat considérée comme séminale pour le genre tel qu'on le connaît aujourd'hui. Liste des personnages joués par Minh Tuan : Laura, Rose, Akuma, Zangief, Sakura, Menat, Balrog, Chun-Li, Sagat.

Mégane : il se trouve dans le lycée un nombre conséquent de tags mentionnant ce prénom. Les hypothèses quant à leur autrice tendent vers Mégane Sao, une ex-élève de l'établissement qui fut notamment à l'origine du téléchargement de plusieurs téraoctets de données confidentielles sur le serveur du lycée.

"Niquez vos grands-mères" et *"Columbine*"*, et puis ce froid horrible qui se glisse entre sa peau et ses os. Il tente de fermer sa veste et réalise qu'il a perdu un bouton.

– J'ai perdu un bouton.

Ni Gaspard ni Chloé ne trouvent pertinent de répondre à ça. Minh Tuan soupire une nouvelle fois.

– Y a personne, chez toi ? demande-t-il en se tournant vers Gaspard.

– Non. Si. Ma mère. Ou mon père. J'en sais rien. Pourquoi ?

– Parce que tu parlais de rentrer dormir… Si tu débarques chez toi à cette heure-ci en sentant la défonce, ils vont se poser de vagues questions, non ?

– Bah. Ils s'en branlent. Le psy a dit que j'étais dépressif. Ça excuse tout.

– T'étais censé être où, cette nuit ?

– La vérité : chez toi. J'ai pas dit que tes parents étaient à l'étranger.

– Tu crois que ça peut être jouable d'aller dormir une heure ou deux chez toi ?

– On aurait dû rester chez toi, si c'était pour faire ça ! se plaint Gaspard.

– On a contrôle d'histoire, ce matin, rappelle de nouveau Chloé.

– Et ? demande de nouveau Gaspard.

– Ta gueule, réplique de nouveau Chloé.

Crevant la brume, une quatrième silhouette

Columbine : en avril 1999, deux adolescents équipés d'armes à feu ont abattu douze de leurs camarades de classe dans le lycée de Columbine, au Colorado. Plutôt qu'à cette célèbre tuerie, il est cependant probable que le tag dont il est ici question se réfère au groupe de rap du même nom.

approche de l'entrée. Tina Akono. L'une des curiosités* de l'année : une réfugiée congolaise surdouée qui a débarqué au lycée en octobre, pile à temps pour avoir des foutues "Félicitations" au premier conseil de classe de l'année. Elle a un accent qui ferait rougir Michel Leeb*, des chaussures à dix euros et un anorak orange fluo probablement récupéré au fond d'une benne des Restos du cœur.

Minh Tuan roule des yeux vers le ciel sombre, tandis que la jeune fille s'assied sur un banc à quelques mètres d'eux.

– Salut ! dit-elle, serrant sagement ses mains entre ses cuisses.

– Yo, Tina ! s'exclame Gaspard en essayant de prendre appui contre le mur pour se redresser.

Les effets conjugués de la fatigue, de la vodka et du joint mettent son grand projet en pièces, et il a au moins l'intelligence de ne pas le retenter, protégeant les derniers points de dignité qu'il lui reste.

– Qu'est-ce que tu fous là ?

– C'est le bus, explique Tina. Là où j'habite, soit je suis vingt minutes en avance, soit je suis vingt minutes en retard.

Crise des migrants : du fait de multiples crises économiques, politiques et écologiques, les années 2010 sont marquées par d'importants mouvements migratoires. Les réfugiés cherchent des horizons meilleurs dans plusieurs pays d'Europe, dont la France. Les réactions de la population locale vis-à-vis de ces nouveaux arrivants sont mitigées.

Michel Leeb : comique et imitateur français dont la célébrité fanée doit beaucoup à son sketch dit "de l'Africain". Celui-ci offre une vision pittoresque de l'homme noir et sent bon la période coloniale.

– Bienvenue au club… grogne Minh Tuan.

Elle leur offre un grand sourire auquel ils ne répondent pas.

– T'as révisé l'histoire ? demande Chloé en frottant ses taches de rousseur pour se réveiller.

Tina hoche vigoureusement la tête.

– Oui. Ça devrait aller.

– Tu veux bien que je me mette à côté de toi, alors ?

Le sourire de Tina se rétracte et elle hausse un sourcil suspicieux.

– Pourquoi ?

– J'ai pas révisé.

– Tu devrais réviser.

– Oui mais je l'ai pas fait. Bon, tu veux bien, ou pas ?

– C'est Maxime, à côté de moi.

– Maxime c'est un gros fils de pute ! intervient Gaspard avec une pertinence toute relative. L'année dernière, ce gros fils de pute m'a balancé à Poscard* pour soi-disant sa mobylette de merde que j'aurais fait tomber ou je sais pas quoi. C'était pas moi du tout. Gros fils de pute. Tu devrais pas le laisser tricher sur toi, il mérite grave pas, Tina.

– Maxime ne triche pas sur moi.

– Bah justement ! reprend Chloé. Moi j'aimerais. Et comme lui il le fait pas, bah, il a pas besoin d'être assis à côté de toi. Tu veux bien, donc ?

Gilles Poscard : proviseur du lycée. Les élèves ne sont confrontés à lui que très sporadiquement, le fonctionnaire préférant éviter le contact direct avec la population de son établissement. Les enseignants lui reprochent cette lâcheté qui les oblige à assumer à sa place ce rôle disciplinaire.

Tina réfléchit un instant, puis détourne le regard.

– Non.

– Putain…

Chloé écrase le joint sur le trottoir, puis fait rouler le mégot sous sa semelle, pendant un long moment.

– T'es vraiment une salope, Tina, dit-elle d'une voix calme.

En silence, Tina continue à ne pas la regarder. Chloé passe une main dans ses longs cheveux blonds, tentant vainement de les démêler, puis grogne.

– Bon, je m'excuse : t'es pas une salope, Tina. Mais sérieux, tu pourrais être solidaire ! On est dans la même classe. On est genre une famille.

– Tu dis n'importe quoi… murmure Tina en pivotant vers la rue pour lui tourner le dos.

Minh Tuan fouille ses poches à la recherche de son paquet de cigarettes. Chloé lui en vole une.

– T'es une salope, Tina, répète-t-elle en l'allumant.

Le premier bus scolaire arrive, déversant son chargement d'élèves. Bruyants, agités, énergiques. Minh Tuan gémit de douleur, le crâne pris dans un étau. Enzo Molton approche en riant.

– Eh beh ! Vous avez encore passé un week-end bien studieux, vous, hein ? se moque-t-il en donnant un petit coup de pied dans la bouteille de vodka.

– "Eh beh !" répète Chloé d'une voix sarcastique,

avant de souffler sa fumée en direction de ce connard. Fous-nous la paix, Molton. C'est pas de notre faute si t'as passé ton week-end à te branler. Trouve-toi une vie sociale.

– Une vie sociale ?! coupe Kevin Donchamps* en riant. C'est toi qui parles de vie sociale, Vaguaire ?! T'es l'une des pires épaves du lycée, t'y connais rien, en vie sociale ! Ça te va bien, tiens, d'être assise sur le trottoir avec les deux autres...

Minh Tuan lève son majeur vers Kevin, tandis que Gaspard rit, probablement incapable de se rendre compte que c'est de sa gueule également que l'on se fout. Enzo Molton donne un nouveau coup de pied dans la bouteille, qui va rouler jusqu'à un groupe de filles à quelques mètres de là. Celles-ci l'évitent avec des regards offusqués dirigés vers Chloé, Minh Tuan et Gaspard. Aucun d'eux ne prend la peine d'expliquer qu'ils ne sont pas responsables de ça. Surtout que, d'une certaine façon, ils le sont.

Un deuxième bus s'arrête, puis un troisième. De toutes les directions arrivent les sept cents élèves du lycée.

Au bout de la rue, la brume désormais presque dissipée, Minh Tuan reconnaît la silhouette de Marina.

– Et voilà l'autre pute... soupire Chloé à côté de lui.

– La traite pas de pute.

Kevin Donchamps : élève de terminale S2. Meilleur ami d'Enzo Molton. Était dans le même collège que Gaspard et Chloé. A essayé de sortir avec cette dernière en seconde, et a essuyé un refus qu'il ne lui a jamais tout à fait pardonné. Tient beaucoup à ce que personne ne mette d'accent sur le E de son prénom.

– Même si c'est ce qu'elle est ?
– La traite pas de pute.
– Il l'aime encore, professe Gaspard.

Chloé éclate de rire. Gaspard également. Minh Tuan se laisse retomber contre le mur d'enceinte du lycée. Le portail électrique commence à s'ouvrir et les élèves à rentrer. Marina passe devant Minh Tuan sans le regarder, bientôt rejointe par sa cour habituelle de suceurs. Dernière à bouger, Tina s'arrête un instant devant le trio. Derrière ses grosses lunettes rectangulaires, ses yeux semblent inquiets.

– Vous ne venez pas ?

Chloé regarde sa cigarette.

– Non.

Gaspard et Minh Tuan parviennent enfin à se lever et commencent à partir en direction du quartier du Pont*, où habite Gaspard. Chloé les rejoint avec quelques pas de retard.

– Y a contrôle ! crie Tina.
– T'inquiète, on n'est plus à ça près, grommelle Minh Tuan sans se retourner.

Tina les regarde s'éloigner puis, à contrecœur, pénètre à son tour dans la cour du lycée.

– HÉ ! TINA ! HÉ ! hurle Chloé.

Tina se retourne.

– J'PLAISANTAIS ! T'ES PAS UNE SALOPE !

Tina ne répond pas et entre finalement dans le bâtiment. Appuyée contre le grillage, Chloé soupire.

Le Pont : résidence composée d'environ cent trente pavillons tous identiques et de douze immeubles de dix appartements chacun, eux aussi tous identiques. Il s'agit du quartier le plus proche du lycée.

– J'me demande pourquoi personne nous aime, ici.

– Parce que c'est tous des sales enculés, propose Gaspard. Allez, viens. Faut qu'on dorme.

Les parents de Gaspard sont déjà partis. Son frère aussi. Mis à part son chien, le pavillon est vide. Chloé branche son téléphone sur la chaîne hi-fi, lance l'album *Nero Nemesis**, puis réquisitionne le canapé, refusant de partager les draps "probablement pleins de croûtes de sperme" de Gaspard. Les garçons montent ensemble à l'étage, Minh Tuan retire sa veste et son pantalon, puis se glisse dans le lit à côté de son ami. Ses yeux se fixent sur la lumière pâle de l'autre côté de la fenêtre.

– Mes draps sont pas pleins de croûtes de sperme, murmure Gaspard. Je me branle jamais dans mon lit. Toujours devant mon ordi.

Minh Tuan soupire, puis se tourne pour faire face au mur. Il pense un peu aux connards du lycée, un peu au contrôle d'histoire, un peu au bouton manquant de sa veste, beaucoup à Marina, puis finalement, il parvient à s'endormir.

Lorsqu'ils se réveillent il est treize heures et, d'un commun accord, ils décident que ça ne vaut plus la peine de retourner au lycée. Ils partagent une pizza surgelée, puis chacun rentre chez lui

***Nero Nemesis* :** huitième album du rappeur Booba. Considéré comme l'un de ses meilleurs, il contient notamment les titres *Walabok, Pinocchio, 4G* ou *92i Veyron*. Chloé préfère cependant l'album *Futur*, et Minh Tuan l'album *Lunatic*. Gaspard, lui, a décidé qu'il n'aimait que le rock.

avec le sentiment d'une bonne journée de travail bien accomplie. Plus que quelques dizaines de milliers d'autres à abattre avant d'enfin pouvoir se reposer.

2.

Les derniers élèves sortent de la salle, laissant Gaspard et Mme Danverre* seuls. L'adolescent, annihilé par le Xanax* qu'il a pris avant le début du cours de SES, reste assis à sa place, à trois rangs de l'enseignante, et essaie de puiser dans les tréfonds de son âme pour redonner un semblant de conscience à son regard. Il échoue. De la brume grise de l'autre côté des vitres aux dessins sur sa table en passant par le brouhaha des couloirs, tout lui paraît lointain, insignifiant.

Assise derrière son bureau, les mains jointes sur ses cours, Mme Danverre le regarde un moment sans rien dire, puis soupire. Gaspard passe une main sous son bonnet. Quelques longs cheveux, bruns et tordus, restent coincés entre ses doigts. Il les regarde en se demandant s'il

Élise Danverre : professeure de sciences économiques et sociales. Vingt-huit ans. Célibataire. Aime son métier. A conscience que certains élèves masculins la regardent d'une façon qui dépasse le simple respect dû à une enseignante. A décidé de ne pas y prêter attention et continue de s'habiller comme elle le souhaite.

Xanax : tranquillisant à base d'alprazolam prescrit pour combattre l'anxiété ou les crises d'angoisse. Utilisé par certains toxicomanes pour amoindrir les redescentes d'autres substances.

risque de devenir chauve, un jour. Son père ne l'est pas. C'est bon signe, ça, non ?

– Bon, eh bien voilà : les prédictions du dernier conseil de classe se sont réalisées… commence Mme Danverre. Ton prof d'anglais vient de m'apprendre que c'est fait, maintenant, tu es sous la moyenne dans absolument toutes les matières.

Gaspard avale sa salive. Elle a un goût bizarre. Le Xanax, peut-être. Deux ans plus tôt, un psy l'a diagnostiqué comme dépressif et, depuis, Gaspard peut obtenir des ordonnances pour tout un tas de trucs assez cools. Il ne pense pas être réellement dépressif, même si ce diagnostic semble avoir rassuré ses parents : au moins, ils ont trouvé le mot à mettre sur leur raté de fils. Mais au fond, Gaspard, lui, pense qu'il est simplement normal. Il ne voit aucune raison objective qui justifierait d'agir autrement qu'il le fait. La vie, le monde, les gens, tout, ça rend triste, non ? C'est tous ceux qui vont bien qui ont un problème. Voire qui *sont* le problème. Mais bon, il ne va pas se plaindre : après tout, au moins, maintenant, il peut avoir du Xanax.

Il a soudain envie de fumer. Il espère que Minh Tuan ou Chloé auront des clopes. Minh Tuan, probablement. Chloé n'est rien d'autre qu'une taxeuse.

– Ha.

– Ça ne te surprend pas, j'ai l'impression…

– Je pensais que c'était déjà fait, en vrai.

Mme Danverre soupire encore. C'est une prof vraiment très sympa. Jeune, motivée, marrante, patiente, qui n'a pas besoin de gueuler pour se faire respecter… En plus elle a grave un bon cul.

– Tu sais que le bac est dans quatre mois, hein ? demande-t-elle.

– Oui.

Gaspard essaie de calculer. Il lui semble que c'est moins que ça. Ou plus. Ça dépend si on compte précisément la durée qu'il reste avant l'examen, ou juste le nombre de mois concernés. Il se gratte encore la tête, sous son bonnet. Pourvu que Danverre ne le retienne pas pendant toute la pause… Il reprend la parole en essayant de donner les réponses qu'elle souhaite entendre.

– Je vous jure que je vais me ressaisir, madame. Tout ira bien.

Danverre le fixe un long moment. Dix secondes, peut-être, ou bien dix heures. Dans la poitrine de Gaspard, son cœur commence à battre trop fort, ça fait trembler ses côtes. Il déteste quand ça arrive.

– Je te connais depuis deux ans, maintenant, Gaspard, dit finalement l'enseignante. J'ai eu le temps de voir tes résultats chuter, de trimestre en trimestre… De voir le nombre de cours que tu manques augmenter, en retour, comme des vases communicants… Il se passe quelque chose, à la maison ?

Le lycéen réfléchit réellement à la question. Il pense à Melchior, son petit frère. À ses parents. À Balthazar*, le chien.

Balthazar : bâtard d'origine non identifiée. Âgé de neuf ans. A déjà rencontré Rose, la chatte de Minh Tuan. À la surprise générale, les bêtes se sont bien entendues et ont fait la sieste l'une contre l'autre

À Célia, aussi. Juste un peu, mais aussi.

– Non, répond-il au bout d'un moment. Les trucs habituels. Rien de spécial. Tout va bien.

Discrètement, il regarde son portable. Si Danverre le libère maintenant, il pourra encore profiter de dix minutes de pause. Largement le temps de fumer une clope.

– Donc tu n'as aucune explication à me donner quant à tes résultats ?

– Je travaille pas assez ? propose-t-il.

– Ça, c'est certain, mais la question est de savoir pourquoi…

Mme Danverre regarde également son portable, posé sur un coin du bureau. Gaspard se demande si elle fume, elle aussi. Il adorerait partager une clope avec elle. Ou coucher avec.

– Bon, en tout cas, il faut que tu te ressaisisses, oui, comme tu disais…

– Juré, madame Danverre.

– Tu accepterais de participer au programme de tutorat ? En tant que professeure principale, c'est moi qui décide de quels élèves y vont ou non… Mais je préfère que ce soit sur la base du volontariat.

– En gros, je suis obligé d'y aller, explicite Gaspard en posant une main sur son torse pour calmer son cœur, mais vous préférez que j'accepte de moi-même, comme ça on pourra faire comme si j'étais pas obligé ?

Mme Danverre sourit, tout en se levant pour ranger ses affaires.

---

pendant deux heures. Les adolescents considèrent désormais que Balthazar et Rose sont amoureux.

– Tu vois que tu peux être intelligent, quand tu veux… Je te donnerai les détails au prochain cours. D'ici là, je compte sur toi pour ne plus sécher, d'accord ?

– C'est à cause de mes rendez-vous médicaux, si je manque parfois les cours.

– Tu seras gentil de ne pas me prendre pour une idiote, Gaspard.

L'adolescent n'a d'autre choix que d'encore une fois passer la main sous son bonnet.

– Tu arrêtes de sécher, alors ?

– D'accord. Juré.

Il se lève également et laisse Mme Danverre sortir de la salle avant lui, par politesse autant que pour mater ses fesses. Puis, tandis que l'enseignante se dirige vers la salle des profs, Gaspard descend les escaliers, ses baskets crissant contre les marches couvertes de linoléum, et rejoint la cour du lycée, ses pieds se poursuivant l'un l'autre au rythme de ses battements de cœur.

Tout le monde se trouve dehors, emmitouflé dans des anoraks et des écharpes. L'hiver traîne en longueur, cette année, et au-dessus des petits groupes formés par les lycéens s'élèvent des nuages de vapeur, matérialisations brouillardeuses de conversations et de rires. Ses semelles traînant sur le bitume, Gaspard va jusqu'au bout d'herbe qui, un peu à l'écart, sépare la cour à proprement parler du terrain de volley. Il s'y laisse tomber, les bras en croix, et le gazon glacé imbibe son anorak. Le Xanax est en train d'aspirer ses dernières forces, comme le sang pompé par ses organes. Le visage appuyé contre une terre gorgée d'humidité, il soupire vers le banc près de lui. Dans la cour, personne ne réagit. Tout le monde est habitué aux élans théâtraux de son hypocondrie*. Et puis, en plus, aucun élève ne l'aime tellement.

– Je vais mourir, murmure-t-il. J'ai la cage thoracique super compressée. Je fais une crise cardiaque.

– Elle te voulait quoi, Danverre? demande Minh Tuan, assis seul en train de fumer, assez peu impressionné par l'autodiagnostic de son ami.

– T'as une clope pour moi?

Minh Tuan lui en lance une.

– Et un briquet?

Minh Tuan lui en lance un.

Gaspard allume la cigarette avant de répondre, ajoutant sa fumée aux nuages de vapeur de tous les autres connards. À première vue, Minh Tuan et lui sont les seuls à fumer, ce matin. Tout le monde est très sain, dans ce lycée. C'est bien.

– Elle voulait me parler de mes résultats et tout ça, dit-il en roulant sur le dos pour faire face au ciel. Et du fait que je sèche.

– Merde... Ça veut dire qu'elle va me convoquer bientôt, moi aussi.

– Non, je crois pas... Je suis plus con que toi. Elle a dit que maintenant, j'avais plus la moyenne nulle part.

Hypocondrie : affliction psychologique qui pousse ceux qui en souffrent à se penser en permanence malades ou sur le point de l'être. Les hypocondriaques passent beaucoup de temps sur le site Doctissimo. Dans le cas de Gaspard, cette condition ne s'accompagne aucunement d'une volonté d'améliorer son hygiène de vie.

– Classe.
– De ouf.
La cigarette lui redonnant un peu d'énergie, Gaspard parvient à presque s'asseoir, utilisant son sac comme coussin pour regarder la cour du lycée d'un œil morne. À une dizaine de mètres de là, Marina Javandi discute avec ses amies. Elles rient fort, toutes.
– Ça t'arrive de te branler en pensant à quand vous couchiez ensemble ? demande Gaspard.
– Putain de merde… soupire Minh Tuan. Pourquoi tu parles tout le temps de te branler ?
– Je demande, rien de plus. Comme c'est ton ex et tout ça… Moi j'ai pas d'ex. Alors je suis curieux. C'est tout.
– Ça te donne l'air d'un putain de pervers. Les gens te trouvent répugnant, tu sais ? C'est pour ça que t'as jamais eu de copine.
– Quels gens ?
– Les gens, c'est tout !
– Je ne fréquente que Chloé et toi, quasiment.
– Tu m'emmerdes.
Gaspard tapote sa cigarette contre sa chaussure, faisant tomber sa cendre dans l'herbe. Son cœur va mieux. Vaguement. Peut-être que c'est à cause de la cigarette que celui-ci s'affole tout le temps ? Il remet la clope entre ses lèvres.
– Je me branle sur des trucs tellement chelous, si tu savais… Parfois, c'est sur Mme Danverre.
– Je ne veux pas savoir, réellement. Ta gueule.
Gaspard lève les yeux. Minh Tuan fixe effectivement Marina, comme il l'a deviné. Peut-être que finalement, il n'est pas le seul à avoir l'air d'un putain de pervers.

– T'as mes *Fly**, au fait ? demande finalement Minh Tuan.

Gaspard grogne, se penche, puis tire vers lui sa sacoche couverte de badges et de pin's. Il l'ouvre, laisse s'envoler une feuille de cours impossible à identifier, puis sort une demi-douzaine de mangas qu'il rend à leur propriétaire. C'est toujours comme ça, avec Minh Tuan : cet enfoiré refuse de lui prêter plus de dix mangas à la fois, et il faut absolument que Gaspard lui rende les précédents avant de pouvoir emprunter la suite. Une vraie bibliothèque. Minh Tuan récupère ses mangas et en donne dix autres à son ami.

– T'as aimé la fin ? demande-t-il.

– Ouais, c'était cool, en vrai. Mais j'aurais bien aimé que Poppu* joue un rôle plus important. Et qu'il baise Fuam.

– T'es une merde.

– Désolé.

– Tiens. C'est *Claymore**, ça. Tu vas voir, ça tue. Par contre, je préviens : y a pas de cul.

***Fly* :** bande dessinée japonaise. Scénario de Riku Sanjo, dessins de Koji Inada. Relève du genre de la fantasy. Inspirée par les jeux vidéo *Dragon Quest*. A d'ailleurs été rééditée en France sous le titre *Dragon Quest : la quête de Daï*. Cependant, c'est bien la première édition que possède Minh Tuan ; il l'a trouvée d'occasion à soixante-dix euros. Ses personnages favoris sont Hyunkel, Myst et Baran.

Poppu et Fuam : Poppu, le meilleur ami du héros, passe la quasi-totalité du récit à être secrètement amoureux de la guerrière Fuam. La fin du manga est floue quant au devenir de leur relation.

***Claymore* :** manga de Norihiro Yagi. Appartient au genre de la dark fantasy. A la particularité de mettre en scène presque uniquement des personnages féminins, qui sont de plus assez peu sexualisés, et d'éviter les intrigues amoureuses. Minh Tuan pense que le récit

Gaspard regarde un moment les couvertures du nouveau prêt accordé par Minh Tuan, puis, satisfait, il range tout ça au fond de son sac, un œil fermé par la fumée, sa cigarette toujours coincée entre ses lèvres.

– Elle est où, Chloé ? demande-t-il en passant une main sous son bonnet.

– J'en sais rien… Je l'ai cherchée, mais elle s'est barrée direct après l'éco.

– Elle sèche, tu crois ?

– Probablement.

– Elle va se faire convoquer par Danverre !

Les deux adolescents rient un peu, tandis que résonne la sonnerie marquant la fin de la pause. Progressivement, la cour du lycée se vide. Marina et ses amies s'éclipsent sans un regard pour Minh Tuan.

– Tu crois qu'elle pense encore à toi ? interroge Gaspard.

– Non, ça m'étonnerait.

– Dans sa dernière vidéo, elle disait qu'elle était toujours célibataire…

– Ouais ? Et qu'est-ce que j'en ai à foutre, hein ?

Minh Tuan se lève, jette son mégot dans l'herbe, s'étire, puis semble hésiter à rejoindre le lycée. Toujours assis, Gaspard bâille. Ça fait un nouveau nuage de vapeur devant sa bouche. Autour d'eux, le silence est revenu, brumeux, froid, enveloppé de cette étrange pénombre hivernale qui semble durer toute la journée.

---

traîne un peu en longueur après la bataille du Nord, mais il tient la première partie de la série pour un chef-d'œuvre.

Depuis combien de jours n'a-t-il pas réellement vu le soleil ?

– Ça te dit, de sécher aussi ? propose Minh Tuan.

Gaspard repense à la promesse faite à Mme Danverre. Puis aux fesses de l'enseignante.

– Ouais, d'accord.

Ils envoient un message à Chloé, qui ne leur répond pas, puis, en désespoir de cause, ils se dirigent d'un même pas traînant vers le centre commercial voisin, tout en discutant des qualités et des défauts du manga *Dragon Ball Super** par rapport au dessin animé.

Dragon Ball Super : suite du célèbre manga d'Akira Toriyama. Le dessin animé et la bande dessinée, s'ils racontent tous deux la même histoire, divergent sur de nombreux points. Gaspard comme Minh Tuan préfèrent le dessin animé. Chloé éprouve un mépris infini envers la passion de ses deux amis pour les bandes dessinées japonaises.

3.

“Salut mes petits chats!* Bon, je suis super contente de vous retrouver aujourd’hui pour une nouvelle vidéo un peu spéciale, puisque j’ai décidé de faire un vlog sur… mes dix astuces pour se faire des amis à l’école! Alors, que vous soyez au lycée, comme moi, ou au collège, ou même à l’école primaire, parce que je sais qu’il y a beaucoup de jeunes qui me regardent, vous savez que c’est important, pour être heureux au quotidien, de s’entourer de gens positifs et bienveillants. Et pour ça, mon premier conseil sera : restez vous-mêmes! C’est complètement inutile de chercher à être qui vous n’êtes pas, et…”

Levant les yeux vers le plafond de sa chambre, Chloé coupe la nouvelle vidéo de Marina. Elle doit déjà supporter le visage de cette infâme pétasse dans les couloirs du lycée, alors elle ne comprend pas pourquoi elle se sent en plus obligée de regarder chacune des vidéos que cette

“Salut mes petits chats!” : phrase d’introduction des vidéos de la chaîne YouTube *Marina Smile*. La seule ne débutant pas ainsi est intitulée *Mise au point* et commence par vingt secondes de silence suivies des mots : “Aujourd’hui, j’ai le cœur lourd.” La phrase “Salut mes petits chats!” figure sur la plupart des produits dérivés que Marina vend à ses fans.

débile poste sur YouTube… La fascination de la célébrité, peut-être.

Marina Smile. Putain.

En un an, cette pute est passée de moins de mille à plus d'un million d'abonnés. Elle est désormais, de manière indéniable, une star. Des fans l'attendent à la sortie des cours, on l'a invitée à la télé pour qu'elle y parle de sa vie et fasse pleurer dans les chaumières en rappelant son engagement pour la cause écologique et le combat contre l'homophobie et, tous les jours, sur son compte Instagram, elle fait des placements de produits pour du maquillage, des bougies parfumées, des box cadeaux, ou Dieu* seul sait quelle autre connerie du genre. Il se murmure au lycée qu'elle approcherait du million d'euros sur son compte en banque. Chloé est presque sûre qu'il s'agit d'une exagération… mais que la rumeur n'est pas complètement infondée. Marina est belle, riche, célèbre, heureuse, et en plus elle a plaqué Minh Tuan l'été dernier, juste avant de franchir la barre du million d'abonnés. Bref, c'est la connasse ultime. Surtout depuis qu'elle s'est fait une teinture blonde et que tous ses abonnés de merde commentent des idioties du type *"tro bo T cheveux XD"*.

Chloé se fait la promesse de ne plus jamais regarder la chaîne de cette débile absolue, branche ses écouteurs à son téléphone et lance

Dieu : Chloé et Minh Tuan se considèrent comme athées. Gaspard tire une certaine fierté à se dire agnostique. Il a pris connaissance du concept deux mois plus tôt.

une vidéo d'ASMR* tout en reprenant ses révisions de maths.

Elle a lâché cette matière en classe de quatrième, près de cinq ans auparavant. Depuis lors, elle n'a plus eu une seule fois la moyenne, et a priori, ce ne sera pas cette année qu'elle parviendra à inverser le cours des choses. Les fonctions et toutes ces conneries… Elle n'y comprend rien. Genre, vraiment rien du tout. Dès que Truculent, leur prof, commence à parler, le cerveau de Chloé lui donne l'impression de pivoter dans son crâne, comme pour regarder dans une autre direction. D'ailleurs, c'est la même chose lorsqu'elle essaie simplement de réviser… Bercée par l'ASMR dans ses oreilles, elle soupire, croise les bras sur son bureau et pose sa tête par-dessus, le regard perdu de l'autre côté de la fenêtre de sa chambre. La nuit commence à tomber, au-dessus des arbres de la rue.

Ses vidéos d'ASMR favorites sont celles qui mettent en scène le bruit d'un crayon sur du papier. Immanquablement, ça la ramène au même souvenir lointain : une partie de cache-cache avec ses meilleures copines, lorsqu'elle avait six ou sept ans. L'une des copines en

---

ASMR : *"autonomous sensory meridian response"*. Désigne une sensation de frissons ou de picotements qui vient en réaction à une stimulation (mouvements répétitifs, bruits doux, caresses sur le crâne…). Cette sensation est parfois résumée par la formule "orgasme du cerveau". Au milieu des années 2010, une communauté s'est créée sur Internet autour du phénomène, et de nombreuses vidéos sont apparues afin de provoquer cet effet sur les spectateurs. Tout le monde n'est cependant pas réceptif à l'ASMR, et ces vidéos peuvent provoquer de la gêne chez certains.

question se trouvait d'ailleurs être Marina. Comme quoi, la vie prend parfois des chemins étonnants, hein ? C'était Marina, justement, qui devait compter, le front appuyé contre le mur du salon et les yeux fermés. En courant, le sourire aux lèvres, Chloé avait mis à profit le décompte pour se précipiter sous le bureau du grand frère de Marina, à l'étage de la maison.

Il s'agissait d'un gros meuble d'angle pourvu de rangements intégrés, et un renfoncement de bonne taille permettait de s'y cacher assez efficacement. Chloé avait repéré l'endroit un peu plus tôt dans la journée et elle avait confiance dans son idée. Une confiance tout à fait justifiée, d'ailleurs, étant donné qu'après bien cinq minutes de recherches, ni Marina ni les autres filles présentes ce jour-là ne l'avaient encore trouvée.

Cependant, malgré les appels de ses amies, Chloé était encore restée un moment seule dans la pénombre chaude du bureau, recroquevillée sur elle-même. Prise d'un étrange état de semi-somnolence, elle avait posé la tête contre le mur et attendu, sans savoir quoi. Elle s'était sentie bien, là, dans l'obscurité, cachée hors du monde, à doucement passer ses doigts contre les reliefs du papier peint gaufré.

Au bout d'un moment, alors que les autres fillettes continuaient à la chercher, le frère de Marina était entré dans sa chambre et s'était installé à son bureau. Au début, toute pliée dans l'angle du meuble, Chloé avait eu peur, comprenant qu'il était normalement temps pour elle de retourner dans la réalité. Pourtant, elle avait continué à ne pas bouger, le visage à quelques centimètres des jambes du frère de Marina. Et celui-ci, sans se soucier des appels de plus en plus paniqués des sales gamines qui jouaient dans sa maison, avait commencé à écrire quelque chose.

Le bureau formant une chambre d'écho, le bruit du crayon avait alors résonné fort au-dessus de Chloé, faisant vibrer son crâne, son cœur, sa bouche, hérissant sa peau de chair de poule. La tête de la petite fille était tombée en avant, comme si elle avait soudain été sur le point de s'endormir… Et son front avait heurté la paroi du meuble, révélant sa présence au frère de Marina. Avec un rire gêné et un rougissement virant au pourpre, Chloé était finalement sortie de sa tanière et avait rejoint ses amies en proposant de compter à son tour. Mais les autres filles n'étaient plus tellement motivées pour jouer à cache-cache. Peut-être avaient-elles fini par avoir réellement peur, durant les quelques minutes où Chloé s'était extraite du monde ? Toute la bande était donc sortie dans le jardin pour plutôt se raconter des secrets.

Oui, c'est généralement à ce vieux souvenir que Chloé pense lorsqu'elle écoute de l'ASMR.

À ça et au sexe.

Contrairement à ce que la plupart des gens croient au lycée, elle n'a jamais couché avec un mec. Et n'a non plus jamais eu d'orgasme.

En fait, non, ça va plus loin que ça, même : elle n'a jamais eu envie d'en avoir. Jamais vraiment.

Pourtant, elle a essayé plein de trucs : mater des pornos. Mater des pornos allemands bizarres.

Mater ces conneries de mangas pornos que lisent Minh Tuan et Gaspard. Mater les clips des chanteurs qui semblent faire mouiller les autres meufs de la classe. Se doigter. S'enfoncer d'autres trucs que ses doigts. Frotter son clito par-dessus ses vêtements. Frotter son clito sous ses vêtements. Jouer avec d'environ dix façons possibles. Regarder des vidéos de femmes en train de se masturber pour vérifier qu'elles font bien le même genre de gestes. Essayer de penser à des filles plutôt qu'à des mecs.

Mais non. Rien n'y fait. Elle ne l'a jamais dit à personne, pas même à Minh Tuan et Gaspard, *surtout pas* à Minh Tuan et Gaspard, mais quelque chose déconne en elle. Au lycée, mecs comme filles parlent en permanence de sexe, qu'ils pratiquent ou qu'ils se contentent de le vouloir. Et Chloé essaie autant que possible de suivre le mouvement, mais au fond d'elle, tout ce qu'elle ressent pour la question, c'est du désintérêt. Saupoudré d'un dégoût léger mais tenace à l'idée de coller son corps nu à celui de quelqu'un d'autre. Elle se demande si c'est vraiment si agréable que ça, de jouir.

Il n'y a que l'ASMR et la drogue qui lui procurent des sensations physiques qui, imagine-t-elle, se rapprochent de ça. Surtout l'ASMR, en fait. C'est plus doux, plus calme. Juste des frémissements entre ses côtes et à l'intérieur de ses cuisses. Elle se dit parfois qu'elle préférerait être surprise à regarder un porno qu'à écouter ça.

Ses yeux bleus toujours fixés sur le ciel gris, elle commence doucement, au rythme des sons dans ses oreilles, à s'extraire du monde. Dans la rue, les lampadaires viennent de s'allumer, elle devine leurs halos orangés hors du cadre de la fenêtre. Le rythme de son cœur ralentit, celui de ses pensées aussi et, bientôt, elle se sent bien, dans une dimension voisine de la vraie, en sécurité, seule, au chaud, cachée sous un bureau.

Dans son dos, la porte de sa chambre grince. Chloé se relève d'un bond, arrachant les écouteurs de ses oreilles, et se retourne en criant déjà.

– Viens là ! Viens là, espèce de petit fils de pute !

Dans le couloir, Lucas s'enfuit en riant, poursuivi par sa grande sœur. Chloé accélère pour le rattraper et parvient à refermer la main sur le sweat à capuche de cet odieux merdeux. Elle tire de toutes ses forces, fait tomber l'adolescent sur la moquette et lui loge un violent coup de pied dans les côtes. Lucas, cependant, continue à rire en se tordant sur le sol.

– Il se passe quoi, là-haut ?! hurle leur mère depuis le rez-de-chaussée.

– Lucas était encore en train de me mater comme un gros vicieux ! répond Chloé en assénant un nouveau coup à son petit frère.

– N'importe quoi ! Je voulais juste savoir ce qu'elle faisait !

– Baissez d'un ton, en tout cas ! J'essaie de vous préparer à manger, moi, pendant que vous vous prenez pour des sauvages !

Pour la forme, Chloé frappe encore une fois son frère, ce qui ne suffit pas à faire taire son rire idiot. Puis, frémissante de colère, elle retourne dans sa chambre et tire sa commode pour bloquer la porte et empêcher l'autre débile de revenir l'observer.

Elle se rassied à son bureau et tente de s'intéresser une nouvelle fois à ses révisions de maths. Ce sera un coefficient 5, au bac. Si elle obtient son habituel 3 ou 4 à cette épreuve, elle va être sérieusement dans la merde… Un crayon dans une main et son désespoir dans l'autre, elle parcourt des yeux la dernière leçon en date.

Et, au bout de cinq minutes, elle remet ses écouteurs, lance une nouvelle vidéo d'ASMR, et pose encore une fois la tête sur ses feuilles de cours.

Qu'il aille se faire foutre, le bac. De toute façon, avec la réforme*, elle l'aura probablement quoi qu'il arrive.

Putain. Ouais. Qu'il aille se faire foutre. Qu'ils aillent tous se faire foutre. Chloé aimerait beaucoup pouvoir passer sa vie cachée dans l'ombre d'un bureau.

Avec son téléphone, elle prend un selfie, son visage écrasé sur ses cours, l'un de ses yeux caché par ses cheveux blonds, l'autre perdu dans le vague du crépuscule.

#Déprime
#Lonely
#Révisions
#IlSarrêteQuandLhiver

Réforme du bac : prévue pour la rentrée 2020, elle s'axe principalement autour de la disparition des séries S, L et ES. Ces trois grandes branches seront remplacées par des choix d'options moins décisifs pour les élèves. Chloé, Minh Tuan, Gaspard et leurs camarades de classe font donc partie de la dernière génération à passer le bac traditionnel.

Elle poste le cliché sur Instagram puis envoie un message à Gaspard pour savoir s'il lui reste du shit. Il lui en reste effectivement. Elle lui ordonne de l'amener demain au lycée, puis elle rejoint sa mère et son frère autour du dîner. Derrière les fenêtres de la maison, le ciel passe du gris au noir.

4.

Chaque samedi matin, c'est le même désœuvrement qui s'empare de Minh Tuan. Cette habitude de rester un moment assis au bout de son lit à regarder par la fenêtre, avec en fond sonore les bruits de ses parents au rez-de-chaussée, et puis Rose à ses pieds qui attend sagement qu'il se lève pour la nourrir. Personne d'autre que lui ne la nourrit jamais, ici. Enfin, après tout, c'est son chat, pas celui de ses parents, alors probablement est-ce normal… Un bras pendant dans le vide, Minh Tuan la caresse tout en observant les arbres aux allures mortes qui émergent du brouillard, de l'autre côté de la fenêtre. On dirait des mains de noyés qui dépassent de la surface d'un étang gris. Un truc comme ça. L'hiver. Quelle merde… Il y a des gens qui préfèrent ça à l'été, pourtant. Minh Tuan ne les comprend pas et n'a aucune envie d'entendre leurs arguments à la con.

Cela dit, l'été aussi, c'est à chier.

Le printemps et l'automne. C'est là que se trouve la vérité.

Il se lève finalement, Rose sur les talons, bien sage, bien silencieuse, réveille son ordinateur de sa veille, lance le stream de la chaîne

*ChilledCow** pour couvrir la voix de sa mère qui parle en vietnamien au téléphone, et commence sa série de pompes au milieu de sa chambre. Vingt, suivies de quarante abdos et de deux minutes de gainage.

Puis, debout devant le miroir de sa salle de bains, il passe de l'eau dans ses cheveux noirs, pour les lisser en arrière. En début d'année, il a pris l'habitude de les raser sur les côtés, une fois par semaine. Avec ses traits asiatiques et les vestes de costume qu'il porte en permanence, il espère plus ou moins que ça lui donne l'air d'un yakuza*. Mais si ses yeux sont bridés grâce à sa mère, ils sont également clairs à cause de son père et, globalement, son visage est bien trop doux pour faire peur à qui que ce soit. Il ne désespère cependant pas et continue, pendant plusieurs minutes, à se mouiller le crâne.

Minh Tuan est plutôt beau. Pas “beau” tout court, juste “plutôt beau”. Tout comme il est “plutôt musclé” sans être “musclé” tout court. “Plutôt intelligent.” “Plutôt sympa.” “Plutôt intéressant.” “Plutôt charmant.”

***ChilledCow* :** chaîne YouTube qui diffuse des morceaux de hip-hop instrumental. Est utilisée comme bande-son d'ambiance par les étudiants, les gens qui travaillent, qui veulent se détendre… On reproche parfois au genre de n'être rien d'autre que de la musique d'ascenseur. La vidéo la plus populaire de la chaîne a pour illustration une jeune adolescente en train de faire ses devoirs, assise à son bureau.

Yakuzas : criminels japonais dont l'organisation se rapproche de celle de la mafia italienne. Comme dans le cas de cette dernière, de nombreuses œuvres de fiction ont contribué à donner des yakuzas une image paradoxalement attirante et romantique, notamment auprès des jeunes hommes.

Il a commencé à en avoir conscience en troisième, au collège. Il est le premier, parmi ses amis, à être réellement sorti avec une fille. Le premier à avoir couché. Le premier à avoir été largué. Il n'a jamais largué personne, par contre. Pas besoin. Les filles finissent toujours par trouver quelqu'un qui n'est pas "plutôt quelque chose", mais qui est "quelque chose" tout court.

À quelques détails près, Minh Tuan aurait pu être un adolescent populaire et épanoui. Il se demande un instant si le fait de ne finalement pas l'être a été ou non un choix inconscient de sa part. Probablement pas. Il a juste fait comme d'habitude : il a suivi le mouvement.

Quand il retourne à l'ordinateur pour couper la musique, il essaie de ne pas faire attention aux suggestions de YouTube qui lui conseillent, sur la droite de l'écran, de jeter un œil aux nouvelles vidéos de Marina. Il enfile un t-shirt, un pantalon, regarde une dernière fois les mains des noyés essayant d'échapper à l'étang de brume, et puis finalement il descend, suivi par Rose. Sa mère ne parle plus au téléphone. Devant un café, elle est assise au salon, son portable à la main.

– Ça va ?

Minh Tuan se penche à l'entrée de la cuisine et verse une boîte de pâtée dans le bol de Rose. Il est sale. Il faudrait qu'il le nettoie. Pas maintenant. La flemme.

– Ouais. Toi ?

– Oui. Je pars au spa dans une demi-heure. Il y a des restes d'hier dans le frigo.

– Il est où, papa ?

– Au travail. Il rentre peut-être pour manger avec toi.

– J'aime bien ton "peut-être" !

– Il m'a dit de te rappeler de t'inscrire pour l'école.

Il faut un instant à Minh Tuan pour comprendre de quoi elle parle. Ouais. Parcoursup*. Le choix d'orientation pour après le lycée… Ils n'ont plus que jusqu'à la fin du mois pour poser leurs options d'inscription. Minh Tuan n'a absolument aucune idée de ce qu'il veut faire, l'année prochaine. Aucune idée de ce qu'il veut faire de sa vie. C'est bien pour ça qu'il est en ES*, d'ailleurs. Il repense aux arbres qui ressemblent à des mains de noyés et appuie sur la machine à expressos pour se faire lui aussi un café. Une vibration mécanique enfle dans la cuisine, couvrant le bruit, bien plus agréable, de Rose en train de manger. Minh Tuan adore son chat.

– J'ai encore grave le temps, crie-t-il pour que sa mère l'entende depuis le salon.

– Tu vas t'inscrire en quoi ? répond-elle au même volume.

Parcoursup : application internet destinée à enregistrer les vœux d'orientation postbac des lycéens. Pour le moment, ni Minh Tuan, ni Gaspard, ni Chloé ne se sont occupés de ça, malgré les fréquents rappels de leurs enseignants.

ES : pour "économique et social". Si les L (littéraires) ont la réputation, souvent usurpée, d'être des artistes rêveurs et poétiques, et si les S (scientifiques) ont la réputation, souvent usurpée, d'être des élèves brillants promis à de belles carrières, les ES ont quant à eux la réputation, rarement usurpée, de n'avoir aucune idée de ce qu'ils sont ou veulent devenir. Dès l'année prochaine, ces trois parcours disparaîtront, dans le cadre de la réforme du bac.

– Faut que je voie avec Gaspard et Chloé. On a quelques idées, ment-il.

– T'es pas obligé de rester avec eux !

– Tu voudrais que je fasse quoi, toi ?

– Un bon métier.

La vibration s'arrête. Minh Tuan récupère sa tasse et, ses pieds nus traînant sur les dalles blanches du salon, il rejoint sa mère et s'affale dans l'un des fauteuils en cuir blanc. Le sol, les meubles, les murs, la brume derrière les fenêtres, tout est blanc, dans cette maison. On dirait un catalogue Ikea*. Il n'y a que dans la chambre de Minh Tuan que l'on trouve de la couleur. Il souffle sur sa tasse, regardant sa mère par-dessus son café. Longs cheveux noirs, visage symétrique, peau sans le moindre défaut, silhouette de mannequin assise légèrement de biais, avec une classe d'actrice des années 1930. Elle est extrêmement belle, Minh Tuan en a conscience. Pas "plutôt belle", non. Vraiment, vraiment *très* belle.

Il la méprise un peu, depuis deux ans. Pas autant qu'il ne méprise son père, non, mais quand même. Ça a commencé quand ils sont allés au Viêtnam rendre visite pour la première fois à sa famille là-bas. Il ne les avait jamais rencontrés, ne parlait pas la langue, et il a détesté autant le climat que la nourriture. En plus, il

---

Ikea : chaîne de magasins d'ameublement d'origine suédoise. Considérée comme responsable d'une certaine uniformisation des intérieurs occidentaux depuis la fin du XXe siècle. Il se trouve l'un de ces magasins dans la ville des adolescents ; l'endroit est un atout commercial pour la municipalité et attire chaque week-end des familles venues parfois de régions éloignées.

était enfermé H24 avec ses parents, sans console de jeux ni cigarettes. Le mois le plus chiant de sa vie.

Cependant, ça lui a permis de prendre conscience de deux trois choses. De la pauvreté des parents de sa mère. Du pouvoir qu'ont les touristes blancs, là-bas. De ce qui a permis à son père d'arriver à séduire une femme comme elle.

Il a compris que sa mère n'était rien d'autre qu'une prostituée, son père rien d'autre qu'un client, et lui, rien d'autre qu'un contrat de mariage destiné à s'assurer que ni l'un ni l'autre n'aurait l'idée de se casser du jour au lendemain.

Il boit une première gorgée. Encore trop chaud.

D'une certaine façon, il espère que tous ces rendez-vous au spa, à la piscine, à la gym, Dieu seul sait où, couvrent en réalité des tromperies. Il espère que sa mère a des amants. Plein. Il serait incapable d'expliquer pourquoi, mais il l'espère, oui. Rose vient le rejoindre sur l'accoudoir du fauteuil et reste là, bien tranquille, à simplement le regarder. Il caresse ses oreilles, les roule un peu entre ses doigts.

– Tu n'as pas de bonnes notes, reprend sa mère tout en continuant à jouer avec son téléphone.

– Ça va, répond Minh Tuan. T'inquiète.

– Tu n'as pas de bonnes notes, répète-t-elle.

– T'inquiète, répète Minh Tuan.

– Tu vas t'inscrire à quelle école ?

– Je pensais aller à la fac, probablement.

– Pour faire quel métier ?

– On verra.

– Ton père peut te faire travailler à l'ambassade, en stage, il dit.

– Ouais. Cool.

– Ta coupe de cheveux n'est pas belle. On dirait un criminel.

Minh Tuan cache son sourire satisfait derrière sa tasse. Il se demande à quel moment elle va partir à son putain de spa. Tout ça ne rime à rien. Elle ne sait même pas comment est organisé le système éducatif français. Il aurait dû rester dans sa chambre et attendre qu'elle quitte la maison. Il a hâte de pouvoir vivre seul. Mais pour ça, il faut de l'argent. Et pour ça, il faut un travail. Ou alors, s'il continue à être un bon parasite bien envahissant, peut-être que ses parents finiront par lui payer un appart quelque part pour qu'il leur foute enfin la paix ? Il retente son café. C'est bon, il est buvable, désormais.

Sa mère se lève, s'étire et se dirige vers le couloir.

– Tu as reçu du courrier. C'est sur la table.

– Ça marche. Tu rentres à quelle heure, t'as dit ?

– Dans l'après-midi. Je mange avec Kathia.

Kathia est la meilleure amie de sa mère. Une Russe de vingt-sept ans mariée à un collègue de son père. Elle a les seins refaits et des lèvres énormes. Heureusement, Gaspard ne l'a jamais rencontrée, sinon il en parlerait en permanence. Il est déjà bien assez relou comme ça avec la mère de Minh Tuan. Ce dernier termine son café en une fois et caresse la tête de Rose.

– Tu fais tes devoirs, d'accord ? crie sa mère

depuis l'entrée, tout en prenant les clés de sa voiture.

– Je les ai déjà faits hier, répond Minh Tuan sans même savoir s'il en a.

– C'est faux.

– Comment tu peux savoir ? Je te dis que c'est fait !

– Je sais que c'est faux.

– Comme tu veux. Tu peux me laisser de l'argent ? J'irai peut-être manger dehors.

– Il y a des restes au frigo.

– Juste au cas où.

– Dans l'entrée, cède sa mère, son soupir probablement accompagné d'un billet de vingt euros qu'elle pose sur le meuble.

– Merci ! Bonne journée.

– Toi aussi. Fais tes devoirs. Et coupe tes cheveux.

La porte claque, les talons hauts de sa mère s'éloignent dans les graviers de l'allée, le moteur démarre, le portail s'ouvre, les bruits cessent.

Minh Tuan grogne, ravi de retrouver le silence, puis il se lève, longeant la baie vitrée donnant sur le brouillard. Il rejoint la table de la salle à manger. À l'extrémité de celle-ci, un petit colis marron, envoyé des États-Unis. Minh Tuan sourit, sachant déjà ce qui s'y trouve. Avec des gestes précautionneux, il l'ouvre et jette un regard à l'intérieur.

Emballé dans du papier-bulle, un gros bocal en plastique contient une dizaine de piments séchés, extrêmement rouges, leur peau flétrie leur donnant un aspect rugueux. Des Carolina Reaper, l'une des variétés les plus fortes au monde, détentrice d'un score de presque deux millions sur l'échelle de Scoville*. Sans sortir le bocal du colis, Minh Tuan prend son portable, ignore les messages en attente qui s'affichent sur l'écran, et envoie un texto à son père.

"On a reçu le Carolina Reaper ☺"

La réponse se fera attendre, évidemment, ou n'arrivera jamais. Il se demande si son père trompe sa mère. Bizarrement, cette idée lui déplaît davantage que son contraire. Il soupire, puis range les piments dans l'un des placards de la cuisine, entre un paquet de chips et un pot de Nutella.

Il hésite sur le programme, maintenant. Il déteste les week-ends. Il regarde finalement ses messages. Chloé lui propose de passer chez elle. Gaspard lui dit qu'il a un truc de fou à lui raconter. Gaspard lui envoie la photo d'une actrice de cul en réclamant une note sur dix. Chloé lui demande d'acheter des clopes avant de venir chez elle, s'il vient. Chloé lui demande s'il vient. Gaspard lui demande s'il a le manga *Aposimz**.

Minh Tuan laisse son portable sur la table du salon et retourne dans sa chambre, suivi par

---

Échelle de Scoville : mode de mesure de la force d'un piment. Les scores sont obtenus en diluant un volume de piment dans de l'eau. Ainsi, un piment qui aurait un score de 100 devra être dilué dans cent volumes d'eau avant de perdre son goût. À titre d'illustration, une harissa ordinaire a un score d'environ 600 sur l'échelle de Scoville.

***Aposimz* :** manga de Tsutomu Nihei, célèbre pour sa série *Blame!* Met en scène une planète couverte de neige et des personnages dotés de super-pouvoirs. Assez violent. Minh Tuan possède évidemment cette collection. Il refusera cependant de la prêter à Gaspard tant que celui-ci ne lui aura pas rendu ses *Claymore*.

Rose. Il s'installe devant son ordinateur, lance *Street Fighter V*, ouvre la fenêtre, et allume une cigarette en attendant un adversaire sur le mode en ligne. Dans un coin de l'immense pièce, son sac de cours dort, fermé. Il restera là jusqu'au lundi matin. Rose saute sur le bureau, puis sur le rebord de la fenêtre où elle s'allonge, prenant l'air.

Dehors, la brume commence à se dissiper. Les mains de noyés redeviennent de simples arbres attendant le retour du printemps.

5.

– Donc voilà, le projet c'est, grâce à la chaîne de Marina, de diffuser une vidéo documentaire. On espère pouvoir faire environ vingt minutes, avec des témoignages de scientifiques et des images tournées dans des lieux très pollués, afin de sensibiliser les gens à la crise écologique qui arrive, et comme ça…

– Ta gueule, Molton! grogne Chloé, assise au dernier rang, en couvrant sa bouche de sa main et en essayant de prendre une voix masculine.

Sur l'estrade de la salle 203, Enzo Molton ne se laisse pas démonter et poursuit sa présentation, sans un regard pour l'importune adolescente. À côté de lui, cependant, Marina Javandi tourne ses yeux verts, qui semblent être devenus noirs, en direction du trio que Chloé forme avec Gaspard et Minh Tuan.

– Bref, on va lancer la cagnotte en ligne* bientôt, et on comprendrait vraiment que vous

Cagnotte en ligne : outil de paiement par Internet permettant de participer au financement d'une cause, d'une œuvre, d'un produit… Ces cagnottes sont également utilisées pour les anniversaires et, aux yeux de ceux qui n'ont pas le talent rare de savoir faire des cadeaux, elles ont remplacé la fameuse question : "Y a pas quelqu'un qui s'occupe d'organiser un cadeau collectif ?"

ne puissiez pas participer, chacun fait comme il peut, mais en tout cas, si vous pouvez en parler aux gens autour de vous, à vos familles, tout ça, ça pourrait réellement nous aider. C'est un combat qu'on doit mener ensemble ! C'est la seule façon de le gagner. Merci beaucoup.

– Ferme ta gueule, Molton ! répète Chloé, tandis que le reste de la classe se met à applaudir le duo de débiles qui se trouve debout près du tableau.

Ça fait au moins un mois que ça dure, ces idioties, que ce soit sous la forme de vidéos sur les réseaux sociaux ou d'affiches placardées dans les couloirs du lycée : Marina et Enzo, probablement les deux élèves les plus insupportables de l'établissement, se sont alliés pour un projet de documentaire à la con. Les Cavaliers de l'Apocalypse*, bordel. Chloé s'affale dans sa chaise et soupire, le visage tourné vers la pluie qui tombe derrière les fenêtres de la classe. Sur sa table se trouve son classeur de SES. La dernière page de ses notes ne contient que le dessin, très détaillé, d'un œil en gros plan. C'est la seule chose que Chloé sait dessiner. Alors elle la dessine souvent. Au bout du dernier rang, Gaspard se penche vers elle, tandis que des élèves commencent à interroger les deux stars de la journée sur leur fabuleuse idée.

Les Cavaliers de l'Apocalypse : figures bibliques augurant de la fin du monde. Ils sont au nombre de quatre, chacun représentant un fléau : Conquête, Guerre, Famine et Maladie. Ce mythe a été repris dans la série de jeux vidéo *Darksiders*, que Minh Tuan apprécie plutôt.

– Hé ! Hé ! l'appelle-t-il en murmurant. Ils pensent vraiment qu'ils vont arrêter le réchauffement climatique en faisant une vidéo ?

– Pfff ! Tu parles ! Ils veulent juste genre se donner bonne conscience, ramasser de la thune et passer pour des héros de merde. Je les hais, l'un comme l'autre. Les profs devraient pas les laisser faire leur sale pub de classe en classe, là, comme ça… Je vais me plaindre au conseil d'établissement.

– Bien sûr… intervient Minh Tuan en soupirant.

– C'est quoi, le conseil d'établissement ? demande Gaspard.

– J'en sais rien. Mais t'as compris l'idée.

– Moi je vais pas donner à leur cagnotte. Je pense pas qu'une vidéo YouTube, ce soit une idée efficace pour empêcher la fin du monde.

– Parce que, genre, tu crois que moi je vais donner ?! Non mais tu t'es tordu une couille, mon pauvre !

– C'est quoi le rapport entre sa capacité de réflexion et ses couilles ? demande Minh Tuan.

– Hé, reprend Gaspard, vous vous êtes jamais fait la remarque que, en fait, l'année dernière, quand Enzo il a quitté notre classe pour aller en L, c'était juste après avoir fait son coming out ?

– Qu'est-ce que t'essaies de dire ? soupire Minh Tuan.

– Rien. Juste, c'est marrant.

– Tu penses qu'il y a genre une corrélation ou quoi entre le fait d'être pédé et celui d'être littéraire ? propose Chloé.

De chaque côté d'elle, les garçons ouvrent des yeux ronds et reculent de quelques centimètres dans leurs chaises.

– Whoooa… C'est ultra homophobe, meuf, ça, comme insulte, murmure Gaspard.

– Non mais ça va, je l'ai pas dit en insulte ! s'agace-t-elle.

– C'est super homophobe, confirme Minh Tuan en secouant la tête. *T'es* super homophobe.

– Mais que dalle, wesh ! C'est juste que je sais jamais le mot qu'il faut utiliser ! Ça change tous les jours, avec eux…

– "Eux", répète Gaspard d'un air horrifié.

– Moi je trouve ça bien qu'il ait fait son coming out, dit Minh Tuan.

– Mais oui, non mais moi aussi, je m'en bats la race ! Je suis pas homophobe, putain !

– Tu l'as traité de "pédé".

– Je l'ai pas traité, j'ai…

– Hier, il a posté un article super intéressant sur Facebook, coupe Gaspard. Un truc sur les asexuels. C'est des gens qui, en gros, ont jamais envie de baiser ni rien. C'était méga passionnant. Il disait qu'il fallait se sensibiliser à ça. Très intéressant.

– Même si t'as jamais baisé, y a peu de chances que tu le sois, toi, commente Minh Tuan.

– Tu sais pas, que j'ai jamais baisé !

– Je le sais très bien.

– Tout ce que je dis, c'est que c'était très intéressant. J'aimerais bien discuter avec un asexuel.

– Il pourrait te donner des astuces pour pas te fracturer la main droite ?

– Allez vous faire enculer, reprend Chloé, les bras croisés, enfoncée dans sa chaise. Je suis pas homophobe.

– Dire "allez vous faire enculer", c'est homophobe, répond Minh Tuan. Y a rien de mal à se faire enculer. Sauf si t'es homophobe.

– Va te faire enculer.

Devant eux, Malik Ait* se retourne, sourcils froncés, narines dilatées par la colère.

– Hé, vous pouvez pas la fermer, sérieux? chuchote-t-il. J'essaie d'écouter, moi!

Chloé lui lève son majeur. Malik la traite de connasse avant de pivoter de nouveau vers le tableau, où Enzo et Marina continuent à répondre aux questions. Au bout du dernier rang, une petite silhouette se penche en avant et, timidement, s'adresse à Minh Tuan, Chloé et Gaspard, tout en remettant ses grosses lunettes en place.

– Enzo est homosexuel? intervient tout bas Tina Akono, prononçant le dernier mot de sa question de la même façon qu'elle tiendrait un mouchoir sale.

Chloé ricane, recroisant ses bras.

– Comme un phoque.

– Quoi? demande Tina.

– C'est une expression. "Pédé comme un phoque*."

Malik Ait : élève de terminale ES. A commencé l'école avec un an de retard, et va donc sur ses dix-neuf ans. Excellent en maths et en SES. Médiocre en espagnol et en philosophie. A fait un vœu d'inscription dans une école de commerce sur Parcoursup. Il lui est arrivé d'emprunter des mangas à Minh Tuan.

"Pédé comme un phoque" : l'origine de l'expression est incertaine, mais il semblerait qu'elle vienne du "foc", une voile qui,

– T'as encore dit "pédé" ! s'horrifie Gaspard.

– Ça vient d'où, d'ailleurs, cette expression ? demande Minh Tuan. Gaspard, les phoques sont homos ?

– Mais comment vous savez qu'il l'est ? reprend Tina pour éviter au trio de partir dans une nouvelle voie de garage.

– Il a fait une méga annonce, l'année dernière, explique Chloé avec un sourire moqueur. Genre, qu'il pouvait plus mentir au monde ou se mentir à lui-même et tout ça, et blablabla... Il était dans notre classe, avant de préférer aller en L. Tout le monde l'a applaudi, comme quoi il avait beaucoup de courage et tout ça... La blague. Pauvre type.

– Ah. D'accord.

Tina se rassied, bien droite, ses yeux timides fixés sur Enzo.

– Hé, Tina ! Hé ! Ça te gêne qu'il soit homo ? demande Gaspard.

– Non. Non, pas du tout, répond l'adolescente après un temps de réflexion. C'est juste que c'est le premier que je rencontre.

– Y a pas de gays, au Congo* ? se moque Minh Tuan.

---

sur les bateaux, prend le vent par l'arrière. Évidemment très homophobe, quoi qu'en pense Chloé.

L'homosexualité au Congo : si la république démocratique du Congo est l'un des rares pays d'Afrique à ne pas criminaliser l'homosexualité, cela ne signifie pas qu'elle y soit acceptée, et les homosexuels y sont fortement discriminés. Le photographe Régis Samba-Kounzi a fait plusieurs séries de photos pour illustrer la réalité de l'homosexualité dans son pays. Tina les a vues sur Internet et les a trouvées très belles.

– Pas qui le disent, en tout cas. C'est très mal vu. On peut en mourir.

– D'être gay ?

– De le dire.

Le trio n'a cette fois pas de réplique idiote à répondre. Un instant, ils regardent Tina. Lorsque la jeune réfugiée est arrivée au lycée, en début d'année, tout le monde s'est intéressé à elle, lui a promis de l'aider, de la guider au quotidien, de la protéger, d'être son ami… Oui, tout le monde trouvait ça vraiment super, à ce moment-là, d'avoir une réfugiée congolaise dans sa classe. Et puis, au bout de quelque temps, son accent, ses vêtements moches, sa timidité et sa tendance à disparaître pendant les récrés ont lassé tout le monde. Et, surtout, les autres lycéens ont compris qu'ils pouvaient continuer à publiquement s'émouvoir et se vanter d'avoir une réfugiée pour amie, sans pour autant devoir réellement la fréquenter.

Toujours est-il que, désormais, Tina est elle aussi abonnée au dernier rang, assise à proximité de Gaspard, Chloé et Minh Tuan dans au moins la moitié des matières. Pour autant, le trio s'est jusqu'ici contenté d'éprouver pour elle une solidarité passive, évitant inconsciemment mais consciencieusement de l'inclure à leurs bavardages ineptes. Tina n'a, d'ailleurs, jamais exprimé le désir d'y participer, jusqu'à aujourd'hui. C'est une adolescente très intelligente.

– T'as un mec, Tina ? demande Chloé avec un sourire mauvais.

L'adolescente baisse les yeux, réajuste ses

lunettes et passe une main dans ses courts cheveux noirs.

– Ce ne sont pas tes affaires, dit-elle en continuant à regarder droit devant elle.

– Ça veut dire non, ça !

– Ce ne sont pas tes affaires.

– C'est pas grave, hein, Tina ! la rassure Gaspard avec bienveillance. Moi j'ai pas de copine, et Minh Tuan non plus, et...

– Ouais mais moi j'en ai déjà eu !

– Et Chloé non plus elle a pas de mec, et...

– J'en ai pas parce que je préfère baiser librement ! corrige Chloé.

– Ouais mais en tout cas, t'en as pas. Alors t'inquiète, Tina. Elle demandait juste.

– Ouais, ouais, confirme Chloé en soupirant, utilisant l'appareil photo de son portable pour vérifier son maquillage.

Tina réajuste encore ses lunettes trop grandes pour elle, puis tourne un instant les yeux vers ses voisins de table.

– Je n'en ai pas.

– Tu vois ? Je savais ! parade Chloé en reposant son téléphone.

– C'est pas grave, répète Gaspard.

– Ça dépend de si elle en veut, réfléchit Minh Tuan. C'est pas à toi de dire si c'est grave ou pas. Tu cherches un mec, Tina ?

– Non. Laissez-moi tranquille, avec ça ! C'est privé.

Malik se retourne une nouvelle fois, plus vivement.

– Non mais sérieux, vous allez la fermer, votre gueule ?! demande-t-il à voix haute.

Sur l'estrade, Enzo et Marina se taisent soudain, tandis que Mme Danverre, visiblement en léthargie depuis le début de leur présentation, se lève de derrière son bureau.

– Malik ! Il se passe quoi, là, encore ? crie-t-elle.

– C'est Chloé, madame ! Elle parle depuis tout à l'heure, putain !

– Ton langage, Malik, on est en classe, ici. Chloé, Minh Tuan, Gaspard, taisez-vous !

– Hé, d'où on est inclus, nous ?! s'offusque Minh Tuan. Malik a dit que c'était que Chloé !

– Ils parlaient aussi, corrige Malik.

– Sale poucave, murmure Chloé derrière lui. Je vais te planter.

– Ta gueule, grogne l'adolescent sans se retourner.

– Gaspard, tu viendras me voir à la fin du cours. Tina aussi. Les autres, maintenant, silence ! On laisse Marina et Enzo finir leur présentation et, s'il vous plaît, vous vous tenez…

La voix de l'enseignante est interrompue par la sonnerie marquant la fin du cours, et par le capharnaüm qui y est immanquablement associé, mêlant bruits de sacs qu'on attrape, de semelles qui glissent sur le linoléum et de chaises qu'on repousse.

Au dernier rang, Gaspard, pourtant généralement parmi les premiers à participer au chaos, se penche vers Tina sans ranger ses affaires.

– Pourquoi elle veut nous voir tous les deux ? demande-t-il, clairement inquiet.

L'adolescente réajuste ses lunettes. Puis sourit.

– Elle m'a parlé de tes problèmes en cours. Et elle a dit que ce serait moi, ta tutrice.

La bouche entrouverte, Gaspard hoche lentement la tête. Chloé part d'un rire tonitruant. Minh Tuan referme sa veste de costume et se lève.

– Bah voilà, commente-t-il, moqueur. Deux célibataires en moins sur cette planète… Le réchauffement climatique va s'aggraver. J'espère que Marina et Enzo en feront une vidéo.

6.

Dimanche, sept heures du matin. Le réveil qui sonne avant qu'il fasse réellement jour. On pourrait voir ça comme un gâchis de sommeil, et d'ailleurs Gaspard lui-même le pense un peu en coupant l'alarme avec un grognement, mais ce qui doit être fait doit être fait.

La maison est encore silencieuse. Il se lève, ramasse un sweat à capuche qui traîne près du lit, un jean, ouvre le premier tiroir de la commode et y pioche son bonnet favori ; le gris avec une plume d'oiseau brodée en bleu brillant. Il l'enfile comme il peut sur des cheveux qui lui arrivent désormais aux épaules. Puis, ses baskets à la main, il descend au rez-de-chaussée en prenant soin d'éviter la quatrième marche, qui grince, et la septième, qui couine. Il ouvre la porte du garage, prend son vélo, retourne dans le salon avec. Balthazar est réveillé, maintenant, et il le regarde avec des grands yeux noirs et interrogatifs, assis près de l'entrée.

– Chut ! ordonne Gaspard en posant un doigt sur ses lèvres. Tu peux venir, mais tu te tais.

Le chien semble comprendre. Gaspard s'attendrait presque à le voir hocher la tête. Il ouvre la porte, laisse l'animal sortir avant lui, puis il referme la maison, enfile ses chaussures et, enfin, monte sur son vélo et se met à pédaler. Au bout de la rue, Balthazar aboie, avec ce qui semble être de la joie.

La ville dort encore. Il y a de la brume dans les rues et c'est tout, juste ce ciel plus vraiment noir, pas encore vraiment gris. Au loin, les immeubles sont des formes floues qui émergent de l'océan. Des bateaux échoués dans une nuit abandonnée. Les lampadaires font des taches jaunes qui bientôt deviendront inutiles. Gaspard entend distinctement le bruit de sa chaîne, celui de son souffle, les pattes de Balthazar qui galope près de lui. Il sort de la résidence et remonte vers le pont qui lui a donné son nom, longeant le lycée noyé dans la pénombre. Il aime bien ces virées solitaires. Elles ne sont pas juste utilitaires. Il y a quelque chose de précieux, d'indicible, dans cette sensation de posséder la ville pour soi seul. Ça ne dure pas longtemps, il faut en profiter. Alors, les larmes aux yeux à cause du froid, Gaspard continue à pédaler tranquillement, à se fondre dans le silence, sans ses écouteurs. Il s'arrête à la boulangerie, achète trois croissants, en donne un à Balthazar qui le mange en deux fois, sa queue remuant assez fort pour alimenter en énergie toute la ville pour la semaine à venir, puis il remonte sur son vélo et pénètre dans le quartier du Val-Hulotte*. Autour de lui, les lampadaires

Le Val-Hulotte : situé à proximité du lycée, ce quartier est considéré comme "une cité chaude". Bien que finalement assez calme, il s'y vend quotidiennement pour plusieurs milliers d'euros de drogues diverses.

s'éteignent ; le jour apparaît. Il arrête son vélo devant le bâtiment 7 et, Balthazar sur les talons, entre dans le hall.

– Gas' ! l'accueille Kenneth, assis sur sa chaise en plastique, seul près des boîtes aux lettres. C'est comment, mon petit métalleux d'amour ?

Avec un sourire, Gaspard serre la main que Kenneth* lui tend. Celui-ci se lève, s'étire, puis baisse le bras et caresse la tête de Balthazar, qui en jappe de contentement.

– Tiens, je t'ai amené le petit-déjeuner, dit Gaspard en offrant l'un de ses croissants à Kenneth.

Le colosse accepte le présent en souriant à son tour. Ses yeux sont gonflés de fatigue et le col de sa veste de survêtement est remonté jusqu'à son menton. Il a passé la nuit à travailler. Sous les boîtes aux lettres, près de sa chaise, un gobelet en plastique blanc contient du thé fumant. Balthazar s'en approche pour le renifler. Kenneth le laisse faire. Le chien, sa curiosité satisfaite, s'éloigne pour explorer l'immeuble. Kenneth se rassied et commence à manger le croissant.

– Tu sais, Gas', c'est pour ça que t'es mon client favori.

Probablement est-ce un mensonge, mais

Kenneth Kébé : a habité toute sa vie au Val-Hulotte. Du fait de son nom, était surnommé "Caca" à l'école primaire. Puis Kenneth a grandi, finissant sa croissance à plus de deux mètres et cent kilos de muscles. Plus personne ne l'a appelé "Caca" depuis près de dix ans. Aime énormément le dessin animé *Dragon Ball Z.* A réussi à ne jamais faire de séjour en prison, malgré une accusation de complicité dans une affaire de meurtre quelques années plus tôt.

l'adolescent se sent quand même flatté. Il passe une main sous son bonnet.

– Tu veux quoi ?

– Cinquante, répond Gaspard en sortant de son sweat un billet équivalent, survivance de Noël et de son argent de poche mensuel.

– Marron ou vert ?

– Shit, plutôt.

Kenneth termine son croissant, s'essuie les doigts sur son pantalon, puis ouvre l'une des boîtes aux lettres, qui ne porte pas de nom. Il en sort un pochon qu'il donne au lycéen. Gaspard le regarde rapidement. C'est une bonne barrette, bien grasse. Il doute être réellement le client favori de Kenneth, il doute même que Kenneth ait un client favori, mais au moins, clairement, il ne se fout pas de sa gueule. Il la range dans la poche ventrale de son sweat.

– Tu veux rien d'autre ?

– Non, t'inquiète. Mon psy s'occupe du reste, répond Gaspard avec un sourire en coin.

– Tu vois un psy ? Je savais pas.

– C'est mes parents qui m'ont obligé. Avec la mort de ma sœur et tout ça.

– T'avais une sœur ?

– Ouais.

– Désolé.

– T'inquiète. C'était y a longtemps.

– Quand même.

– Ouais.

Les deux garçons se tournent vers l'entrée de l'immeuble. Le ciel est désormais gris. Pas encore clair, mais bientôt il le sera. Une femme passe dans l'allée devant le bâtiment, un sac de courses vide à la main. Ses sandales frottent contre le bitume.

– Ça va quand même, toi ? reprend Kenneth en buvant un peu de thé.

– Ouais, de ouf.

– T'as l'air aussi fatigué que moi…

– Ouais non mais ça c'est à cause du bac qui arrive et tout. Je révise tout le temps, ment Gaspard sans bien savoir pourquoi il s'y sent obligé.

– Ah ouais ? Tu vas l'avoir, alors ?

– Non, aucune chance, se reprend-il, saisi d'un élan de sincérité.

– Merde.

– Bof. C'est pas grave. Et puis y a des gens qui disent qu'ils nous le donneront quand même, avec cette histoire de réforme et tout ça. Alors je sais pas.

– C'est important, le bac. Bientôt tu seras adulte. Faudra te prendre en main. Tu vois le genre.

Gaspard aime bien Kenneth. Mais là tout de suite, il commence un peu à le faire chier. Si même les dealers se prennent pour des conseillers d'orientation, où va le monde, putain ?

– Tu l'as eu, ton bac, toi ?

– Non. Mais moi, c'est pas pareil.

Là-dessus, Gaspard ne peut pas lui donner tort. Il ne pourrait jamais devenir dealer, lui. Il ferait des prix à tout le monde et finirait en prison au bout d'une semaine, probablement. Balthazar a terminé son aventure et revient dans le hall, la langue pendante.

– Bon, je vais y aller, moi…

– Ça roule, frérot, répond Kenneth en caressant une dernière fois le chien. Révise bien, OK?

– Juré.

– Sinon je te vends plus rien!

– Juré, je t'ai dit!

Ils rient un peu, puis Gaspard ressort et enfourche son vélo. Derrière lui, Kenneth quitte le hall, son thé à la main, et s'adosse à l'un des piliers de l'entrée pour allumer une cigarette. Avant de repartir, Gaspard enfonce ses écouteurs sous son bonnet et lance le morceau *Deux Frères*, de PNL*. Puis, de nouveau, il pédale, en rythme avec la musique, en rythme avec le brouillard qui se dissipe, en rythme avec la ville qui se réveille lentement, encore somnolente. Quelques voitures, quelques passants. Les lampadaires éteints et le ciel gris de fin d'hiver. Gaspard roule, Balthazar court, jusqu'au parc des Velliades*.

L'endroit est encore vide, à part, tout au bout, de l'autre côté, près des maisons, une femme qui promène son chien. Un chien beaucoup plus petit que Balthazar. Celui-ci se met immédiatement en posture de combat malgré la distance. Gaspard le rappelle à l'ordre, puis descend de

---

PNL : duo de rappeurs français apparu au milieu des années 2010. Considéré par la moitié de la population comme l'une des meilleures choses qui soient arrivées à la musique, et par l'autre moitié comme absolument inécoutable. Minh Tuan et Chloé font partie de la première catégorie. Gaspard également, même s'il est plus discret à ce propos, pour cause de réputation à tenir.

Parc des Velliades : plus grand parc de la ville, celui du Château mis à part. C'est là que se réunissent les adolescents perdus, surtout en été. Il faut y faire attention aux crottes de chiens.

vélo et s'assied dans l'herbe. Elle est argentée de givre et casse sous ses doigts.

De son sac à dos, il sort une petite bouteille d'eau, une brosse à dents et du dentifrice. Pour une raison qu'il ne s'explique pas, les joints ont toujours meilleur goût lorsqu'il les fume juste après s'être lavé les dents. Il se met donc en condition, puis en roule un et le cale au coin de sa bouche. L'allume. Tire dessus. Soupire. Balthazar poursuit des fantômes dans le parc. La fumée qui sort de la bouche de Gaspard est peut-être celle du joint, ou juste la vapeur de son souffle. Il ne fait plus la différence. Il s'allonge, ses coudes appuyés dans l'herbe qui mouille son sweat, ses yeux marron contemplant les bâtiments au loin. Il imagine un moment les vies des gens qui y habitent. Tout ça va finir, un jour. Le climat va continuer à se dérégler. Les pauvres seront de plus en plus nombreux. Il y aura des émeutes en permanence. Des guerres. La fin du monde. Il a hâte de partager son joint avec le dernier terrien.

C'est de PNL, ça, tiens.

Il fouille dans sa poche et, en reniflant, change la musique. Lo-Tel*. Un groupe qu'il a trouvé dans les affaires de Célia, sa grande sœur. Elle écoutait plein de groupes inconnus que Gaspard n'arrive jamais à retrouver sur Spotify, alors il est

---

Lo-Tel : groupe australien qui n'a connu qu'un succès modeste, au début du XXIe siècle. Leur album *Planet of the Stereos* fait partie des disques favoris de Gaspard, surtout les chansons *Crucifix* et *Teenager of the Year.* Il ne les a cependant jamais fait écouter à personne. De toute façon, Minh Tuan et Chloé détestent toujours la musique qu'il met.

obligé d'encoder ses vieux CD pour les écouter sur son téléphone.

Il ne partageait pas grand-chose avec elle. Elle était trop âgée, ou lui trop jeune. Mais il l'aimait. Elle l'aimait. Ça allait. Il se souvient de ses amies. Il était un peu amoureux de celle qui s'appelait Sarah*. Il aimait bien, lorsque Célia sortait, fouiller sa chambre. Il était fasciné par son maquillage, par ses posters, par sa collection de disques, par le parfum agréable qui régnait dans cette pièce.

Quand elle est morte, il a beaucoup pleuré. Les parents aussi. Même Melchior, qui pourtant était petit.

Mais finalement les années ont passé, et s'il continue à voir le psy pour avoir son Xanax, en réalité, Gaspard ne pense plus si souvent que ça à Célia. Il ne sait pas si elle lui manque. La vie semblait bizarre, après sa mort. Mais elle a pourtant continué. Peut-être est-elle restée bizarre. Gaspard n'en sait rien du tout. Il termine son joint, l'écrase dans l'herbe mouillée, se redresse, essuie son pantalon, enfile sa capuche par-dessus son bonnet. Dans le parc des Velliades, quatre personnes font un jogging ensemble, et encore une autre personne promène son chien. Dans le ciel gris, le soleil blanc a creusé un trou. Gaspard et Balthazar rentrent à la maison.

Tout y est toujours silencieux. Ils dorment encore. Gaspard regarde son téléphone. Même

---

Sarah : aujourd'hui, Sarah a le crâne rasé et est sur le point de finir des études d'architecture à Toulouse. Gaspard ne l'a jamais revue depuis l'enterrement de Célia. Il ignore même qu'elle a quitté la ville. Il lui arrive encore de penser à elle.

pas huit heures. Il referme la porte en silence, nourrit Balthazar, retire ses chaussures et remonte vers sa chambre.

Au bout du couloir, une porte s'entrouvre.

– Tu faisais quoi ? murmure Melchior, réduit à un œil qui le regarde depuis la pénombre.

– J'étais sorti baiser ta mère, répond Gaspard.

– Ma mère c'est la tienne, et elle habite ici.

La vérité gifle Gaspard, violemment : ce petit con a désormais plus de répartie que lui. En souriant, il se dirige vers la chambre de son frère. C'était la chambre de Célia, avant. Désormais, leur grande sœur se résume à quelques cartons dans le garage. C'est là que Gaspard va fouiller lorsqu'il cherche de nouveaux disques à écouter. Melchior le laisse entrer, encore en pyjama. Dans un coin de la pièce, une petite télé est allumée, comme la Playstation qui y est branchée. Elles ont remplacé le maquillage et les posters de groupes de rock. Les deux garçons s'asseyent contre le lit et prennent une manette chacun.

– T'as fumé un joint, dit Melchior sans que ce soit une question. Tu pues.

– Tu vas le dire aux parents ?

– Non.

– Bon petit.

– Me parle pas comme à un chien.

Gaspard pense à Balthazar. Gaspard, Melchior, Balthazar : c'est quoi le délire des vieux, avec les Rois mages, putain ?! Et, surtout, est-ce que ça signifie qu'ils considèrent Balthazar comme leur troisième fils ? À la connaissance de Gaspard, ils ne sont même pas croyants, en plus... Célia a eu de la chance d'être une fille. Gaspard se dit qu'il aurait aimé être une fille. Au moins pendant un jour. Pour se doigter et se toucher les seins, par exemple. Et pour voir ce que ça fait de se maquiller. Son petit frère lance *Mortal Kombat 11** et ils commencent à jouer. Au bout de quelques rounds, le pas de leur père résonne dans le couloir. La ville est réveillée. Gaspard continue à jouer. Il perd tous ses combats. Ça fait plaisir à Melchior. Alors ça lui fait plaisir à lui aussi. Il se dit qu'aujourd'hui il va réviser pour le contrôle de SES. Il sait qu'il ne le fera pas. Il repense à Célia. Aux conseils de Kenneth. À la fin du monde qui approche. Il aime bien se lever tôt, le dimanche matin.

Mortal Kombat : série de jeux de combat relativement médiocres, dotés d'une violence graphique tirant sur le grotesque. Ne devrait probablement pas se trouver entre les mains d'un garçon de onze ans.

7.

Chloé descend en trombe les escaliers et déboule dans le hall du lycée. Il est presque vide, mis à part deux tocards de sa classe qui discutent près des portes. De l'autre côté de celles-ci, le ciel de milieu d'après-midi est d'un gris triste, même pas orageux ni rien, juste gris. De la merde. Ses Converse* crissent tandis qu'elle fait un tour sur elle-même. Personne d'autre ne se trouve ici. Pourtant, la terminale ES a une heure de trou hebdomadaire, le jeudi après-midi, entre 14 h 15 et 15 h 15. Mais visiblement, tout le monde la met à profit pour disparaître… Putain. Pas un pour rattraper l'autre, dans cette classe de ringards.

Il faut absolument qu'elle trouve Minh Tuan et Gaspard. Ce qu'elle vient d'apprendre est d'une importance capitale et nécessite la tenue d'un conseil de guerre pour décider de représailles appropriées.

Elle prend cependant le temps de faire un détour vers le distributeur, y insère une pièce et

---

Converse : Chloé a acheté sa première paire de Converse All Star en seconde. Depuis, elle ne porte plus que ce modèle de baskets. Selon elle, il fait partie de son personnage public. Selon elle toujours, il est important d'avoir un personnage public.

récupère un paquet de Pom Pom*. Elle va avoir besoin de forces pour tenir. Elle regarde son portable. Toujours aucune réponse aux messages qu'elle a envoyés aux deux connards. Probablement sont-ils cachés aux chiottes en train de se branler l'un l'autre. À bout de nerfs, Chloé frotte ses taches de rousseur, puis remonte le couloir menant aux autres escaliers. Entend des voix à l'intérieur de l'une des salles d'étude. Ralentit. Identifie les voix. S'arrête. Pousse la porte.

Dans la pièce, ce débile de Gaspard et cette connasse de Tina lèvent la tête vers elle.

– Qu'est-ce que vous foutez là, putain ? soupire-t-elle. Je t'ai envoyé, genre, mille messages ! T'as pas ton portable ou quoi ?

– Elle me fait réviser, répond Gaspard avec un sourire idiot. C'est mon tuteur !

– Ta tutrice, corrige Tina.

– Ouais, super. Bon courage, Tina… Tu lui as déjà appris qu'un plus un ça faisait deux, ou il galère encore, là-dessus ?

– On s'occupe de l'anglais, pour l'instant.

Chloé soupire de nouveau, refusant de s'intéresser plus avant aux ineptes occupations de ce duo de losers absolus. Elle s'impose à leur table, y tirant une chaise couverte de graffitis probablement plus vieux que quiconque dans ce lycée.

– Oui, bon, on s'en fout, de tout ça ! De toute

Pom Pom : bonbons acides au goût de pomme. Étrangement, aucun élève n'en a jamais trouvé ailleurs que dans le distributeur du lycée. Du fait de cette rareté, ils jouissent d'une certaine popularité au sein de l'établissement.

façon, il aura pas son bac, alors perds pas ton temps, Tina.

– Ce n'est pas encore trop tard… tente la lycéenne.

– Tu dis ça parce que tu le connais pas comme je le connais ! Il est trop tard depuis qu'il est né, pour lui.

– Elle a probablement raison, confirme Gaspard en grattant son bonnet.

– Peu importe ! recentre Chloé. J'étais avec cette chienne de Charlotte* et cette salope de Karima*, là, et j'ai appris une nouvelle de ouf : cette pétasse de Stéphanie* organise une merde de fête chez elle, ce week-end. Ses parents se sont barrés je ne sais où.

– Et alors ?

– Et alors tu veux savoir qui elle a invité, bordel ?!

– Pas vraiment, mais j'imagine que tu vas me le dire quand même, donc bon…

Charlotte Bainville : terminale ES. Sort actuellement avec Axel Nodigue, de terminale S1. A décidé de devenir végétarienne en début d'année scolaire, mais mange encore parfois, en secret, de la noix de jambon de marque Bordeau Chesnel.

Karima Zerrouki : terminale ES. Vit dans le quartier du Val-Hulotte. A un niveau élevé aux échecs, ce dont absolument personne au lycée n'est au courant. Était secrètement amoureuse de Minh Tuan l'année précédente, mais n'a jamais osé lui en parler. Son livre favori est *Milly Vodović*, de Nastasia Rugani.

Stéphanie Maréchal : terminale ES. Déléguée de classe. Notes correctes. Sexuellement active depuis ses treize ans. Partage énormément d'articles féministes sur Facebook. Est apparue dans deux vidéos de la chaîne YouTube *Marina Smile* pour parler de ce sujet. Vit dans le quartier des Mâtines, réputé pour être "le quartier des riches".

– Toute la classe, putain ! Elle a invité toute la classe !

– Ah. Bah… Cool, non ?

– Toute la classe *sauf nous* ! précise Chloé, les yeux exorbités. Cette grognasse de Karima était pas censée me le dire, mais comme c'est une grosse langue de pute qui sait pas la fermer… Visiblement leur petite soirée à la con est organisée depuis, genre, deux semaines, et ils ont tous pour consigne de ne pas nous en parler ! Soi-disant que c'est à cause de ce qu'il s'est passé à la dernière soirée d'Enzo*.

– Ah.

– Exactement !

– C'est vrai qu'en plus, Stéphanie nous aime pas trop, je crois…

– *Personne* nous aime, Gaspard. Mais c'est pas le souci. Le souci, c'est que tu fais pas ce que tu veux, dans la vie. Si t'invites toute ta classe, t'invites toute ta classe, putain ! C'est genre une règle universelle ou je ne sais quoi !

– Elle invite qui elle veut…

– Non. Certainement pas.

– Donc quoi ?

– Donc, Minh, toi et moi, on va s'incruster à sa putain de soirée. Rien à foutre.

La dernière soirée d'Enzo : a eu lieu en octobre dernier. Minh Tuan, Gaspard et Chloé y étaient invités, au même titre que près de soixante autres élèves du lycée. Minh Tuan a profité de l'occasion pour vomir dans la cheminée des parents d'Enzo. Gaspard pour, ivre mort, s'uriner dessus, allongé dans le canapé. Et Chloé pour se battre avec une fille qu'elle ne connaissait pas, sous un prétexte dont elle ne se souvient plus. Aucun des trois lycéens n'a depuis été réinvité à quelque soirée que ce soit.

– Mais tu l'aimes même pas, toi non plus !

– C'est une question de principe, Gaspard. Ressaisis-toi.

– Moi non plus j'ai pas été invitée… intervient d'une voix faible Tina, depuis l'autre côté de la table.

Chloé tourne les yeux vers la jeune Congolaise. Elle avait presque oublié son existence. Avec un air pénétré, elle secoue lentement la tête, théâtralement affligée.

– Mon Dieu… Ils n'invitent pas la réfugiée. Quelle bande d'infâmes racistes.

– Je ne connais pas tellement Stéphanie, explique doucement Tina. C'est normal qu'elle ne m'ait pas invitée.

– Non. Pas normal du tout, coupe Chloé, pourtant persuadée que si elle-même avait organisé une soirée, elle n'y aurait pas invité cette sainte nitouche non plus. Tu vas venir avec nous. Ça leur apprendra, à ces gros fils de pute, à jouer au concours de popularité !

– Je n'ai pas envie.

– Tant pis pour toi. Tu viens quand même. C'est un truc de position à défendre. Faut leur donner une leçon. Si tu veux mon avis, ce qu'ils font, là, c'est genre du fascisme.

– T'es sûre ? demande Gaspard en plissant un œil prudent, une main plongée dans le paquet de bonbons de Chloé.

– De ouf. On va débarquer tous les quatre à leur soirée et foutre une énorme merde.

– Moi je ne viens pas, insiste Tina. Ça ne m'intéresse pas, et je n'ai pas envie d'avoir des problèmes avec Stéphanie. Je m'en fiche.

– Si, tu viens, ordonne Chloé.
– Non.
– Si.
– Non.
– Si.
– Non !
– Si !

L'échange dure encore une bonne minute mais, finalement, Tina accepte de donner à Chloé son adresse pour qu'ils viennent la chercher le soir de la fête. AH ! Quand il s'agit de jouer à la conne, personne ne peut battre Chloé Vaguaire, dans ce lycée de péquenots. Et cette classe de crétins va bientôt l'apprendre à ses dépens.

Tout en repartant vers la cour pour fumer la cigarette qu'elle vient de taxer à Gaspard, Chloé regarde son reflet dans le distributeur de tampons, près de l'infirmerie. Elle est bandante, aujourd'hui. C'est la rage qui la rend grave bonnasse. Elle corrige vite fait ses cheveux, tire un peu sur son blouson en cuir, délace volontairement l'une de ses baskets, se tourne de trois quarts pour qu'on puisse deviner à la fois son cul et ses *boobs*, puis elle se prend en photo pour Instagram.

#OOTD*
#Bonnasse
#LaGuerreEstDéclarée

#OOTD : pour *"Outfit Of The Day"* ("tenue du jour"). L'un des quatre hashtags les plus utilisés par Chloé sur son compte Instagram, avec #Pute, #Dépression et #LaBonneAmbi.

8.

– On va être en retard, à cause de vos conneries de bons garçons ! se plaint Chloé, assise à l'arrière du vélo de Gaspard.

– On peut pas être en retard, vu que personne nous attend, répond Minh Tuan, à l'avant, depuis son propre vélo.

– Même. Je vois pas pourquoi on a dû acheter un Jack* alors qu'on n'est même pas invités.

– Justement parce qu'on n'est pas invités ! s'agace Minh Tuan. Considère que c'est le prix à payer pour rentrer. Ça montrera qu'on fait des efforts et qu'on a changé, tu vois ?

– On n'a pas changé. Qu'ils aillent se faire enculer.

– C'est toi qui voulais qu'on y aille, je te signale ! Si tu veux on annule, hein, moi je m'en branle !

– J'insiste, intervient Gaspard, essoufflé par l'effort : on aurait dû prendre à manger, aussi. Une pizza, ou un truc comme ça.

Jack Daniel's : marque de whisky trouvable dans n'importe quel supermarché. Malgré une qualité sans éclat, elle est très populaire, peut-être grâce au design de sa bouteille. Minh Tuan aime dire que c'est son whisky favori, mais il n'est pas certain d'en avoir essayé d'autres.

– Sérieux ? demande Chloé en levant les yeux au ciel. Tu crois vraiment que cette pétasse de Stéphanie n'aura rien à bouffer, à sa soirée ? Allez, pédale au lieu de parler, esclave !

Les trois adolescents atteignent la forêt à la sortie de la ville. Ce samedi soir marque la fin de l'hiver et le début du printemps. Pourtant, au-dessus de leurs têtes, le ciel ne semble pas avoir été mis au courant. Il fait déjà sombre alors qu'il n'est pas encore vingt heures, et une pluie fine, gluante, tombe sans discontinuer depuis ce matin, les forçant à porter d'horribles K-Way. Les Converse de Chloé sont imbibées, comme le bonnet de Gaspard. Mais au moins, d'autres habitants de la ville semblent se réjouir du temps : sur la droite de la route, au milieu des champs de blé, un cerf veille sur trois faons en train de manger. Les vélos ralentissent sur la bande d'arrêt d'urgence. Stoppent. Une voiture passe, arrose les adolescents. En sueur à force de devoir traîner Chloé derrière lui, Gaspard sort une bouteille de lean de son sac à dos, en boit quelques gorgées, puis la passe aux autres. Pendant un moment, ils se droguent sans parler, leurs regards rivés sur les animaux dont les silhouettes deviennent progressivement des ombres chinoises.

– Y a pas leur mère, fait remarquer Chloé.

– Ouais, répond Minh Tuan, les bras appuyés sur son guidon. Elle est peut-être morte.

– Genre, la première hypothèse qui te vient, c'est qu'elle est morte ? Putain, la bonne ambi… Ça se trouve, elle est restée à la maison pour préparer le dîner. Genre, tu sais, même les cerfs souffrent du patriarcat* et tout ça !

– Le dîner, ils sont en train de le prendre… Non, je pense qu'elle est morte. Hé, Gaspard ? Est-ce que les cerfs sont fidèles ? Genre, si la mère meurt, le père va s'occuper des petits ?

– Pourquoi tu me demandes ça à moi ? s'étonne Gaspard en reprenant la lean.

– Parce que c'est tout le temps toi qui as des infos cheloues sur les animaux.

– Seulement sur leur sexualité*… Vous saviez que les koalas avaient une bite avec deux glands ? Elle forme un genre de Y !

– Et alors, tu sais quoi sur la sexualité des cerfs ? demande Chloé, ses mains couvertes de pluie posées sur les épaules de son ami.

– Rien. Mais je pourrai me renseigner, si tu veux.

Ils regardent encore un moment les trois faons et leur père. Puis ceux-ci s'en vont vers la forêt. La nuit est presque là, maintenant. Une autre voiture passe, arrosant de nouveau les adolescents. Gaspard range la bouteille de lean.

Patriarcat : organisation sociale qui se base sur un pouvoir détenu par les hommes. La plupart des sociétés modernes relèvent de ce modèle largement remis en cause par la lutte féministe. Chloé utilise le mot par provocation. Elle aime à se dire antiféministe depuis que Stéphanie l'a traitée de connasse, un mois plus tôt.

Sexualité des cervidés : dans un parc naturel japonais, des femelles macaques ont été observées, à la saison des amours, en train de frotter leurs parties génitales sur le dos des cerfs vivant à proximité. Les cerfs en question ont semblé peu réceptifs à ces tentatives de séduction. Gaspard aura vent de cette histoire le lundi suivant, en se renseignant sur le sujet pendant un cours d'espagnol.

– Vous pensez qu'on est condamnés à gâcher la moindre chose un peu belle en parlant des pires trucs de débiles ? demande Minh Tuan.

– Malheureusement, ouais, répond Chloé. On est des personnes mauvaises.

– Pas moi, tente Gaspard.

– T'es le pire d'entre nous, tête de cul, lui apprend Minh Tuan.

– Allez, arrêtez de parler ! Et toi, pédale, pédale, ordonne Chloé.

– Quoi ? demande Gaspard.

– "Pédale", l'impératif du verbe "pédaler", "pédale", l'insulte.

– Ha.

– L'insulte *homophobe*, corrige Minh Tuan.

– Vos gueules. On avance, là !

Minh Tuan s'exécute, son vélo tanguant à cause de la lean.

Au lycée, les gens donnent l'impression de penser que c'est lui, le chef de leur trio. Probablement est-ce parce qu'il est le moins remuant, celui qui, presque, pourrait passer comme normal s'il ne fréquentait pas les deux autres. Il porte des vestes, est sorti avec Marina, présente bien… Pourtant, la vérité, il la connaît : c'est Chloé qui dirige, chez eux. Sans elle, Gaspard et lui ne quitteraient probablement jamais leurs chambres. C'est toujours elle qui, mue par son insatiable appétit de malfaisance et de conflits, les pousse à se mêler au monde. Il imagine qu'au fond, il doit l'en remercier. Mais là tout de suite, tremblant de froid à cause de la pluie, avec des voitures qui passent à quelques centimètres de lui et la lean qui lui fait voir les phares en double, ce n'est pas exactement de la gratitude qu'il ressent.

Au bout de quelques minutes, esquivant les flaques et l'accident mortel avec une chance surprenante, ils laissent les champs derrière eux et arrivent à destination, pénétrant dans un quartier* de la ville dont ils ne connaissent ni le nom ni le moindre habitant.

– C'est quoi, l'adresse ? demande Minh Tuan.

– 2, rue de la Chaîne ! répond Chloé en criant.

– C'est ici, alors.

– Où, "ici" ?

– Ici.

Face à eux, un hôtel dont l'enseigne de néon verdâtre brille dans le crépuscule humide, étalant sa lumière malade à la surface de leurs pupilles dilatées. En passant à côté en voiture avec leurs parents, ils se sont tous déjà demandé au moins une fois qui pouvait bien décider de passer une nuit ici, dans cet hôtel pourri à la sortie d'une ville merdique, au milieu de champs idiots et d'une forêt débile. Ils ont désormais la réponse.

– Je savais pas que Tina habitait à l'hôtel, commente Gaspard en mettant un pied à terre.

– C'est les services sociaux qui s'occupent d'elle, je crois, répond Minh Tuan. Ils doivent la loger ici…

Quartier des Garrigues : pendant près d'un an, ce quartier à l'écart de la ville n'a pas eu de nom, du fait d'un oubli administratif. Il fut finalement baptisé en urgence par un employé municipal originaire de Marseille. Il n'y a aucune garrigue dans la ville, ni même dans la région. Pour rejoindre le centre-ville depuis les Garrigues, il faut prendre le bus A10, qui ne passe qu'une fois toutes les quarante-cinq minutes.

– Et sa famille ? demande Chloé.

Gaspard se tourne vers elle et hausse les épaules. Les trois adolescents descendent de vélo, boivent encore un peu de lean, puis entrent dans l'hôtel.

Une musique d'ambiance vaguement jazz résonne en fond sonore, tandis que, derrière le bureau de la réception, un homme d'une cinquantaine d'années lève un regard fatigué vers les trois lycéens avant de retourner à son écran d'ordinateur sans rien leur dire.

Au bout de la pièce, sous des spots aveuglants, Tina est assise dans un canapé, souriante, accompagnée d'un garçon d'environ vingt ans, probablement arabe, et d'une fille de son âge, aussi noire qu'elle. Les trois jeunes gens discutent dans une langue que Minh Tuan ne reconnaît pas. Un instant, il est intimidé.

– Yo, Tina ! lance Gaspard derrière lui. Ça va ?

Sur le visage de l'adolescente, le sourire disparaît tandis qu'elle tourne la tête vers eux. De son index gauche, elle remonte ses grosses lunettes.

– Ah. Salut… Vous êtes venus.

– T'as l'air déçue, commente Chloé en jouant avec le bol rempli de bonbons qui se trouve sur le bureau de l'accueil.

– C'est pour les clients, l'informe le réceptionniste sans politesse excessive.

Chloé en prend un en lui adressant un grand sourire. L'homme soupire, puis regarde de nouveau son écran, un écouteur dans l'oreille droite. Chloé et lui sont clairement en train de devenir meilleurs amis.

– Bon, tu viens avec nous ou pas ? demande Minh Tuan.

Derrière Tina, les deux inconnus rient à voix basse, se murmurant Dieu sait quoi à l'oreille, leurs regards fixés sur les lycéens.

– Je ne sais pas, dit Tina sans se lever. Je suis occupée. Et puis je n'ai pas été invitée. Et vous non plus.

– Ouais, mais on y va quand même ! répond Chloé en croquant dans son bonbon. Donc toi aussi. Magne, meuf.

– Il pleut, répond Tina en regardant l'eau qui goutte des adolescents. Et je n'ai pas de manteau.

– Gaspard, prête-lui le tien, ordonne Chloé.

– Pourquoi moi et pas toi ?!

– Parce que c'est ta tutrice, pas la mienne ! Et puis parce que t'as un sweat à capuche. Magne-toi, putain, on perd du temps !

En grommelant, Gaspard obéit, tendant son K-Way mouillé à Tina qui hésite à le saisir. Derrière ses énormes lunettes, elle regarde tour à tour ses trois camarades de classe. Minh Tuan réalise que c'est la première fois qu'il la rencontre en dehors des cours. Il se demande ce que ça fait, de vivre dans un hôtel.

Finalement, Tina prend le K-Way. Chloé a un bref jappement victorieux. Dans le canapé de la réception, les deux inconnus rient de nouveau. Ça ne plaît définitivement pas à Minh Tuan.

– On ne rentre pas tard, hein ? demande Tina. Je voudrais réviser pour le contrôle de lundi...

– T'inquiète, la rassure Chloé en levant son pouce. On fait juste un passage, on s'amuse un peu, et tout le monde rentre bien tranquillement avant minuit. Une bonne petite soirée d'enfants sages.

– On a contrôle, lundi ? demande Gaspard.

Tina enfile le K-Way et, un bref instant, Minh Tuan est certain de voir un sourire timide étirer ses lèvres. Il se demande si elle a déjà été à une soirée. Probablement pas. Malgré l'air du réceptionniste, Chloé reprend un bonbon, puis dix autres qu'elle fourre dans ses poches, et les quatre adolescents ressortent de l'hôtel sous les rires et les regards curieux des amis de Tina. Ils lui disent au revoir d'une voix que Minh Tuan interprète comme une moquerie à leur égard.

– Tu vas voir, promet Chloé, ça va être une super soirée ! T'as fait, genre, un méga bon choix, en décidant de venir avec nous.

– Tu m'as forcée, rappelle Tina en s'asseyant sur le porte-bagage de Minh Tuan.

– Pour ton bien uniquement ! Allez, les mecs : faut qu'on arrive à l'heure pour foutre la merde.

– "Foutre la merde" ? répète Tina, inquiète.

– T'occupe ! répond Chloé. On va grave s'amuser.

Minh Tuan allume une cigarette, puis, Tina accrochée à sa taille, il reprend la route, direction la soirée de Stéphanie. Autour d'eux, la nuit est désormais totale et les lampadaires se reflètent sur le bitume couvert de pluie.

Alors qu'ils s'enfoncent dans le quartier des Mâtines, les adolescents commencent à entendre les échos lointains de la musique.

9.

20 h 42.

Minh Tuan, Chloé, Gaspard et Tina arrivent chez Stéphanie Maréchal. C'est elle-même qui leur ouvre lorsqu'ils sonnent. En guise de tribut, Minh Tuan brandit fièrement sa bouteille de Jack Daniel's. La réaction de Stéphanie est qualifiable, au mieux, de tiède. Cependant, prise par surprise, elle décide de les autoriser à entrer, se disant que ce sera toujours moins dangereux que de les laisser dans le jardin sans surveillance. C'est une erreur de jugement. Dans le grand salon de la maison, à peu près toute la classe est déjà là, ainsi qu'une dizaine d'autres lycéens. Les visages se ferment un instant à l'entrée du quatuor. Chloé sourit de toutes ses dents.

20 h 49.

Gaspard s'approche du buffet, songeur. Il s'y trouve entre autres un gaspacho* maison fait par Antonin, des toasts végétariens préparés par Stéphanie et Charlotte, et des makis confectionnés par Lamia. Beaucoup de bouteilles de jus de

---

Gaspacho : soupe froide à base de tomates. Chloé en est friande, mais uniquement de la version industrielle. Elle n'a jamais apprécié aucun gaspacho artisanal, les trouvant généralement fades et épais.

fruits, également. En guise d'alcool, uniquement une quinzaine de Desperados*. Sa génération le dégoûte. Criant pour couvrir la musique qui jaillit des enceintes, il félicite Minh Tuan d'avoir pris du whisky. Les visages se ferment de nouveau un bref instant.

21 h 07.

Chloé explore la cuisine de Stéphanie. Elle n'est pas revenue dans cette maison depuis son année de seconde. Stéphanie et elle étaient encore amies, à l'époque. Elle ouvre le frigo et y trouve, dans la partie congélateur, une bouteille de vodka qui appartient probablement aux parents de la connasse en chef. Elle regarde autour d'elle : dans la pièce ne se trouvent que Jérémy* et Antonin* qui discutent près de la porte-fenêtre entrouverte, soufflant à l'extérieur la fumée de leurs cigarettes. Elle cache la vodka sous son sweat et referme le frigo en sifflotant en rythme avec l'ignoble titre de dance qui passe dans le salon.

Desperados : bière aromatisée à la tequila. Bénéficie d'une étonnante popularité auprès des plus jeunes buveurs. Est considérée comme une bière assez vulgaire par les amateurs éclairés. Gaspard pense faire partie du nombre, sans que ce soit justifié.

Jérémy Galentin : terminale ES. A énormément de grains de beauté sur le visage. Fait du surf l'été, dans le sud de la France. Beaucoup de succès auprès des filles. N'est pas stupide, mais manque clairement de conversation.

Antonin Palissier : terminale ES. A commencé à fumer en classe de quatrième. Notes moyennes en tout. Est secrètement de droite, même s'il n'a ni l'âge de voter, ni le courage de le dire ouvertement. Il aime beaucoup le président Macron, qu'il trouve "révolutionnaire".

21 h 20.

Assis dans le canapé, Gaspard explique à Tina pourquoi personne ne les aime, ici. Face à eux, affalés dans des poufs, Malik et Enzo essaient de lui dire que, non, tout le monde ne les déteste pas, mais qu'ils doivent simplement faire des efforts pour s'intégrer. Gaspard les remercie, mais assure une nouvelle fois à Tina que, si, tout le monde les déteste bien. Tina ne semble pas passionnée par le sujet. Elle observe cependant la soirée avec une curiosité sincère.

21 h 37.

Minh Tuan monte à l'étage de la maison, seul, s'éloignant du brouhaha. Une Desperados presque vide à la main, il avale l'un des Xanax que lui a donnés Gaspard tout en ouvrant les portes les unes après les autres. Il tombe finalement sur une chambre qui doit être celle des parents de Stéphanie. C'est la première fois qu'il vient ici. La déco est à chier. Au-dessus d'un lit aux draps gris, une immense photo en noir et blanc représente une vue aérienne de New York. Débile. Il n'y a aucun livre nulle part, pas même un magazine qui traîne. Aucune identité, aucune personnalité, aucun vécu. Même la déco Ikea de ses tocards de parents est plus respectable. Un peu défoncé par la lean et par le Xan, il décide de fouiller la commode. Il trouve des photos de la mère de Stéphanie, nue et endormie, cachées derrière les caleçons du père. Il éclate de rire. Finalement, il se cachait bien un objet personnel, ici… Il termine sa bière et laisse la bouteille dans le tiroir, posée au-dessus des photos, avant de ressortir de la pièce. Tout à l'heure, il a aperçu Marina en bas. Tout en se dirigeant vers les escaliers, il allume une cigarette, malgré l'interdiction que Stéphanie lui a lancée environ deux secondes après son arrivée.

21 h 42.

Chloé a rejoint Gaspard et Tina dans le canapé. Du col de son sweat dépasse le goulot de la bouteille de vodka, à laquelle elle biberonne régulièrement. Gaspard commente en disant que ça lui fait des méga gros seins. Chloé lui dit de fermer sa gueule. Tina rit un peu. Gaspard roule un joint, tout en regardant Amélia*, adossée à un mur de l'autre côté du salon, en train de discuter avec Kevin Donchamps. Chloé lui demande s'il a envie de se la faire. Gaspard lui dit de mieux parler. Puis il répond oui.

22 h 03.

Stéphanie a lancé un logiciel de karaoké sur l'énorme écran du salon. Tout le monde chante en chœur du Joe Dassin*. Sauf Minh Tuan, en train de fumer sur la terrasse, Chloé, enfoncée dans le canapé et occupée à désormais boire sa vodka avec une paille, Gaspard qui, son joint prêt coincé entre ses lèvres, cherche vainement des

---

Amélia Tournant : terminale L. Courts cheveux noirs et piercing à la narine. Milite pour le droit des femmes, le véganisme et l'anti-capitalisme. D'ici trois ans, deviendra chanteuse dans un groupe electro-punk et signera sur le label local KIKO Records. Finira par faire la première partie de la célèbre chanteuse Narratah, elle aussi originaire de cette ville.

Joe Dassin : chanteur mort. Il semble contractuellement obligatoire de diffuser sa chanson *L'Été indien* une fois par soirée, quel que soit l'âge des invités. Gaspard, Minh Tuan et Chloé la détestent. Tina, qui la découvre ce soir-là, la trouve jolie.

volontaires avec qui le partager, et Tina qui, à son tour, a trouvé la cuisine et le frigo qui va avec. À l'intérieur, bien plus de nourriture qu'elle n'en a jamais vu. Elle regarde par-dessus son épaule, puis décide de goûter, pour la première fois de sa vie, au roquefort. La première bouchée la dégoûte. La deuxième la fait tomber amoureuse.

22 h 19.

Kevin Donchamps rejoint Chloé dans le canapé. Il discute tout seul pendant un moment, expliquant à l'adolescente qu'il pense souvent à elle. Il l'informe qu'il n'y a personne à l'étage, dans les chambres. Chloé l'informe en retour que s'il s'avise de la toucher, elle lui arrachera la bite et le forcera à la manger. Kevin la traite de "sale pute". Chloé lui crache au visage. La partie de karaoké s'interrompt au milieu d'une chanson de Balavoine. Stéphanie demande, furieuse, "ce qu'il se passe, ici". Kevin répond "rien". Chloé répond qu'il a tenté de la violer, tout en finissant sa bouteille de vodka à la vue de tous. Après une minute de tension supplémentaire, le karaoké reprend tandis que Kevin s'éloigne.

22 h 25.

Tina est de retour près de Gaspard, assise avec lui au bout de la table du salon. Il n'a toujours pas allumé son joint. Il regarde toujours Amélia. Tina mange une énorme tartine de roquefort tout en buvant un verre d'eau. Gaspard lui dit qu'elle a bien fait de prendre de l'eau et pas du jus d'orange*. Il lui explique que, pour une raison qu'il

---

Jus d'orange et fromage : les agents chimiques présents dans certains fromages forts tendent à amoindrir les saveurs sucrées et à

ne connaît pas, le jus d'orange se marie vraiment très mal au fromage. Tina lui demande s'il est amoureux d'Amélia. Il lui répond "peut-être". Tina lui dit qu'il devrait aller la voir. Gaspard répond "j'irai tout à l'heure". Tina termine son roquefort.

22 h 41.

Dehors, Minh Tuan parvient enfin à se retrouver seul avec Marina, qui fume une cigarette mentholée à l'autre bout de la terrasse. Elle a toujours kiffé ces conneries. Une nouvelle Despé à la main et le Xanax bien enfoncé dans le crâne, Minh Tuan regarde un moment les lumières de la ville. D'ici, on devine les rues au loin, les quartiers lointains. Le sien, peut-être. Il se demande combien d'autres soirées ont lieu, en ce moment. Il espère que celle-ci n'est pas la meilleure, sinon ça signifierait que le monde est définitivement niqué. Au bout d'un moment, Marina lui demande s'il va encore longtemps faire semblant de ne pas la voir. Minh Tuan lui répond qu'il n'a rien à lui dire. Il ignore si c'est vrai. Il a envie de parler, mais n'a aucune idée de quel sujet aborder. Marina rentre dans le salon une fois sa cigarette terminée. Minh Tuan en rallume une autre et s'assied à la table de jardin. Les chaises en plastique sont mouillées de pluie. Tant pis.

22 h 49.

Gaspard rejoint Minh Tuan sur la terrasse. Il dit que, selon lui, Amélia le mate depuis le début

---

transformer l'acidité en amertume. Cela a donc un effet désastreux sur le jus d'orange, qui tire justement son goût du sucre et de l'acidité. Fonctionne également lorsqu'on tente de consommer cette boisson après s'être brossé les dents.

de la soirée. Probablement a-t-il ses chances. Il allume son joint. Par les portes vitrées, les deux garçons regardent le reste de leur classe. Ils dansent, rient, chantent, s'amusent. Personne n'a l'air bourré ou défoncé, à part Chloé qui bricole Dieu sait quoi près de l'ordinateur branché aux enceintes. Ah, bah voilà : la dance s'arrête, remplacée par du Jul*. Des cris de protestation s'élèvent. Chloé dit à la foule de fermer sa gueule. Elle est clairement torchée et, même lorsqu'elle n'essaie pas de marcher, elle tangue. Minh Tuan prend le joint des mains de Gaspard et lui dit qu'il devrait tenter avec Amélia. Gaspard hoche la tête plusieurs fois, puis se lève. Minh Tuan continue à fumer, observant le spectacle.

22 h 52.

Gaspard va voir Amélia, s'adossant près d'elle à l'entrée de la pièce. L'adolescente soupire et tourne la tête dans la direction opposée. Gaspard lui dit qu'il trouve que son jean lui fait un super cul. Amélia lui dit de ne plus jamais lui adresser la parole. Gaspard reste encore un moment là, puis il va retrouver Tina, en train d'explorer le garage de Stéphanie. Elle a trouvé une planche de skate, abandonnée près de plusieurs vélos hors de prix. Elle demande à Gaspard s'il sait en faire. Il répond "pas vraiment, mais je peux t'apprendre les bases quand même". Il n'est

---

Jul : rappeur originaire de Marseille qui jouit d'un énorme succès auprès des plus jeunes. Extrêmement décrié, notamment sur Internet, par les tenants du bon goût. Chloé pense que quelqu'un qui plaît à autant de gens ne peut pas être totalement inutile au monde. Sans être fan, elle aime bien son album *La Zone en personne*.

jamais monté sur un skate de toute sa vie. Tina, innocente, accepte quand même. Ils prennent la planche et se rendent dans l'allée du garage. Il pleut toujours un peu.

23 h 18.

Chloé est en position fœtale dans le canapé. Elle traite Stéphanie de salope. Stéphanie ne se trouve pas dans la pièce à ce moment-là. Puis Chloé vomit sur les coussins.

23 h 36.

Enzo, d'une voix très calme et très adulte, informe Minh Tuan qu'il est temps pour lui et ses amis de partir. Stéphanie serait enfermée dans sa chambre en train de pleurer, à cause d'eux. Minh Tuan répond que Stéphanie est une salope. Il passe aux toilettes, vomit à son tour, retourne au salon prendre les deux dernières Despés qu'il enfonce dans les poches de sa veste, puis il ordonne la retraite, aidant Chloé à marcher. Il leur faut plus de dix minutes pour retrouver Gaspard et Tina. Ils font du skate dans la rue, très mal. Lorsque le groupe quitte enfin la maison, les autres invités applaudissent.

23 h 49.

Marchant au hasard des rues, les quatre adolescents tentent de sortir du quartier des Mâtines. Gaspard est sur son vélo, Minh Tuan marche en poussant le sien d'une main et en tenant Chloé de l'autre, et Tina avance comme elle peut, un pied tremblant posé sur ce skate qui a un jour dû être celui du frère de Stéphanie.

– Qu'est-ce que tu manges, Tina ? demande Minh Tuan.

– Du fromage moisi, dit-elle fièrement.

– Du roquefort ?
– Oui.
– Tu kiffes ?
– Oui. C'est vraiment très bon. Tu connais ?
– Ouais…

Il réfléchit, tandis que les coulées de bave de Chloé glissent sur son K-Way.

– On leur a laissé mon Jack.
– Ils vont même pas le boire, en plus, soupire Gaspard.
– Bande de putain de putes… grommelle Chloé.
– Tu tiens pas l'alcool, en vrai, commente Gaspard.
– Ta gueule…
– Il a raison. Tu finis toujours par te vomir dessus, quand tu bois trop. En plus, c'est pas cool, t'aurais pu partager la vodka.
– Je l'ai volée dans le frigo des parents… dit-elle en ricanant, les yeux fermés, son pied droit semblant vouloir partir dans le fossé.
– Comme moi avec le fromage ! déclare Tina avec la même vanité. Vous saviez que Stéphanie avait trois toilettes différentes, dans sa maison ? Deux en bas et encore une à l'étage ! Ça sert à quoi ?
– À tous y aller en même temps, j'imagine, propose Minh Tuan.
– T'as passé une bonne soirée, Tina, alors ? demande Gaspard.

L'adolescente réfléchit un moment à sa réponse.

– Je ne sais pas. Mais je suis contente d'être venue.

– C'est une manière compliquée de dire "oui", remarque Minh Tuan en souriant.

Autour d'eux, il n'y a plus de lampadaires, plus de maisons, plus rien d'autre que des arbres délimitant l'obscurité, et le contact du bitume sous leurs pieds. Le ciel est à peine plus clair que la forêt. Au moins, la pluie s'est arrêtée. Il n'y a plus que son souvenir, le bruit des gouttes qui tombent des feuilles. Minh Tuan éternue. Il a encore du vomi goût Xanax coincé entre les dents. Les roues du skate crépitent contre la route, comme une déchirure dans la nuit.

– On est perdus ? demande-t-il sans panique particulière.

– Je crois, dit Gaspard. Je connais pas bien les Mâtines.

– Je veux mourir, intervient Chloé d'une voix engrumelée. Je déteste ma vie.

– Merde… soupire Minh Tuan.

– Quoi ?

Il s'arrête d'un coup, manquant de faire tomber Chloé au beau milieu de la route.

– Parcoursup. On a oublié de s'inscrire. On a jusqu'à quand, putain ?!

– Vous ne vous êtes pas inscrits ?! demande Tina d'une voix horrifiée.

– Toi si ?

– Moi je ne m'inscris pas…

– Pourquoi ?

– Si j'ai un visa étudiant, ce n'est pas bon pour moi. C'est long à expliquer.

– Merde… On a jusqu'à quand ?

– Jusqu'à lundi, je crois, tente Gaspard.

– Viens, on le fait maintenant. Demain on va passer la journée en gueule de bois et tout, et c'est sûr qu'on va oublier !

– Vas-y.

Minh Tuan, Tina et Gaspard s'installent dans le fossé qui longe la route, calant leurs fesses dans les feuilles mortes. Les garçons allument leurs téléphones portables, tandis que Chloé s'écroule près d'eux, se roulant en boule en suppliant, gémissante, qu'on la suicide.

– Tu sais faire ? demande Gaspard.

– Comment je saurais ? Je me suis jamais inscrit à la fac, avant, hein, au cas où tu saurais pas !

– On s'inscrit à la fac, alors ?

Tout en lançant Parcoursup sur son téléphone, Minh Tuan hésite. Il relève la tête et tente de percer les ténèbres de la forêt. Il se demande si des monstres y vivent. Ou même juste des sangliers. Il n'en a jamais vu. Ni des loups. Mais il n'y a pas de loups en région parisienne, si ? Il pense à ses parents. Qu'ils aillent se faire foutre.

– Ouais. Anglais ?

– D'accord, obtempère Gaspard en haussant les épaules. Je regarde tous les films en VO depuis déjà des années.

– Ça va te faire partir avec un gros avantage…

Gaspard ne semble pas comprendre l'ironie, mais Tina rit, tout en faisant tourner les roues du skate sous ses doigts. Chloé remue dans les feuilles mortes. Elle pleure, désormais.

– On t'inscrit aussi, Chloé ? demande Minh Tuan.

– Je veux mourir…

– En anglais ?

– Tue-moi, je t'en supplie…

– C'est quoi, son identifiant ? Tu le connais, Gaspard ?

– Je connais même pas le mien…

– Putain…

Minh Tuan soupire, puis se laisse tomber en arrière contre la paroi incurvée du fossé. Au-dessus de sa tête, les étoiles sont bien visibles. La pluie a dégagé le ciel. Près de lui, Gaspard l'imite. Puis Tina. Chloé se vomit de nouveau dessus. D'une pression du pied, Minh Tuan s'assure qu'elle est bien allongée sur le côté, histoire qu'elle ne s'étouffe pas. Lui non plus ne connaît pas son propre numéro d'inscription.

– Bon… Rendez-vous demain sur WhatsApp pour le faire ensemble, OK ?

– OK, accepte Gaspard.

– Vous êtes les seules personnes que j'aime, murmure Chloé entre ses pleurs. Pourquoi je suis incapable d'aimer ?

– En fait je crois que j'ai passé une bonne soirée, dit Tina. Merci de m'avoir invitée.

– Personne n'était vraiment invité, corrige Minh Tuan. Enfin, en tout cas, pas nous quatre.

Gaspard roule un nouveau joint. Tina accepte de tirer dessus, une seule fois. Puis une deuxième. Elle tousse un peu. Ils regardent les mêmes étoiles en tirant sur le même joint. Chloé dit qu'elle pense être en train de faire une crise cardiaque.

Ouais, d'accord. C'était une soirée correcte.

AVRIL

"Hey, teenager of the year,
Win the chance to judge your peers,
Hey, teenager of the year,
Your new life begins right here."

Lo-Tel, *Teenager of the Year*.

1.

C'est le printemps et le soleil se lève plus tôt, désormais. Presque en même temps que Makalé*, la jeune femme qui partage la chambre d'hôtel de Tina. Makalé a vingt ans. Elle travaille dans les cuisines de Disneyland. Pour aller au travail, elle doit prendre un bus, puis un train, puis un RER. Elle met un peu moins de deux heures. Tina a hâte de travailler, elle aussi. Parce que tant que ce ne sera pas le cas, elle devra continuer à se débrouiller avec les trois cents euros mensuels que lui accorde l'association qui s'occupe d'elle. Trois cents euros, ce n'est pas beaucoup. Il faut acheter des vêtements avec, de la nourriture et, à la fin, c'est tout ce qu'elle peut acheter, en vérité. Elle n'a pas la possibilité de pouvoir s'intéresser à quelque chose. Les livres, les loisirs, les sorties… tout lui est interdit. C'est

---

Makalé Diallo : guinéenne; est arrivée en France un an avant Tina. C'est elle qui s'est occupée de l'aider lorsque l'association dont elles dépendent toutes deux a jugé l'adolescente apte à vivre en hôtel. Elle l'appelle "petite sœur" et la considère comme telle. Excellente cuisinière, et pas seulement lorsqu'il s'agit de plats guinéens. À Disneyland, où elle travaille depuis quatre mois, elle fréquente un garçon nommé Cecil. Elle n'en a parlé à personne, pas même à Tina, sans bien savoir pourquoi.

pour ça qu'elle est pressée de pouvoir travailler. Pour ça, également, qu'elle coiffe Makalé une fois par mois, en échange d'un billet de dix euros.

La fenêtre de la chambre d'hôtel est entrouverte sur un air froid et doux à la fois, sur un blanc soleil d'avril, sur le chant d'un moineau dans l'arbre, sur les bruits de la circulation au loin, sur un monde auquel Tina appartient désormais mais qui ne semble toujours pas la concerner.

– Tu me les fais bien grosses, hein ! rappelle Makalé. Pas plus de cinq. Avec la tresse du centre qui est la plus large et ça devient plus petit en descendant, tu vois ?

– Je sais ce que je fais, la rassure Tina, debout derrière elle. Arrête de bouger.

Le manche de son peigne passe dans les cheveux de son amie, traçant les lignes de démarcation des tresses. Elle a commencé le chantier la veille, mais c'est une coiffure qui prend du temps, et il lui reste encore trois tresses à terminer.

Ils sont huit jeunes, dans cet hôtel, à dépendre de l'association. Six garçons, Makalé et elle. Ils s'entraident, parfois. Nassim ramène des viennoiseries de la boulangerie où il travaille. Piotr commence à bien connaître l'administration française et fait les démarches des autres à leur place, quand ils ne les comprennent pas. Tina coiffe les Noirs : Makalé, Pap, Raimi. Elle le faisait déjà, quand elle était au Congo. Elle a toujours aimé ça. Les bruits du peigne, le contact des cheveux sous ses doigts. Elle tire sur la tresse centrale pour la resserrer. Makalé ferme les yeux, sa tête partant un peu en arrière.

– Tu vas pas à l'école, aujourd'hui ?
– C'est les vacances, répond Tina.
– Bien, ça. Tu vas t'occuper comment ?
Sans cesser de tirer sur les cheveux de Makalé, Tina jette un bref coup d'œil vers son lit. Elle remet ses lunettes en place à l'aide du peigne. Près du meuble, posé à l'envers par terre, il y a le skate qu'elle a hérité de la soirée chez Stéphanie. Au fond, elle a vaguement conscience qu'il n'est pas réellement à elle, qu'à tout moment le frère de Stéphanie peut le lui réclamer, mais elle ne fera rien pour le rendre d'elle-même. C'est la seule chose personnelle qu'elle possède.

Trois cents euros par mois. Pas de loisirs, rien après la nourriture, les vêtements, les transports. Dans sa classe, tous les adolescents ont des passions, des sujets de conversation qui vont et viennent, semblables à des étoiles gravitant dans leurs constellations personnelles. Elle, elle n'a rien. Elle se contente, depuis presque un an, d'être "la Congolaise aux grosses lunettes". Personne ne peut rien dire d'autre sur elle, parce qu'il n'y a rien d'autre à dire sur elle. Mais maintenant, elle a un skate. Et des amis, peut-être. Elle pense à Gaspard. À Minh Tuan et Chloé. Elle pense au skate.

– Je vais réviser pour le bac, dit-elle en attaquant la tresse suivante.
– C'est bien.

Makalé et Tina ne sont pas réellement amies. Elles ont rarement beaucoup de choses à se dire. Mais elles survivent ensemble. C'est moins intéressant mais plus fort, comme relation. Elles comprennent ce qu'il y a à comprendre de leur version du monde. Les parents de Makalé sont morts. Ceux de Tina*, peut-être aussi. Elle n'a pas eu de nouvelles d'eux depuis cinq mois, maintenant. L'association a proposé de dépêcher quelqu'un au Congo pour aller se renseigner, mais Tina n'a pas donné suite. Parce que tant que personne ne va vérifier, ses parents sont à la fois morts et vivants. Les deux possibilités existent en même temps. Alors que si quelqu'un va vérifier, il ne restera plus qu'une seule possibilité. Et ce ne sera pas forcément la bonne. Pour l'instant, Tina essaie de ne pas y penser, même quand Makalé parle de sa famille. Tina ne parle jamais de la sienne.

Par la fenêtre de la chambre d'hôtel, le moineau a été rejoint par un autre. Leurs chants sont différents. Peut-être n'est-ce pas un moineau, finalement, mais plutôt une corneille, ou quelque chose comme ça. Il y a beaucoup d'oiseaux, ici. Tina aime bien ça. Elle commence l'une des deux petites tresses, faisant le tour de l'oreille de Makalé. Une femme de ménage passe dans le couloir de l'hôtel, les roues de son chariot frottant sur la moquette. Elle ne viendra pas s'occuper des chambres des jeunes qui dépendent de l'association. Personne ne s'occupe d'eux, à part eux-mêmes.

Le chat de Schrödinger : expérience théorique du physicien Erwin Schrödinger. Un chat est enfermé dans une boîte insonorisée, avec un flacon de poison qui peut se briser de manière aléatoire. Tant que la boîte n'est pas ouverte, le chat est ainsi considéré de manière égale comme mort ou comme vivant. Il n'y a qu'en rouvrant la boîte que l'état de l'animal sera stabilisé. Tina apprendra l'existence de cette théorie d'ici un an, au hasard d'une errance sur Internet. Elle la trouvera méchante pour le chat.

– Je vais peut-être voir mes amis, aussi, ajoute Tina, mordillant sa lèvre pour ne pas sourire.

– Ceux de l'autre soir? demande Makalé sans s'embarrasser, elle, de cacher son sourire.

– Oui.

– C'est bien. Il faut avoir des amis français. Ça aide.

– Ils sont gentils.

– Ils viendront à l'hôtel?

– Peut-être, dit Tina sans être sûre que ce sera le cas.

– On n'a pas le droit d'avoir des visiteurs dans la chambre.

– Toi t'en as, parfois!

– J'ai pas dit que tu pouvais pas. Juste que t'as pas le droit.

– Je sais. Arrête de bouger.

La chambre est petite, de toute façon, et à part leurs deux lits, le bureau, la télé accrochée au mur et l'armoire dans laquelle elles mettent leurs vêtements, il n'y a rien à y voir. Juste le skate. Elle ira apprendre à en faire dehors. Sur l'ordinateur de Makalé, elle a regardé des vidéos* de gens qui skatent très bien. Il est possible de faire des figures incroyables, avec de la maîtrise. Si Gaspard est là pendant les vacances, ça pourrait être bien d'apprendre avec lui, par exemple... Tina n'a pas envie de réviser son bac tout le

---

Vidéos de skate : Tina aime particulièrement une vidéo qui a une musique très bruyante et énervée. Un jeune homme aux cheveux longs y glisse avec son skate sur la rampe d'un très grand escalier. Elle l'a regardée plus d'une vingtaine de fois.

temps. À quoi bon, de toute façon ? Elle ne veut pas devenir étudiante. Le visa étudiant* est le pire qu'on puisse avoir, en France. Il ne faut pas l'obtenir. Il faut plutôt trouver un travail. C'est bien mieux pour rester sur le territoire. Sinon, on finit par devoir rentrer au pays. Et au pays, il y a une chance sur deux pour qu'il n'y ait plus personne pour l'accueillir. Des parents à la fois morts et vivants.

Et puis, au Congo, elle n'a jamais vu personne faire du skate.

Lorsque Tina a fini les tresses de Makalé, celle-ci se lève, s'étire, et pioche deux billets de cinq euros dans la poche de son uniforme. Elle est déjà habillée pour le travail. Elle aime sa tenue de cuisinière et la porte avec fierté, même dans les transports. Avec un sourire, elle ajoute un troisième billet au salaire de Tina et tend le tout à l'adolescente.

– Pourquoi ? demande celle-ci sans refuser ce bonus bienvenu.

– Parce que moi je suis pas en vacances. Alors j'en ai pas besoin. Toi si. Tu pourras sortir avec tes amis.

Tina sourit. Elle prend Makalé dans ses bras. Makalé se laisse faire, puis enfile son blouson tout en passant lentement la main sur son crâne. Ses cheveux sont désormais alignés en cinq grosses tresses séparées par des allées. Ça

Visa étudiant : s'il paraît au premier abord plutôt intéressant, le visa étudiant est en réalité déconseillé aux migrants souhaitant s'établir en France. Il rend en effet plus difficiles toutes les démarches de naturalisation et limite fortement les possibilités de travail.

évoque à Tina les rangs de maïs dans les champs à l'autre bout de la ville. Elle a fait du bon travail.

– J'y vais. Tu seras là, ce soir?

– Oui. Tu veux que je sois où?

– Avec tes amis?

Tina rit, presque gênée. Elle a trop parlé de ça. Elle ne sait même pas si Gaspard, Minh Tuan et Chloé sont réellement ses amis. Peut-être pas. Peut-être que c'était juste le temps de la soirée chez Stéphanie. Mais elle a envie d'y croire. Elle n'a pas d'amis, ici, à part les autres jeunes de l'hôtel. Et ce ne sont pas réellement des amis. Juste des gens avec qui survivre.

– Bonne journée, Makalé!

– Toi aussi, petite sœur. À ce soir, peut-être. Mais j'espère que non.

Makalé lui fait un clin d'œil en sortant. Elle laisse la porte de la chambre ouverte pour aérer un peu. Tina s'allonge sur son lit et soupire vers le plafond. Elle réalise alors qu'elle n'a pas les numéros de téléphone de ceux qui sont peut-être, ou peut-être pas, ses amis. Et qu'eux non plus, ils ne doivent pas avoir son numéro. Son sourire s'atténue. Disparaît.

Ainsi, pendant les vacances, Gaspard, Chloé et Minh Tuan seront autant ses amis que juste des gens de sa classe. Les deux en même temps. Comme ses parents, morts et vivants.

Elle tend le bras vers le sol et tire le skate jusqu'à elle. Elle le pose à plat sur son ventre et, du bout des doigts, elle en fait tourner les roues. Elle sent la vibration qui se propage dans son corps, accompagnée par un bruit léger, métallique. Ça fait du bien. Comme de coiffer quelqu'un. Ça apaise. Ça permet de ne pas penser. Ça anesthésie. Ça permet de ne pas pleurer.

Par la fenêtre ouverte, les oiseaux ont arrêté de chanter. Tina aimerait ne pas être en vacances mais est heureuse de l'être. Les deux émotions superposées. Elle n'a pas envie que le temps avance.

2.

– Mayonnaise pour les frites et algérienne dans le grec. Supplément fromage, aussi.*

– Samouraï avec de la harissa. Et beaucoup d'oignons, hein !

– J'veux pas de sauce, moi.

Le vendeur regarde Gaspard, interloqué, puis hausse les épaules avant de se tourner vers la broche sur laquelle cuit le mouton.

– Putain… soupire Minh Tuan. Tu vas encore faire ton truc de merde, là ?

De la poche de son blouson en jean, Gaspard sort trois sachets de ketchup rescapés de leur passage la veille au McDonald's.

– C'est pour lutter contre la surconsommation.

– Pauvre type.

– Pauvre type, confirme Chloé. Si t'as envie

Kebab : selon Minh Tuan, la légende urbaine voulant que les kebabs servent secrètement de la viande de rat n'a aucun sens. Il lui semble en effet bien plus simple d'obtenir de la viande de mouton de mauvaise qualité que de la viande de rat de quelque qualité que ce soit. Le kebab favori du trio est celui de la gare, même si celui qui se trouve entre le lycée et le centre commercial est acceptable également. Les adolescents sont cependant certains qu'il sert de façade pour blanchir l'argent des dealers du Val-Hulotte. Ils ont raison.

de lutter contre la surconsommation de mes couilles, t'as qu'à filer de la thune pour la vidéo d'Enzo et Marina, là !

Elle glousse, puis porte à sa bouche sa canette de soda, imitée par Minh Tuan.

– Mes actions sont mieux que les leurs, réplique Gaspard, tandis que son chien aboie sur des passants depuis le trottoir. Moi au moins, c'est du concret.

– Tu te contentes de récupérer des putain de dosettes de ketchup McDo ! s'agace Minh Tuan. Ça a rien de concret ! Tu vas sauver le monde comme ça, tu crois ?

– Peut-être.

Il sort de sa poche une ampoule de Phénergan, qu'il verse sans discrétion particulière dans son Coca. Le vendeur du kebab fait semblant de ne rien voir, puis tend aux adolescents trois barquettes en polystyrène orange. Ils paient, sortent, les ouvrent, Gaspard verse son ketchup sur ses frites et, suivis par Balthazar, ils commencent à marcher au hasard des rues qui entourent la gare*. Il ne fait pas encore tout à fait beau, et il fait même toujours plutôt froid, mais au moins, l'heure à laquelle la nuit tombe recule de plus en plus, depuis quelques jours. Sans se concerter, ils s'asseyent au sommet des escaliers en brique qui descendent vers le carrefour.

Quartier de la Gare : l'un des quartiers les plus centraux de la ville. Cependant, une fois dix-neuf heures passées, il n'est pas plus vivant que les autres. Il s'y trouve cependant le seul vrai bar de la commune, le Relax. Chloé y a vomi deux fois.

Au loin, un train démarre, le bruit de ses wagons disparaissant dans les champs qui ceignent la ville. Quelques voitures circulent. Un bus. Minh Tuan, tout en trempant ses frites dans la harissa, regarde les feux de signalisation passer du vert au rouge, puis du rouge au vert.

– On se fait chier, putain… soupire-t-il.

– Vous voulez qu'on aille, genre, à Paris ? propose Chloé. Il est même pas vingt heures, on a grave le temps.

– Pourquoi ? On se ferait autant chier qu'ici, non ?

– On peut aller jusqu'à chez Tina ? essaie Gaspard en donnant des frites à Balthazar.

– T'es grave en kif de la petite Congolaise, hein ? demande Chloé en ricanant.

– Trop pas. Mais elle est sympa et elle a pas de potes. Elle doit encore plus s'ennuyer que nous, pendant les vacances.

– Elle habite à l'autre bout de la ville, argue Minh Tuan. Je me tape pas tout le trajet juste pour qu'elle nous dise qu'elle veut pas sortir parce qu'elle révise.

Du bout de ses doigts déjà gras, il écarte les morceaux de mouton, pioche de l'oignon, le trempe dans la harissa puis dans la sauce samouraï, et avale le tout sans ciller. Chloé renifle d'un air dégoûté.

– Ça te fait pas chier des trucs méga horribles de toujours manger aussi épicé ?

– Mon transit va super bien. Et le tien ?

– Ça va aussi… Gaspard ?

– Moi je suis souvent constipé.

– Tu te drogues trop, c'est pour ça.

– Ouais, concède-t-il.

Balthazar aboie. Un quatrième adolescent s'approche du trio en ralentissant le pas. Ce connard de Maxime*. Il retire l'un de ses écouteurs, se penche vers eux sans tout à fait s'arrêter, et leur serre la main à chacun en demandant "ça va ?*" et en se touchant le cœur. Il doit se prendre pour un Arabe.

– Tocard, grogne Chloé en le regardant s'éloigner.

– Hé, au fait, pourquoi tu répondais pas, ce matin, quand je t'ai appelée ? demande Gaspard en faisant passer son kebab avec un peu de lean.

– Je suis pas obligée de répondre à chaque fois que t'appelles !

– Non, mais c'était important.

– J'ai pas souvenir d'une seule fois où tu m'aurais appelée pour un truc même vaguement important. Tu voulais quoi ?

– Savoir ce que tu faisais.

– Putain…

– T'étais avec un mec ? demande Minh Tuan. Le gars de Versailles, là ?

Chloé renifle encore et mord dans son sandwich, prenant le temps de faire monter le suspense. Minh Tuan la laisse faire, sans impatience. Chaque semaine ou presque, Chloé ramène une

---

Maxime Ventri : terminale ES. Notes et comportement médiocres. Se passionne pour les motos et aimerait passer son permis, mais son père s'y oppose. Déteste Chloé, Minh Tuan et Gaspard, qui le lui rendent bien.

"Ça va ?" : la seule réponse socialement acceptée à cette question qui n'en est jamais réellement une est : "Ouais, et toi ?"

nouvelle histoire concernant des mecs avec lesquels elle aurait supposément couché. Minh Tuan est à peu près sûr qu'elle ment, la plupart du temps, mais dans le lot, il doit bien y en avoir un ou deux qui existent vraiment… Le gars soi-disant de Versailles, soi-disant rencontré dans le train, et soi-disant père de deux enfants est souvent revenu, ces derniers temps.

– Peut-être, répond finalement Chloé d'un air mystérieux, sans regarder ses amis.

– T'es allée baiser chez lui pendant que sa femme était pas là ? demande Gaspard.

– Non, on pouvait pas, avoue Chloé. Ses enfants sont en vacances et tout. Je l'ai rejoint à son taf. Il avait pris une chambre dans un hôtel à côté.

– Il fait quoi, déjà, comme taf ? demande Minh Tuan.

Chloé mange une nouvelle bouchée avant de répondre, ses yeux bleus rivés aux derniers reflets du soleil sur le toit de la gare.

– Architecte.

Elle ment. Minh Tuan en est certain, maintenant. Ce type de Versailles n'existe pas plus que le rugbyman agriculteur de cet automne, ou que le grand renoi romantique de l'été dernier. Il n'a aucune idée de pourquoi elle raconte tout ça, par contre. La moitié des mecs du lycée seraient prêts à payer pour coucher avec elle, du moment qu'elle promet de la fermer pendant quelques minutes.

– Putain, trop cool ! commente Gaspard, aussi naïf que d'habitude. Ça fait super film de cul ! Il a une grosse bite ?

– Hé mais t'es grave, toi ! Ça se demande pas, ça ! proteste Chloé.

– Pourquoi pas ?

– C'est intime, c'est tout !

– J'ai peur d'avoir une petite bite.

– Petite pour qui ? Tu baises avec personne, de toute façon.

Minh Tuan a terminé son sandwich. Gaspard aussi. Ils posent leurs barquettes orange l'une sur l'autre et Chloé achève la pile avec la sienne. Puis ils soupirent, tous les trois en même temps.

– On se fait grave chier… répète Minh Tuan.

– On va chercher Tina ? propose une nouvelle fois Gaspard.

– Non. Ça me soûle. J'ai un bus dans cinq minutes, je vais rentrer chez moi, je crois.

Il en a réellement envie. Et en même temps, il espère vaguement que Chloé et Gaspard vont tenter de le retenir. Ils ne le font pas.

– OK… On fait un truc demain ? demande Gaspard en buvant sa lean d'une main, l'autre remettant son bonnet en place.

– J'en sais rien, on verra. On se fait chier.

– Ouais, bah c'est pas de notre faute, hein, fait observer Chloé. T'es le seul à avoir rien proposé !

– Et puis c'est toujours mieux de se faire chier entre amis, ajoute Gaspard.

– Utilise pas des grands mots, réplique Minh Tuan. On est juste potes, pas "amis".

– Pourquoi tu fais ta *drama queen* comme ça, là ? demande Chloé en finissant son Sprite.

– Parce qu'on se fait chier.

– Bah casse-toi, pauvre connard !

– Ouais. À plus.

L'adolescent s'éloigne en boutonnant sa veste, laissant aux deux autres débiles le soin de jeter sa barquette de grec. Balthazar aboie une dernière fois. Chloé aussi.

– Hé, sale con ! File des clopes* !

Minh Tuan fouille sa poche, trouve son paquet, et le jette au hasard derrière lui.

– Fils de pute… grogne Chloé en le ramassant.

Minh Tuan rejoint la gare et monte dans son bus, presque vide. Il s'assied au fond, essuie la vitre*, pose sa tête contre et laisse défiler le paysage familier, rendu orange par le soleil couchant. Il en connaît chaque détail, chaque étape. Et il les déteste tous. Il déteste également Chloé et Gaspard. Leurs mensonges, leurs illusions, leur naïveté, leur manque d'ambition. Il se déteste, lui aussi, d'être incapable de leur dire clairement d'aller se faire foutre. Incapable de se trouver de meilleurs potes. Incapable d'envisager de faire autre chose de ses journées que les mêmes activités en boucle. Les mêmes conneries de vidéos sur YouTube, les mêmes mangas débiles, les mêmes journées passées allongé dans son lit. Jusqu'aux sauces qu'ils prennent au grec ; toujours les mêmes.

Il se déteste d'être une grosse merde.

Qu'elles sont chiantes, ces vacances.

Cigarettes : Minh Tuan achète des Lucky Strike. Chloé les trouve dégueulasses et préfère les Camel. Lorsqu'elle en parle à Minh Tuan, celui-ci répond généralement qu'elle n'a qu'à s'en acheter elle-même. Ça suffit souvent à ce que Chloé revoie ses exigences à la baisse.

Les vitres des bus : parmi les choses que Minh Tuan trouve répugnantes, il y a les taches de gras laissées, sur les vitres des bus, par les cuirs chevelus des passagers de la journée qui s'y sont assoupis.

Lorsqu'il arrive chez lui, la maison est vide. Son père doit être au boulot, et sa mère… Peut-être en train de baiser avec un mec de Versailles, qui sait ? Il prend la bouteille de jus d'orange qui traîne au frigo, nourrit Rose, puis monte dans sa chambre. Sur son bureau l'attendent ses livres de cours. Il devrait réviser, mais quelque chose bloque. Il n'a aucune envie d'avoir son bac. Il a peur du vide qui répond, dans son crâne, à ses tentatives de projection. Il est incapable de s'imaginer dans dix ans. Incapable, surtout, de s'imaginer dans six mois. Étudiant. Adulte. Ça n'a pas de sens. C'est quoi, après, hein ? Devenir père ? Avoir un boulot ? Quelle blague. Ses parents l'ont défoncé, la semaine dernière, lorsqu'il leur a dit s'être inscrit en fac d'anglais. Il lance *Street Fighter V* et attend un adversaire, les pieds posés sur ses affaires du lycée.

Minh Tuan a la sensation floue de mériter d'être autre chose que lui-même, mais de ne pas avoir le talent nécessaire pour y arriver. Comment Gaspard et Chloé peuvent se satisfaire de cette vie, putain ?

Il est quelle heure ? C'est quoi la date ? Il fait nuit ou jour ? Tout ça n'a plus de sens. N'en a jamais eu, n'en aura jamais. Les mêmes choses en boucle.

Pendant le temps de chargement, Minh Tuan sort son portable et commence à rédiger un message pour Marina. Un mélange d'excuses et d'insultes. Son adversaire se connecte avant qu'il puisse le terminer. Il l'efface et commence le combat. Il perd.

3.

Chloé entre dans la chambre de Gaspard sans frapper. C'est téméraire, comme opération de conquête de territoire : le risque de le surprendre en pleine masturbation est toujours présent. Ça passe cependant, ce coup-ci. L'adolescent est dans son lit, vêtu de son t-shirt de la veille et d'un bonnet noir. Il lit l'une de ses idioties de mangas, n'adressant qu'un bref coup d'œil vaguement courroucé à Chloé.

– Il est quinze heures, grosse merde, soupire celle-ci.

– Et alors ? Je suis fatigué.

– Fatigué de quoi ? D'être en vacances ?

– Comment t'es rentrée ?

– C'est Melchior qui m'a ouvert.

– Il est encore là ? Je croyais qu'il s'était barré chez un pote…

– Il est en bas, à jouer avec ses bonshommes à la con.

– Ses figurines.

– Quoi ?

– Ses figurines. Pas ses "bonshommes".

Chloé soupire, désespérée. Le petit frère de Gaspard s'est mis, quelques mois auparavant, au jeu *Warhammer**. Depuis, il passe la majeure partie de son temps libre à peindre des figurines en plastique dans l'espoir de se constituer la meilleure armée de la ville. À la connaissance de Chloé, ces crétineries sont l'un des rares trucs de merde de geek de merde auxquels Gaspard n'a pas lui-même touché. Un point pour lui. Elle avance dans la pièce. Ça pue le renfermé et la transpiration, et l'autre clochard semble bien ne pas avoir pris de douche depuis au moins deux jours. Gaspard reperd immédiatement le point qu'il vient de gagner. Chloé ouvre la fenêtre en grand, évitant les mouchoirs roulés en boule abandonnés autour du bureau. Dans la rue, le ciel mélange gris et jaune, comme s'il allait bientôt y avoir un orage. Il fait lourd et poisseux.

– Tu viens de te branler, hein ? demande-t-elle avec mépris, tout en donnant un coup de pied dans l'un des mouchoirs.

– Pas du tout.

– Mens pas !

– Je te dis que non !

Chloé s'assied devant l'ordinateur de Gaspard et le sort de sa veille d'un mouvement de souris. Sur l'écran apparaît alors une femme nue*, dotée

***Warhammer* :** jeu de plateau de la marque anglaise Games Workshop. Met en scène des guerriers s'affrontant dans un monde de fantasy médiévale. Une large part du plaisir qu'en tirent les joueurs vient du temps passé à constituer leurs armées en sélectionnant des figurines parmi les milliers que propose le jeu, et à les peindre pendant des heures. Melchior a une armée de Skavens, des hommes-rats diaboliques. Contrairement à ce qu'il croit, il peint extrêmement mal.

Bella Bellz : l'une des actrices pornographiques favorites de Gaspard. Célèbre pour ses tatouages et ses fesses surréalistes.

de cheveux très courts, d'un dragon énorme tatoué dans le dos, et d'une paire d'implants plus énormes encore dans les fesses. Fesses sur lesquelles, d'ailleurs, se termine le tatouage du dragon. Chloé trouverait ça joli, peut-être… si cette fille n'était pas présentement occupée à gober un sexe d'une taille effrayante, tout en souriant à la caméra du coin de la bouche.

– Pauvre pervers de merde… soupire-t-elle en regardant son ami, qui ne semble toujours pas vouloir sortir de son lit.

– C'était juste en fond sonore, tente Gaspard en se plongeant plus profondément dans sa lecture. Et puis je savais pas que t'allais passer.

Chloé examine encore la scène en pause sur l'écran. Est-ce que Gaspard s'imaginait à la place du mec dont s'occupe la fille au dragon ? Si elle réfléchit aux films qu'elle aime bien, Chloé ne s'y identifie pas forcément à un personnage particulier, en fait… C'est peut-être pareil avec le porno, qui sait ? Cette histoire de personnages dans lesquels le lecteur ou le spectateur doit absolument se reconnaître, ça lui paraît être une connerie. Parfois, c'est surtout intéressant de voir les vies des autres.

Ou leurs bites, en l'occurrence.

Elle remarque alors encore autre chose : la vidéo est ouverte directement sur le lecteur de l'ordinateur.

– Tu regardes pas tes pornos sur Internet ? s'étonne-t-elle.

D'origine cherokee. Peu active, d'après les standards de sa profession, ce qui rend la collection de Gaspard difficile à compléter.

– Non, répond Gaspard d'une voix lasse. J'aime bien garder mes trucs, tu sais, "organisés"… J'enregistre les vidéos et les photos qui me plaisent sur mon ordi, et je classe tout dans des dossiers, selon les actrices. Parfois, même, quand je m'emmerde, je renomme les photos et tout ça pour les mettre bien dans l'ordre.

– T'es un putain de pervers… soupire Chloé en réunissant ses longs cheveux blonds sur son épaule.

– D'après toi, je serais moins un pervers si je regardais mes vidéos pornos en stream sur Internet ?

Chloé réfléchit une seconde à la question, tout en regardant de nouveau le printemps électrique par la fenêtre. Le cuir de son blouson crisse contre le dossier de la chaise. L'air sent le métal chaud.

– Ouais, je crois, finit-elle par dire. Je pourrais pas expliquer, genre, pourquoi, mais ouais.

– Chelou.

– Ouais.

– C'est juste que comme ça, quand la fin du monde arrivera et qu'Internet n'existera plus, j'aurai toujours ma collection, tu vois ?

– Quand la fin du monde arrivera, ton ordinateur ne marchera plus, tête de con…

Gaspard referme son manga et se redresse enfin contre le mur derrière lui, sans encore tout à fait sortir de son lit.

– Pourquoi t'es là ?

– Je m'emmerdais, répond Chloé. Je voulais savoir si t'avais du shit.

C'est au tour de Gaspard de soupirer, tout en

s'extirpant de ses couvertures. Chloé est soulagée de découvrir qu'il a tout de même pris le temps, dans sa journée outrageusement chargée, d'enfiler un pantalon. Il se dirige vers ses étagères, en tire la vieille boîte à chaussures qui contient sa collection de cartes *Dragon Ball** et, sous celles-ci, pêche la trousse en tissu qui contient son shit, son tabac et ses feuilles à rouler. Il la jette à Chloé avant de retourner vers son lit. Chloé la lui rejette immédiatement.

– Tu sais très bien que je sais pas rouler. Arrête de jouer au débile.

Gaspard soupire une deuxième fois, puis, en en faisant des caisses pour bien montrer qu'il est agacé, il attaque la confection d'un joint.

– Tu fais chier, en vrai. Si tu veux fumer, tu devrais acheter ton propre shit. Et apprendre à rouler, aussi.

– Pourquoi ? T'es là pour moi, non ?

– Tu kiffes ça, hein, d'avoir un assistant ?

– De ouf ! confesse-t-elle en riant.

Continuant à surjouer son énervement, Gaspard se concentre sur le joint, le dos appuyé contre la tête du lit. Chloé ferme la vidéo, disant au revoir à la fille au dragon, et lance une playlist vaporwave* sur YouTube. Elle aime bien écouter

---

Cartes *Dragon Ball* : elles étaient très à la mode lorsque Gaspard était en classe de sixième. Il en possède plus de trois cents. En mémoire de l'enfant qu'il était, il s'est juré de ne jamais s'en débarrasser, même si elles ne lui sont plus aujourd'hui d'une utilité flagrante.

Vaporwave : sous-genre de l'électro. Apparu au début des années 2010. Souvent baigné dans une esthétique nostalgique. Les morceaux qui appartiennent à ce courant sont généralement

ça en fumant, et elle sait que Gaspard aussi. Ils se connaissent par cœur. Elle connaît par cœur cette chambre, également. Elle l'a vue évoluer avec le temps. Les posters de groupes de rock qui ont remplacé les affiches *Naruto*. Le ballon de basket blanc abandonné dans l'angle depuis des années, tel le mémorial d'un passé lointain. Ce lit une place, le même depuis l'école primaire. Le papier peint dont la frise rappelle vaguement les motifs d'un temple grec. Les vieilles boîtes de jeux de société plus ouvertes depuis le collège. Le verre de jus de fruit oublié sur le bureau, entre une pile de cours datant de l'année précédente et encore d'autres mangas appartenant probablement à Minh Tuan. Le sac de linge sale jamais vidé. Les magazines musicaux empilés sous l'armoire.

Des souvenirs de signes de mains inventés à l'époque de la troisième, des confessions faites, bouche contre oreille, après une bière de trop. Des meilleurs amis aux noms oubliés, des visages perdus dans la brume, des retours sur le chemin de l'école, des livres prêtés jamais rendus, des films regardés ensemble, des dessins animés favoris, des profs haïs, leurs premières cigarettes, des vacances infinies. Combien de souvenirs peut contenir une âme ? Combien y a-t-il de rochers oubliés qui affleurent à la surface de l'océan, hein ?

Gaspard allume le joint, tire dessus, puis, nimbé par le nuage qu'il vient d'ajouter au

courts, lents et répétitifs. Archétype de la "musique de drogués". Gaspard n'écoute ça que sous shit. Chloé en écoute parfois à jeun.

monde, il se relève pour s'accouder à la fenêtre ouverte. Chloé s'installe à ses côtés et, ensemble, comme cent, comme mille fois auparavant, ils regardent vers la rue. Elle est vide, mis à part deux gosses qui tournent en rond sur leurs vélos, abandonnés au milieu de ces pavillons tous semblables.

– On se connaît depuis quand, toi et moi ? s'interroge Chloé.

Gaspard ferme un œil, se gratte la paupière, puis passe le joint. Il regarde lui aussi en direction des gamins, la musique continuant tranquillement à inonder la chambre derrière lui, se mêlant à la fumée.

– Depuis le CE2*, répond-il.

– Ouais…

– Pourquoi ?

– Comme ça. Juste, je me rappelle que c'est toi qui étais là quand mes parents ont divorcé, et que c'est moi qui étais là quand ta sœur est morte. On s'est appuyé l'un sur l'autre, plein de fois.

À côté de Chloé, Gaspard glousse un peu, puis tousse. Il remet son bonnet en place, juste au-dessus de ses sourcils.

– T'essaies de créer un moment émo, là, ou quoi ?

École Charles-Péguy : c'est dans cet établissement de sept classes que Gaspard et Chloé ont fait leur primaire. L'école se trouve à proximité de la forêt et des champs qui limitent le haut de la ville. C'est à ce paysage qu'est associée cette période dans la mémoire de Chloé. En CE2, leur institutrice était Mme Gonthier. Un matin, Gaspard a pleuré parce qu'il devait recommencer un exercice pendant que le reste de la classe faisait du dessin. Chloé l'a consolé en lui prêtant le *Mickey Parade* qu'elle avait dans son sac. Ils sont devenus amis à ce moment-là.

– Je veux juste dire qu'on n'a pas besoin de Minh Tuan, grogne-t-elle. C'est pas notre pote comme toi t'es le mien ou *vice versa*. On le connaît que depuis, quoi, genre, deux ans ? Il habite pas dans le quartier, il est riche, il est…

– Est-ce que tu vas dire "il est asiat" ? l'interrompt Gaspard.

– Pas du tout ! Laisse-moi parler, putain !… Je voulais juste dire ça, quoi. S'il veut nous considérer comme de simples potes et pas, genre, comme de vrais amis, bah, qu'il aille se faire enculer. C'est tout.

Gaspard reprend le joint et souffle un épais nuage en direction de ceux qui, dehors, cachent désormais complètement le ciel. Il va pleuvoir, bientôt. Dans la chambre, l'odeur du shit se mêle à celle de l'orage à venir.

– Je savais pas que ça t'avait autant blessée, ce qu'il a dit l'autre jour, lance Gaspard.

– Ça m'a blessée que dalle, wesh ! s'énerve Chloé. Je te dis, qu'il aille se faire foutre ! C'est tout. Je voulais mettre ça au clair.

– D'accord.

Il tire une nouvelle fois sur le joint, le repasse à Chloé, qui fait de même. Au bout de la rue, les deux enfants pédalent soudain plus vite, s'éloignant pour rentrer avant l'averse.

– Tu sais, je pense qu'il a juste dit ça sans réfléchir, reprend Gaspard après un moment. Y avait pas de grande déclaration derrière ni rien. Minh Tuan est comme ça, parfois… Il aime bien être tout seul. C'est tout.

– T'es son avocat, maintenant ? Minh Tuan est un gros con et toi aussi, si tu le défends.

– C'est noté.

Gaspard inspire une dernière fois sur le joint, puis écrase celui-ci contre les tuiles. Sa chambre à l'étage donne sur le toit de la maison, sur les toits de tout le quartier du Pont. Silencieuses, les premières gouttes tombent, dessinant de petits ronds noirs dans la rue. Puis la pluie devient plus forte. Sonore. Gaspard laisse la fenêtre ouverte et retourne s'allonger sur son lit, en travers. Chloé, les yeux rougis par le shit, la bouche serrée par la colère, reste encore un peu à la fenêtre, à regarder le monde qui sombre sous le déluge. Un premier éclair sépare le ciel en deux. Un autre lui succède. Le tonnerre ensuite. Elle rejoint Gaspard sur le lit, s'allongeant parallèlement à lui. Les cris de l'orage assourdissent la musique.

– T'as commencé tes révisions ? demande-t-elle en fixant le plafond.

– Non. Toi ?

– Non plus. Tu crois qu'on l'aura ?

– Quoi ? Le bac ?

– Bien sûr, le bac, putain ! Tu veux que je parle de quoi d'autre, bordel ?

– Non. Enfin, pas moi. Toi, je sais pas. T'as envie de l'avoir ?

– Ouais.

– Pourquoi ?

Chloé reste silencieuse un moment, les mains posées l'une au-dessus de l'autre sur son ventre. Distraitement, elle joue avec la bague* qui décore son majeur gauche.

La bague de Chloé : gros bijou fantaisie en plastique transparent, à l'intérieur duquel se trouve une marguerite séchée. Chloé a

– J'en sais rien, finit-elle par dire. Parce que c'est mieux que de pas l'avoir, j'imagine… Ça ferait chier de s'être tapé toute cette merde de lycée pour rien.

– Viens, on va voir Tina, quand l'orage sera passé, et on révise avec elle.

– Pourquoi tu parles tout le temps d'elle ? Tu la kiffes ?

– Tu m'as déjà demandé. Non. Juste, elle est sympa.

Chloé soupire. Elle lâche sa bague et attrape une mèche de ses cheveux, la lissant devant ses yeux.

– Si tu veux. De toute façon, j'ai rien de mieux à proposer.

– Cool.

Accompagnée par la pluie, l'ennui, les souvenirs tranquilles, la lévitation du shit, Chloé regarde à la fois ses cheveux, les ombres projetées au plafond et les volutes de fumée qui planent encore dans la chambre.

– Je suis heureuse de te connaître, Gaspard, dit-elle.

– T'es ma meilleure amie… Même si t'es très vite foncedée, quand même.

– Pauvre connard.

– Merci.

– Depuis le CE2… Ça fait dix ans, hein ?

– Ouais.

---

récupéré cette bague au fond d'un tiroir l'année précédente, et n'a aucun souvenir de son origine. Elle l'aime cependant énormément et la porte presque tous les jours, malgré le peu de compliments qu'elle a reçus à son propos.

– Tu crois qu'on sera toujours amis, dans dix autres années ?

– Bien sûr. À part toi, personne pourrait me supporter. Et à part moi, personne pourrait te supporter. Faut qu'on prenne soin l'un de l'autre.

– Minh Tuan est une grosse merde.

– Non, pas vraiment…

– Un peu, au moins, non ?

– D'accord. Un peu.

– Merci. Toi aussi, t'es mon meilleur ami.

Gaspard tire son bonnet sur ses yeux, puis jusqu'à son sourire. Silencieux, assoupis, les deux adolescents attendent la fin de la pluie. Depuis le rez-de-chaussée, Melchior leur crie qu'à cause d'eux, ça pue le shit dans les escaliers. Gaspard lui répond, sur le même ton, qu'il ferait mieux de fermer sa gueule s'il ne veut pas se la faire casser. Puis le silence revient. Chloé a presque envie de dormir. Elle se sent presque bien. Elle tire son portable de sa poche, le tend au-dessus de sa tête. Soigne la pose. Se prend, avec Gaspard, en photo.

#Amitié

#DixAns

#FumerSousLaPluie

4.

– Mets bien tes pieds parallèles l'un à l'autre, au centre de la planche ! ordonne Gaspard.

– D'où tu lui donnes des conseils, toi ? se moque Chloé. T'as jamais fait de skate, pauvre merde !

– J'en ai fait bien plus que tu le penses. Tu ne sais pas tout de moi, je suis un homme plein de secrets.

– T'es ni un homme, ni plein de secrets. T'es plus, genre, tu sais, un débile, tu vois ?

Debout sur le skate, Tina essaie d'oublier ses jambes qui tremblent et d'écouter Gaspard. Elle y parvient plus ou moins et, pendant quelques mètres, le skate roule bien droit, en une ligne parfaite. Elle sourit. Puis les roulettes font la rencontre d'une fissure dans le parvis de l'église, et l'adolescente s'étale sur le bitume encore glissant de pluie.

– Ça va ? demande Chloé sans se lever du banc.

– Oui, répond Tina en se redressant déjà. Ce n'est rien du tout.

– Exactement ! confirme Gaspard d'un ton docte. C'est le métier qui rentre, ça. Les grands skateurs sont avant tout de grands chuteurs.

– Putain mais sérieux, mais ferme ta gueule ! C'est insupportable de t'écouter faire genre de t'y connaître !

Tina vérifie le skate : il va bien. Pas de fissure, juste peut-être une petite écorchure sur le côté de la planche. Elle est jolie, comme ça, cela dit. Ça la fait davantage ressembler à un véritable objet qui vit. Elle l'aime, cette écorchure. Comme elle aime déjà, également, l'autre écorchure, rouge, qu'elle voit à sa cheville, entre sa basket et son pantalon. Ses jambes tremblent encore, mais en remontant sur la planche, elle sourit de nouveau. Autour des adolescents, il y a le parc du Château*, il y a l'église*, il y a le parvis noirci par la pluie, le ciel redevenu bleu, le vélo de Gaspard appuyé contre le banc sur lequel est assise Chloé, il y a la ville vide, les vacances qui se terminent bientôt, il y a le printemps qui commence, il y a l'odeur du pollen mouillé, celle des cigarettes, celle de la fin de la journée. Un autre adolescent passe près d'eux, lui aussi à vélo. Il ne s'arrête pas, mais échange avec Tina, Gaspard et Chloé un signe de tête dénué de sourire.

– C'est qui, lui, déjà ? demande Tina en essayant de rester bien droite sur sa planche.

Le parc du Château : plus grand parc de la ville. Il ne s'y trouve aucun éclairage public, ce qui explique qu'il soit prisé des adolescents en été. Ils peuvent s'y retrouver et y boire sans craindre d'être repérés par la police ou leurs parents. De nombreuses bouteilles et de nombreuses virginités y ont été abandonnées.

L'église Saint-Mathieu : seule église de la ville. Située à proximité du château et d'un bar-PMU, elle ne compte que quelques dizaines de fidèles réguliers. Ni Chloé ni Gaspard n'y sont jamais entrés. Tina, une fois, quelques jours après son arrivée.

– J'en sais rien, répond Gaspard en haussant les épaules. Un gars du lycée.

– On est censé dire bonjour aux gens du lycée qu'on ne connaît pas lorsqu'on les rencontre par hasard ?

De son pied droit, elle pousse contre le bitume, tandis que le gauche appuie plus fort sur le skate. Elle avance en direction de l'église.

– C'est une grosse question, ça, en vrai, répond Chloé en réfléchissant. Je sais jamais trop. En général, je fais comme là, genre, vous savez, un signe de tête. Mais je sais pas.

– Une fois, intervient Gaspard, je prenais le train pour aller à Versailles*, pour acheter des disques d'occase et tout ça, et dans mon wagon y a un mec qu'est monté, tu vois, tu sais, le mec qu'a toujours un pansement sur le nez*, là, en première je-sais-pas-quoi ? Tu sais de qui je parle ? On se voit aux concerts, parfois…

– Aucune idée, répond Chloé, instinctivement agacée. Et alors ?

– Bah il est venu me serrer la main…

– Normal.

– Ouais, normal. Mais après, cet enfoiré s'est

Versailles : incarne, pour les habitants du département des Yvelines, l'idée de "grosse ville". Outre son célèbre château, il s'y trouve un nombre respectable de bars et de restaurants. Les adolescents doivent compter environ vingt minutes de train pour rejoindre Versailles.

Le mec qui a toujours un pansement sur le nez : Thomas Denian, de première 4. Son pansement a pour but de cacher la cicatrice purulente que lui laisse régulièrement l'acné dont il souffre. Il ne semble pas se rendre compte que ce stratagème ne fait que le rendre plus remarquable encore. Grand amateur de metal.

assis en face de moi, et il m'a demandé comment ça allait et tout ça, mais au bout de, je sais pas, même pas deux minutes, on n'avait plus rien à se dire, parce qu'en fait, bah, on n'est pas amis ni rien. Mais on était partis pour une demi-heure de train, et forcément, on n'allait pas se lever et s'installer ailleurs… Alors pendant tout le trajet, on a dû rester comme ça, assis l'un face à l'autre, à sourire en essayant de trouver des trucs à se dire. Je pouvais même pas mettre mes écouteurs ni rien et, je te jure, plusieurs fois j'ai pensé à descendre à n'importe quelle gare pour attendre le train suivant. Pire moment de ma vie.

– Hé, Tina ! crie Chloé. Tu pourras me filer tes notes, en maths ? J'écoute jamais rien à ce que raconte Truculent, et mon classeur c'est un champ de ruines, même si je voulais, je pourrais pas réviser…

– Elle t'intéresse pas, mon histoire ? demande Gaspard.

– Pas du tout, non.

L'adolescente pose sa tête contre l'épaule de son ami qui soupire. Tina s'arrête, fait pivoter le skate sous son talon, puis repart dans l'autre sens pour rejoindre le banc. Bientôt, elle se le promet, elle saura tourner sans avoir à stopper la planche. Elle s'arrête devant Gaspard et Chloé, s'assied sur le skate et, tout en roulant d'un côté puis de l'autre grâce à de petits mouvements des fesses, elle continue à sourire. Elle n'a aucune raison d'arrêter.

– Vous êtes vraiment drôles, vous deux, quand on vous connaît.

– C'est un compliment, demande Chloé, ou

plutôt un truc genre “vous êtes super cons, mais au moins on peut se foutre de votre gueule” ?

– Non, un compliment.

– Alors merci.

Du bout des doigts, Tina gratte la matière adhérente qui couvre la surface de sa planche.

– Sur Internet, j’ai vu des gens qui arrivent à faire des sauts avec leurs skates, dit-elle d’une voix rêveuse.

– Ouais, ça s’appelle des tricks*, répond Gaspard. T’inquiète, je t’apprendrai.

– Espèce de tocard, putain... soupire Chloé. Alors, tu pourras me prêter tes cours de maths, oui ou non ?

– Je te les ramènerai lundi, promet Tina.

Elle s’étire en arrière et pose ses mains sur le sol, sans se soucier des flaques de pluie. Au-dessus de son visage, le ciel est parfait. Les nuages reviendront forcément, mais pas tout de suite. Depuis le bar situé sur leur droite, un homme rit fort, crie quelque chose que Tina ne comprend pas, puis monte dans un camion et s’en va. Elle se sent bien.

– Est-ce qu’on est amis ? demande-t-elle sans oser regarder Chloé ou Gaspard.

Les deux adolescents mettent un moment à réagir. Peut-être qu’elle n’aurait pas dû poser la question. C’était malvenu et déplacé. Ce ne sont pas des choses qui doivent se dire. Elles doivent se faire, ou non, et c’est tout.

Tricks : ce dont parle Tina serait plutôt un ollie. Le mot “tricks” désigne l’ensemble des figures réalisables en skateboard. Gaspard ne connaît véritablement pas grand-chose au sujet.

– Bah, ouais… répond Gaspard. Je pensais que c'était clair, quoi.

– Moi, tu seras ma pote que si t'oublies pas de me ramener tes notes de maths.

– Elle plaisante.

– Pas du tout !

– Bien sûr qu'elle plaisante.

– J'ai pas d'amis. J'en ai pas besoin. J'ai besoin de ses notes de maths et c'est tout.

– Moi aussi, vous êtes mes amis, dit Tina d'une petite voix.

Elle attend encore un peu sans bouger, son regard en discussion silencieuse avec le ciel bleu, puis enfin, elle baisse la tête vers ceux qui sont donc ses amis.

– J'aime bien que vous parliez tout le temps, dit-elle. Ça me rappelle la maison.

– Ah ouais ? demande Chloé. Genre, l'Afrique c'est comme on imagine ? Vous vous réunissez le soir autour du feu, entre les huttes, et vous vous racontez, genre, des vieilles légendes ?

– Ma famille habite à Kinshasa*… objecte Tina en haussant un sourcil.

– Et ?

– C'est une très grande ville. Moderne. Il n'y a pas de huttes ni de feu de camp.

– Sérieusement, t'es super raciste, Chloé, dit Gaspard en se mordillant la lèvre.

Kinshasa : capitale de la République démocratique du Congo. Compte dix-sept millions d'habitants. Durant leur temps libre, Tina et ses amis fréquentaient notamment le chemin de la Raquette, une longue rue piétonne donnant sur le fleuve Congo. Tina habitait dans un immeuble récent du district de Lukunga.

– Putain mais trop pas, wesh ! C'est elle qui disait que ça lui rappelait son pays !

– C'est juste que…

Tina tourne de nouveau la tête sur le côté. Vers les arbres du parc, vers l'église en vieilles pierres, vers le bar-PMU où sont réunis de gros hommes blancs aux gros nez rouges, vers les rues pavées, vers le vent encore froid et humide, vers toutes ces choses qui ne ressemblent pas à chez elle. Chloé allume une cigarette volée à Gaspard. Tina les regarde. Eux non plus, ils ne ressemblent pas réellement à ses amis de Kinshasa. Mais ils leur ressemblent quand même un peu. Tout lui manque. Elle a peur, au fond de son ventre, de ne jamais y retourner. Elle le craint depuis un moment, probablement, mais c'est là, ici, maintenant, qu'elle le formule réellement. Qu'elle accepte la présence de cette menace. Ça aurait dû être temporaire, une parenthèse. Ça aurait dû être presque comme des vacances. Mais ça n'en est pas. Ça n'en est pas du tout, et elle ne rentrera peut-être jamais chez elle. Elle ne reverra peut-être jamais Kinshasa.

Le manque fait soudain comme un trou dans son ventre. Un trou noir qui semble capable d'aspirer tout ce qu'elle contient, et de ne rien laisser en elle que du vide. Elle ignore si ce trou se rebouchera un jour.

– Je ne sais pas, dit-elle finalement, simplifiant des pensées trop compliquées pour les mots.

Chloé met la cigarette entre ses lèvres, aspire, recrache un nuage gris. Tina la trouve superbe. C'est la plus belle fille de la classe, de loin.

Surtout ses taches de rousseur et ses cheveux, longs, blonds, bouclés. Elle aimerait les lui coiffer.

– En tout cas t'es notre amie, Tina, dit Gaspard.

– Ta famille est toujours là-bas, hein ? demande Chloé.

– Oui. Ça fait longtemps que je n'ai pas eu de nouvelles, répond la jeune fille en enroulant ses bras autour de ses jambes, son menton posé sur ses genoux.

– Alors on en attendra avec toi.

Gaspard se lève, prend la main de Tina et la force à s'asseoir sur le banc à sa place. Puis il monte sur le skate, remet son bonnet en place et se tourne vers ses amies.

– OK, je vais mettre fin aux rumeurs, maintenant. Regardez et admirez. Essayez juste de pas trop mouiller, d'accord ?

– T'inquiète, le risque est faible… soupire Chloé.

L'adolescent regarde devant lui, pose son pied droit au sol, semble calculer avec précision la trajectoire à prendre, l'angle du vent, le relief du bitume, puis, d'une poussée de la jambe, il se lance.

Il tombe au bout de deux mètres et s'ouvre la lèvre contre un muret. Il se met à crier, du sang plein le menton.

– T'inquiète, bébé, les grands skateurs sont avant tout de grands chuteurs ! se moque Chloé en riant.

Tina la rejoint dans son hilarité. Puis elle passe une main dans les cheveux blonds de Chloé. Celle-ci la laisse faire.

Le vent est froid et mouillé, mais le ciel est bleu, pour l'instant. Les adolescents restent là encore un moment, à défaut d'avoir autre chose à faire. Gaspard éponge sa bouche, Chloé fume, Tina somnole les yeux ouverts. Ensemble, ils attendent. Le trou dans son ventre reste silencieux. Lui aussi, il attend.

5.

Le mercredi matin, les terminales ES ont EPS*. Gaspard aime bien ça. Enfin, non, il n'aime pas l'EPS en tant que telle, mais il aime que la journée commence par ça. Il n'a pas à passer d'abord au lycée, et peut marcher directement de chez lui jusqu'au stade*. Ça lui laisse le temps de fumer un joint, de passer sur le pont et de regarder, en contrebas, les voitures de tous ces gens qui vont au travail. Une fois, il a vu celle de son père, parti vingt minutes avant lui, et pourtant toujours pris dans les embouteillages.

Gaspard aura bientôt dix-huit ans. Il n'a pas envie de passer son permis. Il se demande parfois

---

EPS : sacrée chierie, selon Gaspard, qui ne voit pas l'intérêt de courir pour une autre raison qu'échapper à d'hypothétiques poursuivants. Il a 7 de moyenne. Minh Tuan a 11. À l'étonnement général, Chloé a 16. Alain Blainville, leur professeur, est parfois pris d'élans spirituels et se met en plein cours à discourir des bienfaits de la méditation.

Stade Léo-Lagrange : plus grand stade de la ville, il ne sert cependant qu'à quelques événements ponctuels et aux cours d'EPS du lycée. Les adolescents qui veulent s'y réunir pour jouer au foot le samedi après-midi en sont immanquablement chassés par le gardien, dont la rumeur dit qu'il possède un fusil et un penchant pour la bouteille. Le penchant pour la bouteille est véridique.

si ses parents ont eu du mal à reprendre la voiture, après la mort de Célia.

Le soleil vient de se lever au-dessus de la route. Il est orange et se reflète sur les pare-brise, en bas. Gaspard écoute les klaxons inutiles, s'accoude à la rambarde, rallume son joint. Échappée de son bonnet, une mèche de cheveux secs et cassants passe devant ses yeux brûlés par la drogue.

Des cheveux bleus.

Il sourit. Il est certain que Minh Tuan, Chloé, Tina et les autres vont se foutre de sa gueule, pour commencer, mais qu'à la fin, ils kifferont comme il kiffe déjà lui-même. Lorsque l'année se terminera, ils se souviendront de lui comme de "ce mec de ma classe qui avait les cheveux teints en bleu ! Si, je te jure !". Il tire sur son joint, en fait tomber le mégot sur les voitures qui se bloquent les unes les autres, puis, d'un pas tranquille, il reprend la route du stade, avec dans ses oreilles un autre disque trouvé dans les cartons de Célia. The Ataris*, *So long, Astoria*. Il ne connaît pas vraiment le groupe, mais en ce moment, il aime bien. Ça convient au printemps, aux reflets du soleil orange.

Bientôt, ce sera le bac. Bientôt, le lycée, ce sera terminé. En attendant, le jour est frais et l'herbe autour du stade brille de rosée. C'est joli. Son sac sur l'épaule, Gaspard contourne le haut

---

The Ataris : groupe de rock américain qui a frôlé le succès au début des années 2000 avec sa reprise de la chanson *The Boys of Summer*, de Don Henley. Malheureusement, cela n'a pas suffi, et la formation est tombée dans les limbes de l'histoire du punk-rock. Il s'agit cependant d'un groupe que les experts s'accordent à trouver excellent.

bâtiment et s'arrête au pied des escaliers de derrière. Avec un sourire fier, il retire ses écouteurs et son bonnet.

– Putain de ta mère la pute… murmure Chloé, assise sur les premières marches, ses yeux bleus rivés aux cheveux de Gaspard, désormais de la même couleur.

Elle est déjà habillée pour l'EPS, d'un t-shirt et d'un short. Ses jambes, mystérieusement bronzées, semblent scintiller au soleil, elles aussi. Gaspard les pousse sur le côté du bout de sa chaussure, pour se faire une place.

– Ça te plaît ? demande-t-il.

– T'es, genre, putain de dégueulasse, mec. C'est immonde.

– Je savais que t'aimerais, dit-il en s'asseyant sur la marche où reposent les Converse de Chloé.

– C'est quoi l'idée ? Y a un Schtroumpf qui t'a juté sur la gueule, un truc comme ça ?

– Tu penses que le sperme des Schtroumpfs est bleu* ?

– Évidemment, putain !

– C'est pas sûr. Genre, nous, notre sperme, il est pas de la couleur de notre peau, tu vois ?

– Vite zef, wesh ! T'es blanc, ton sperme est blanc, ça passe !

– Les Noirs aussi ont un sperme blanc.

– Y a des Schtroumpfs noirs*, dans la BD…

La sexualité des Schtroumpfs : sujet abordé dans le film de Richard Kelly, *Donnie Darko*, que Chloé découvrira deux ans plus tard et qu'elle considérera comme un chef-d'œuvre.

Les Schtroumpfs noirs : au centre du premier volume de la série créée par Peyo. Victime d'un virus, ces Schtroumpfs maléfiques

– Mais leur sperme resterait bleu, selon toi ?

– Si on suit ta logique, ouais.

– Ma logique c'est que leur sperme n'est pas bleu.

– Non mais en vrai détourne pas le sujet, putain ! Pourquoi t'as fait ça ?!

Elle tend prudemment la main et touche une mèche des cheveux de Gaspard, une expression d'horreur sur le visage. Le sourire tranquille de l'adolescent gagne un centimètre discret.

– J'en sais rien. Pour fêter la fin de l'année.

– On n'y est pas encore, à la fin de l'année, pauvre tocard…

Elle soupire, pose ses coudes sur la marche derrière elle, s'étire un peu, regarde le ciel. Lui aussi est bleu. De l'autre côté des murs du stade, quelques voix commencent à s'élever, pas encore nombreuses. C'est leur rituel, à Minh Tuan, Chloé et Gaspard, depuis le début de l'année : se réunir ici, sur les escaliers, avant l'EPS, et se défoncer. De la poche de sa veste en jean, Gaspard sort deux Xanax. Il en prend un, donne l'autre à Chloé.

– J'ai vu mon psy, ce week-end, explique-t-il. Il dit que je fais des progrès.

– Ah merde ! Il va arrêter de te filer des médocs ?

– Non, t'en fais pas… Il faut bien qu'il vive. Et

propagent leur maladie en mordant la queue des autres Schtroumpfs. Certains lecteurs y ont vu une métaphore du sida. D'autres, une bande dessinée raciste. Dans l'adaptation américaine en dessin animé, les Schtroumpfs noirs sont devenus violets, pour éviter d'éventuelles polémiques. Chloé était très fan de cet album lorsqu'elle était enfant.

puis, si vraiment je sens que ça menace, je reparlerai de Célia et je chialerai un peu en disant que je veux me suicider ou un truc comme ça.

– Bien. Pense collectif. Sans toi, je saurais pas où me fournir.

– T'es grave une assistée, comme meuf, en vrai.

Une silhouette approche, traversant l'herbe mouillée. La conversation s'arrête. Une main dans la poche de sa veste de costume, Minh Tuan jette de l'autre son sac de sport près de l'escalier, puis se laisse tomber aux côtés de Chloé. Celle-ci suce son Xanax sans regarder le nouvel arrivant, dont les yeux sont rivés, forcément, aux cheveux de Gaspard.

– Putain… soupire-t-il. C'est quoi ce délire ? Y a un Schtroumpf qui t'a cumshoté* la gueule ?

Gaspard éclate de rire. Chloé reste immobile, le visage levé, les bras croisés.

– Chloé m'a dit exactement la même chose, y a deux minutes !

Avec un ricanement moqueur, Minh Tuan se tourne vers celle-ci en levant sa main droite, pour qu'elle tape dedans. Chloé refuse l'invitation, trop prise qu'elle est par sa contemplation renfrognée du ciel. Le sourire moqueur de Minh Tuan disparaît.

– Bon, vas-y, tu soûles : c'est quoi ton délire, depuis la rentrée ? demande-t-il.

– Je vois pas de quoi tu parles, grogne Chloé.

Cumshot : pratique sexuelle consistant à éjaculer sur le visage de sa ou son partenaire. Surreprésentée dans le cinéma pornographique.

– Ça fait deux jours que tu m'évites et que tu te barres dès que j'approche ! Alors vas-y, arrête de casser les couilles et dis ce que t'as à dire, qu'on en finisse !

Avec autant de lenteur et de signes d'agacement que possible, soupirs, grimaces, claquements de langue, reniflements, Chloé se redresse et darde vers Minh Tuan un regard froid. Adossé au mur des escaliers, Gaspard la regarde en jouant avec son Xanax, le faisant passer d'une joue à l'autre. Depuis un moment, il se demande si Chloé ne serait pas un peu amoureuse de Minh Tuan, d'une façon ou d'une autre. C'est juste une impression comme ça, qui lui vient de temps en temps. Par exemple, lorsque Chloé raconte ses histoires avec des mecs probablement imaginaires. C'est souvent quand Minh Tuan parle d'une fille, qu'elle fait ça. Mais Gaspard n'en est pas sûr. Il n'aimerait pas tellement que ce soit vrai. Pas par jalousie, Chloé se rapproche plus d'une sœur que d'autre chose, à ses yeux, mais parce que les couples finissent toujours par se terminer. Et que dans ce cas précis, ça signifierait également, peut-être, la fin du trio. Alors oui, il espère que ses impressions sont fausses. Toujours est-il que les yeux colériques de Chloé sont chargés d'une certaine passion, là tout de suite.

– C'est juste que je me demande ce que tu fous ici, fils de pute. Je croyais qu'on n'était, genre, que des vagues potes ou je sais pas quoi.

C'est au tour de Minh Tuan de lever les yeux au ciel, brièvement.

– Oh, putain… Sérieusement, t'as passé toutes

les vacances sur cette histoire ?! J'ai juste dit ça comme ça, merde ! Pourquoi tu fais toujours ça ?

– Toujours quoi ? demande Chloé en recroisant les bras.

– Ça ! Tourner le moindre truc au drama cosmique* ! On peut rien te dire ! Y a toujours un mot en trop, ou un mot qui manque, ou je ne sais quoi... Tout le monde te déçoit tout le temps. Tu fais chier.

Chloé écarte un peu les jambes. Crache entre les semelles de ses chaussures, à quelques centimètres de Gaspard.

– Tout le monde me déçoit tout le temps parce que tout le monde est tout le temps décevant.

Gaspard glousse. Minh Tuan soupire.

– Tu te crois méga intelligente, hein, quand tu dis des phrases à la con comme ça ? On dirait l'une de ces citations de merde qu'on trouve au bas des pages d'un agenda...

– Va te faire foutre.

– Toi, va te faire foutre !

– Vous devriez vous calmer et faire la paix, tente Gaspard. Ça sert à rien de...

– Ta gueule, Gaspard, le coupe Minh Tuan.

– Ta gueule, Gaspard, confirme Chloé.

L'intervention semble néanmoins porter ses fruits et, finalement, Chloé se calme un peu.

Drama cosmique : l'année précédente, Chloé a refusé d'adresser la parole à Gaspard pendant plus de deux jours pour la seule raison qu'au réfectoire il avait pris un Flanby, alors qu'elle venait justement de dire qu'elle détestait ça. L'accusé avait essayé d'expliquer qu'il n'avait à aucun moment tenté de le lui faire manger à elle, mais cet argument s'était révélé insuffisant pour calmer l'adolescente.

– File-moi une clope, reprend-elle au bout d'un moment, de nouveau sans regarder Minh Tuan.

– Putain…

Minh Tuan fouille les poches de sa veste, trouve son paquet, en prend une pour lui, l'allume, puis seulement ensuite tend ses cigarettes à Chloé pour qu'elle fasse de même.

– Tu veux un Xan ? propose Gaspard.

– Non, ça va, répond Minh Tuan, la fumée lui sortant par les narines. Merci.

– Vous êtes en stress, pour cet aprèm ? demande Chloé.

Il faut un moment à Gaspard pour comprendre de quoi elle parle. Parfois, les sujets de conversation changent trop vite pour lui. Ou alors, c'est simplement le Xanax qui fait son effet.

Tout à l'heure, ce sera leur pré-conseil de classe. Une grosse connerie pour faire un bilan avant le bac ou quelque chose comme ça. Danverre en a parlé en cours, plusieurs fois même, mais Gaspard n'a pas exactement bien écouté.

– Non, répond Minh Tuan. Je m'en bats la race.

– On aura peut-être tous un avertissement de travail* ? propose Gaspard avec un certain enthousiasme.

– Ou de conduite ? suppose Chloé.

– Ou les deux ?

Avertissements de travail : depuis son entrée au collège sept ans auparavant, Gaspard en a eu six. Ce qui, finalement, n'est pas cher payé compte tenu de ses moyennes habituelles.

Encore une fois, une silhouette approche. Derrière elle, le soleil est passé de l'orange au blanc. L'herbe brille plus fort. Bientôt la rosée se sera évaporée. De l'autre côté des murs du stade, les voix sont désormais nombreuses. Le cours va bientôt commencer.

– Salut Tina ! lance Gaspard.

– Salut ! répond la jeune fille, son skate sous le bras, son sac sur le dos. T'as les cheveux bleus ?!

Gaspard sourit plus largement. Il tire sur une mèche, pour la placer entre ses yeux.

– Ça te plaît ?

– On dirait qu'il s'est fait jouir dessus par un Schtroumpf, hein ? demande Chloé.

– On peut arrêter de parler de Schtroumpfs qui se branlent sur mon visage, s'il vous plaît ?

– C'est quoi, un Schtroumpf ?

– Ah merde, je pensais que vous connaissiez, au Congo... commence Chloé. C'est des bonshommes bleus qui ont un bonnet blanc et qui... Ouais, non, mais laisse tomber.

– ... Tu parles des Smurfs* ?

– Qu'est-ce que tu fais là ? coupe Minh Tuan en soufflant sur sa cigarette.

– C'est moi qui l'ai invitée, répond Chloé avec un regard fier.

– Ah ouais, donc c'est officiel, elle fait partie de la bande ?

Smurfs : nom anglais des Schtroumpfs. Tina n'a effectivement connu que la version américaine du dessin animé, et ne s'y est jamais suffisamment intéressée pour trouver le nom originel des petites créatures.

– Ça te dérange ? T'es raciste ?

– Sérieux, ferme ta gueule… souffle-t-il. T'es la fille la plus raciste que je connaisse, et…

– Non mais en vrai c'est quoi votre délire, genre, je suis raciste et tout ?! Je suis trop pas raciste, putain !

– Je peux m'asseoir ? demande Tina.

Gaspard se pousse sur le côté pour lui faire de la place. Tina s'installe, pose ses chaussures bon marché sur son skate, le fait un peu rouler de droite à gauche, puis de gauche à droite, et enfin, remet en place ses grosses lunettes. Gaspard adore quand elle fait ça. Ça creuse une grosse ride dans son front, il trouve ça vraiment joli.

– Si Stéphanie voit ton skate, dit Minh Tuan en terminant sa cigarette, elle risque de te le reprendre, non ?

– Alors je le lui rendrai, répond Tina en mordillant sa lèvre. Je ne suis pas une voleuse.

Gaspard glousse encore. Minh Tuan et Chloé aussi.

– T'es en stress, Tina ? demande de nouveau Chloé. Pour le pré-conseil de classe ? Enfin, t'as pas de raison de l'être, genre, tu cartonnes dans toutes les matières…

Tina remonte une nouvelle fois ses lunettes, sous le regard de Gaspard. Elle fixe le soleil, qui a fini de se lever. Les silhouettes de la ville, les immeubles blancs, les pavillons, tout se découpe à l'horizon. Les limites de leur monde. C'est une belle matinée. À l'intérieur du stade, Maxime crie "enculé !" à quelqu'un.

– Non, répond finalement l'adolescente. C'est

pas grave. Je ne continue pas mes études, de toute façon.

– C'est vrai… soupire Chloé en appuyant l'arrière de son crâne au mur. J'avais oublié.

– C'est toi qui stresses, en fait, non ? demande Minh Tuan. Ça fait deux fois que tu poses la question…

Chloé ne répond pas. Elle fume encore un peu, puis, à son tour, elle écrase sa cigarette contre les marches de l'escalier, laissant un rond noir sur le béton gris.

– On y va ? propose-t-elle. J'ai pas envie que Blainville nous fasse un sermon sur, genre, l'importance de la ponctualité de mon cul, comme quoi ça signifie qu'on a une belle âme ou je ne sais pas quoi…

Minh Tuan se lève en grognant, imité par Tina, puis par Gaspard.

– Bon, donc on n'est que des potes, hein, c'est ça la conclusion ? demande tout de même Chloé en époussetant les fesses de son short.

– Putain… chuchote Minh Tuan en fermant les yeux. OK, c'est bon, ta gueule, t'es mon amie. Ça te va ?

– Ça me va. Fils de pute.

Derrière eux, Gaspard sourit. Tina se penche vers lui.

– Ils n'étaient plus amis ? murmure-t-elle.

– Franchement, je saurais même pas te dire. C'est toujours très compliqué, tout ça…

– Ah.

– Exactement.

Les quatre amis contournent le stade pour rejoindre le reste de leur classe.

– Je vais pas courir, je crois, dit Gaspard. Je suis en train de faire une crise d'angoisse*.

– Pour de vrai ? demande Minh Tuan.

– Non, tranche Chloé. Il vient de prendre un Xanax.

– Je sais pas. J'ai le cœur qui bat super vite.

Chloé pose une main sur sa poitrine, une seconde.

– Pas du tout. Il bat lentement, même.

– Je sais pas. Ce serait plus prudent que je coure pas.

– Pauvre merde.

Malgré son regard dubitatif, M. Blainville est bien obligé d'accepter l'histoire de Gaspard et d'autoriser l'adolescent à passer les deux heures de cours dans les gradins du stade. Allongé seul sur les bancs en bois, il regarde ainsi ses amis courir. Les jambes bronzées de Chloé. Les reflets du soleil dans les lunettes de Tina. Minh Tuan qui court en traînant les pieds. Tous les autres qui crient, qui rient, qui se poursuivent. Leurs ombres allongées derrière eux. Il remet ses écouteurs dans ses oreilles.

Le pré-conseil de classe. Encore une fois, il regarde au loin, par-delà le stade. Les bâtiments de sa ville. La seule qu'il connaisse. Faudra-t-il un jour lui dire au revoir ? Il n'en sait rien du

Crise d'angoisse : liée à l'anxiété, elle peut durer plusieurs heures et s'accompagne souvent de palpitations, de suées, de nausées, de vertiges… Gaspard a si souvent utilisé cette excuse auprès de ses parents et de ses enseignants qu'il a désormais du mal à identifier les moments où il est réellement en train d'en faire une. Il se demande parfois s'il n'est pas constamment en pleine crise d'angoisse. Ce n'est pas le cas.

tout. Il s'en fiche peut-être. Il ne sait pas. Une mèche de cheveux bleus passe devant ses yeux. Il renfonce son bonnet jusqu'à ses sourcils, il écoute The Ataris, il regarde les autres courir. Et, au rythme de tout ça, sous le poids de la fraîcheur du vent, de la clarté du printemps, il s'assoupit, allongé dans les gradins. Il aime bien les mercredis matin.

Ça lui manquera, tout ça. Tombant dans le sommeil, il se sent nostalgique de l'instant présent.

6.

Le quotidien bégaye, quand on est lycéen : les mêmes lieux, les mêmes gens, les mêmes conversations, les mêmes profs qui vous emmerdent avec les mêmes sujets.

Aujourd'hui, cependant, Gaspard n'est pas seul, face au bureau de Danverre. D'habitude, c'est juste lui qui s'y colle, rapport au fait qu'il est à moitié stupide, mais il faut croire que ce coup-ci, Minh Tuan et Chloé ont eux aussi un peu merdé.

– Vous savez pourquoi je vous ai dit de venir me voir, n'est-ce pas ? demande l'enseignante après un soupir trop long d'au moins cinq secondes.

Chloé, installée au centre, tourne la tête à gauche, vers Minh Tuan, à droite, vers Gaspard, puis face à elle, vers Danverre. Elle sait que dans le lycée, quasiment tous les mecs ont décidé qu'il s'agissait de la prof la plus bonne de l'établissement. Et, presque à regret, l'adolescente est bien obligée de leur donner raison. Danverre n'est pas ouf, en vrai, mais elle a un chouette cul, ses nouveaux cheveux courts lui vont grave bien, et son visage blasé dégage un certain charisme, inutile de le nier. Chloé la déteste.

– Le pré-conseil de classe, non? tente Minh Tuan.

– Bien joué, se moque Danverre. Vous êtes les trois élèves les plus mal notés de la classe. Et parmi les cinq pires de tous les terminales.

– C'est qui, les deux autres* ? demande Gaspard avec une curiosité sincère.

– Ça fait deux ans que je suis votre prof, coupe Danverre. Donc je suis bien placée pour savoir que vous n'êtes pas foncièrement idiots…

– Même Gaspard? s'étonne Chloé en haussant un sourcil.

– Hé, mais ferme ta gueule! s'offusque l'intéressé.

– Stop. On se calme tout de suite.

Danverre ferme les yeux et se masse lentement les paupières, à moitié renversée dans sa chaise. Clairement, Gaspard essaie de mater sa poitrine. Chloé lui donne un coup de pied. Il grimace. Minh Tuan croise les bras sur sa veste et soupire. De l'autre côté des fenêtres, un soleil de printemps, bien jaune, envoie des éclats de lumière dans la pièce, accompagnant les échos lointains des autres trous du cul en train de profiter de la pause dans la cour du lycée.

– Gaspard, comment ça se passe, le tutorat

Les deux autres : Mélanie Nicolet, terminale L, et Lionel Ayo, terminale STMG1. La première ne se présentera pas aux épreuves, préférant commencer à travailler dans la supérette de son quartier, et le second a manqué plus de la moitié des cours de l'année, du fait d'une hépatite qui a nécessité des soins hospitaliers. Il est désormais en meilleure santé. Peu d'élèves sont au courant, Lionel ayant préféré ne rien dire, même à ses amis proches.

avec Tina ? demande Danverre en rouvrant les yeux.

– Ah, super ! répond l'adolescent avec enthousiasme. Tina est géniale. Elle m'aide vachement. Je sens grave que je progresse.

– Bien...

– Parfois je me demande si Gaspard n'est pas amoureux d'elle, s'interroge Chloé tout en enroulant une mèche de cheveux autour de son doigt.

– Trop pas ! lui assure Gaspard. Vraiment. C'est juste une amie.

– C'est typiquement une phrase de mec amoureux... murmure Minh Tuan.

– Par ici, s'il vous plaît ! soupire encore Danverre. Essayons de ne pas nous égarer... Vous savez que le bac est dans moins de deux mois, maintenant, hein ?

– Ouais, vous nous l'avez répété, genre, mille fois... grogne Chloé.

– Et au vu de vos notes, j'ai bien l'impression que ça n'a pourtant pas été suffisant. Vous vous en fichez complètement, ou c'est autre chose ?

– Non, je crois que c'est bien ça, confirme Minh Tuan sans sourire. On s'en fiche.

Chloé tourne de nouveau la tête vers lui. Même si elle lui en veut encore un peu à cause de toute cette histoire de "on est juste potes, pas amis, gnagnagna", il faut bien qu'elle reconnaisse que Minh Tuan aussi, comme Danverre, a un certain charisme. Il parvient toujours, d'une manière qu'elle ne s'explique pas, à dire ce genre de phrases complètement abusées sans que ça passe pour de l'insolence. D'une certaine façon, c'est un peu le sage de leur trio. Ce qui en dit long sur eux, probablement.

Danverre soupire encore une fois. Elle a acquis un sacré niveau, dans cette discipline. Un moment, elle regarde les adolescents, tour à tour, sans rien dire.

– Chloé ? Gaspard ? Vous confirmez la réponse de votre porte-parole ?

– Ouais, plus ou moins, dit Chloé avec un reniflement.

Gaspard hausse les épaules avec un sourire désolé. Danverre, à la non-surprise générale, soupire.

– Vous êtes des branleurs, lâche finalement la prof de SES d'une voix calme.

Un moment, les trois adolescents, estomaqués, ne trouvent rien à répondre. Puis, avec un sourire à la fois admiratif et ravi, Chloé regarde Danverre d'un œil neuf.

– On pourrait trop vous faire, genre, un procès, pour ça ! tente-t-elle.

– Probablement, concède l'enseignante. Mais cela dit, avant qu'on en arrive là, j'ai une bonne nouvelle pour vous : cette année, les branleurs seront à l'honneur.

– Pourquoi ? demande Gaspard.

– 2020, c'est l'année du branleur, dans le calendrier chinois*, répond Minh Tuan.

– Sérieux ?!

Calendrier chinois : en vérité, 2020 est l'année du rat, et même plus précisément du rat de métal. Les personnes nées sous le signe du rat sont supposées être sociables, vives d'esprit, ambitieuses et rusées. Aucun des trois adolescents ne connaît son signe chinois.

– Vous voyez qu'il est stupide pour de vrai, lui ! reprend Chloé.

– Parce que c'est la dernière année du bac tel qu'on le connaît, recentre Danverre. Et qu'il est à peu près certain qu'on va le donner à autant d'élèves que possible afin d'éviter de rentrer dans tout un casse-tête administratif en cas de redoublements... En gros, à partir du moment où vous vous présentez à vos épreuves et où vous parvenez au moins à écrire vos noms en haut des feuilles, vous devriez vous en sortir avec un petit dix. Vous vous sentez capables de faire ça ?

– Faut voir, répond Minh Tuan avec un sourire ironique. Vous savez, on est des branleurs : y a complètement moyen qu'on oublie de se lever ou qu'on se trompe dans les dates.

– C'est également ma peur, réplique Danverre sans le moindre sourire, même ironique.

Chloé renifle encore une fois, les mains désormais écrasées entre ses cuisses et la chaise. Sa Converse gauche est posée sur son sac à dos, ce qui étouffe les légers tremblements de sa jambe.

– Donc, ce qu'on est en train de se dire, là, c'est que vous allez continuer jusqu'à la fin de l'année à ne rien faire, n'est-ce pas ? reprend finalement Danverre.

Gaspard hausse les épaules. Minh Tuan sourit. Chloé ne sait pas quoi répondre. Quelque chose la met mal à l'aise, dans tout ça, mais elle ne sait pas quoi. De l'autre côté des fenêtres, le soleil continue à briller, les élèves à crier. Chloé se gratte le poignet, puis joue distraitement avec sa bague.

– Pourquoi ? demande l'enseignante.
– Comment ça ?
– Pourquoi vous avez lâché le lycée ?
– On vient encore en cours… objecte Chloé.
– Pas si souvent, je crois…
– Assez souvent quand même, non ?
– Il n'y a rien que vous aimeriez faire, après ? Rien que vous vous voudriez devenir ?

Minh Tuan remue un peu sur sa chaise, puis approche celle-ci, de quelques centimètres, en direction de Danverre.

– Après quoi, madame ? C'est la fin du monde, bientôt. La crise climatique, les guerres, la pollution, la famine partout, les scientifiques qui disent qu'il n'y aura plus d'eau d'ici trente ans… Pourquoi on irait se faire chier dans les mêmes écoles que nos parents ?

– C'est juste des mots, ça, Minh Tuan ! s'agace Danverre. Je ne te demande pas de me parler de l'état du monde, mais de ce que *toi*, tu aimerais être, dans ce monde. Ou *pour* ce monde, si tu préfères.

– Rien.

Danverre le regarde un moment. Gaspard et Chloé aussi. Celle-ci mordille sa lèvre inférieure. En arrache un petit lambeau qu'elle avale. Minh Tuan ne sourit plus. Chloé doute qu'il croie réellement à ce qu'il vient de dire. En tout cas, pas totalement… Enfin, elle ne sait pas. Mais elle commence à bien le connaître, ce tocard, et probablement a-t-il juste eu envie de prononcer ces mots pour voir comment ils sonnaient. Elle ne sait pas. Elle se demande si, réellement, la fin du monde arrive. Elle n'a pas la réponse.

Elle, lorsqu'elle en parle, c'est sans vraiment y croire. Elle pense plus ou moins qu'elle vivra toujours.

– Alors vous allez faire quoi ? demande Danverre. Juste attendre sans rien faire ?

– Vous avez une autre proposition ? demande Minh Tuan.

– Et vous ?

Danverre se tourne vers Chloé et Gaspard. Gaspard sourit encore, toujours de ce même air désolé. Chloé, sans savoir pourquoi, a désormais envie de pleurer. Merde. Elle déteste ça. Elle aimerait avoir de la lean. Peut-être que Gaspard a de quoi en faire ?

Devant leur silence, Danverre se redresse un peu et vérifie l'heure sur son téléphone.

– Je suis désolée, dit-elle sans regarder les trois élèves dont elle est la prof principale. Vous pouvez y aller.

Gaspard se lève le premier, suivi de Minh Tuan. Chloé traîne un peu. Puis sa Converse quitte le contact du sac, celui-ci retrouve sa place sur ses épaules, et elle rejoint ses amis dans le couloir.

Juste avant de franchir la porte, elle se retourne vers la salle de classe. Danverre est toujours assise à son bureau, regardant son téléphone.

– À demain, madame, dit Chloé.

Danverre lève les yeux. Lui fait un simple signe de la main. Baisse de nouveau la tête vers son téléphone. Aucun sourire, ni d'un côté ni de l'autre. Chloé et les garçons rejoignent la cour du lycée. Minh Tuan distribue des cigarettes. Ils les allument au sommet des escaliers, sans se soucier de d'abord sortir de l'enceinte de l'établissement*, comme le voudrait le règlement.

– Des branleurs… répète Gaspard d'une voix rêveuse.

– Elle s'est grave lâchée, hein? commente Minh Tuan en soufflant sa fumée.

– Elle est trop classe…

– N'importe quoi… C'est juste une prof qui veut se la jouer "jeune cool" ou je ne sais quoi. Elle fait pitié.

– Des branleurs… dit encore Gaspard.

Au pied des escaliers de béton, de petits groupes d'élèves discutent, souriants, joyeux, unis. Quelques-uns, assis sur les marches, se retournent vers le trio avec des froncements de nez, pour leur signifier d'aller attraper le cancer un peu plus loin. Chloé leur répond par un majeur paresseusement tendu.

– Les derniers, dit Minh Tuan. Dès l'année prochaine, notre ère sera passée. Ils vont changer le bac pour un truc en contrôle continu. Il n'y aura plus de place pour les branleurs…

– Si, objecte Gaspard d'une voix traînante. Y en aura toujours, des comme nous.

– Des ratés?

– Ouais. On est une espèce de plus en plus

Interdiction de fumer : depuis quelques années, il est formellement interdit, aux élèves comme aux enseignants, de fumer dans l'enceinte du lycée. Les anciennes lignes blanches délimitant les zones fumeurs en vigueur lors des générations précédentes sont cependant toujours là, peintes sur le bitume de la cour, souvenir d'une époque révolue. Le nombre de fumeurs réguliers parmi les élèves est estimé à moins d'une centaine, et le chiffre est en baisse constante d'une année sur l'autre.

rare, mais on survivra à tout. Comme les cafards. Vous saviez que ces merdes existaient depuis la préhistoire ?

Chloé s'assied sur les marches, elle aussi. Elle frotte le filtre de sa cigarette à sa bague pour en faire tomber la cendre. La sonnerie marquant la fin de la pause résonne déjà dans son dos.

– Les derniers des branleurs… murmure Minh Tuan. Ça sonne bien, comme nom de gang.

– On est un gang, maintenant ? demande Gaspard.

– Ouais. Des yakuzas, mon pote.

– Le pire crime que j'ai fait, c'est d'avoir volé un manga *Bastard!!** à Auchan*, quand j'étais au collège.

– C'est à chier, *Bastard!!*, putain !

– Ouais, mais les meufs ont de très gros seins, et elles sont tout le temps à poil… J'avais l'argent pour l'acheter, en fait, mais je voulais pas passer à la caisse avec.

– T'étais précoce, question perversité dégueulasse !

***Bastard!!* :** manga de Kazushi Hagiwara. Appartient officiellement au genre de la fantasy, mais se rapproche surtout de la pornographie au fil des volumes. Nauséabond dans ce qu'il décrit du rapport entre hommes et femmes. Le personnage principal s'adonne régulièrement à l'agression sexuelle sans que cela semble gêner qui que ce soit. Gaspard n'a jamais fait l'effort de réellement lire le manga, dont le scénario est assez décousu, mais il l'a plusieurs fois utilisé comme "support visuel", notamment les épisodes avec le personnage de l'ange Gabriel, ici doté, effectivement, d'une énorme poitrine.

Auchan : hypermarché situé au cœur du centre commercial voisin. Du fait qu'il se trouve à moins de cinq minutes du lycée, c'est souvent là que les adolescents vont errer lorsqu'ils ont une heure de trou. Ils en repartent généralement sans rien acheter.

Le flot des élèves déferle sur le trio, sans parvenir à l'emporter avec lui. Comme des rochers esseulés, Minh Tuan, Gaspard et Chloé restent dans les escaliers, nimbés de leur fumée.

– Ça vous dit de sécher ? demande Minh Tuan.

– Tu veux faire quoi ?

– Je sais pas. On peut aller à Auchan, justement ?

– Ça me va.

– Chloé ?

La jeune fille regarde sa cigarette. Quelque chose sonne faux, dans toute cette discussion. Elle lève les yeux vers Minh Tuan. Il n'a toujours pas retrouvé son sourire, lui non plus, malgré ses provocations et ses moqueries. Elle se demande s'il a remarqué, comme elle, l'air abattu de Danverre, lorsqu'ils sont sortis de la salle. Un instant, elle repense au signe de main que lui a fait l'enseignante. Elle ne la déteste plus vraiment.

– Hé ! Vous faites quoi ? Vous venez ?

Le trio se retourne vers l'entrée du lycée. Tina les y attend, les yeux écarquillés derrière ses énormes lunettes. Minh Tuan soupire. Gaspard se lève. Chloé écrase sa cigarette en mordillant de nouveau sa lèvre.

– Bon... Vu que ta tutrice est là, j'imagine qu'on n'a plus le choix... se moque Minh Tuan en donnant une claque au bonnet de Gaspard.

Ensemble, leurs pieds traînant autant que possible, les quatre adolescents se dirigent vers leur cours de philo.

Chloé pense encore une fois au signe de main de Danverre. Putain, ça lui vient d'où, cette connerie d'envie de chialer ?

Bah. Peu importe.

Ça passera.

Ils s'installent au fond de la classe. Elle sort son portable. Tente un selfie. Commence à en rédiger la légende.

#YeuxRouges

#ÇaPassera

#BientôtLaFinDuLycée

#BientôtLaFinDuMonde

#LesDerniersDesBranleurs

#LaBonneAmbi

Mais la photo est moche, son humeur aussi, et elle n'a pas envie de partager ça avec qui que ce soit. Elle l'efface, éteint son portable, croise les bras sur sa table, pose sa tête par-dessus et commence à somnoler, au rythme de la voix du prof.

7.

Le bruit de la machine à expressos, comme chaque dimanche matin. Les pieds qui traînent sur le carrelage, comme chaque dimanche matin. L'impression d'avoir la tête lourde et vide à la fois, comme chaque dimanche matin. Les cheveux mouillés, lissés en arrière, comme chaque dimanche matin. Le soleil qui entre par la baie vitrée et qui rend les murs blancs aveuglants, comme chaque dimanche matin.

Pourtant, quelques trucs ont changé, depuis dimanche dernier. Même s'il lui est impossible de mettre des mots précis dessus, Minh Tuan l'a senti, cette semaine. Dans l'attitude de Gaspard, dans celle de Chloé, dans la sienne. Dans leur façon, depuis jeudi, de se répéter l'expression "les derniers des branleurs" comme s'il s'agissait d'une médaille honorifique, alors qu'ils savent bien que c'est exactement le contraire.

Qu'est-ce que Minh Tuan aimerait être pour le monde ? Elle était bonne, la question de Danverre, hein ? Il n'en a aucune idée. Il est "presque bon" dans plein de trucs. Il n'est bon dans rien. L'année précédente, lorsqu'il était encore avec Marina, elle l'avait poussé à se créer une chaîne YouTube pour y parler de ses mangas* favoris. Elle trouvait qu'il le faisait bien, avec des arguments intéressants et une vraie connaissance du sujet. Elle avait proposé de l'aider côté technique, pour avoir une belle image et un bon son. Pendant un moment, il avait été enthousiaste. Mais l'enthousiasme, chez lui, c'est quelque chose qui ne dure jamais longtemps. Au final, lire des mangas et juste en parler un peu avec Gaspard, ça lui suffit.

Qu'est-ce que Minh Tuan aime faire ? Qu'est-ce que Minh Tuan *sait* faire ? Putain… Depuis trois jours, il ne pense qu'à ça. Aux mots de Danverre. À Gaspard, Chloé et lui. Sont-ils vraiment aussi à chier que ça, tous les trois ?

La cafetière cesse de vrombir. Minh Tuan tend la main, récupère sa tasse et se dirige vers le salon.

Tiens.

Il y a autre chose qui diffère des dimanches habituels, ce matin.

La télé est allumée sur BFM, le son coupé. Personne ne la regarde mais, assis à la table de la véranda, son père est en train de boire un café, lui aussi, tout en lisant *Le Figaro**. Ce pauvre con porte un pantalon de costume, une

---

***Manga Yakuza* :** chaîne YouTube créée en mai 2019, toujours sans aucune vidéo en avril 2020. Compte tout de même deux abonnés : Gaspard et Marina.

***Le Figaro* :** quotidien fortement marqué à droite. Ses pages de géopolitique internationale sont d'une qualité supérieure au reste de la publication. Le père de Minh Tuan y est abonné spécialement pour ça. Lorsque quelqu'un le surprend dans sa lecture, il se sent obligé de rappeler qu'il est macroniste, comme si c'était en contradiction avec le sus-cité abonnement.

chemise blanche et une saloperie de cravate. Une cravate, bordel ! On est dimanche matin… C'est si important que ça, pour lui, d'avoir toujours l'air d'être sur le point de signer un contrat à sept chiffres ? Son gros bide déborde par-dessus sa ceinture, bombant les boutons de sa chemise à la limite de leur point de rupture, et sa calvitie permet au soleil d'ajouter un reflet supplémentaire à la collection qui envahit le salon. Minh Tuan renifle tout en s'installant dans le canapé, loin de son père.

– Ton chat a vomi dans l'entrée.

Minh Tuan renifle encore, tournant la tête vers le couloir. Ça arrive parfois à Rose, de vomir. Ce n'est rien de grave. Les chats font ça. Un coup de sopalin et c'est réglé.

– T'as nettoyé ? demande-t-il en soufflant sur sa tasse.

– Pourquoi j'aurais fait ça ? répond son père avec un haussement d'épaules moqueur. C'est ton chat, pas le mien, fils.

Ta mère. Baise ta mère, putain.

Minh Tuan déteste quand il l'appelle “fils”. Il doit croire que ça lui donne l'aura d'un père assuré et respecté. Baise ta mère aussi profondément que possible, enfoiré ! L'air sévère, Minh Tuan passe une main à plat sur sa tête, pour s'assurer que ses cheveux noirs sont toujours plaqués en arrière.

– Je nettoierai après mon café. Elle est où, maman ?

– Avec Kathia. Elles font les boutiques, je crois.

Encore une fois, ce haussement d'épaules moqueur. Ce connard méprise son fils. Ce connard méprise sa femme. Ce connard doit se penser très classe. Il doit croire qu'il est sorti d'un bouquin de merde type *Cinquante Nuances de Grey**. Minh Tuan souffle de nouveau sur sa tasse, tente une première gorgée. Sur l'écran de la télé, des journalistes semblent discuter des dernières émeutes concernant la crise climatique.

– Le lycée a appelé, cette semaine, tu savais ? demande son père en reprenant sa lecture.

Merde. Non, Minh Tuan ne savait pas.

– Pourquoi ? réplique-t-il en essayant d'avoir l'air détaché.

– T'as pas une idée ?

Les cours séchés ? L'histoire de la bouteille de whisky dans son sac, au retour des vacances ? Gaspard qui aurait laissé traîner ses saloperies de Xanax quelque part ? Un joint retrouvé dans la cour ?

Non, évidemment.

Les derniers des branleurs.

– Non, ment-il.

– Il paraît que tes deux amis et toi êtes sacrément bas dans le classement des moyennes générales, explique son père avec un sourire en coin. Bravo, fils.

– On n'est pas *si* bas, tente Minh Tuan. Y a

Cinquante Nuances de Grey **:** roman érotique de E. L. James. A eu un énorme succès international et a donné lieu à une adaptation cinématographique, malgré une réception critique désastreuse. Capitalise principalement sur le fantasme de l'homme riche et puissant. A été vu par beaucoup comme une apologie des relations abusives et des pervers narcissiques. Minh Tuan a essayé de le lire, en classe de seconde, dans l'espoir d'y trouver matière à se masturber. Il a été très déçu.

des élèves bien pires que nous. Et puis, notre prof nous a dit qu'on aurait notre bac, de toute façon... Ils le donnent gratos, cette année, à cause de la réforme.

– Je sais, oui. Tu vas avoir un joli dix, et ce sera très bien. Personne ne s'attend à ce que tu aies une mention, ne t'inquiète pas ! On sait à quoi s'en tenir...

– Ça se trouve j'en aurai une, tu peux pas être sûr !

– Épargne-moi tes conneries, veux-tu ? Je ne suis pas ta mère, moi.

Grosse merde. Immonde grosse merde. Un instant, Minh Tuan se voit se lever, avancer lentement, façon yakuza, jusqu'à son père, et lui mettre une branlée historique. Droite dans la mâchoire, uppercut du gauche sous le menton, coup de genou dans le thorax. Personne d'autre que cette merde humaine ne parvient aussi bien à lui faire aimer et respecter sa mère. Bon Dieu, il espère vraiment qu'actuellement Kathia et elle sont en train de se faire baiser par d'autres mecs que leurs immondes maris... Il boit une nouvelle gorgée de café, lentement, pour se calmer. Sous la véranda, son père replie son *Figaro*, bien proprement, en appuyant ses doigts boudinés pour aplatir le journal en un rectangle parfait près de sa tasse bien propre. Puis, enfin, il se tourne complètement vers son fils, les bras croisés sur sa cravate* stupide. Celle-ci est grise avec des espèces de fleurs bleues imprimées dessus.

Cravates : le père de Minh Tuan en possède plus d'une centaine. Certaines lui ont coûté près de mille euros. Cette collection est l'un

– Tu t'es inscrit à la fac, n'est-ce pas ?
– Ouais. En anglais.
– Pourquoi ?

"Parce que mes potes y vont aussi" ? "Parce que ce n'est pas trop loin" ? "Parce que ce n'est pas trop spécialisé" ? "Parce que je n'ai aucune idée de ce que je veux faire de ma vie" ? Aucune des véritables réponses ne sonne comme quelque chose que Minh Tuan aurait intérêt à dire, là, tout de suite.

– Parce que ça m'intéresse, ment-il.
– C'est ça, se moque son père. Tu vas devenir un grand expert de la culture anglo-saxonne… Et ensuite ?
– Ensuite quoi ?
– Que vas-tu devenir ? Prof d'anglais ?
– Pourquoi pas ?
– Effectivement. Pourquoi pas.

Son père renifle à son tour. Ils ont au moins ça en commun, de renifler lorsqu'ils sont énervés. Il se penche un peu dans sa chaise, mettant encore davantage en danger les boutons de sa chemise. Dans le silence de ce dimanche matin, chaque bruit résonne trop fort contre les murs blancs du salon immense. Minh Tuan se demande où est Rose. Elle se cache toujours, après avoir vomi, comme si elle avait honte. Il aimerait bien la trouver pour la caresser. Elle n'a pas à avoir honte.

– L'année prochaine, je peux te faire entrer comme stagiaire à l'ambassade, dit son père.

des seuls plaisirs inutiles qu'il s'autorise. L'une des seules choses qui font encore de lui un individu plutôt qu'une fonction.

– Je sais. Maman m'a dit.

– Ce serait plus intéressant qu'une fac d'anglais.

– Et si j'ai pas envie ?

– Je ne t'y obligerai pas. Mais pense à ta vie, fils… Tu vas faire quoi, l'année prochaine, hein ?

– Putain, je t'ai dit, t'écoute pas ? Je vais aller en fac d'an…

– Je ne te parle pas de ça. Je te parle de ta vie. Tu vas en faire quoi, quand tu ne seras plus adolescent ? Continuer à regarder des vidéos sur ton ordinateur toute la journée ? Traîner dans ta chambre pendant des heures ? Voir tes amis drogués ? Lire tes bandes dessinées pornos ?

– Les mangas ne sont pas forcément pornos. Et mes potes ne sont pas drogués.

– Première nouvelle… soupire son père.

Il se redresse et s'étire. Comme s'il n'avait pas conscience d'être devenu un gros porc chauve.

– Marina me manque, dit-il sans regarder Minh Tuan. Elle avait un effet positif sur toi.

Ouais. Marina manque à tout le monde, enculé. Minh Tuan termine son café. Il aimerait vraiment que Rose soit là, allongée sur ses cuisses. Son père traverse le salon, réduisant la distance entre eux. Minh Tuan se raidit un instant, mais le gros porc continue son chemin jusqu'à la cuisine, sans s'arrêter. Il ouvre un placard puis, enfin, se retourne vers lui, avec un sourire qui, cette fois, ne semble pas moqueur.

– Bon… On se le tente, alors, ce Carolina Reaper ?

Minh Tuan avait fini par complètement oublier l'existence du piment. La bouche encore un peu alourdie par le café, il se lève et rejoint son père, s'appuyant contre le comptoir carrelé de la cuisine.

– Vas-y.

Tout en chantonnant un air qui n'existe probablement pas, son père sort deux assiettes. Coupe du pain. Prépare des verres d'eau. Des verres de lait. Installe tout sur la table.

Voilà un autre truc qu'ils partagent, tous les deux. Leur amour de la nourriture épicée. Leur attrait masochiste pour les piments les plus forts qui existent. Longtemps Minh Tuan a cru que ça lui venait de sa mère, de la gastronomie vietnamienne, mais non. Sa mère n'aime le piment qu'avec modération. C'est son père, uniquement son père, qui est comme lui. Deux ou trois fois par an, il leur arrive même de s'installer ensemble derrière l'ordinateur et de chercher les nouveautés. De regarder des vidéos de crétins dans leur genre qui testent le Pepper X* ou une autre variété.

Oui. Renifler quand ils sont énervés. Aimer les piments. Deux choses qu'ils partagent, au moins.

Minh Tuan s'assied en face de son père. Ils ouvrent le bocal. Prennent un piment chacun, en faisant attention à ne toucher que la queue. Le posent dans leur assiette. Le coupent en petits morceaux. Il n'y a pas d'odeur. La chair est totalement sèche. Les graines, à l'intérieur,

Pepper X : piment de couleur jaune, officialisé comme étant le plus fort du monde depuis 2017. A un score de plus de trois millions sur l'échelle de Scoville. Est très fortement déconseillé à la dégustation. N'est volontairement pas disponible à la vente, mais peut être acheté, dilué, sous forme de sauce.

sont devenues orange, presque fluo, imbibées d'un jus depuis longtemps évaporé. Minh Tuan se lèche les lèvres, cache son sourire, remue le Carolina Reaper avec le bout de sa fourchette. Le deuxième piment le plus fort du monde. Ils vont douiller.

– Prêt ? demande son père avec un sourire similaire.

Minh Tuan hausse les épaules. Depuis la porte-fenêtre, le soleil les arrose, lui et le vieux. Ils vont douiller, ouais. Mais l'un plus que l'autre. Le duel commence.

– Bien sûr.

– Alors en route, fils.

En se regardant, ils attaquent. Le pain est prêt, le lait aussi. L'eau, pour après. Le morceau de piment est posé sur la langue.

Les lèvres commencent presque immédiatement à se plisser. La respiration à ralentir, par réflexe. Des inspirations plus longues, plus profondes, qui soulèvent bien la cage thoracique, pour préparer le corps à ce qui arrive.

Putain.

De.

Sa.

Mère.

Des flammes s'élèvent de la gorge de Minh Tuan. Tapissent sa langue, trouent son palais. Son œsophage se déchire, son estomac se tord pour ne rien laisser passer. Des cellules éclatent dans ses oreilles, compressées par la chaleur surréaliste qui vient se loger entre sa peau et son crâne, brûlant la racine de ses cheveux avant de descendre entre ses côtes, les rapprochant les unes des autres. Des larmes perlent à la surface de ses yeux, les recouvrant de morsures salées qui l'obligent à battre des paupières, de plus en plus fort, de plus en plus longtemps, faisant monter une vibration assourdissante dans sa tête.

– Bon Dieu… murmure son père d'une voix rauque, le visage penché en avant, les mains agrippées au bord de la table. Bon Dieu…

– Sa race… confirme Minh Tuan.

Le deuxième piment le plus fort du monde. Presque deux millions sur l'échelle de Scoville. "Sa race", en effet. Pourquoi ils font ça, merde ?! Pourquoi ils ont sous-estimé ce truc ?

Lorsqu'on lui demande pourquoi il aime les piments, Minh Tuan raconte que c'est une affaire de goût, d'assaisonnement. Et peut-être que c'est vrai, lorsqu'il met du tabasco sur ses frites ou de la harissa dans son kebab. Mais lorsqu'il est en duel avec son père, lorsque, soudain, on parle en millions sur l'échelle de Scoville, il n'est plus, du tout, question de ça. De goût, le Carolina Reaper n'en a pas. Il n'est rien d'autre qu'une explosion, une douleur absolue qui envahit chaque recoin du corps de l'adolescent.

Et peut-être que c'est ça, justement, qu'il cherche. Cette sensation d'entrer, physiquement, dans un territoire interdit, de faire exactement ce que la nature lui crie de ne pas faire. Se faire mal. Se faire mal, une fois de temps en temps, pour s'assurer qu'on est bien toujours en vie.

Minh Tuan tend une main tremblante, en aveugle, en direction du pain. Il ne peut pas perdre. Impossible. Il pose un morceau dans sa bouche, pour éponger, puis boit du lait pour laver l'huile du piment. Mais ça ne passe pas. Rien ne passe. Il tousse. Il éructe, le visage, le cou, le torse rouge vif. Ses veines ont triplé de volume, ses yeux aussi, son corps déborde de lui-même, et tout ce que Minh Tuan sait, c'est qu'ensuite il est à quatre pattes sur le carrelage et qu'il vomit.

Il a perdu.

Putain de sa mère.

Toujours assis à la table, son père frotte du pain sur ses lèvres, tout en buvant un autre verre de lait. Il reprend lentement son souffle, laisse le temps à son cœur de se calmer, puis, à travers ses propres larmes, il regarde son fils.

– Ça te fera deux vomis à nettoyer, avec celui de ton chat…

Les poings serrés, le corps tremblant, Minh Tuan laisse des coulées de salive descendre de sa bouche jusqu'au sol, orange, blanches, transparentes. Il a rarement eu aussi mal. Rarement eu autant l'impression de mourir. Dans son dos, son père se lève.

– Je vais dans mon bureau. Tu repenseras au stage à l'ambassade, d'accord ?

Ses pas qui traînent jusqu'au couloir. Qui s'éloignent. Une porte qui s'ouvre. Qui se ferme. Putain. Putain. Sûrement persuadé d'être très drôle, cet enfoiré fait semblant de ne rien sentir. Cet enfoiré l'humilie. Toujours à quatre pattes, chauffé par le soleil, brûlé par le Carolina Reaper, Minh Tuan continue à vomir. À pleurer.

Lorsqu'enfin il se sent mieux, il parvient à se relever. Il prend le sopalin et l'éponge. Il mouille celle-ci. Essuie son vomi, celui de Rose. Passe sa tête sous l'eau, dans l'évier de la cuisine. Ses yeux sont injectés de sang, ses lèvres brûlent encore. Consciencieusement, il se lave les mains* avec du savon, pour ne pas y laisser le moindre reste de piment. Puis il lisse ses cheveux en arrière et remonte à l'étage, frémissant toujours de douleur. Dans le salon, BFM continue à tourner, silencieusement, pour personne.

Minh Tuan trouve Rose sous la commode. Elle a les yeux écarquillés à cause de la pénombre. Ça lui donne un air de chaton. Minh Tuan la tire jusqu'à lui ; elle se laisse faire, malgré un miaulement plaintif. Et elle se laisse encore faire lorsqu'il essuie ses larmes dans son pelage chaud, doux, à l'odeur de pain. La portant sur son épaule, comme un bébé, il retourne dans sa chambre.

Il rédige un texto pour Marina. Juste *"tu me manques"*. Et, cette fois, il l'envoie.

La réponse arrive moins d'une minute plus tard. Juste *"ne m'écris plus"*.

Sur la conversation WhatsApp* qu'il partage avec Chloé et Gaspard, quelqu'un a ajouté Tina,

---

Se laver les mains : étape importante après une dégustation de piment. Minh Tuan ne l'a plus oubliée une seule fois depuis ce jour où, suite à un duel avec son père autour d'un piment Cascabel, il a commis l'erreur de se frotter les yeux. La douleur qui s'est ensuivie a duré plus d'une heure et lui a réellement fait croire qu'il allait devenir aveugle.

WhatsApp : application pour smartphones. Principalement utilisée pour les correspondances internationales ou les conversations groupées. Celle qui réunit Minh Tuan, Chloé et Gaspard existe depuis plus de deux ans et a pour nom "Nique Ça", en référence à une blague dont ils ont oublié l'origine.

cette semaine. À travers ses larmes, Minh Tuan propose de se voir. Ils acceptent, tous.

Minh Tuan, son chat toujours dans ses bras, ses yeux toujours humides, s'installe dans son lit. Il n'a jamais gagné aucun de ses duels contre son père.

Rose se met à passer sa langue râpeuse sur les joues de l'adolescent.

8.

Comme toujours, ils sont assis sur ce bout d'herbe rase, celui qui sépare le terrain de volley* du reste de la cour. Chloé, Gaspard, et maintenant Tina.

C'est amusant ça ; Tina a eu le temps de l'observer, depuis le début de l'année. Cette habitude qu'ont la plupart des élèves de toujours faire exactement la même chose, de s'installer aux mêmes endroits aux mêmes heures de la journée, de manger à la même table de la cantine, chaque jour, sans se poser de questions, sans que quiconque semble vouloir la leur voler. Chacun respecte son espace, son rôle à jouer dans la toile générale du lycée.

Près des escaliers qui mènent au bâtiment principal, il y a toujours les rockeurs* que connaît

---

Le terrain de volley : situé à proximité des salles de STMG, le terrain de volley du lycée est une énigme dont personne ne possède la réponse : de mémoire d'élève, jamais quiconque n'a vu s'y dérouler le moindre match de volley.

Le groupe des rockeurs : constitué d'un noyau dur de quatre élèves de terminale S1, quelques éléments périphériques s'y ajoutent parfois. Gaspard fait partie de ceux-là. Leur activité principale consiste à se conseiller des groupes à écouter. L'intégralité de la bande se retrouve environ une fois par mois à

Gaspard, ces garçons avec des vestes militaires. Sur les bancs autour de l'abri à vélos, les élèves qui viennent du quartier du Val-Hulotte. Près de l'entrée côté rue, les filles de la bande à Marina, ou leurs équivalents de première et de seconde. Près de l'entrée côté résidence du Pont, les élèves de terminale L, toujours tous ensemble. Dans le hall, principalement des secondes.

Tous les jours, à toutes les pauses, chacun sait où il doit être.

Jusque-là, Tina, elle, passait ses heures de trou à se cacher dans les couloirs, relisant ses cours parce qu'elle n'avait rien d'autre à lire, rien d'autre à faire. En se cachant ainsi du regard des autres, elle parvenait parfois à croire que tout allait bien. Elle s'en est sortie un moment, comme ça.

Mais elle n'a plus à le faire, maintenant.

Maintenant, elle a un nouveau rôle à jouer dans tout ça. Maintenant, elle a le droit au bout d'herbe près du terrain de volley.

Assise sur son skate, que Stéphanie ne lui a toujours pas demandé de rendre, elle s'occupe des cheveux de Chloé, lui faisant des tresses au-dessus de l'oreille gauche.

Chloé a des cheveux aussi doux et agréables que Tina le pensait. Elle adore la coiffer, et Chloé adore aussi, visiblement. La tête penchée en arrière, l'adolescente a les yeux fermés et un

la Clé de Sol, une petite salle située à la limite de la ville, près des champs, qui organise des concerts de rock. C'est là, en compagnie de ces garçons, que Gaspard a vécu sa première cuite, trois ans auparavant.

sourire inconscient sur les lèvres. Elle soupire de temps en temps, tandis qu'au-dessus d'elles le soleil de cette matinée de printemps rend tout doré, même les voix lointaines des autres élèves.

– Tu connais l'ASMR, Tina ? demande Chloé, somnolente.

– Non, répond la jeune fille en coinçant une mèche de cheveux blonds entre ses doigts. C'est quoi ?

– C'est dur à expliquer. Je te montrerai, un jour.

Tina sourit et continue sa tresse. Ses fesses partent un peu vers la gauche, un peu vers la droite, faisant rouler le skate dans l'herbe.

Assis sur le banc près de Chloé et elle, Gaspard se frotte les yeux en grognant, puis lève une bouteille d'Oasis* pour boire une gorgée. Tina perd son sourire. Elle sait que, malgré la couleur ambrée du breuvage, ce n'est pas réellement de l'Oasis, dans la bouteille : c'est la drogue de Gaspard. Elle l'a vu la préparer, ce matin, dans le hall, et depuis, il la trimballe d'un cours à l'autre et y boit toutes les dix minutes. Tina n'aime pas ce spectacle, mais elle ignore si elle a le droit de dire quelque chose. Peut-être ne sont-ils pas encore assez proches pour ça.

Ses yeux alourdis posés sur ses deux amies, Gaspard décide d'ajouter un commentaire à la douceur de cette matinée.

Oasis : si Gaspard déteste l'Oasis "classique", goût tropical, il entretient cependant un culte autour de l'Oasis goût pomme-poire, qu'il aime particulièrement utiliser comme base à sa lean.

– Ça fait vachement “moment intime entre deux lesbiennes” de vous regarder vous coiffer. C’est cool.

– Ta gueule, Gaspard, dit Chloé sans rouvrir les yeux ni hausser la voix. Tu vas pas gâcher cet instant avec tes putain de saloperies de fantasmes de merde, d’accord ?

Tina retrouve son sourire. Elle termine la tresse de Chloé, la deuxième, et attaque la suivante. Elle admire cette fille. Son blouson en cuir. Ses cheveux blonds. Ses taches de rousseur. Ses yeux. Sa façon de parler aux garçons. De parler à Gaspard.

Tina aime bien Gaspard. Pas “aime bien” comme dans “aimer”, non, bien sûr, mais elle l’aime bien. Elle adorerait réussir à lui parler comme Chloé lui parle. Pas pour lui dire les mêmes choses, d’accord, mais pour les lui dire de la même façon.

Gaspard reprend une gorgée de ce qui n’est pas de l’Oasis puis regarde plus loin, vers les escaliers. Le long des buissons, Enzo et ses amis discutent, au même endroit que d’habitude, comme tout le monde. Ils sourient. C’est bientôt la fin de l’année. Bientôt le bac. Tout le monde a peur. Tout le monde est excité. Même l’attitude de Gaspard, Minh Tuan et Chloé a changé, depuis quelques jours. Tina ne sait pas ce qu’elle ressent, elle. De la peur aussi, peut-être, mais différente. Avoir son bac ne veut rien dire, pour elle. Mais Makalé lui a annoncé qu’elle pourrait peut-être lui trouver une place à son travail. Tina ne sait pas non plus ce qu’elle ressent, à ce sujet.

– Vous savez, je me dis, si ça se trouve, si je

suis toujours puceau et tout ça, en fait, c'est parce qu'en réalité je suis gay, peut-être.

– Ta gueule, Gaspard, dit de nouveau Chloé.

– Tu penses vraiment que tu es homosexuel ? demande Tina, un peu inquiète.

– Il l'est pas.

– Tu peux pas savoir. T'es au courant que dans un zoo* en Allemagne, y a des pingouins mâles qui se sont mis en couple et qui ont commencé à couver des cailloux comme s'il s'agissait de leurs œufs ? Hein, t'étais au courant ?

– Je m'en fous complètement. Tu t'es déjà branlé en pensant à un mec ?

– Non.

– T'en as déjà eu envie ?

– Non.

– Donc t'es pas gay.

– Tu peux pas savoir. Tu vois, par exemple, si je devais choisir entre coucher avec une fille super moche, avec les dents pourries, la peau craquelée, du pus sur les lèvres, un œil gonflé par les asticots, des…

– T'es en train de parler de nécrophilie, en fait, là, non ?

– Si je devais choisir entre une fille super moche et un mec super beau, bah, je pense que je coucherais avec le mec super beau. J'y penserais, en tout cas.

– T'es pas gay.

Le zoo de Bremerhaven : cette anecdote est parfaitement véridique, à la réserve près qu'il s'agissait de manchots, et non de pingouins. Gaspard ne connaît pas la différence. Lorsque les responsables du zoo ont tenté d'introduire des femelles, ils ont été surpris de voir les couples homosexuels perdurer.

– Tu peux pas savoir.

Tina aime bien écouter ses amis discuter. C'est comme une mélodie qui ne s'arrête jamais, qui ne part de nulle part, ne va nulle part, se répète en boucle, mais qui lui assure qu'elle n'est plus toute seule. C'est très différent du silence des couloirs du lycée. C'est mieux. C'est beaucoup mieux.

Gaspard reprend une gorgée de sa drogue. Tina décide qu'elle a le droit de dire quelque chose. Pas quelque chose de trop sévère, ça, elle n'a pas encore le droit, elle en est sûre. Mais quelque chose quand même.

– Tu devrais arrêter de boire ça.

Gaspard boit encore une gorgée.

– Ouais.

Chloé glousse. Ça fait rebondir ses cheveux sous les mains de Tina.

– Bon ! reprend Gaspard d'un air décidé, en se levant d'un bond. Faut que je tente.

Chloé rouvre les yeux.

– Que tu tentes quoi, putain ?

– Je vais demander à Enzo s'il veut coucher avec moi.

– Putain… soupire Chloé.

– C'est une mauvaise idée, je pense, se permet Tina d'une petite voix.

– Non mais je vais faire ça super respectueusement, hein, vous inquiétez pas ! Même, je m'en fiche, s'il préfère m'enculer plutôt que le contraire ou quoi, ça me dérange pas. C'est pour l'expérience.

– Tu vas t'afficher, pauvre connard !

– Tu ne devrais vraiment pas y aller, confirme Tina.

Gaspard semble encore hésiter. Il respire fort. Fixe sa bouteille. La pose sur le banc. Se lance vers la cour.

– J'y vais. Souhaitez-moi bonne chance.

– Putain…

Les deux lycéennes le regardent s'éloigner, d'un même air affligé.

– Il est complètement défoncé… murmure Chloé.

– Il devrait arrêter de boire ça.

– Pourquoi ?

– Parce qu'après il fait ce genre de choses.

– Hmm. Mouais. J'imagine.

Sans se lever, toujours assise en tailleur dans l'herbe, son crâne offert à Tina, Chloé tend le bras, attrape la bouteille ne contenant pas vraiment de l'Oasis, et y boit à son tour. Avec un sourire moqueur, elle la propose ensuite à Tina, qui fronce les sourcils. Puis, de nouveau, elle regarde Gaspard, désormais en train de discuter avec Enzo et ses amis. D'un coup, tout le groupe éclate de rire, sauf Gaspard.

– Je te parie qu'on va entendre parler de ce truc jusqu'à la fin de l'année, soupire Chloé. En vrai c'est normal que, genre, tout le monde nous déteste, ici…

– Tu crois qu'il lui a dit quoi ?

– Exactement ce qu'il a annoncé. Qu'il était chaud pour se faire enculer.

– Tu crois que c'est homophobe, de faire ça ?

– Se faire enculer ? Non, je pense pas.

– Non : aller embêter Enzo avec ce genre de bêtises.

Chloé boit une nouvelle gorgée, essayant de

réfléchir. Tina continue ses tresses. Elle aimerait faire la moitié de la tête de Chloé. Ça la rendrait encore plus belle.

– Ouais, plus ou moins. Je saurais pas dire exactement pourquoi, mais j'imagine.

– D'accord.

– Ça te met vraiment mal à l'aise, hein, les histoires d'homosexualité ?

– Non, pas du tout ! répond Tina un peu trop fort, avant de remettre ses lunettes en place.

– Mon cul, wesh ! T'es ultra homophobe, meuf !

– Vraiment, non. J'aime bien Enzo. Il est gentil.

– Dire d'un gay qu'il est "gentil", c'est ultra homophobe.

– Réellement ?

Chloé rebouche la bouteille et la repose sur le banc.

– Non. Je me fous de ta gueule. T'inquiète. T'as jamais couché avec personne, hein ?

Tina se concentre sur les tresses blondes. Elle aime en sentir les reliefs sous ses doigts. C'est très différent de ses cheveux à elle ou de ceux de Makalé.

– Non, avoue-t-elle.

– Le dis pas aux mecs, mais moi non plus, répond Chloé sans la regarder.

– Pour de vrai ? Mais je croyais que la semaine dernière tu avais rencontré un homme à Saint-Cyr* et que…

Saint-Cyr : connue pour son école militaire. Située à quatre gares de la ville des adolescents. Chloé s'y rend un week-end sur deux, du fait que c'est là qu'habite son père. Elle déteste cette ville.

– Leur dis pas, répète Chloé.

Un sourire timide étire la bouche de Tina. Elle se sent puérilement fière de connaître l'un des secrets de Chloé. Elle tire sur la troisième tresse.

– Je te le jure.

– Merci.

Gaspard revient vers elles, la tête baissée.

– Alors ? demande Chloé, plus fort. Tu te fais enculer quel jour ?

– Il a dit que c'était une proposition intéressante, mais qu'il devait réfléchir.

Il se rassied sur le banc et soupire, les mains dans les poches de son blouson. Chloé éclate de rire. Tina aussi.

Habillé comme d'habitude de sa veste de costume, Minh Tuan arrive alors, depuis l'entrée du lycée côté rue. Il a séché les deux premières heures de la journée, sans prévenir personne. Il fait ça souvent. Sur la conversation WhatsApp, il parle beaucoup moins que Chloé et Gaspard. Parfois, il fait presque peur à Tina. Elle a l'impression que, dans sa tête, il y a des ombres dont il ne parle pas. Elle ne sait pas pourquoi. Tout le monde a des ombres, pourtant. Mais Chloé et Gaspard en parlent. Et elle ? Peut-être qu'un jour elle dira ses secrets à Chloé, elle aussi. Elle aimerait.

Minh Tuan se dirige vers eux et sort son paquet de cigarettes. Il en tend une à Chloé, une à Gaspard, une à Tina. "Merci", "Merci", "Non, merci". Comme d'habitude. Ils les allument.

– J'ai réfléchi, dit-il sans regarder personne en particulier.

– Ouais ? Et alors, ça fait quoi, comme sensation ? interroge Chloé.

– C'est un euphémisme pour dire que tu t'es branlé ? demande Gaspard.

– D'où tu connais le mot "euphémisme", toi ?! demande Chloé.

– C'est Tina qui me l'a appris.

– Je ne crois pas, non, dément Tina en fouillant sa mémoire.

– Ah ? Ça devait être dans un manga, alors.

– Genre !

– J'ai réfléchi, répète Minh Tuan.

– Ouais ? Et alors, ça fait quoi, comme sensation ? demande de nouveau Chloé.

– C'est un euphémisme pour dire que tu t'es branlé ? interroge de nouveau Gaspard.

Ils éclatent d'un rire stupide, très fiers d'eux. Minh Tuan lève les yeux au ciel, renifle, prend un air sérieux et, enfin, les regarde tous, les uns après les autres.

– Venez, on essaie d'avoir notre bac.

Gaspard ferme un œil, écarquille l'autre.

– Danverre a dit qu'on l'aurait quoi qu'il se passe, non ? À cause de la réforme et tout…

– Je m'en bats la race, de ça ! s'énerve Minh Tuan. Je vous parle de l'avoir *vraiment*. D'avoir une putain de mention !

C'est au tour de Chloé d'écarquiller les yeux. Les deux, cette fois. Son front se plisse, faisant reculer ses cheveux vers Tina.

– Pourquoi on ferait ça ?

– Pour faire savoir à tous ces connards ce qu'on vaut. Ce que valent les derniers des branleurs.

– OK, je vois… soupire-t-elle. C'est quoi, ton

délire ? T'as encore regardé *Pacific Rim** et tu t'es levé en voulant sauver le monde, un truc du genre ?

– Tu sais, je suis vraiment pas très bon, en cours, ajoute Gaspard, et je crois pas que…

Minh Tuan le coupe, se tournant vers Tina.

– Tina. T'es avec nous ? Mon plan repose sur toi.

Tina comprend que c'est désormais à elle d'écarquiller les yeux.

– Quel plan ?

Dans le lycée, la sonnerie marquant la reprise des cours résonne. Sa cigarette calée au coin de ses lèvres, Minh Tuan sourit. Tina s'inquiète. Elle se demande si, finalement, elle n'était pas mieux, quand elle passait ses pauses cachée dans les couloirs.

***Pacific Rim* :** film de Guillermo del Toro mettant en scène des robots géants. Film favori de Minh Tuan, qui l'a déjà vu neuf fois. Quatrième film favori de Gaspard, qui l'a vu cinq fois. Gros tas de merde puante selon Chloé, qui l'a tout de même vu deux fois, contrainte et forcée. Étonnamment, sixième film favori d'Élise Danverre, également. Tina le découvrira dans un mois, lors d'une soirée chez Minh Tuan, et ne comprendra pas du tout l'intérêt des garçons pour cette idiotie.

MAI

“Et tu feras des grandes choses,
Quand t’auras trouvé lesquelles.
T’as pas écrit l’histoire,
Mais tu la connais quand même.”

Casseurs Flowters, *Fais les backs.*

1.

“Salut mes petits chats ! Une vidéo un peu spéciale, aujourd’hui, puisque, étant donné que c’est bientôt la fin de l’année scolaire, j’ai décidé de vous donner mes cinq astuces pour ne pas trop stresser avant le bac ! Vous le savez, je suis en terminale, cette année, et justement, je vois, dans ma classe, chez mes amis, l’angoisse qui monte, et le stress, et tout le monde qui se demande comment ça va se passer… Et comme je suis sûre que c’est pareil pour plein d’entre vous, je me disais que ça pourrait être sympa si vous partagiez tous vos conseils et vos astuces en commentaires ! Comme ça, on créerait une communauté d’entraide, ça pourrait être vraiment génial pour tout le monde ! Bon, avant de déjà moi vous donner mes cinq astuces, je voulais juste prendre une seconde pour vous rappeler que je travaille toujours sur mon projet de vidéo sur la crise climatique, et que si vous voulez me soutenir, j’ai mis le lien pour la cagnotte en ligne dans la description de la vidéo, y a vraiment des super contreparties, et…”

Avec un soupir excédé, Élise Danverre coupe son téléphone portable, le jette sur le siège passager, puis laisse sa tête retomber contre son volant. Elle n'en peut plus, de ces conneries autour de Marina Javandi. Quelle est la légitimité de cette gamine pour donner à d'autres gamins des astuces concernant un bac qu'elle n'a pas encore passé ? Quelques semaines plus tôt, une équipe de tournage de France 2 est venue au lycée pour filmer la jeune star dans son quotidien. C'était le bordel absolu, tous les élèves ont pris ça pour une invitation à être encore plus agités que d'habitude et, évidemment, Marina a fini la journée en signant des autographes et en prenant des selfies à la sortie de l'établissement, en compagnie des dizaines de collégiens qui l'y attendent désormais quotidiennement.

Élise Danverre n'en est pas fière, mais elle déteste Marina Javandi. Sa popularité, sa bonne humeur, son positivisme forcené, ses cheveux parfaits, ses projets de vidéos engagées. Cette petite conne se paie, en plus, le luxe d'avoir des moyennes fabuleuses. Forcément. L'enseignante redresse la tête, la renverse en arrière contre le dossier de son siège, puis, avec des gestes hésitants et de trop nombreux mouvements de paupières, elle se met du collyre dans les yeux, tandis que le moteur de sa voiture refroidit sur le parking du lycée. Elle ne commence qu'en deuxième heure, aujourd'hui, mais comme d'habitude, elle a surestimé l'état de la circulation et est arrivée en avance. Hors de question, cependant, de traîner en salle des profs. Elle sait que ce connard de Timothé Truculent sera là et, même s'il ne l'a jamais draguée ouvertement, elle ne peut plus supporter ses regards en coin, ses sourires mielleux et ses compliments larvés sur ses choix vestimentaires. T'es pas censé être marié, en plus, espèce de connard ? Putain…

Élise Danverre a passé la nuit assise dans son canapé-lit à corriger les dernières copies de l'année tout en regardant pour la onzième fois la série *The Office**. Elle est éclatée. Que cette année se termine, bon Dieu. Que toutes ces années se terminent, par pitié. Elle range le collyre, fouille de nouveau son sac, y trouve sa bouteille d'eau, ses Doliprane*, en avale la moitié d'un, puis repose les mains sur le volant en soupirant.

De l'autre côté du grillage séparant le parking de la cour du lycée, elle peut apercevoir, assis sur un banc, trois de ses élèves favoris : Minh Tuan Deloix, Chloé Vaguaire et Gaspard Lang. Les branleurs. Elle ne se rappelle plus bien leur emploi du temps… Peut-être sont-ils en train de sécher. Probablement, les connaissant. Ils font souvent ça tout en restant dans l'enceinte du lycée, étrangement… Toujours ensemble. Toujours isolés des autres. Elle se demande parfois s'il n'y a pas une histoire entre Deloix et Vaguaire, mais à en croire les bruits de couloir

---

***The Office* :** série qui raconte à la manière d'un documentaire le quotidien d'une petite entreprise de vente de papier. La version américaine est la série favorite d'Élise Danverre, particulièrement les saisons 3 à 5. Elle pleure chaque fois qu'elle voit l'épisode du départ de Michael. Son personnage favori est Pam.

Doliprane : bien que cela semble peu probable au vu du faible aspect addictif du médicament, Élise Danverre soupçonne de s'y être habituée. Elle en prend désormais quotidiennement, souvent de manière préventive. Ses migraines se sont cependant réellement aggravées, depuis quelque temps.

que partagent les élèves et les enseignants, ce ne serait pas le cas.

Est-ce qu'elle a l'air d'une espèce de vieille perverse, à mater secrètement des élèves, cachée dans sa voiture ? Elle soupire encore.

Elle aurait aimé jouer un rôle, pour eux trois.

Lorsque, presque dix ans plus tôt, elle a compris qu'elle voulait devenir enseignante, Élise Danverre s'imaginait dans une espèce de rôle messianique, à sauver à tour de bras des adolescents perdus, les révélant à eux-mêmes et les aidant par la connaissance et la culture à sortir la tête de leur désespoir existentiel. Probablement avait-elle trop regardé *Esprits rebelles** et *Boston Public**, probablement était-elle mégalomane, mais peu importe, finalement. Elle était sincère. Bien intentionnée. Elle voulait aider les pires élèves. En faire ses favoris. Changer leurs vies.

Mais finalement, elle s'est retrouvée d'un côté avec des Marina Javandi et des Enzo Molton, des gosses déjà éduqués, éveillés, engagés, qui n'ont plus le moindre besoin d'elle depuis la création des connexions internet à haut débit et, d'un autre côté, avec des élèves comme ces trois-là. Des cas désespérés qui n'ont pas besoin d'elle non plus, puisqu'ils n'ont besoin de rien ni de personne pour continuer à sombrer jour après

---

***Esprits rebelles* :** film dans lequel Michelle Pfeiffer joue une militaire reconvertie en enseignante qui, grâce à son mental d'acier, parvient à tirer vers le haut une classe d'élèves défavorisés. Date de 1995 et a mal vieilli.

***Boston Public* :** série américaine racontant, du côté des enseignants, la vie d'un lycée difficile de Boston. Date du début des années 2000, mais a plutôt bien vieilli. Est assez difficile à retrouver sur Internet.

jour dans cette apathie à laquelle se limite leur vie. Drogue, alcool, nihilisme sans conscience, désengagement de tout, désintérêt absolu pour le moindre sujet sortant de leur quotidien… Autodestruction et interdiction de l'ambition, pour raisons d'imminente fin du monde.

Et entre ces deux extrêmes, quoi ? Une masse d'adolescents éteints qui ne savent qu'attendre et obéir, sans poser de questions. Des gosses à qui ça convient parfaitement de faire ce que leur disent les adultes, du moment que c'est facile, rapide et qu'ils peuvent retourner dormir ensuite.

Combien d'élèves a-t-elle "sauvés", depuis quatre ans qu'elle est prof, hein ? À quoi elle sert, aujourd'hui, putain ? À noter des copies, voilà à quoi. À rien du tout. Elle est juste là à attendre son salaire et à discuter de sujets merdiques en buvant des cafés lorsqu'elle commet l'erreur d'entrer dans la salle des profs. C'est tout. Le reste, c'est des mensonges auxquels elle croit de moins en moins.

Est-ce qu'elle était comme ça, elle aussi, à leur âge ? Elle retourne encore une fois dix ans en arrière… Non. Non, elle ne l'était pas. Bien sûr, elle s'était rasé la moitié du crâne, avait teint l'autre en rose, bien sûr, elle avait dit à sa mère "je te hais !", avait fumé des joints, était sortie avec des garçons dont elle savait pertinemment qu'il ne fallait pas sortir avec, toutes ces choses qu'on est censé faire à dix-huit ans… Mais jamais elle n'avait réellement cru que le monde s'arrêterait avec elle. Elle avait voulu devenir prof justement parce qu'elle détestait les siens. Mais ses élèves à elle ne la détestent plus, aujourd'hui.

Ils n'en ont simplement rien à foutre. Ils ont compris que rien, ni elle, ni l'école en général, ni leurs familles, ni le monde entier, rien ne pourrait jamais les aider.

À quel moment ça a chié à ce point ? À quel moment sa vie, ses ambitions, ses envies d'aider les adolescents, à quel moment tout ça a cessé d'exister ? À quel moment la réalité est devenue à ce point merdique pour les adultes de demain ? À quel moment on les a abandonnés à eux-mêmes ? À quel moment *elle* les a abandonnés ?

Les profs, les parents, le monde du travail, les documentaires, l'ouverture au monde, toutes ces forces qui essaient d'éviter aux adolescents les erreurs à venir, les pièges sur le chemin. Toutes ces mains, parfois maladroites, d'accord, mais souvent de bonne volonté, toutes ces mains qui se tendent pour tirer les jeunes de l'autre côté de la barrière… Est-ce que, réellement, elles ont un rôle dans tout ça ? Est-ce que, réellement, ça a un effet, une importance, quelle qu'elle soit ?

L'inné, l'acquis, l'évolution personnelle, les apports extérieurs sur une personnalité… Qu'est-ce qu'elle peut y connaître, à tout ça, hein ? Elle n'est qu'une petite prof de SES dans un lycée de banlieue pavillonnaire, au final.

Il y a cette phrase célèbre, "après nous, le déluge*"… Mais pour certaines personnes, c'est

---

"Après nous, le déluge" : attribuée à Mme de Pompadour, cette phrase aurait cependant une origine plus floue et populaire. Quoi qu'il en soit, Élise Danverre la déteste, tout en lui reconnaissant une sacrée puissance évocatrice.

“après nous, le déluge, avant nous, le déluge aussi”. Pour certaines personnes, la vie est un îlot qui flotte dans la brume, sans provenance, sans destination. Juste une luciole qui s’allume un moment, vole sans trop savoir ni où, ni comment, ni pourquoi, puis s’éteint.

Minh Tuan, Chloé et Gaspard lui donnent l’impression de faire partie des “certaines personnes” en question. Élise Danverre a très mal vécu leur dernière entrevue, à tous les quatre. L’absence totale d’espoir dans les yeux de ces gamins. Ça a tué ce qu’il restait d’enthousiasme en elle.

Elle ne pourra pas les aider. Elle peut juste, désormais, se contenter d’espérer que “jeunesse se fasse”, pour utiliser une autre expression toute faite, et qu’un jour, d’eux-mêmes, ils échapperont à leurs démons. Peut-être que ça a toujours été comme ça, d’ailleurs. Peut-être qu’en réalité, elle se souvient mal de sa propre jeunesse. Peut-être que, de tout temps, chaque nouvelle génération a cru en la fin du monde, et qu’elle ne s’est débarrassée de ce poids qu’en cessant de devenir la dernière génération en date. Peut-être qu’un jour, s’ils survivent au suicide, Minh Tuan, Chloé et Gaspard deviendront des adultes dont les quotidiens ressembleront au sien.

Mais dans ce cas, alors, on en revient là : elle ne sert à rien. Elle est juste une baby-sitter de luxe qui donne des devoirs. Les adolescents grandiront ou non, qu’elle soit là pour eux ou non.

La sonnerie marquant le début du deuxième cours de la journée résonne depuis le lycée. Élise Danverre soupire. Elle n’a pas envie de sortir de sa voiture. Elle n'a envie de rien. Elle aimerait beaucoup pouvoir sécher, elle aussi. À regret, elle prend quand même sa sacoche. Après tout, c'est la dernière chose à laquelle elle sert. Elle a des copies à rendre. Elle redresse la tête, attrape ses clés, s'apprête à ouvrir la portière. S'arrête.

Dans la cour du lycée, une quatrième élève rejoint les branleurs. Tina Akono.

Si elle est là, c'est que finalement, les autres ne séchaient pas. Même malade, cette petite n'a pas manqué le moindre cours, depuis le début de l'année.

Les adolescents se sourient. Se parlent. Éclatent de rire. Se parlent encore. Ils semblent heureux, soudain, peut-être. Élise Danverre est trop loin pour réellement en être sûre, mais elle a l'impression que dans les yeux des adolescents, l'apathie a diminué. Juste un peu, mais "juste un peu", c'est déjà quelque chose, non? Drôle de quatuor, quand même... Elle espère que Tina aura de l'influence sur les trois autres, et pas le contraire.

Elle sort enfin de sa voiture et, d'un pas rapide, se dirige vers le bâtiment. C'est justement avec les terminales ES qu'elle commence la journée. Elle espère vraiment que les branleurs et Tina vont quitter leur banc et participer à son cours. Qu'ils puissent se tirer de toute cette merde est le seul espoir qui lui reste. La seule idée qui l'empêche de réellement envisager de démissionner pour retourner vivre en Lorraine*, chez ses

---

Ventevillier : village d'à peine six cents habitants situé dans le département de la Meurthe-et-Moselle. C'est de là qu'est originaire Élise Danverre.

parents. Au-dessus de sa tête, le soleil brille déjà. L'été ne semble plus très loin, maintenant.

Devant l'entrée du lycée, Marina Javandi signe des autographes. Élise Danverre prend l'autre moitié de son Doliprane.

2.

Il n'est pas encore neuf heures mais le soleil est déjà haut, de quoi chauffer les lattes du banc dans le dos de Minh Tuan et de donner au bitume du lycée un aspect presque brillant. Ça pue la fin de l'année. Il y a même des conneries d'oiseaux qui chantent dans les arbres, bordel… Refusant cependant de céder à la tentation de la poésie, l'adolescent se redresse un peu, tournant un regard décidé vers ses amis. Loin dans son dos, il peut entendre l'insupportable pépiement de Marina, également. Elle gratifie de son auguste présence la dizaine de fans attardés qui l'attendaient devant l'établissement. Minh Tuan décide de l'ignorer. Cette fille ne le concerne plus.

– Sérieusement, il faut que vous me suiviez, ordonne-t-il. J'ai raison sur toute la ligne.

– Absolument pas, non ! réplique Chloé, les bras croisés sur la poitrine. J'ai aucune envie d'avoir une mention au bac, moi ! Je m'en bats la race. Danverre a dit qu'on l'aurait quoi qu'il arrive.

– T'as pas chaud, avec ton blouson en cuir ? demande Gaspard, faisant fi des dernières notions d'à-propos qu'il lui restait.

– Non, ça va. Je le retirerai peut-être plus tard, mais…

– Écoutez-moi ! s'agace Minh Tuan.

– On t'écoute, putain… soupire Chloé. Mais t'es relou ! Pourquoi tu fais chier avec tes histoires de mention ? Tu veux en faire quoi, hein ? Genre, tu penses que quand tu vas arriver à la fac avec ta mention "assez bien" ou je sais pas quoi ils vont te filer une carte d'étudiant en or ? Ou que ton futur patron sera super fier de t'embaucher ? Rien du tout, ouais ! Les mentions, tout le monde s'en branle, je te dis !

– Mais c'est pas pour plus tard, merde ! crie Minh Tuan, les mains un instant crispées en poings. C'est pour maintenant ! Pour voir la gueule de nos parents, des profs, des élèves, de Danverre… Les voir pas comprendre le truc quand on va rentrer avec des notes de ouf, vous voyez ? C'est pour se venger.

– Genre, se venger de quoi, putain ? insiste Chloé.

À ça, Minh Tuan ne sait pas quoi répondre. Il a le sentiment que, oui, réellement, il a une revanche à prendre. Mais force est de constater que, non, il ne sait pas sur quoi exactement elle devrait être prise. Il pense à ses parents. À Marina. Aux profs. N'importe quoi. Il ne sait pas.

– En plus ton plan craint de ouf, en vrai… reprend Chloé.

– Il est parfait, mon plan !

– Non mais on va pas, genre, exploiter la petite réfugiée, c'est méga craignos, question éthique et tout ça !

– Depuis quand tu te soucies des réfugiés,

toi ? Et puis on va pas l'exploiter ! C'est juste qu'elle a besoin d'argent, et que nous, on en a.

– Ouais, enfin, juste toi, hein… précise Chloé.

– C'est une meuf méga droite et sérieuse et tout, ajoute Gaspard en jouant avec son bonnet, et je suis d'accord avec Chloé : ton plan craint grave. Tina acceptera pas.

– Bien sûr qu'elle acceptera ! grogne Minh Tuan. T'as vu ses fringues ? T'as vu l'hôtel de merde où elle vit ? Elle a rien, à part un skate volé et ses lunettes !

– Le skate a pas *vraiment* été volé, et…

– Elle acceptera.

Au fond, Minh Tuan n'a aucune idée de si, réellement, Tina finira par accepter sa proposition. Mais il n'empêche que le plan qu'il a proposé à la bande lui paraît le seul valable.

Que Tina les aide à tricher au bac.

Il n'a pas encore les détails, mais ça va venir, si tout le monde joue le jeu et accepte l'idée de départ. C'est un plan parfait, sérieusement.

– Je veux dire, c'est juste logique ! reprend-il en sortant une cigarette de sa poche, puis en en posant une seconde dans la main que Chloé lui tend. Elle est ultra intelligente, mais elle s'en fout d'avoir son bac. Et nous, on veut notre bac, mais on est cons comme des ballons.

– C'est "comme des balais*", corrige Chloé, les yeux fermés à cause de la fumée.

"Con comme un balai" : l'origine de cette comparaison est en effet difficile à retracer. Il semblerait que l'expression aujourd'hui usitée soit une forme raccourcie de l'expression originelle "con comme un balai sans manche", qui avait un peu plus de sens. Rien n'est sûr, cependant.

– Quoi ?

– L'expression. C'est "cons comme des balais", pas "cons comme des ballons".

– Bah tu vois ! C'est la preuve ! On ne connaît rien à rien !

– C'est bizarre, les expressions, quand même, s'interroge Gaspard. Je veux dire, un balai et un ballon, c'est deux objets qui sont aussi cons l'un que l'autre, en un sens, non ? Alors finalement, pourquoi on a choisi le balai, pour l'expression ? On pourrait dire "con comme une table", ou "con comme…" je sais pas, mais vous voyez, quoi.

– Sérieusement ? demande Chloé avec mépris. T'arrives même pas à penser à un autre objet que "table" ?

– Bah vas-y, toi, si t'es si forte en objets !

– Banc, cour, lycée, buisson, arbre, cigarette, pantalon, blouson, t-shirt, briquet, sac, bonnet…

– C'est que des trucs autour de nous !

– Et alors ?

– J'aurais pu le faire aussi !

– Alors pourquoi tu l'as pas fait, tocard, hein ?!

Minh Tuan penche la tête en arrière, sa nuque appuyée contre le dossier du banc, et il se masse les paupières en reniflant, sa cigarette entre l'index et le majeur. Ces deux débiles l'épuisent. Il a envie de rentrer chez lui et de ne plus jamais avoir affaire à eux. Mais probablement ne choisit-on pas vraiment ses amis… Il se demande si ce n'est pas dans une chanson*, ça. Il a l'air dans

***Né quelque part* :** Minh Tuan pense ici à *Né quelque part*, de Maxime Le Forestier. L'une des chansons favorites de sa mère, qui l'écoutait énormément lorsqu'il était bébé. Cependant, bien que

la tête, soudain, sans bien savoir d'où ça lui vient… Peu importe. Gaspard et Chloé sont ses amis. C'est comme ça. Il se redresse, tandis qu'un groupe d'élèves traverse la cour. Pas Marina et ses fans ; c'est au moins ça.

– J'ai trois mille euros à la banque, annonce-t-il.

Chloé et Gaspard se taisent un instant.

– Et tu veux tout donner à Tina ? ose finalement le second.

– J'aimerais éviter, je vais essayer de négocier et tout, mais dans l'absolu, je suis prêt, ouais.

– T'es complètement débile, gars… murmure Chloé. Moi je mettrai pas un centime dans ce plan.

– Oui bah ça je me doute, vu que t'arrives même pas à te payer tes propres clopes !

– Va te faire enculer !

– Mais ça veut dire que tu veux quand même participer ?

– À quel moment j'ai dit ça, wesh ?

– Pourquoi tu veux qu'on participe, d'ailleurs ? demande Gaspard.

– Parce que c'est plus drôle si on le fait tous ensemble ?

– Raison méga débile, insiste Chloé.

– On pourrait aussi la payer juste pour qu'elle nous aide à réviser, non ? propose Gaspard. C'est déjà ma tutrice, et…

– Ça suffira pas ! Ça fait trois ans qu'on n'en branle pas une, c'est pas un mois avant le bac qu'on va se rattraper !

---

la chanson en question contienne les phrases "On ne choisit pas ses parents, on ne choisit pas sa famille", elle ne parle à aucun moment de choisir ou non ses amis.

– Ça aurait été bien qu'on ait un prof comme Eikichi Onizuka, dit Gaspard d'une voix pensive. Tu sais, un mec qui nous inspire et tout.

– Ouais, bah on n'est pas dans *GTO**, faut s'y faire… Et puis, même avec le meilleur prof du monde, je suis pas sûr qu'on aurait mieux bossé, en vrai. Regarde Danverre, c'est pas la pire meuf ni rien, et pourtant… Donc ouais, Onizuka ou non, je crois que ça aurait été pareil. On est des merdes, c'est comme ça.

– Vous parlez encore de vos conneries de mangas, là ? souffle Chloé.

– Écoutez, ce que je propose, c'est qu'on voie avec Tina, d'accord ? S'il le faut, je lâcherai les trois mille euros, je m'en fous. Elle a besoin de cette thune, je l'ai, et à la fin, tout le monde sera content. Faut juste que je trouve le bon angle pour la convaincre.

– Ça craint, répète Chloé. On dirait que tu veux abuser d'elle ou quoi.

– De ouf, confirme Gaspard.

La sonnerie marquant le début du deuxième cours de la journée résonne depuis le lycée. En haut des escaliers menant à la rue, un éclat de rire s'élève. Celui de Marina. Un instant, Minh Tuan tourne la tête vers elle. Cette connasse prend des selfies avec ses groupies.

***GTO* :** pour *Great Teacher Onizuka*. Manga de Tôru Fujisawa mettant en scène les déboires d'Eikichi Onizuka, un ancien voyou devenu professeur dans un collège à problèmes. Culte pour Gaspard, Minh Tuan et toute une génération de lecteurs qui ont pris le personnage pour héros. En raison, probablement, d'un alignement des astres, les deux adolescents évoquent cette œuvre au moment exact où Élise Danverre, sur le parking des enseignants, repense au film *Esprits rebelles* et à la série *Boston Public*.

– Tu crois qu'elle a déjà baisé avec un fan ? demande Gaspard en suivant son regard.

– Ses fans, c'est que des collégiennes de douze ans ! Bien sûr que non, putain !

Plus bas, au milieu des marches, Tina vient d'arriver. Elle les aperçoit et, avec un grand sourire, se dirige vers eux, son skate clairement volé sous le bras. Minh Tuan secoue la tête, puis regarde de nouveau Chloé et Gaspard.

– Bon… Vous êtes avec moi, oui ou non ?

– Peut-être, répond Gaspard.

– Faut voir, répond Chloé.

Minh Tuan se mord l'intérieur des joues pour ne pas sourire. Il connaît ses amis. Ces réponses, elles signifient "oui" et "oui".

Le lycée va se terminer en feu d'artifice. Il a hâte de voir la tête de son père lorsqu'il aura son seize de moyenne. La tête de Marina. Les têtes de tous les connards que compte ce monde de merde.

Tina les rejoint, ils se font la bise, discutent un peu, le temps entre deux cours devenant élastique avec l'arrivée de l'été, puis, tous les quatre, ils entrent dans le bâtiment et croisent Danverre dans le hall. Minh Tuan la salue en souriant.

3.

Chloé déteste le lit qui lui est attribué, chez son père*. Elle ne sait pas où ce connard l'a dégoté, mais il est étrangement court : si elle a le malheur de vouloir juste s'étirer un peu, tant ses pieds que sa tête en débordent. C'est un foutu lit pour enfant, en fait. Elle s'en est déjà plainte auprès du principal intéressé, mais il s'est contenté de répondre avec un sourire doucereux : "Oh, c'est pas grave, ma puce, si ? T'y dors que quatre nuits par mois, après tout !"

Ouais. Un week-end sur deux dans cet appartement à Saint-Cyr. Maintenant que Chloé est presque majeure, elle imagine qu'elle pourrait y échapper, mener sa vie sans plus se soucier de l'accord que ses débiles de parents ont trouvé après leur divorce, mais, pour une raison inconsciente qui lui échappe, elle continue à s'y

---

Éric Pulois : père de Chloé et Lucas Vaguaire. Les deux enfants ont repris le nom de famille de leur mère, ce qu'il leur a parfois reproché. L'année précédente, a oublié d'appeler Lucas pour son anniversaire. S'est rattrapé le lendemain en lui offrant deux cents euros. Travaille comme superviseur technique dans une entreprise d'outils d'assemblage. A fréquenté de nombreuses femmes depuis son divorce, mais ne semble pas vouloir de nouveau s'engager sérieusement.

plier. Et, chaque fois qu'elle le fait, à le regretter et à se promettre que c'est la dernière fois.

Elle tourne pour s'allonger sur le dos, les écouteurs de son téléphone s'enroulent autour de son cou, ses yeux se fixent sur le plafond, et ses mains se posent sur son ventre, montant et descendant en rythme avec une respiration qu'elle a envie de qualifier d'énervée sans en être vraiment sûre. De toute façon, Chloé a toujours l'impression d'être énervée. Surtout à Saint-Cyr. Dans la pénombre, elle ferme les yeux, les rouvre, les referme, masse ses paupières, les rouvre, tout en écoutant défiler, dans ses oreilles, l'album des Casseurs Flowters*.

Minh Tuan et Gaspard ne viennent jamais voir Chloé, lorsqu'elle est chez son père. Soi-disant que c'est extrêmement loin, et qu'il n'y a rien à faire là-bas, et qu'ils sont très occupés et blablabla. Putain d'enfoirés de merde. Elle les déteste. Sans s'en rendre compte, ces deux bâtards ne font qu'amplifier l'impression de solitude existentielle qui s'empare d'elle, ici.

Chloé n'est pas comme eux, elle le sait. Minh Tuan avec ses mangas de merde et ses jeux vidéo, Gaspard avec ses disques de rock et ses collections de pornstars qu'il complète quotidiennement, tous leurs films d'horreur, leurs séries à la con... Chaque jour, ils débarquent au lycée avec de nouveaux sujets

---

Casseurs Flowters : duo composé des rappeurs Orelsan et Gringe. Chloé n'aime les carrières solos d'aucun des deux, mais est assez cliente de leurs disques en commun. Elle a également beaucoup apprécié le film qu'ils ont fait, *Comment c'est loin*, dans lequel elle s'est reconnue. Son morceau préféré est *Des histoires à raconter.*

de conversation, de nouveaux trucs dans leurs sacs dont ils tiennent absolument à débattre. Lorsqu'ils sont seuls, ils lisent, ils jouent, ils regardent des trucs, ils se branlent, peu importe. Ils gèrent.

Chloé n'est pas comme eux, non. Ça fait des années qu'elle n'a pas lu le moindre livre qui ne lui était pas imposé par les cours. Elle n'aime plus les bandes dessinées depuis qu'elle est adolescente. Elle n'aime pas les jeux vidéo. Elle a apprécié quelques films* plus que d'autres, mais sans jamais s'en sentir fan. Elle a aimé quelques séries, sans jamais les finir. La musique qu'elle écoute, c'est principalement celle qui lui tombe dans les oreilles lorsqu'elle se branche à Spotify. Elle n'est experte en rien, n'a aucun projet de le devenir. Son univers intime, c'est la confusion, la peur d'être asexuelle, l'ASMR, la solitude. C'est pour ça que c'est toujours elle qui motive les autres à bouger, à faire des trucs, à sortir, à traîner. Toujours elle qui appelle. Toujours elle qui lance les conversations WhatsApp. Toujours elle qui va frapper chez Gaspard. Jamais le contraire. Parce que Chloé déteste être seule. Elle s'entend

Films favoris de Chloé :
1 – *Under the Skin*
2 – *The Faculty*
3 – *Les Jolies Choses*
4 – *Ghost World*
5 – *Thirteen*
De manière générale, elle aime également beaucoup les films dans lesquels joue Scarlett Johansson, qu'elle trouve être une excellente actrice. Elle n'en a jamais parlé aux garçons, qui se mettraient forcément à dire que Scarlett Johansson, ils se branlent dessus, ou quelque chose comme ça.

penser trop fort. Et ses pensées, elles puent la merde.

Éclairée par la lampe posée sur sa table de chevet, Chloé arrache les écouteurs de ses oreilles. Elle tourne la tête sur le côté, sans se redresser. L'abat-jour est imprimé de petits éléphants qui font du surf. Elle se souvient de ce truc : il y a une poignée d'années, c'était dans la chambre de Lucas. La *vraie* chambre de Lucas, chez leur mère. Dans la commode au bout de la pièce, outre quelques vêtements qu'elle n'a pas enfilés depuis des siècles, il y a des boîtes de jeux de société. Eux aussi sont des survivants poussiéreux de la vie avant le divorce. Dans le placard, des paires de chaussures datant du collège. D'autres jeux de société auxquels personne ne rejouera jamais. Sa vieille collection des *Schtroumpfs*, d'*Astérix*, du *Petit Spirou*.

Et puis, posé au-dessus du meuble, un dragon à deux têtes* en plastique. C'était à elle quand elle était petite. Elle l'aimait beaucoup. Ça plairait aux garçons, cette connerie, d'ailleurs… Peut-être qu'elle va le récupérer et l'offrir à Gaspard pour son anniversaire, tiens? Hop, vingt euros d'économisés.

Avant de s'en séparer, elle le prend en photo avec son téléphone et poste le cliché sur

Le dragon à deux têtes : un jouet effectivement surprenant pour Chloé. Personne dans la famille ne se souvient de son origine. Il ne semble pas renvoyer à un dessin animé ni à une quelconque licence en particulier. Lorsqu'elle était enfant, Chloé dormait parfois avec. Elle l'appelait Clark, en référence au chien qu'avait Stéphanie, sa meilleure amie d'alors. Elle a oublié cela, aujourd'hui.

Instagram. C'est rare qu'elle y mette autre chose que des selfies.

#TrucDeGeek

#Dragon

#SouvenirDEnfance

#Nostalgie

Des reliquats, des ruines. Une vie qui n'a plus d'existence réelle. Jusqu'à quand ça va durer, cette connerie, hein ? Est-ce que, quand elle aura vingt ans, elle continuera à se sentir obligée de venir ici un week-end sur deux ? Quand elle aura vingt-cinq ans ? Trente ? Ça se trouve, elle sera morte avant. Ni son père ni sa copine du moment ne trouvent ça amusant, probablement, d'avoir ces deux ados qui débarquent avec leur mauvaise humeur et leur apathie. La parodie de famille se poursuit simplement parce que personne n'a encore eu le courage d'y mettre fin.

Le repas de ce soir était bien représentatif de ça, d'ailleurs : "Alors, Chloé, comment ça se passe, le lycée ? Tu stresses pas trop pour le bac ?" Wesh, ta gueule, toi, je sais même pas, genre, comment tu t'appelles, y a six mois y avait une brune à ta place, dans six autres mois ce sera une rousse, arrête de faire genre de t'intéresser à moi ! "Non, ça va." "Elle ne stresse jamais, ma fille." Mais t'en sais quoi, toi aussi ?! Depuis combien de temps tu t'es pas intéressé à moi ? Je suis en stress total en permanence, alors continue à baiser tes pouffes et arrête de parler de moi comme si on se connaissait ! "Parfois si, quand même."

Des réponses qui ne disent pas la vérité, des questions qui ne la cherchent de toute façon pas.

Les Casseurs Flowters continuant à grésiller depuis les écouteurs posés sur son oreiller, Chloé lève son téléphone pour regarder l'heure. 23 h 42. Elle tourne de nouveau la tête de l'autre côté de cette chambre qui ne sera jamais vraiment la sienne. Le lit réservé à son frère est vide, les draps toujours bien tirés depuis leur dernier séjour ici.

Elle lève un bras, le pose sur son front. Pense encore un peu à Minh Tuan, Gaspard, Tina. Elle a envoyé un message groupé, tout à l'heure, et bien sûr, personne ne lui a répondu. Qu'ils aillent se faire enculer, tous. Elle pense encore un peu, aussi, au bac. "Tu stresses pas trop?" Ta gueule. Genre, vraiment, ta gueule. Bien sûr qu'elle stresse. L'avenir, la fac, la suite. Et quoi, après? Elle n'a aucune idée de ce qui l'attend, de ce qu'elle en espère. Putain. Elle n'a aucune idée de rien. Elle est une fille tellement effrayée, tellement seule… Elle déteste ça. Cette sensation d'avoir un paysage mental limité à quelques mètres.

C'est sûr, ce coup-ci : c'est la dernière fois qu'elle passe le week-end ici. Ça lui donne trop d'envies de suicide. Elle s'extirpe de son lit sans prendre la peine d'éteindre la musique et, pieds nus, en short et débardeur, elle quitte la pièce. Dans le couloir, elle passe devant la chambre de son père. La porte est fermée. De l'autre côté, elle entend quelqu'un ronfler. Elle se fiche de savoir qui. Elle va jusqu'au salon.

Dans la pénombre, assis en tailleur au milieu du canapé, Lucas est en train de fixer la télé, dont l'écran se reflète en éclats bleus sur son visage. Il a une manette dans les mains. Chloé sait que, là aussi, il s'agit d'une console qui date de plusieurs années. La récente est chez eux. Le *vrai* chez eux. Ici, ils n'ont droit qu'à des morceaux de passé arrachés à l'oubli. Elle s'assied près de lui, ramène l'une de ses jambes contre sa poitrine, regarde l'écran.

– C'est *Street Fighter*, hein ? tente-t-elle à voix basse.

– Ouais.

Bordel. Il ne met pas du sien, lui non plus… À quel point est-elle désespérée, pour envisager de passer du temps avec son frère ?

– J'ai un pote qui y joue beaucoup, relance-t-elle.

– Le Chinois ?

– Il est vietnamien. Enfin, juste à moitié. Mais ouais.

– Tu le kiffes, hein ?

– Euh, non, trop pas ! Va te faire mettre.

D'où ça lui vient, cette idée, putain ?! Et depuis quand cette espèce de troll des bois est en âge de s'intéresser à qui kiffe qui, aussi ? Sur l'écran, il perd son combat. C'est déjà ça de pris.

– T'es une merde, se moque Chloé.

– Non. Je suis bon.

– Tu viens de perdre.

– Ça arrive. C'est en perdant qu'on devient bon.

– Toi aussi t'es chinois, pour dire ce genre de phrases à la con ?

– Quoi ?

– Tu sais, genre Confucius* et tout ?

Confucius : philosophe chinois né six siècles avant Jésus-Christ. Appelé Kong Fuzi par ses compatriotes. Est associé, globalement

– Quoi ?

– Laisse tomber.

Lucas est probablement l'une des seules personnes au monde à côté desquelles Chloé peut se sentir cultivée. C'est chaud. Ils ont un vrai déficit génétique, dans la famille. Il relance un combat, sans la regarder. Elle se demande un instant si sa présence le fait chier, puis elle décide qu'elle s'en fout. Elle s'ennuie vraiment trop, et le sommeil n'est toujours pas là. Si elle était capable de se masturber, c'est ça qu'elle ferait, plutôt. Ou bien elle fumerait un joint, si Gaspard ne l'avait pas jouée "non mais j'en ai plus beaucoup, je le garde, gnagnagnagna". Immonde tocard.

– Tu me détestes ? demande-t-elle.

Finalement, peut-être qu'elle ne s'en fout pas tant que ça… Ou alors, peut-être que c'est juste l'occasion de passer le temps, cette discussion. D'expérience, Chloé sait que foutre la merde, c'est un moyen plutôt efficace pour faire avancer l'horloge. Tout en continuant à jouer, Lucas la regarde en coin.

– Non. Pas du tout. Pourquoi ?

– Je sais pas. Je me demandais.

– Non. Je te déteste pas. T'es ma sœur.

– Et alors ? On peut détester des gens de notre famille.

– Ouais…

– Tu penses quoi de la nouvelle meuf de papa ?

à tort, au cliché raciste attribuant aux Asiatiques l'habitude de prononcer fréquemment des maximes spirituelles et cryptiques. Chloé ne sait en réalité pas grand-chose de lui.

– Rien.
– Pareil. Tu files une manette ?
– Tu sais pas jouer.
– Bah comme ça tu pourras enfin gagner.

Lucas soupire mais obéit. Ils commencent à jouer ensemble. Chloé sélectionne un personnage féminin*. Une blonde aux yeux bleus qui porte une espèce de monokini imprimé camouflage. Elle lui ressemble un peu. Enfin, à part le monikini.

“J'aime bien ta nouvelle coiffure. Elle est stylée”, dit Lucas sans la regarder.

En attendant que le combat se lance, Chloé passe une main sur le côté gauche de sa tête. Sept tresses s'y trouvent, désormais, plaquées à son crâne. La veille, en cours, cette connasse de Stéphanie lui a dit que c'était de “l'appropriation culturelle”. Qu'une Blanche ne devrait pas imiter les coiffures traditionnelles des Noires. Chloé lui a expliqué que c'était Tina qui les lui avait faites, ce qui signifiait qu'elle avait un laissez-passer. Ensuite, elle l'a traitée de grosse truie dégueulasse. Stéphanie n'a rien trouvé à répliquer à tout ça. Stéphanie n'est rien d'autre qu'une grosse truie dégueulasse. Le combat commence.

– Merci.

Dès le début, Chloé se fait copieusement mettre au sol, plusieurs fois de suite. Elle n'a aucune idée de quoi faire de ses doigts, donc elle en fait n'importe quoi. Ça ne semble pas

---

Cammy : apparue pour la première fois dans l'épisode *"Super"* de *Street Fighter II*. Ancienne guerrière à la solde d'un dictateur, elle s'est rebellée contre lui et combat désormais aux côtés des héros.

tellement porter ses fruits. Peut-être que finalement, Lucas est réellement bon. Ou bien qu'elle est vraiment très mauvaise. Elle déteste les jeux vidéo. Trucs de gros geeks à la con. Elle repense au dragon à deux têtes. Ça la fait quand même un peu chier d'offrir un bout de son enfance à cet enculé de Gaspard. Pourquoi elle kiffait autant cette saloperie, d'ailleurs ?

– Je flippe d'arriver au lycée.

Sans ouvrir la bouche, Chloé passe la pointe de sa langue sur ses dents. C'est rare qu'ils discutent vraiment, avec son petit frère. Elle en était presque arrivée à oublier que, ouais, l'année prochaine, ce sera son tour, toute cette merde. Peut-être que lui aussi, actuellement, il est en stress à cause du brevet. Par sollicitude, elle se refuse à poser la question.

– Faut pas. C'est, genre, exactement comme le collège, en vrai, dit-elle à voix basse.

– Ça me rassure pas !

Elle réfléchit un peu, tandis que l'écran l'informe, sans surprise, qu'elle a perdu. Elle reprend le même personnage. Un instant, elle repense à cette histoire qui a eu lieu l'année dernière. Ce type de terminale qui, en plein cours, s'est coupé les veines parce que les élèves de sa classe l'emmerdaient. Il s'est raté, au final, mais c'était quand même passé aux infos et tout. L'une des salles de philo* a été condamnée pendant un moment. La rumeur disait que le sang de ce mec s'y trouvait toujours, incrusté à jamais dans

La salle 106 : désormais surnommée "la salle du suicide". Les cours de philosophie y ont repris en début d'année.

le sol. Lorsqu'ils l'ont rouverte cette année, ça s'est révélé faux. Tout était propre. Comme si rien ne s'était passé.

Chloé ignore si Lucas est au courant de tout ça. Elle ne se souvient plus d'en avoir parlé à la maison. Probablement que si, mais elle n'en est plus sûre. Dans le doute, elle décide de mettre ça de côté. Son frère est un petit con, mais quand même : inutile de lui raconter toute la vérité sur ce qu'est le lycée.

– Non mais en vrai c'est un peu mieux. Enfin, je sais pas. Les gens sont moins… Tu vois, au lycée, les gens sont moins à te faire chier et tout. Chacun vit sa vie.

– Hmm. D'accord.

– On te fait moins chier, mais tu peux te sentir plus seul… T'as des potes ?

– Bien sûr, que j'ai des potes ! s'agace Lucas. C'est bizarre, comme question !

– C'est juste que t'as une tête à pas avoir de potes.

– En fait si, je te déteste.

– Je t'aime d'amour, petit frère.

– Tais-toi.

Chloé sourit. Elle parvient à mettre un coup de poing au personnage de Lucas. Qui lui en met cinq en retour. Ses deux jambes désormais ramenées contre elle, son menton posé sur ses genoux, elle essaie d'imaginer Lucas au lycée. Lui et ses potes boutonneux, là… Peut-être la prochaine fournée de branleurs que les profs et les autres élèves détesteront. Elle l'espère, d'une certaine façon. Et en même temps, non. Tout sauf devenir elle. C'est à chier, d'être elle.

Mais elle l'espère quand même. En vérité, elle ne déteste pas Lucas. C'est son frère. Elle lui laissera les lieux, et les clés avec.

– Je te donnerai les noms des profs à éviter. Je te dirai comment faire pour sécher sans trop te faire remarquer. Ou pour fumer en cachette. Ce genre de trucs. T'inquiète.

– Merci.

– C'est normal. Je suis ta grande sœur qui t'aime d'amour.

– Tais-toi.

Elle perd le premier round. Évidemment. A-t-elle déjà dit qu'elle détestait les jeux vidéo ?

– C'est dommage qu'on n'ait pas une année commune là-bas, quand même, murmure Lucas.

– Ouais. Tu veux que je redouble pour t'attendre ?

Ils sourient. Puis Chloé sent une tristesse familière l'envahir. Elle repense à la fac, à l'avenir. Au plan de Minh Tuan pour le bac. Elle est terrifiée, par tout et rien à la fois.

– En vrai, tu peux compter sur moi, petite merde, d'accord ?

– Je sais.

– Ça va aller.

– Je sais.

Le nez de Chloé la pique un peu. Fais chier.

– Elle est nulle, la meuf* de papa, crache Lucas.

Alexandra Vinelle : nouvelle petite amie d'Éric Pulois. Quarante-deux ans. N'a pas les dents tellement de travers, en réalité. Aimerait un jour pouvoir considérer les enfants d'Éric comme les siens. Il la quittera en septembre prochain.

– Putain mais ouais ! T'as vu ses dents de travers ?!

Ils rient doucement. Chloé perd de nouveau. Ils reprennent les mêmes personnages et recommencent. L'horloge du salon sonne minuit. Probablement ont-ils peur tous les deux. Mais au moins, un moment, ils ne sont plus seuls. Sur l'écran, Chloé regarde le nom de son personnage : Cammy. Elle se promet de le replacer auprès de Minh Tuan. Ça va l'impressionner, qu'elle sache ça. Que cet enculé aille se faire enculer.

Merde.

Il faut qu'elle se renouvelle, niveau insultes.

4.

– D'accord, donc regarde, j'ai pensé à un truc, pour mon plan…

– Putain…

– Non mais écoute-moi, d'abord !

– Je fais, genre, que ça, de t'écouter !

– On achète une caméra miniature.

– Putain…

– Écoute ! On la cache dans les lunettes de Tina. Et on la connecte à nos téléphones, qu'on met, je sais pas, entre nos jambes ou quoi. Peu importe ! Et comme ça, on suit en direct ce qu'elle écrit et on a juste à recopier. Ça tient debout, non ?

– Pas une seconde.

– Bien sûr que si !

– Déjà, d'où tu crois qu'ils vont nous laisser nos portables pendant les épreuves ? Et puis, ensuite, c'est quoi cette histoire de caméra miniature ? T'as cru que t'étais James Bond* ? Tina va avoir l'air d'une débile, avec sa caméra qui dépasse de ses lunettes, elle va se faire griller

James Bond : de façon étonnante, parmi les quatre adolescents, seule Tina a déjà vu des films de James Bond. Chloé leur a préféré les films de la série *Jason Bourne*. Gaspard, ceux de la série *Kingsman*. Minh Tuan, ceux de la série *John Wick*. Même si ces derniers n'ont aucun rapport avec les films de James Bond.

en deux secondes… Et surtout, en plus, ouais, tu sais combien ça coûte, une caméra miniature*, hein ?!

– J'ai pas encore regardé… Toi si, tu vas me dire ?

– Bah, je suis sûre que ça coûte un prix taré, voilà ce que je sais, pauvre connard !

– J'ai de l'argent.

– T'en auras plus beaucoup, après tout ça…

– Je m'en fous. C'est maintenant que je veux le dépenser.

– Tu fais pitié, mais genre, vraiment, à un point stratosphérique. File une clope.

– Tu viens d'en fumer une !

– File une clope.

Allongé dans l'herbe, Minh Tuan renifle mais, comme d'habitude, il obéit à Chloé. Il obéit toujours à Chloé. *Tout le monde* obéit toujours à Chloé.

Et surtout Gaspard.

C'est pour ça qu'il est important de d'abord la convaincre elle. Lui la suivra, quoi qu'elle décide.

Un moment, les deux lycéens se taisent, observant leurs condisciples dans la cour. Il est quinze heures. Bientôt la fin de la journée. Tout le monde traîne, discute, rit. Il fait beau. Ça sent la fin de l'année, le début de l'été. Les terminales n'ont plus que trois semaines à faire. Un élève de première*

Prix d'une caméra miniature : il est tout à fait possible de trouver des caméras miniatures à moins de cinquante euros. Cependant, il est probablement heureux que Minh Tuan ne se soit pas renseigné, tant son idée d'en cacher une dans les lunettes de Tina reste parfaitement idiote.

Vladimir Pilarski : le conducteur de la mobylette. Élève de première 3. Inquiète ses professeurs, qui lui trouvent un

traverse la cour en mobylette, un deuxième adolescent assis, hilare, sur son porte-bagage. Aucun surveillant n'intervient. Les règles en vigueur dans le lycée n'ont plus le même poids que durant le reste de l'année. Les deux adolescents manquent de se prendre un buisson, puis continuent leur course hors du champ de vision de Minh Tuan.

– Putain, il est où, Gaspard, encore ? souffle Chloé, en même temps que sa fumée.

Minh Tuan se redresse un peu.

– Avec Tina. Il fait sa merde de tutorat, là…

– Tina va jamais accepter ton plan.

– Oui bah ça va, j'ai compris ! J'en trouverai un autre.

– Elle acceptera *aucun* plan. C'est une fille bien. Pas comme toi.

– Ah ? Tu trouves que *je* suis pas une fille bien ?

– Ta gueule.

– Ça t'intéresse vraiment pas, d'avoir une note de ouf au bac ?

Chloé met un peu plus de temps qu'elle ne devrait à répondre, ses yeux un instant baissé vers ses baskets.

– Pas autant que toi, finit-elle par lâcher, un peu timidement.

Minh Tuan renifle encore. Il sent que Chloé

comportement étrange malgré des notes correctes. En janvier, il s'est battu en plein cours avec un camarade de classe, sans raison apparente. Et depuis deux ans, il a harcelé sexuellement plusieurs élèves, sans cependant jamais franchir une ligne qui aurait pu permettre de l'exclure. L'adolescent assis sur son porte-bagage est son seul véritable ami. Il s'appelle Damien Dell. Ils seront tous deux arrêtés pour viol en réunion et tentative de meurtre dans trois ans.

est sur le point de céder. Il faut juste qu'il trouve la bonne fissure dans l'armure. À l'autre bout de la cour, un groupe de filles commencent à chanter. Marina se trouve parmi elles.

– Viens, on va voir les deux autres, ordonne Chloé, jetant sa cigarette avant de se lever.

– Pourquoi ?

– J'en ai plein le cul de me traîner son cadeau d'anniversaire depuis ce matin. Je vais lui filer.

Minh Tuan, lui aussi debout, se fige un instant. Ses paupières s'écarquillent, tandis qu'il passe une main sur sa tête, tirant ses cheveux en arrière.

– Merde… C'est pour ça que, ce matin, ce connard demandait si on lui avait acheté des cadeaux ?

Chloé se retourne, un sourcil haussé, son sac à dos se balançant sur son épaule gauche.

– Bah oui, tocard ! Tu croyais quoi ?

Elle fronce le nez, changeant un instant la disposition des taches de rousseur qui décorent ses joues. Le soleil fait briller ses cheveux d'éclats agressifs, trop chauds pour être regardés. Comme les éclats de mépris dans ses yeux.

– T'es une merde, en vrai, professe-t-elle d'un ton calme, une moue dégoûtée tirant ses lèvres vers le bas.

– Ça va, c'est bon, j'ai oublié *une* date, détends-toi !

– Je suis sûre que tu connais pas mon anniversaire non plus.

Minh Tuan renifle encore une fois. Ça, c'est vraiment un coup bas. Il ne connaît pas non plus les dates d'anniversaire de ses parents, par exemple, et eux ils n'en chient pas toute une horlogerie…

– En été, tente-t-il, se souvenant vaguement d'une tarte aux pêches* partagée en août dernier dans le parc du Château.

– T'es une merde, confirme Chloé.

– Parce que toi, tu connais la mienne, par exemple, hein ?!

– 4 décembre. Bim ! Ferme ta gueule !

Dos au mur, Minh Tuan obéit, suivant un instant Chloé en silence.

– Tu connais rien à tes potes, reprend celle-ci en approchant du bâtiment. Tu te soucies pas de nous. On te sert juste à passer le temps et à tricher au bac.

– Fous-moi la paix, putain… Tu lui as acheté quoi ?

Ils rentrent dans le lycée. Minh Tuan cligne des yeux, ses pupilles endolories par le passage brutal de la lumière du soleil à la pénombre des couloirs. Les échos lointains de voix venant du hall remplacent les cris de la cour, les crissements du linoléum ceux des graviers, l'odeur de détergent celle de l'été. À côté de lui, Chloé fait passer son sac à dos devant elle et l'ouvre. À l'intérieur, un ridicule dragon à deux têtes.

– C'est pas la connerie que t'as postée sur Insta la semaine dernière, ça ?

Le mépris hautain dans le regard de Chloé se

Tarte aux pêches : pâtisserie favorite de Chloé qui, de manière générale, est plus difficile avec le sucré qu'avec le salé. Elle refuse catégoriquement de manger tout ce qui contient de la crème ou de la mousse.

transforme un instant en gêne honteuse. Minh Tuan est content de voir ça.

– Pas du tout !

– Mon cul, ouais ! T'as récupéré un vieux jouet merdique qui traînait dans un placard ! Tu l'as même pas emballé ni rien, en plus ! Tu parles d'une bonne pote ! C'était franchement pas la peine de me faire la leçon…

– Va te faire foutre. Tu vas lui offrir quoi, toi, hein ?

Le sourire satisfait de Minh Tuan disparaît déjà. Ses lèvres se tordent un peu tandis qu'il fait jouer sa mâchoire de droite à gauche.

– J'ai des mangas à lui prêter. Je vais dire que je lui offre.

– T'es à chier. T'es, genre, sérieusement, vraiment à chier. Pour de vrai.

– Pourquoi t'irais pas te faire enculer par ton dragon à deux têtes ? En fait, il pourrait même t'enculer et te baiser à la fois…

– C'est un dragon à deux têtes. Pas à deux bites. Et Gaspard va l'adorer. Pas comme tes conneries de mangas.

– Les héroïnes ont des méga gros seins. Il va clairement préférer mon cadeau au tien.

– Sale con…

Ils tournent pour remonter le couloir des salles d'étude*. De la première leur parviennent les voix de Tina et Gaspard.

Les salles d'étude : deux grandes pièces destinées à accueillir les élèves souhaitant travailler en dehors des cours. Globalement, jamais personne n'y va pour autre chose que discuter à l'abri lorsqu'il pleut. Un jour, Gaspard y a trouvé un billet de vingt euros. Depuis, il se fait un devoir d'y passer chaque matin avant le début

– JOYEUX ANNIVERSAIRE ! crie Minh Tuan en entrant le premier.

– Hé mais t'es vraiment un immonde fils de chien, espèce d'enculé ! proteste Chloé. Il savait même pas que c'était ton anniv, y a deux secondes !

– Ah ouais ? se défend Minh Tuan. Et ça c'est quoi, alors, hein ? Tiens, cadeau, Gaspard ! Tu vas voir, c'est comme *Claymore*, sauf que les héroïnes sont grave bonnasses et ont tout le temps les vêtements déchirés. Tu vas adorer.

De son sac, il sort les dix premiers volumes de la série *Freezing**, qu'il étale sur les cours d'anglais que Tina et Gaspard étaient en train de réviser. Le second éclate d'un rire ravi, tandis que la première prend l'une des bandes dessinées, examinant avec un mélange de curiosité et d'effroi la jeune femme à moitié dénudée qui se trouve en couverture.

– Putain, merci ! dit Gaspard sans se lever. Ce midi j'ai cru que vous aviez oublié, quand vous m'avez rien dit ni rien, à la cantine !

– Trop pas, coupe Chloé d'une voix agacée.

de la journée. Son coup de chance ne s'est malheureusement jamais reproduit.

***Freezing* :** manga coréen écrit par Lim Dall-Young et dessiné par Kim Kwang-Hyun. Mettant en scène des jeunes femmes chargées de combattre des entités maléfiques grâce à leur force surnaturelle, son scénario ressemble effectivement beaucoup à celui de *Claymore*. Cependant, les héroïnes ont ici la particularité d'arborer des physiques extrêmement avantageux et de fréquemment voir leurs vêtements mis à mal. Malgré son caractère putassier, *Freezing* n'est pas totalement à jeter, selon Minh Tuan. La série s'est brutalement arrêtée au tome 33 sans offrir de conclusion à ses lecteurs.

Jamais de la vie je pourrais oublier l'anniversaire de mon meilleur ami, ajoute-t-elle avec un regard mauvais pour Minh Tuan. Tiens !

Elle pose le dragon à deux têtes sur les mangas, son double regard tourné vers Gaspard.

– Whaa ! Il est trop cool ! Je vais le mettre sur mon bureau !

– Tu le kiffes, hein ?

– De ouf !

– Plus que les BD pornos de Minh Tuan ?

– Bah j'ai pas encore lu ces mangas, et…

– Moi aussi, je t'ai acheté un cadeau, intervient Tina d'une voix aussi timide que son sourire.

À son tour, la jeune fille sort quelque chose de son sac. Une petite boîte carrée, emballée dans du papier cadeau. Minh Tuan tourne vers Chloé un regard inquiet. L'idée d'être sur le point de se faire humilier par Tina ne lui plaît vraiment pas. Les yeux brillants, Gaspard tire son bonnet en arrière, laissant une mèche bleue se balancer sur sa tempe, puis commence à ouvrir le paquet. Depuis les couloirs, la sonnerie de reprise des cours résonne. Personne n'y prête attention.

– Fallait pas, j'te jure ! T'as pas beaucoup d'argent et tout, et…

– Ça ne m'a pas coûté cher, ne t'inquiète pas… répond Tina en mordillant sa lèvre, nerveuse, les doigts serrés sur le rebord de sa chaise.

À l'intérieur de la boîte, un collier* au bout

Le collier en forme de chien : Tina l'a acheté le matin même, au tabac de la gare. Pour cela, elle a dû descendre du bus puis attendre le suivant, qui n'est passé que quarante minutes plus tard. Elle avait cependant préparé son coup et était partie une heure en avance pour le lycée. Elle avait en effet repéré le collier la semaine

duquel pend une tête de chien qui tire la langue. Le bijou est couvert de diamants qui, clairement, sont tout sauf authentiques.

C'est absolument immonde.

Le nouveau regard qu'échangent Minh Tuan et Chloé est plus détendu. La petite réfugiée a encore du chemin à faire pour les surpasser.

– C'est trop beau ! ment Gaspard avec une émotion étonnamment bien jouée. Je vais le mettre jusqu'à la fin de l'année. Ça me portera bonheur pour le bac !

– Je suis très contente que ça te plaise, répond Tina avec un sourire tremblant. J'avais peur que tu trouves ça moche.

– T'es ouf ! Ça tue ! Merci énormément, à vous trois !

– Et ce soir, on se met une grosse race au parc, OK ? propose Chloé. Après tout, maintenant t'as dix-huit ans, t'as le droit de boire !

Ils rient. Tina fronce les sourcils.

– Vous devriez réviser, au lieu d'encore boire…

Minh Tuan, flairant l'ouverture, s'assied à la table et se tourne vers elle.

– D'ailleurs, en parlant du bac…

Le visage de la jeune Congolaise se ferme immédiatement. Elle détourne le regard et tapote son stylo contre ses feuilles de cours.

– Je ne veux pas tricher.

– D'une certaine manière, tu sais, tu ne tricheras pas ! C'est nous qui tricherons. Toi, tu

précédente, et s'était dit que ce serait un cadeau amusant pour Gaspard, du fait qu'il a lui-même un chien. Le collier lui a coûté quatre euros soixante-quinze. Il est réellement très moche.

seras juste, comme, je sais pas, tu sais, notre soutien logistique, un truc comme ça ! Notre porte-bonheur…

Toujours debout dans le dos de Minh Tuan, Chloé roule des yeux. Dans le couloir, un groupe d'élèves se dirige vers les escaliers, discutant fort, visiblement d'un certain David qui se serait ridiculisé pendant la pause. Minh Tuan continue de fixer Tina, qui évite son regard.

– Je ne veux pas, répète-t-elle.

Il soupire. Renifle. Soupire. Gaspard rit bêtement. Chloé tape l'arrière de son crâne.

– On va en cours ? demande-t-elle, d'une voix qui envisage autant une réponse que l'autre.

Tina se lève pour ranger ses affaires, imitée par Gaspard. Par les fenêtres de la salle de permanence, le soleil lance des reflets sur l'immonde collier qu'il porte désormais.

Cette horreur a dû coûter moins de cinq euros.

Minh Tuan regarde de nouveau Tina. Il lui reste un argument : ils n'ont toujours pas parlé argent.

– Pour combien tu le ferais ?

5.

Via le rétroviseur intérieur de la BMW*, Minh Tuan regarde le portail électrique se fermer derrière lui. Assis sur le siège passager, l'adolescent met sa ceinture de sécurité. Sur sa gauche, sa mère réajuste ses lunettes de soleil et tourne pour sortir de la résidence. Près de l'entrée de celle-ci, un homme en uniforme les salue.

– Tu peux me laisser à l'arrêt de bus, propose Minh Tuan. Y en a un dans pas longtemps.

– Arrête de faire des difficultés. Je vais en courses. Ton école est sur mon chemin.

Tourné vers son reflet dans la vitre, Minh Tuan soupire. Une seconde, un peu de buée s'étale sur le verre, puis disparaît. Il se serait bien allumé une cigarette avant d'aller au lycée. Tant pis. Face à lui, les champs défilent, baignés dans la lumière du matin. C'est un

---

BMW Série 3 G20 : la luxueuse voiture que le père de Minh Tuan a achetée à son épouse. Si celle-ci est assez sensible aux vêtements et aux bijoux, elle se fiche en revanche du prix des automobiles, et un modèle moins cher aurait aussi bien fait l'affaire, à ses yeux. Ayant grandi au Viêtnam, elle a en effet vu, durant la majeure partie de sa vie, les voitures d'importation comme des objets de luxe, quel que soit leur modèle. De fait, la simple idée d'en avoir une à elle lui suffit.

paysage qu'il aime bien, depuis qu'il vit ici. Au moins un truc positif concernant cette ville.

Enfin, en réalité, il n'habite pas "cette ville". La ville de Gaspard, de Chloé, de Tina, même, la ville du lycée. Non, lui, il est dans la commune voisine ; une espèce de village pour riches où ne se trouvent qu'une petite école primaire, une boulangerie, une supérette de la taille de son salon et un bureau de poste qui ferme à quatorze heures.

Ah, et un golf, aussi.

Un golf dans lequel est située la villa qu'ont achetée ses parents.

Yep. Comme une vingtaine d'autres riches connards, les parents de Minh Tuan vivent dans une saloperie de golf, surveillés H24 par des vigiles et protégés par des murs de deux mètres de haut et des caméras.

Les champs continuent à défiler. Minh Tuan regarde, près du rétroviseur extérieur de la voiture, l'araignée noire qui a élu domicile dans l'interstice entre le boîtier en plastique et le miroir. Il se demande si elle a conscience de la vitesse à laquelle elle est en train de se déplacer. Minh Tuan détesterait la voir soudain s'envoler. Trajet après trajet, il s'est plus ou moins attaché à elle.

– Tu as déjà visité l'université où tu vas aller ?

Minh Tuan remue un peu dans son siège, toujours tourné vers la vitre, vers l'araignée. Ça l'agace que sa mère dise "université*" plutôt

UVSQ : université de Versailles Saint-Quentin. La seule du département des Yvelines. Les bâtiments sont situés à côté d'un centre commercial qui sombre un peu plus chaque année dans

que “fac*”. Cela dit, il ignore qui a raison, en réalité. Peut-être qu’on dit “université”... Mais d’expérience, il sait que sa mère utilise rarement les bons mots quand il faut. C’est probablement elle qui a tort.

– Plus ou moins, ment-il. On ira bientôt, de toute façon, avec Gaspard et Chloé.

Derrière le volant, sa mère sourit. De l’autre côté de la vitre, la voiture dépasse un bus de la ligne 4. Minh Tuan aurait pu se trouver dedans et échapper à la conversation qui s’annonce. Il essaie de discerner les visages à l’intérieur du véhicule, mais le soleil se reflète sur les vitres, l’empêchant de deviner les silhouettes des passagers.

– Pourquoi tu fais tout toujours avec eux ?

– C’est mes amis...

– Ils sont mauvais pour toi. C’est à cause d’eux que tu vas à l’université.

– Tu dis ça comme si c’était grave la honte ou je ne sais quoi, d’aller à la fac ! T’y es même pas allée, toi...

– Tu es un garçon méchant.

– J’ai été mal élevé par mes parents.

---

la ruine et l’abandon. Minh Tuan, Gaspard et Chloé ont passé là-bas de nombreux après-midi, du fait qu’il s’y trouve l’un des cinémas les plus proches de chez eux. Il leur faut quarante minutes de bus pour s’y rendre.

La différence entre “université” et “faculté” : l’université est une entité administrative réunissant différentes facultés. Ainsi, l’université dans laquelle les adolescents s’apprêtent à aller regroupe au même endroit une faculté d’histoire, une faculté d’anglais, une faculté de médecine... Donc, d’une certaine façon, tant Minh Tuan que sa mère ont ici raison.

La mère et le fils soupirent. Puis ils sourient, sans rien ajouter. Ils ne sont pas très bons lorsqu'il s'agit de discuter.

Minh Tuan se souvient d'une autre époque. Lorsqu'ils habitaient encore à Fontainebleau. D'autres trajets en voiture, sur d'autres routes, avec d'autres champs de l'autre côté de la vitre. Sa mère et lui rendant visite, un mercredi après-midi sur deux, aux parents de son père*. Tentatives vaines pour se faire apprécier, ou même juste accepter. La mère comme le fils avouant à demi-mot qu'ils n'ont en réalité aucune envie d'y aller. Des discussions amusées, moqueuses, sur le chemin du retour, pour débriefer l'heure qui venait de s'écouler, les petites piques acides du jour. Une complicité entre mère et fils, oui. Un lien par l'ennemi commun.

Mais ça fait un moment qu'ils ont cessé d'aller chez les grands-parents juste tous les deux; désormais, lorsqu'ils vont les voir, c'est toujours à trois, avec le père de Minh Tuan. Ils y restent généralement le week-end. Dans la voiture, au retour, il n'est plus possible de médire.

– Tu penses que vous serez bien, à l'université, avec tes amis ? Vous allez apprendre des choses et trouver un travail ?

– Putain, t'es très bavarde, ce matin ! se plaint

Yves et Maryse Deloix : grands-parents de Minh Tuan, issus de la bourgeoisie provinciale. N'ont jamais validé le choix marital de leur fils. Lorsque Minh Tuan se rend chez eux, il y a toujours une enveloppe qui l'attend, contenant un billet de vingt euros et un billet de cinq. Jamais une autre somme, jamais d'autres billets. Il comprend qu'il s'agit là d'un salaire pour le récompenser de rendre visite à ces deux vieux racistes.

l'adolescent, tiré de ses pensées nostalgiques. T'es sûre que tu veux pas me laisser à la gare ?

– Mauvais fils.

Minh Tuan s'étire dans le siège de la voiture. Il ne se sent pas encore complètement réveillé, faute de sa première cigarette de la journée. De chaque côté de la route, les arbres projettent leurs ombres sur le pare-brise, en alternance, faisant se succéder de plus en plus vite, de manière épileptique, la lumière et la pénombre. Ça alourdit encore les paupières de Minh Tuan. Il met ses semelles sur le sac de cours posé à ses pieds, appuie son crâne en arrière, ferme les yeux.

– Si on n'a pas notre bac, on pourra pas y aller, dit-il finalement.

– Je sais, répond sa mère sans plus se moquer. Vous l'aurez ?

Minh Tuan réfléchit un peu. Il repense à Chloé. Aux accusations qu'elle lui a faites deux jours plus tôt. Comme quoi il serait une merde et tout ça. Il se demande. Peut-être que c'est vrai. Peut-être qu'il se sert de Gaspard et elle parce qu'il a peur de tricher seul. Il les tire dans sa direction alors qu'eux-mêmes s'en fichent, de cette histoire de mention.

Mais peut-être aussi qu'il a peur de les perdre. Peut-être qu'il ne croit pas tant que ça aux mots de Danverre à propos de ce bac qu'ils donneraient à tout le monde. Peut-être que s'il se retrouvait séparé de Gaspard et Chloé, alors il n'aurait plus aucun ami. Déjà, même avec eux… Gaspard et Chloé forment un duo, depuis plus de dix ans. Lui, il est une pièce rapportée récemment, à la faveur d'un énième déménagement de son père. S'il disparaissait du jour au lendemain, il ne leur manquerait qu'un temps. Il est plus proche de Tina que d'eux, finalement.

Mais ils sont amis quand même. Il a besoin d'eux. Pas juste pour le bac. Pour tout.

Alors peut-être que ce projet, cette histoire de grand plan de triche et tout ça, peut-être qu'en fait, c'est surtout pour finir le lycée avec un souvenir plus fort que les autres ? Il ne sait même pas, en vérité, si réellement il va le faire. Peut-être que c'est juste un fantasme avec lequel il aime jouer, mais que le jour J, il se chiera dessus et n'osera pas tricher. Peut-être.

Mais quand même. Il aime bien cette idée. Ce projet qui les réunirait, tous les trois, tous les quatre, et qui les lierait à jamais. Qui leur donnerait une preuve qu'ils ne sont pas juste des branleurs.

Gaspard et Chloé sont des gens bien. Ses meilleurs amis. Qu'il soit incapable de le leur dire n'enlève rien à la réalité de ses sentiments.

Sous ses paupières, Minh Tuan voit un instant les bâtiments de la fac. Le campus. Le centre commercial voisin. Les boutiques, les fast-foods, la gare qu'il prendra tous les jours pour s'y rendre. Il s'y voit, lui, seul, arpentant les rues sans but. Traînant toute la journée, ses écouteurs dans les oreilles, sa cigarette dans la bouche, son regard dans le vide. Un peu plus vieux, un peu plus fatigué. Toujours incertain quant au chemin. Cette image le terrifie. Il n'est pas prêt à ça. Il n'est prêt à rien. Il est encore un gamin effrayé et tremblant à l'idée de demain.

Il a besoin de Gaspard et Chloé. Parce que

sans eux, il n'aura plus rien. Juste la possibilité de devenir son père. D'un jour habiter dans un golf et de conduire une voiture de luxe ridicule. Il a besoin de Gaspard et Chloé pour continuer à exister, maintenant, sans chercher à satisfaire un avenir auquel il ne croit pas. Un jour après l'autre : c'est uniquement comme ça qu'il comprend les choses. Un jour après l'autre. Avec ses amis.

– Oui. C'est sûr qu'on l'aura, répond-il finalement.

– D'accord. C'est bien.

– Ouais.

– J'espère que vous serez contents, à l'université. C'est tout.

Minh Tuan rouvre les yeux. Ils ont atteint la gare. Plus que cinq minutes avant d'arriver devant le lycée. Dans le rétroviseur extérieur, l'araignée noire est toujours là, prenant l'air du matin.

– Merci, maman, murmure-t-il sans regarder sa mère.

– J'aime pas tes amis. Mais c'est bien que tu les as.

– Merci, maman.

Il continue à regarder l'araignée. Puis il tourne les yeux vers son reflet. Il lisse ses cheveux en arrière. Remonte le col de sa veste. De l'autre côté de la vitre, le soleil fait couler son or clair sur la ville. Un instant, Minh Tuan ne regrette plus de ne pas avoir pris le bus.

Il se serait quand même bien fait une clope avant de partir, cela dit.

6.

C'est toujours le jeudi soir que Tina et Makalé font les courses. Ce jour-là, elles finissent toutes les deux plus tôt et, leurs sacs sur le dos, elles prennent le bus de 17 h 30 pour rejoindre le centre commercial, à vingt minutes de l'hôtel où elles vivent, complètement de l'autre côté de la ville. Parfois, l'un ou l'autre des garçons se joint à l'expédition, mais c'est rare. Comme si tout le monde comprenait qu'il s'agit de leur moment à elles.

Ou bien, peut-être, comme si les garçons n'étaient rien d'autre que de grosses feignasses bien contentes de se faire servir par les filles.

L'un ou l'autre.

Son pied gauche appuyé au-dessus de l'une des roues du caddie, Tina pousse du droit contre le carrelage, fonçant dans les allées de l'hypermarché en menaçant de percuter les clients.

– T'as douze ans, aujourd'hui, ou bien quoi ?! demande Makalé, les yeux écarquillés, une main posée sur le chariot métallique pour l'empêcher de renverser un rayonnage de produits laitiers.

– Je m'entraîne pour le skate, répond Tina sans la regarder. Je veux devenir professionnelle.

– C'est bien d'avoir des rêves, se moque

Makalé en roulant des yeux. On a assez pour prendre des crèmes au café en plus des yaourts ?

Tina hausse les épaules, puis hoche la tête. Aujourd'hui, la cagnotte collectée auprès des jeunes de l'hôtel s'élève à quatre-vingt-quatre euros et vingt et un centimes. De quoi remplir le frigo que les réceptionnistes leur prêtent et, même, si les filles sont un peu malignes dans leurs achats, de quoi se prendre un ou deux petits plaisirs égoïstes… Les garçons n'ont qu'à venir, après tout. Tina tend le bras pour mettre dans le caddie un paquet de douze yaourts aux fruits, Marque Repère, et un autre paquet de quatre crèmes au café, marque pas repère du tout, à plus de trois euros.

Puis, sans rien demander à Makalé, elle ajoute aux courses un gros morceau de morbier*. Ces dernières semaines, elle a déjà essayé le roquefort, le gorgonzola et la fourme d'Ambert, mais elle compte bien poursuivre encore un moment son exploration en aveugle du Royaume des Fromages Bleus.

– Tu me dégoûtes, commente Makalé.

– Tu devrais essayer, répond Tina, un peu vexée. Ça ne ressemble à rien d'autre. Ça n'a pas du tout le goût du moisi, en fait.

– Mais *c'est* du moisi ! s'exclame Makalé en secouant la tête. Donc forcément, le goût que

Morbier : contrairement à ce que pensent les néophytes (dont fait encore partie Tina), la ligne noire au centre des meules de morbier n'est pas constituée de moisissure, mais de cendre. Le morbier n'appartient de fait pas à la famille des fromages à pâte persillée. Ce qui ne l'empêchera cependant pas de finir en deuxième place du classement des meilleurs fromages du monde selon Tina Akono.

ça a, c'est le goût du moisi ! C'est de la logique, petite sœur !

– Tu joues sur les mots. Tu as compris ce que je voulais dire.

– Pas du tout ! Et puis, ça coûte quatre euros, ton truc…

– Tu préfères qu'on repose le fromage ou les crèmes au café ? propose Tina d'une voix tranquille.

– Petite conne que tu es… grogne Makalé avec affection.

Tina recommence à pousser le caddie, plus calmement qu'avant.

En réalité, elle ne rêve pas *vraiment* de devenir skateuse professionnelle. Déjà, parce que ce serait à peu près aussi réaliste que de dire "je veux devenir cowboy" ou "je veux devenir princesse", et ensuite, parce que depuis deux mois qu'elle a sa planche, elle n'a toujours pas été capable de sortir un seul ollie.

Et, puis, surtout… Parce que Makalé lui trouvera bientôt une place à son travail, comme femme de ménage dans l'un des hôtels de Disneyland. Elle l'a promis. Tina pourra commencer dès qu'elle aura fini le lycée. Elle aura alors un vrai salaire à elle, et plus juste les trois cents euros mensuels de l'association. Elle pourra s'acheter tous les fromages qu'elle voudra sans avoir besoin de compter ses pièces chaque fois. Plus que quelques mois à attendre.

Alors oui, d'accord : femme de ménage, c'est moins attirant que skateuse. Mais c'est plus réel, aussi. C'est la vie qui l'attend. L'avenir qu'elle peut visualiser. Un uniforme, comme Makalé.

Plus d'école. Un salaire suffisant pour, enfin, quitter l'hôtel et vivre dans un petit appartement ici ou là. Attendre. Ne rien espérer. Travailler en silence. Exister en silence.

Peu importe, finalement, que ça rende Tina heureuse ou non. Ça fait un moment qu'il ne s'agit plus de ça. Ça fait un moment qu'il s'agit bien plus de survie que de vie, pour elle.

Depuis les problèmes électoraux au pays et le changement de gouvernement. Depuis que son père, trop riche aux yeux de certains, s'est retrouvé associé à l'opposition dans la tête de gens qui cherchent des cous à trancher. Depuis que ses parents ont payé quatre mille euros pour que leur fille unique puisse prendre discrètement un avion jusqu'au Maroc, puis un autre jusqu'en Belgique, puis un train jusqu'en France.

Elle ne sait pas pourquoi, exactement, mais Tina n'a pas dit à Makalé que, la semaine dernière, elle a finalement accepté que l'association se renseigne sur le sort de ses parents restés à Kinshasa.

Elle attend toujours la réponse.

Pour le moment, ils continuent à être morts et vivants en même temps.

Bientôt, Makalé devra s'en aller de l'hôtel. L'association est en train de l'aider à chercher un appartement plus près de son travail. Ensuite, Tina et elle ne se verront plus autant que maintenant. Il n'y a que la nécessité, pour les lier. C'est quelque chose d'aussi essentiel que fragile. Plus qu'une poignée de courses à faire ensemble le jeudi soir, probablement.

Tina ne sait pas vraiment si ça la rend triste.

Elle a peur qu'encore une fois, sa vie change. Qu'encore une fois, elle perde tout. Makalé, l'hôtel, le lycée.

"Elle s'en remettra", comme on dit… Quelle phrase idiote. Bien sûr qu'on peut se remettre de tout, mais ça ne signifie pas qu'on ne perd jamais rien.

Tina a vécu dans la rue pendant quelques jours, à son arrivée en France. Elle n'a pas de nouvelles de ses parents. Elle sait que son oncle s'est fait décapiter. Elle sait également qu'elle va devenir femme de ménage.

Elle s'en remettra.

Avec des gestes tranquilles, elle fait slalomer le caddie entre les familles qui se promènent dans les rayons. Makalé sur les talons, elle se dirige vers les surgelés. Loin au-dessus de leurs têtes, des haut-parleurs informent les acheteurs que la petite Chloé attend ses parents à l'accueil. Puis ils reprennent leur diffusion de titres pop que tout le monde a déjà entendus un millier de fois.

– Chloé, c'est le nom de mon amie du lycée, dit Tina en souriant, sans se retourner.

– Tu crois que c'est elle qui attend ses parents à l'accueil ? se moque Makalé.

– Peut-être ! Elle est souvent droguée, ça ne m'étonnerait pas qu'elle se soit perdue !

– Toi tu te drogues pas, hein ?

– Je t'ai déjà dit plein de fois que non ! soupire Tina en redressant ses lunettes, cachant derrière sa main son regard soudain fuyant.

Elle a déjà tiré quelquefois sur les joints de Gaspard. Elle mourrait, si Makalé l'apprenait.

– Bien…

Makalé attrape un gros sachet de poêlée océane et le jette dans le caddie pour Raimi*. Tina ajoute une boîte de frites. Makalé une seconde. Les mêmes courses que d'habitude, les crèmes au café et le morbier en plus. Sans besoin de se concerter, elles font tourner le caddie pour longer les caisses et rejoindre le rayon réservé aux "produits du monde". Les produits de chez elles, en fait. Les "produits du reste du monde". "Les produits de votre ancienne maison." Sur leur droite, toutes les caisses sont submergées de clients. Principalement des femmes. Des mères, des épouses. Il n'y a visiblement pas qu'à l'hôtel que les hommes préfèrent ne rien faire… Tina passe devant les paquets de chips mexicaines. Trop cher. Les petits pois au wasabi. Trop cher.

– Ça se passe toujours bien, avec tes amis, alors ? demande Makalé en soupesant, de l'autre côté du rayon, un sachet de café.

– Oui, oui… répond Tina sans réfléchir.

– C'est-à-dire ?

– Comment ça, "c'est-à-dire" ?

– Bah c'était pas un "oui" très joyeux ! C'est parce qu'ils se droguent, hein ?

Raimi : aura officiellement dix-sept ans le 31 décembre prochain, date d'anniversaire de la plupart des migrants mineurs qui arrivent en France sans papiers d'identité. Les associations qui s'occupent d'eux, en leur attribuant cette date, leur permettent ainsi d'avoir une année supplémentaire avant que ne s'abatte le couperet administratif de la majorité. Raimi est originaire de Somalie. Comme souvent avec les jeunes venus de ce pays, il ignore son nom de famille, la notion y étant moins importante qu'en France. Il adore les fruits de mer et le poisson mais déteste la viande.

– Arrête de tout le temps parler de drogue ! Je te jure que tout n'a pas rapport à ça, dans la vie !

Tina lève les yeux, cherchant, sur les rayonnages, les bouteilles d'arôme Maggi*.

Un instant, elle se demande ce qui la retient de dire la vérité à Makalé. Elle est de bon conseil, pourtant, généralement. Mais peut-être que Tina a honte de s'être trompée ? D'avoir cru que Minh Tuan était son ami ?

Chloé et Gaspard le sont, eux, elle en est sûre. Mais Minh Tuan veut juste se servir d'elle. Elle est intelligente et pauvre, et il a besoin d'une personne avec ces deux qualités. C'est tout. Minh Tuan n'est pas quelqu'un de bien. Pas un ami. Pas autant que Chloé et Gaspard, en tout cas.

Oui, c'est probablement pour ça que Tina ne veut pas raconter cette histoire à Makalé. Elle a simplement honte de s'être vantée, des semaines et des semaines, de ses trois super nouveaux amis.

Ou bien, peut-être que c'est parce que Makalé est une fille très morale ? Et que, contrairement à ce qu'elle a dit à Gaspard la dernière fois, Tina n'est pas aussi sûre que ça de réellement refuser l'offre de Minh Tuan ? Elle se tourne vers sa grande sœur de cœur et sourit. Essayant de

---

Arôme Maggi : condiment liquide qui peut remplacer le sel dans la plupart des recettes. Extrêmement répandu et apprécié sur le continent africain, il fait généralement partie des courses hebdomadaires de Tina et Makalé, sa consommation par les pensionnaires de l'hôtel ayant depuis longtemps explosé toutes les limites gustatives et sanitaires.

ne pas penser que, d'ici un mois ou deux, elle sera partie.

– En tout cas, je te jure que tout va bien avec mes amis. Je suis heureuse de les connaître.

Makalé sourit aussi et fait un clin d'œil à Tina. Celle-ci détourne le regard.

Au-dessus de leurs têtes, un moineau passe sous la verrière de l'hypermarché. Son ombre pépiante coupe les rayons de soleil orange qui pleuvent du plafond. Tina lève les yeux. Ce n'est pas la première fois qu'elle voit un oiseau à l'intérieur du magasin. Elle se demande comment ils y entrent. Elle se demande s'ils y vivent en permanence. Elle se demande s'ils se souviennent qu'il existe un autre monde de l'autre côté des murs du centre commercial.

Elle aperçoit les bouteilles d'arôme Maggi, en prend deux, les ajoute au sommet du caddie. Par les haut-parleurs, une voix féminine l'informe que les promotions d'été ont commencé, au rayon fruits et légumes. Makalé propose d'y aller. Tina accepte. Il leur reste environ quinze euros à dépenser.

7.

D'une manière étrange mais pas totalement étonnante, plus le bac se rapproche, moins les cours ressemblent à des cours. Sous prétexte de dernières révisions avant l'examen, les enseignants ont rangé leurs notes dans leurs tiroirs, et la plupart des heures de classe se résument désormais à des discussions générales au sujet de tout et n'importe quoi, que ça ait ou non à voir avec le programme traité au fil de l'année.

Neuf mois. Neuf mois de cours, de notes prises, de leçons retenues, de feuilles empilées, de bureaux partagés avec Untel ou Untel, de rumeurs sur les couples à venir, sur les couples passés, neuf mois d'ennui, d'angoisse, d'espoir, d'amitié. Ce sera bientôt terminé. Ils le savent tous. Ils font ce qu'ils peuvent pour ne pas y penser.

Continuant à faire tourner, encore et encore, dans un sens puis dans l'autre, son stylo sur son pouce, Tina suit d'une oreille distraite le débat en cours entre M. Lechamp*, leur prof de philo,

---

Bruno Lechamp : professeur de philosophie depuis vingt-sept ans. Connu dans l'établissement pour deux choses : la sévérité de sa notation et la mousse blanche qui s'accumule au coin de ses lèvres

et Donatien Prince*, l'un des élèves les plus insupportables de la classe. Assise à sa droite, Chloé dessine le même œil que d'habitude sur sa feuille, tandis qu'à sa gauche, Gaspard dort très clairement, le visage écrasé contre un sac qu'il n'a même pas pris la peine d'ouvrir, sa main droite refermée sur le goulot d'une bouteille de "Coca", avec les guillemets sarcastiques, évidemment.

– Je vous explique simplement, monsieur Prince, qu'il est des vérités qui ne souffrent pas le jugement moral... Adolf Hitler pourrait dire que le ciel est bleu, si le ciel est effectivement bleu à ce moment-là, alors peu importerait votre avis sur Hitler, celui-ci serait dans le vrai... Comprenez-vous seulement ce que je vous explique ?

– Moi je pense qu'Hitler était un idiot et qu'on ne peut pas dire qu'il était intelligent, réplique Donatien d'une voix pédante.

– Je n'ai pas dit que... tente M. Lechamp, avant de se faire interrompre par les applaudissements d'une partie de la classe.

Tina soupire, affalée en arrière. Elle remonte ses lunettes, regarde le soleil de l'autre côté des fenêtres. Elle n'a jamais compris comment

---

lorsqu'il parle trop longtemps. Impopulaire auprès des élèves. Le sait. En jouit. Tina aime cependant ses cours, peut-être grâce à sa voix qu'elle trouve apaisante.

Donatien Prince : terminale ES. A redoublé son CP et aura donc dix-neuf ans en septembre. Joue de la batterie, mais n'a pas trouvé de musiciens avec qui former un groupe. Notes médiocres. N'a aucune idée de ce qu'il aimerait devenir, mais a demandé à s'inscrire, un peu au hasard, en études de droit sur Parcoursup. Énorme succès auprès des filles : a eu douze petites amies successives au lycée.

Donatien réussissait à faire croire à la classe qu'il était intelligent. Il passe son temps à dire des idioties absolues, à expliquer que la guerre c'est mal et la paix c'est bien, et tout le monde semble trouver ça vraiment profond. Il n'a même pas de bonnes notes, en plus.

C'est Tina qui est la meilleure de la classe. C'est le cas depuis le premier trimestre. Ce n'est pas qu'elle est "surdouée", contrairement à ce que les gens racontent, mais c'est simplement qu'elle travaille sérieusement, parce qu'elle n'a rien de plus intéressant à faire pour occuper son temps. Pourtant, elle, personne ne l'applaudit, quand elle a seize à ses dissertations de philo…

La conversation a débuté par un bref résumé des thèmes du *Banquet**, l'œuvre qu'ils ont étudiée cette année. Tina peine à remonter le fil qui a mené Donatien à se sentir le besoin de rappeler au monde qu'Hitler est méchant.

Le dernier conseil de classe de l'année a eu lieu trois jours plus tôt. Maintenant, les élèves ne viennent plus au lycée que par manque d'autres lieux à hanter de leur désœuvrement. Les places assises y sont garanties, le réfectoire encore ouvert pour quelques jours. Et puis, il y a des visages et des prénoms auxquels dire

***Le Banquet* :** texte de Platon datant probablement de 380 avant Jésus-Christ. Sous forme de discussion, traite de l'amour et des différentes manières de l'envisager. Bruno Lechamp impose cette œuvre à ses étudiants depuis maintenant huit ans, ce qui lui permet de faire des économies de temps considérables sur sa préparation de cours. Tina n'a pas tout aimé dans le livre, mais a été assez sensible au mythe des androgynes narré par le personnage d'Aristophane.

au revoir, aussi. Même celui de Donatien. Tina se demande s'il lui manquera, un jour. Probablement pas. Elle ne l'a jamais beaucoup aimé. Mais il fait partie de la classe. Sa seule année scolaire en France. La première, la dernière. Les souvenirs en resteront, peut-être.

Elle se demande à quoi ça lui servira, tout ça, dans un an, deux ou dix. Ses bonnes notes, sa première place dans les moyennes de la classe, ses souvenirs du *Banquet*. Elle a peur d'un jour oublier tout ça. Elle n'a même pas acheté le livre, faute d'argent ; elle l'a simplement emprunté au CDI. Il est toujours dans sa chambre à l'hôtel, cependant… Peut-être qu'elle peut oublier de le rendre ? Non. Ce serait mal vis-à-vis de Mme Henry*, la documentaliste. Tina l'aime bien. Elles se sont donné leurs adresses e-mail, la semaine dernière. Et puis, après le skate du frère de Stéphanie, il faut qu'elle prenne garde à ne pas devenir kleptomane. La pauvreté excuse-t-elle tout, mademoiselle Akono ? Tina fait de nouveau tourner son stylo sur son pouce, espérant que l'épreuve du bac portera sur un sujet aussi simple que celui-là.

Mais elle se rappelle aussitôt qu'elle s'en moque, en fait.

Tout au bout sur sa droite, adossé contre le mur de la classe, Minh Tuan se penche en

Nathalie Henry : documentaliste du lycée. Populaire auprès des élèves malgré le manque de fréquentation du CDI. Par goût personnel, a constitué au fil des ans un rayon bandes dessinées tout à fait honorable. Garde contact, *via* Internet, avec certains anciens élèves. N'a pas beaucoup d'amis parmi ses collègues, qui lui donnent l'impression de la considérer comme une sous-enseignante. Mère de deux enfants.

avant pour s'adresser en même temps aux trois autres adolescents. Au son de sa voix, Gaspard se réveille, ouvrant un œil épuisé.

– Bon, Tina ! commence Minh Tuan dans un murmure décidé, ne prêtant pas la moindre attention à la joute verbale qui continue entre Donatien et M. Lechamp. J'ai pensé à un nouveau plan pour le bac, si tu veux pas nous aider.

– Putain… soupire Chloé en continuant à dessiner son œil sur sa feuille.

– Non mais écoutez-moi, tous, c'est une bonne idée !

– Forcément, ironise Gaspard sans relever la tête.

– On pirate les serveurs de l'Éducation nationale pour avoir les sujets en avance.

Un instant, Tina regarde fixement Minh Tuan, la bouche plissée par une expression mélangeant joliment un mépris décomplexé et une tendresse évoquant celle d'une gentille institutrice pour un élève particulièrement peu doué. À l'autre bout de la classe, Donatien dit que, selon lui, tuer des gens à cause de leur origine ou de leur religion, c'est indéfendable. M. Lechamp essaie d'intervenir. Donatien se fait de nouveau applaudir.

– T'as vu *The Perfect Score** ? demande Chloé à Minh Tuan, sans le regarder.

– Non, répond le jeune homme, méfiant. C'est quoi ?

The Perfect Score **:** film réalisé en 2004 par Brian Robbins. Raconte l'histoire de six lycéens cherchant à tricher à leurs tests d'entrée pour l'université. N'est effectivement pas un grand film, même si Chloé y trouve le look de Scarlett Johansson plutôt réussi.

– Un film avec Scarlett Johansson.

– Putain, intervient Gaspard en se redressant, Scarlett Johansson, je la trouve grave ban…

– Ta gueule ! l'interrompt Chloé avec une autorité extrêmement hostile. Tu fermes ta gueule immédiatement, espèce de grosse merde dégueulasse. D'accord ?

Gaspard hoche la tête. Chloé semble satisfaite. Elle se tourne vers Minh Tuan.

– Ton plan, ça ressemble au scénario de *The Perfect Score*.

– Ah.

– Ouais.

– Tu crois qu'il faudrait que je le regarde pour m'inspirer, c'est ça que tu veux dire ?

– Non. Je crois que ton plan, c'est de la merde. C'est ça, que je veux dire. *The Perfect Score*, c'est, genre, le moins bon film de Scarlett Johansson.

– Elle était grave bonne, dans les *Avengers**, tente de nouveau Gaspard, prudemment.

Chloé tourne brutalement sa tête et la pointe de son crayon vers lui. Ses yeux semblent être passés du bleu au noir nuit.

– Bonne *actrice* ! chuchote Gaspard en levant les mains. Je veux dire bonne actrice !

– Sale merdeux. Sale putain de masturbateur chronique de mon cul. Je vais te tuer. Tu comprends, ça, que je vais te tuer ? menace Chloé,

***Avengers* :** série de longs métrages produits par les studios Marvel et adaptés des bandes dessinées du même nom. Font partie des films les plus rentables de l'histoire du cinéma. Anecdote sans intérêt particulier : Scarlett Johansson et Chris Evans jouent à la fois dans *Avengers* et dans *The Perfect Score*.

les dents serrées, en appuyant son crayon contre le plexus de Gaspard.

Tina sourit. Elle fait encore tourner son stylo sur son pouce. Regarde sa table, sur laquelle quelqu'un a écrit au feutre rouge *"fuck you!"*. Elle aime vraiment Chloé et Gaspard. Peut-être même Minh Tuan. Elle est triste à l'idée que l'année soit presque finie. Que peut-être, un jour, elle les oubliera.

Elle redresse la tête et se tourne vers la droite.

– Je veux bien vous aider à tricher.

Chloé et Gaspard se taisent. Les trois adolescents la regardent. Elle avale sa salive. Remonte ses lunettes. Fait tourner son stylo sur son pouce. Minh Tuan hoche la tête avec un sourire en coin.

– T'es sûre ?

Elle réfléchit un instant. Pense à ses parents dont elle n'a pas de nouvelles. À Makalé. À l'exemplaire du *Banquet* qu'elle a emprunté au CDI. À l'été qui arrive. Elle hoche la tête elle aussi. Gaspard et Chloé, pour une fois, restent silencieux. C'est entre Minh Tuan et elle, maintenant.

– Et tu veux combien ? demande-t-il.

C'est le moment fatidique. Il veut se servir d'elle. Très bien, elle comprend. Mais elle va lui rendre la pareille. Minh Tuan a de l'argent. Beaucoup d'argent. Elle peut faire partir les négociations de très haut.

– Mille euros, dit-elle sans détourner le regard, sans trahir le fait que son cœur bat soudain plus fort.

La bouche de Minh Tuan se tord en un sourire bizarre, probablement incrédule.

Merde. Elle a fait n'importe quoi. Elle a été trop gourmande et maintenant il va se moquer d'elle et refuser, et…

– Mouais. OK. D'accord. Mille euros, ça me semble honnête. Deal.

Eh bien… C'était plus facile que ce à quoi Tina s'était préparée toute la nuit. Elle sourit à son tour et glisse sa main dans celle que Minh Tuan lui tend. Gaspard et Chloé roulent des yeux. Le reste de la classe applaudit encore une fois, tandis que Donatien explique qu'avec plus de tolérance, le monde irait mieux. De sa main libre, Tina fait tourner son stylo sur son pouce. Elle espère ne rien oublier de tout ce qu'il lui reste à vivre avant que cette année ne se termine.

8.

C'est la seule maison dans laquelle Gaspard a habité.

Enfin, non. Quand il était enfant, vraiment enfant, moins de deux ans, sa famille habitait ailleurs. Dans un appartement près du Val-Hulotte. Mais il ne s'en souvient pas. Il ne se souvient que de cette maison du quartier du Pont. Ils y ont déménagé à cause de lui. Avec deux enfants, l'appartement était devenu trop petit. En plus, après, il y a eu Melchior. Trois enfants.

Puis deux, de nouveau.

Ce pavillon semblable en tout point aux cent autres qui l'entourent, Gaspard en connaît chaque détail. La peinture qui gondole au-dessus des radiateurs. Le four qu'il faut allumer, éteindre, puis rallumer en appuyant dix secondes afin de le faire fonctionner. Comment tourner le verrou de la salle de bains, qui donne toujours l'impression d'être coincé. La boîte aux lettres marron qui grince quand on l'ouvre, mais bizarrement pas quand on la ferme. La tache de sauce soja sur le papier peint à l'étage. La disposition du moindre bibelot. Où trouver quoi, qu'il s'agisse de couverts, de documents administratifs, de scotch, de n'importe quoi. Les vieilles bandes dessinées* à moitié pornos que ses parents cachaient, quand il était gamin, tout en haut de l'étagère du salon.

Des milliers de souvenirs dans chaque pièce*. Des scènes quotidiennes d'une minute, une seconde, moins, même, des instantanés indicibles répétés chaque jour depuis des années.

Il lui arrive encore, parfois, très rarement, parfois, de retrouver un cheveu de Célia, dans la salle de bains, dans la moquette, dans les rainures du canapé. Mais peut-être n'est-ce pas les siens, finalement. Peut-être qu'en réalité, lorsqu'il croit trouver des cheveux de sa sœur, il ne met la main que sur des cheveux à lui ? Ils ont poussé, cette année.

Tous les ans, chaque fois que l'été approche, les repas du soir migrent. La famille passe dans le jardin. C'est juste un petit bout d'herbe, rien de fou, à peine suffisant pour que Balthazar se dégourdisse les pattes, mais c'est un jardin quand même. Gaspard aime bien ça. Les dîners prennent plus de temps. Mettre la table devient un rituel un peu compliqué. “T'as amené les

---

Les bandes dessinées du père de Gaspard : il ne s'agit en réalité pas d'œuvres pornographiques, mais d'albums comiques des éditions Fluide Glacial. Leurs pages contiennent cependant, effectivement, de nombreuses femmes nues et d'aussi nombreuses situations à caractère sexuel. C'est en les parcourant en secret que Gaspard a connu ses premiers émois sexuels, en primaire.

Les instantanés indicibles : Gaspard pense souvent, de manière presque inconsciente, à la façon qu'a son père de toujours passer sa main sur la poignée de la porte, lorsqu'il sort ou entre dans une pièce. Il aime également l'habitude qu'avait Célia de toujours poser un coussin sur ses cuisses lorsqu'elle s'installait devant la télé.

verres, déjà ?", "Je prends le vin ou pas ?", "Non mais laisse le fromage pour l'instant, on le sortira tout à l'heure." On entend les voisins qui font pareil dans toute la rue. Ces gens qui, eux aussi, souvent, n'ont connu que cette maison, la même, répétée cent fois le long du trottoir. Les familles d'adolescents qui ont le même âge que lui, qui sont allés à la même école primaire, au même collège, qui vont au même lycée.

Lorsque l'été approche, les repas deviennent plus riches, aussi. Les steaks hachés et les pâtes sont oubliés au profit de salades composées, de melons, de charcuteries italiennes. Tout à l'heure, le père de Gaspard a posé au centre de la table de jardin une petite assiette sur laquelle se trouvent des violets de roche* recouverts de vinaigre à l'échalote. Un plat absolument répugnant, comme la moitié des trucs que ses parents mangent en été. Célia, Gaspard et Melchior ont été élevés aux abats, à la cervelle, aux fruits de mer, aux tripes, aux fromages poisseux.

Affalé sur une chaise en plastique au bout de la table, une main fermée sur son téléphone portable, Gaspard se sert de l'autre pour attraper un cure-dent, le piquer dans un violet, et manger en une bouchée le coquillage jaune, au goût d'iode pure. Debout près de lui, ramenant un saladier

---

Violets de roche : fruits de mer peu communs. Jaunes, visqueux, extrêmement iodés. Il faut, pour accéder à leur chair, couper la gangue molle et brune dans laquelle ils se cachent. Les violets se mangent crus, assaisonnés de citron ou de vinaigre.
Ne conviennent pas à tous, tant du fait de leur texture que de leur apparence ou de leur goût. Pas une semaine d'été ne se passe, chez les Lang, sans en manger.

rempli de lentilles froides et de bouts de cervelas, sa mère le regarde en haussant un sourcil.

– Je croyais que tu mangeais pas là, toi…

– Je mange pas là, confirme Gaspard en tapotant sur son portable, le cure-dent passant d'un coin à l'autre de sa bouche. J'attends que Chloé me dise qu'elle part pour la rejoindre.

– Bah si tu manges pas là, arrête de manger.

– Tu laisserais ton fils mourir de faim ?

– T'es en train de mourir de faim ?

– Peut-être.

– T'as pas l'air…

– Tu peux pas savoir.

– Arrête de manger nos violets.

– J'ai juste pris un bout, de toute façon.

– Il en a mangé au moins trois autres, tout à l'heure, rapporte Melchior, assis de l'autre côté de la table.

Gaspard lève les yeux de son portable, puis son majeur gauche en direction de son petit frère. Celui-ci fait mine de ne pas le regarder, restant concentré sur la figurine en plastique qui accapare son attention. Ses flacons de peinture, ses pinceaux, son gobelet d'eau, tout est posé sur un bloc de feuilles blanches qu'il trimballe partout dans la maison depuis des mois. Comme Gaspard et ses écouteurs. Gaspard et ses mangas. Melchior a trouvé son truc. Peut-être que ça lui passera, un jour. Mais pour l'instant il l'a, et Gaspard est heureux pour lui. Il aime son frère.

– Hé mais t'es un sale enfoiré, en vrai ! grogne-t-il.

– Gaspard ! Ton vocabulaire ! crie leur mère en faisant cogner la bouteille d'eau sur la table.

Melchior ! Range-moi tes bêtises, là, on va bientôt manger !

– Je finis juste ! Il est presque terminé, juré ! supplie-t-il en montrant le guerrier rat qu'il est en train de peindre.

– Il est dégueulasse, ouais. Tu peins trop mal, juge Gaspard avec un froncement des narines.

– Gaspard et Chloé vont fumer des joints, ce soir, à leur fête, répond Melchior.

– Hé mais t'es un ouf, toi ! J'ai jamais fumé le moindre joint de ma vie, et…

– Y aura de l'alcool ? coupe sa mère en s'asseyant.

– Ho, j'en sais rien… Peut-être un pack de bières, mais je suis même pas sûr, et en plus…

– Tu y vas et tu rentres à vélo, ordonne sa mère. Et tu roules sur les trottoirs, pas sur la route.

Gaspard joue un peu avec son bonnet. Melchior nettoie son pinceau, puis commence à ranger son fatras. Un instant, plus personne ne se regarde, plus personne ne se sourit. Célia est là.

– Ouais. Bien sûr. Juré.

– Bien.

Célia repart.

À droite de Gaspard, la porte-fenêtre glisse sur ses rails. Son père sort à son tour, avec les derniers couverts qu'il manquait. Balthazar le suit, sa queue tournant dans tous les sens à l'idée d'assister à un nouveau repas. Le chien a déjà eu sa pâtée du soir, mais à en croire son agitation, ce qui l'intéresse, c'est plutôt le dîner de ses humains.

– Et prends ton frère avec toi, aussi, ça nous

fera des vacances ! ironise le père des garçons en s'asseyant.

– Ouais ? Tu veux venir, Melchior ? se moque Gaspard. Tu veux voir comment ça se passe chez les grands ?

– Va te faire, répond son petit frère.

Il n'ose pas ajouter le dernier mot de sa phrase. "Foutre" ou "enculer" ? Gaspard s'interroge. Dans sa main, son portable vibre. Tina vient de répondre à son dernier message.

– Arrêtez de parler aussi mal, tous les deux ! soupire leur mère en levant les yeux au ciel. Et toi, Melchior, va te laver les mains, t'as de la peinture* partout.

– Ça part pas avec du savon, répond patiemment l'adolescent, pour la cent douzième fois cette année.

– Eh bien ça te donne un air de clochard, mon fils, soupire leur père.

– C'est juste de la peinture.

– T'as l'air d'un clochard, répète Gaspard en regardant son portable.

– Ta gueule, toi ! C'est toi, le clochard, avec tes cheveux bleus, là !

– Votre vocabulaire, merde ! crie leur mère.

Gaspard tape un message pour Tina, tout en jouant inconsciemment avec la chaînette qui pend autour de son cou, retenant un bijou caché sous son t-shirt. Il assure à Tina qu'elle peut vraiment

---

Peinture Citadel : marque qu'utilise Melchior pour ses figurines. Il possède près de quarante pots différents. Depuis quelques mois, il a effectivement en permanence des traces de couleur sur les doigts.

demander plus à Minh Tuan. Elle répond que mille euros, c'est déjà très bien. Gaspard soupire. Il lâche la chaînette. Chloé envoie un message elle aussi. *"Je suis prête. Magne."* Gaspard répond à Tina, lui disant qu'ils en parleront ce soir, puis répond à Chloé *"OK j'arrive"*. Il se lève.

– Bon, j'y vais !

– Bien... Tu rentres à quelle heure ? demande sa mère.

– Je sais pas, pas après minuit, je pense, ment-il sans aucun scrupule.

– D'accord. T'es prudent, si tu bois, hein ?

– Yep.

– Prends le saucisson de sanglier* dans le frigo, dit son père. Histoire de ramener un truc. Ça se fait, quand on est bien élevé. T'es bien élevé, non ?

– Putain, je vais pas ramener un saucisson, ça craint grave, sérieusement !

– C'est un saucisson de sanglier !

– C'est pareil, on s'en fout ! Y a pas une pizza ou quoi ?

– Tu manges trop de pizzas, intervient de nouveau sa mère.

– Non mais c'est pas pour moi, là, c'est pour la soirée ! J'en mangerai pas, moi !

– Regarde dans le frigo. Mais y a pas de pizza.

– Prends le saucisson de sanglier !

– Bon, laissez tomber... Je rentre pas tard, ment-il de nouveau, piquant un dernier bout de violet de roche avec son cure-dent.

Saucisson de sanglier : l'une des charcuteries favorites du père de Gaspard. Il la considère comme un mets de luxe. C'est peu justifié.

– Il va fumer des joints, prophétise encore une fois Melchior.

Tandis que Gaspard se dirige vers la maison, sa mère tend le cou dans sa direction. Il soupire, mais accepte de déposer une bise sur sa joue. Puis, sous le regard de ses parents, de son frère, sous le regard de Balthazar, il retourne à l'intérieur. Ouvre le frigo. Y prend le saucisson de sanglier qui y traîne. Deux bières oubliées. Des sachets de ketchup dans la porte.

Il enfile sa veste en jean, vérifie son bonnet dans le miroir de l'entrée, puis passe par le garage pour sortir avec son vélo. Il tapote ses poches, vérifiant qu'il a son téléphone, ses clés, un briquet, ses Xanax, deux ampoules de Phénergan, son portefeuille, ses écouteurs. Check, check, check, check, check, check, check. Il referme derrière lui.

Il est vingt heures. On est samedi. La rue est silencieuse, déserte. Il fait encore chaud. Encore jour. Encore beau. Gaspard regarde un moment le ciel, écoute, au loin, les voix des voisins, les voix de sa famille, les bruits des dîners d'été dans la résidence du Pont. Il sort de sa poche le joint qu'il a préparé tout à l'heure, le cale entre ses lèvres, l'allume. Regarde le nuage qui sort de sa bouche s'envoler vers ceux qui, dans le ciel, se teintent de rose et d'orange avec le soleil couchant. Il sourit.

Melchior en a presque terminé avec son année scolaire, lui aussi. Il passera en quatrième, après l'été. Pas d'échéance particulière, pour le moment. Pas d'examen. Pas de révisions. Pas de plan compliqué pour tricher. Pas de peur de l'avenir ou de conneries comme ça. Juste des figurines à peindre, des potes à voir, des balades à vélo à faire, des tours dans la ville, d'un arrêt de bus à l'autre, d'un pavillon à l'autre. Un été à passer.

Un instant, Gaspard doit poser ses avant-bras sur le guidon de son vélo. Il ne se sent pas bien, soudain. Crise d'angoisse. Dans ses baskets, ses pieds donnent l'impression d'être gelés. Il se demande s'il faudra un jour dire au revoir à tout ça. À ce pavillon de banlieue. Aux repas d'été. À la couleur des lampadaires dans la rue. Aux fissures du trottoir. Au bruit de la porte du garage quand il la referme derrière lui. À tous les instantanés indicibles. Forcément, oui, un jour il les quittera. Bientôt ? Non. Il ne se sent pas prêt du tout. Il ne peut pas.

La fac n'est pas loin d'ici, en vrai. Il pourra continuer à arpenter les mêmes rues. À vivre dans la même maison. À retraverser, solidifier les mêmes souvenirs, encore et encore. Pas de problème. Il a encore du temps. Encore des années.

Mais ce ne sera pas pareil. Il n'ira plus aux mêmes endroits. Il ne verra plus les mêmes gens. Il n'aura plus le même âge. Il vient d'avoir dix-huit ans.

Tout va changer.

Rien ne va changer.

Tout va changer.

Il tire de nouveau sur son joint. Se redresse.

Tout ira bien. Pour Melchior. Pour Tina. Pour Chloé. Pour Minh Tuan. Pour lui.

Il met ses écouteurs dans ses oreilles, sous son bonnet. Lance un morceau du groupe The

Wonder Years*. Enfourche son vélo en continuant à fumer et commence à pédaler. Il n'y a pas beaucoup de voitures. Tout le monde est dans son jardin en train de manger. Gaspard roule quand même sur les trottoirs. Au bord de son champ de vision, les fils électriques montent et descendent et remontent et redescendent, au sommet des poteaux, en rythme avec la musique, en rythme avec ses pieds, comme mille fois auparavant, sur ce même trottoir, sur ce même vélo.

Assise sur un plot en béton, Chloé l'attend devant l'entrée du lycée, les yeux baissés vers son téléphone. Gaspard retire ses écouteurs. Chloé coupe le clip de rap* qu'elle était en train de regarder et redresse la tête. Elle s'est un peu maquillée, avec des espèces de paillettes sous les yeux. Elle est jolie. Elle sourit à Gaspard. Lui prend son joint. S'installe sur son porte-bagage. Pose les mains sur ses épaules. Gaspard redémarre.

Au-dessus d'eux, le ciel est totalement rose, désormais. C'est bientôt la fin du lycée, le début de l'été. Mais tout ira bien. Tout ira bien. Ils ont encore du temps. Ils ont encore ce soir, déjà.

The Wonder Years : groupe américain faisant figure de chef de file du pop-punk actuel. Leurs paroles sont plus adultes et profondes que la plupart des autres groupes du genre. Gaspard l'ignore, mais leur album *No Closer to Heaven* est le tout dernier disque que sa sœur Célia a acheté avant de mourir.

Hatik : rappeur et comédien originaire de Saint-Quentin-en-Yvelines. La ville où Minh Tuan, Chloé et Gaspard iront à la fac, s'ils ont leur bac. Chloé aime beaucoup son titre *Welcome*, qu'elle écoute régulièrement.

Chloé lui demande pourquoi il a un saucisson qui dépasse de sa poche. Gaspard lui répond que c'est du sanglier.

9.

– Ouais, les petits chaaaaats ! J'espère que ça va, vous aussi ! Moi ça va et, contrairement aux apparences, je jure, je suis pas bourrée, hein ! Je fête juste la fin de l'année avec des amis, oui, beaucoup d'amis, et… Putain y a encore le wi-fi qui saute ! Vas-y je me fous en 4G, je m'en branle ! Ouaaaaaais, salut les petits chats ! Ça va ? Moi ça va ! J'en suis qu'à mon troisième verre, hein, allez pas croire n'importe quoi ! Ah ! Ouais ! Ça vaaaaa ?

Manquant de peu de tomber dans la piscine, Marina Javandi* éclate de rire, retenue par l'une ou l'autre des filles qui lui tournent autour. Toutes semblent complètement décalquées.

Le scandale *Marina Smile* : durant la soirée du vendredi 29 mai 2020, la youtubeuse Marina Javandi fait une vidéo live sur Instagram, pendant environ trois heures. On peut l'y voir consommer de l'alcool, partager ce qui est clairement un joint, utiliser les mots "pédé", "salope" et "fils de pute", embrasser un garçon contre son gré, puis dire, quelques secondes avant la fin de la vidéo : "Putain faut que je gerbe." Compte tenu de l'âge moyen de son public, estimé à treize ans, ce live donne lieu à un scandale au sein de sa communauté. Une semaine plus tard, une Marina Javandi en larmes postera une vidéo intitulée *EXCUSES, explications, j'ai HONTE*, et entretiendra ses fans des méfaits de l'alcool et des psychotropes. Toute cette affaire lui fera gagner cinquante mille abonnés supplémentaires.

Accoudé à l'un des balcons de l'étage, Minh Tuan les regarde. Il ne se souvient pas d'avoir déjà vu Marina bourrée. Ce n'est pas un spectacle aussi intéressant qu'il l'aurait pensé : rien ne ressemble plus à un ivrogne qu'un autre ivrogne.

Au centre de l'immense jardin, un type crie sans aucune raison visible "POOOO PO PO PO PO POOO, PO* !". Il est immédiatement repris en chœur par le reste des cinquante adolescents qui se trouvent déjà ici. Minh Tuan soupire, puis lève sa Leffe pour en prendre une gorgée. Au moins, ce coup-ci, ils ont acheté de vraies bières… Même s'il y a un mystère, justement, à propos de ce "ils" : Minh Tuan n'est pas totalement sûr de savoir à quels parents appartient cette maison. Au début, il pensait que c'était Maxime qui organisait la soirée, étant donné que c'était par lui qu'il en avait entendu parler, mais finalement ça ne semble pas être le cas, vu que le Maxime en question n'est même pas encore arrivé. Et clairement, la baraque est mille fois trop grande pour appartenir à la famille de Karine… Loane ? Ouais, peut-être Loane… Quoique, depuis tout à l'heure, elle est au fond du jardin en train de s'énerver au téléphone, sans sembler se soucier de ce qu'il se passe chez

Seven Nation Army : chanson du duo américain The White Stripes. La ligne de basse du morceau est devenue, probablement contre la volonté de ses compositeurs, un hymne mondialement connu, hurlé environ douze mille fois par jour, que ce soit lors de rencontres sportives ou de rassemblements alcoolisés. Très peu des gens qui entonnent ce fameux "POOOO PO PO PO PO POOO, PO !" en connaissent l'origine.

elle, alors peut-être n'est-ce pas chez elle, en fait.

En bas, Nathan jette un pot de fleurs dans la piscine. Ses potes l'applaudissent. Quelqu'un chante de nouveau "POOOO PO PO PO PO POOO, PO!". Minh Tuan reprend une gorgée de Leffe, relève les yeux. Le ciel est superbe. Orange, rose, violet, doré. De cette maison aux propriétaires inconnus, on a une vue totale sur la ville en contrebas. Vive le quartier de la Forestière*. Vive la fin du mois de mai. C'est vraiment la période de l'année que Minh Tuan préfère. Quelqu'un fait exploser une bouteille sur la terrasse. Quelqu'un d'autre chante "POOOO PO PO PO PO POOO, PO!".

Il n'est pas vingt et une heures et tous ces connards sont déjà torchés. Minh Tuan les hait. C'est ça de ne se défoncer qu'une fois dans l'année… Bande d'amateurs. Il parcourt la foule du regard, jusqu'au portail laissé ouvert. Il n'aperçoit ni Chloé, ni Gaspard, ni Tina. Il espère qu'ils vont bientôt arriver. Qu'on ne le laisse pas trop longtemps seul au milieu de ces enfoirés. Putain, pourquoi est-il venu à l'heure, lui, aussi?! Bon Dieu, ce qu'il est pressé de ne plus jamais avoir à les côtoyer, tous… Il a hâte d'oublier leurs noms, leurs visages, leurs existences. Hâte qu'ils oublient les siens. Marina danse, entourée de ses copines parasites, le bras levé pour filmer

---

Quartier de la Forestière : plutôt huppé, même si moins que le quartier des Mâtines. Surplombant la commune, il offre un panorama intéressant à qui aime regarder de loin des barres d'immeubles perdues dans des champs de blé.

la performance avec son téléphone. Minh Tuan reprend une gorgée et se tourne, rentrant dans la maison aux propriétaires inconnus.

Comme d'habitude, ses errances l'ont dirigé dans la chambre parentale. Il allume une cigarette. Fume une fois, deux, trois. Prend plaisir à laisser tomber sa cendre sur la moquette blanche. Le soleil couchant projette, par la porte-fenêtre ouverte, de grands rectangles orange sur les murs. Minh Tuan s'assied sur le lit, reprend un peu de bière, bercé par les voix au loin, par le titre de Lorenzo* que quelqu'un a mis. Il regarde autour de lui. Encore une fois, il n'y a presque aucune personnalité, dans cette pièce. Putain... Ce coup-ci, c'est une photo de Londres, au-dessus du lit. Un grand tableau de peut-être deux mètres sur un, représentant une vue aérienne de la capitale anglaise. C'est toujours Londres ou New York, dans ces chambres de merde. Sur la commode, un flacon rempli d'huile essentielle, duquel dépassent des bâtons à la con. Un bol avec des fleurs séchées. De la merde pour catalogues d'ameublement. Tout en regardant son téléphone portable, il passe dans la salle de bains attenante à la chambre. Gaspard a répondu à son message : "*On arrive*". Qui "on" ? Chloé et lui ? Et Tina, elle branle quoi ? Minh Tuan fait un tour sur lui-même. Aperçoit les brosses à dents, bien rangées dans un gobelet en porcelaine, près d'un

Lorenzo : rappeur comique. Polémique au sein de la scène rap, certains amateurs lui reprochant de tourner cette culture en dérision. Très populaire quoi qu'il en soit, notamment auprès des adolescents, qu'il a séduits grâce à ses sketchs sur Internet. Parle presque uniquement de sexe et de drogue.

évier design en marbre. Il hésite un moment. Si ça se trouve, c'est la maison de quelqu'un qu'il aime bien… Il se souvient soudain qu'il n'aime personne, au lycée.

Il ouvre son pantalon, prend les brosses à dents, et frotte les poils de celles-ci contre son anus. La sensation est assez désagréable, mais rien ne se fait sans sacrifice, si ? Il les remet ensuite en place, avec le sourire serein de celui qui sait son devoir accompli. Chloé va adorer cette histoire.

Il termine sa cigarette, sa bière, retourne dans la chambre, écrase son mégot contre cette merde de tableau de Londres, puis rejoint le couloir, guidé vers le rez-de-chaussée par les échos de la musique, des rires, de la fin du lycée.

D'une main brutalement posée contre son plexus, Marina Javandi plaque Minh Tuan au mur, en hurlant de rire, son téléphone toujours levé au-dessus d'elle, au bout d'un bras gauche qui doit être tendu depuis au moins une demi-heure. Le visage de Minh Tuan se tourne instinctivement vers l'objectif du portable, une grimace agacée courbant sa bouche. Qu'est-ce que cette connasse lui veut ? Dans le couloir, il n'y a qu'eux deux.

– Ouaaaais, les petits chats ! Je vous présente mon ex ! Il s'appelle Minh Tuan ! Il est beau, hein ? J'aime bien sa coupe ! dit-elle en passant ses doigts sur les côtés du crâne de Minh Tuan, là où les cheveux sont rasés. On est sortis ensemble, quoi… Cinq mois ? C'est ça ? Cinq mois ? demande-t-elle en se tournant vers lui.

– Ouais… répond-il en essayant de reprendre son chemin vers les escaliers, quittant le téléphone des yeux. À plus.

Marina le retient par le poignet. Minh Tuan continue à avancer, la traînant plus ou moins derrière lui.

– Hé, mais attends! ordonne-t-elle en riant. Y a mes fans qui veulent te rencontrer! Ils veulent tous connaître la tête du mec dont je parlais dans mes vidéos! Reste! On va faire une FAQ* avec les petits chats! Ils veulent savoir pourquoi on est plus ensemble et tout! Et toi aussi, tu veux, non? Je suis sûre que tu veux…

Avec une force surprenante qui doit probablement beaucoup à son ivresse, Marina plaque de nouveau Minh Tuan au mur du couloir.

– Putain, arrête de… a-t-il le temps de dire avant que la langue de la jeune femme ne s'enfonce dans sa bouche, ruisselante d'une salive au goût de whisky.

Une seconde, deux, peut-être, il reste immobile, incapable de réagir. Incapable, même, de savoir *comment* il doit réagir. Comment il *veut* réagir. Il se rappelle cette langue. Sa façon de passer sur ses dents. La texture de ces lèvres. Il se rappelle parfaitement. Il y a pensé mille fois, depuis l'été dernier. Mille fois par jour.

Un instant, il a envie de poser ses mains sur

FAQ : *"Frequently Asked Question"*, "questions fréquemment posées". Le sigle a réussi à être conservé en français, en lui donnant comme sens "foire aux questions". Minh Tuan trouve qu'il s'agit là d'un tour de force. C'est difficile, selon lui, de transposer un sigle d'une langue à une autre. Lorsque les youtubeurs ne savent pas quoi proposer comme contenu, ils font une FAQ.

les hanches de Marina. De sentir son jean* sous ses doigts. Envie de la serrer contre lui, de la déshabiller, de la ramener dans la chambre dont il vient de sortir, de la baiser sur le lit.

Mais ça ne dure qu'un instant.

Cette fille, c'est le passé. Il ne peut pas se condamner à souffrir jusqu'à la fin de ses jours. Ça n'a pas de sens. Qu'elle fasse comme tous les autres, désormais : qu'elle aille bien se faire foutre.

Il la repousse, s'essuie la bouche, et se retourne vers les escaliers, ses yeux choqués fixant une seconde le téléphone toujours levé.

– T'es bourrée, Marina. Tu devrais pas filmer ça.

Il commence à s'éloigner.

Par-derrière, Marina lui loge une claque violente sur le visage.

Minh Tuan, l'oreille virant immédiatement au rouge, se retourne en se tenant la joue, la bouche ouverte, pour le moment par la surprise plutôt que par la douleur. Cette dernière arrive une seconde plus tard. Mordante et vive. Accompagnée d'un insupportable sifflement de ses tympans.

Face à lui, Marina le fixe, le téléphone désormais baissé, éteint. Sous ses cheveux teints en

---

Levi's 501 : en avril 2020, Marina Javandi fut contactée par la célèbre marque américaine, dans un but de partenariat commercial. Depuis lors, en échange d'une quinzaine de modèles et d'un chèque à quatre zéros, l'adolescente ne porte plus que des pantalons Levi's sur ses photos Instagram. Le partenariat n'a jamais été rendu public et les photographies ne sont pas désignées comme sponsorisées.

blond foncé (“blond vénitien”, s’il se souvient bien), ses yeux tremblent, un peu injectés de sang. Pas mal injectés de larmes, également. Sur la gauche de Minh Tuan, à quelques mètres, quelques milliards de kilomètres, la fête continue. Musique, rires, bruit d’une bouteille vide qui roule contre le parquet, quelqu’un qui crie “POOOO PO PO PO PO POOO, PO!”. Dans la poche de sa veste de costume, contre sa hanche, il sent son téléphone vibrer. Il reste immobile, son regard fixé à celui de Marina.

– Sale con! D’où tu crois que tu peux me donner des leçons, hein? grogne celle-ci avec un sourire qui lui donne l’air fou, hystérique.

Elle tangue, d’un côté, de l’autre, puis se laisse tomber contre Minh Tuan, l’écrasant encore une fois contre le mur du couloir. Lorsqu’elle recommence à parler, son souffle chaud, hésitant, monte jusqu’au visage du jeune homme, charriant une odeur désagréable.

– Tu veux savoir pourquoi je t’ai quitté? Hein, tu veux savoir, là, à m’envoyer des messages tout le temps et à…

– Je t’ai même pas envoyé plus de cinq messages, depuis qu’on a rompu! corrige Minh Tuan, sans bien savoir pourquoi ça lui importe de préciser ça.

– Ta gueule… soupire Marina, désormais affalée contre lui. Tu veux savoir, je le sais, moi… T’as répété à l’autre pétasse, là, tu lui as dit que c’était parce que j’étais devenue célèbre et tout ça… Mais tu sais pas la vérité! Tu sais rien…

Elle parvient à redresser la tête vers Minh Tuan. Son horrible sourire est toujours là, accompagné de larmes. Dans la pénombre de l'étage, ses dents paraissent jaunes, luisantes de gras.

– C'est parce que tu traînes avec elle… Et avec Gaspard… Parce que tu sais faire que ça… T'aimes rien… Tu fais rien… Tu veux rien… T'as aucun projet, aucune idée, aucune passion… Tu sais juste boire, fumer, lire des mangas… Comment tu veux qu'on t'aime, hein ? Personne t'aime… Personne peut. T'es juste là à attendre un truc, tu sais même pas quoi… Tu sers à rien… Tu pourrais crever, ce serait la même chose ! T'es juste là, immobile, à rien apporter au monde… Pourquoi j'aurais accepté d'être amoureuse d'un mec comme toi, hein ? Moi je suis méga utile à plein de gens, maintenant ! Je peux trouver mille fois mieux que toi… Et c'est pas à cause du succès, hein ! C'est pas ça, je te dis ! Alors dis pas que c'est ça ! C'est juste que… Ouais : n'importe qui peut trouver mille fois mieux que toi.

Toujours écrasée contre lui, Marina pose soudain sa main libre sur l'entrejambe de Minh Tuan. Elle serre le tissu, le compresse sous ses doigts, jusqu'à mouler le sexe de l'adolescent à travers le pantalon. Puis, avec des mouvements agités, malhabiles, elle commence à le masturber, tout en léchant son cou.

– Mais heureusement, tu baisais bien… murmure-t-elle contre sa peau, de sa voix gluante. J'étais grave contente que t'aies une grosse bite… Surtout que normalement, les Asiates* en ont

---

Taille moyenne des pénis asiatiques : contrairement à ce que prétend un cliché raciste, les hommes d'origine asiatique ne

pas, à ce qui paraît… Allez, viens, baise-moi, pédale… Baise-moi, y a qu'à ça que tu sers, de toute façon… Et je sais que t'en as envie… Si tu veux je te sucerai, alors…

Minh Tuan repousse de nouveau Marina. Plus fort. Un peu trop, peut-être. Ou pas assez. Peu importe. Rien n'a changé : désormais, elle, c'est comme les autres. Qu'elle aille se faire foutre.

L'adolescente se cogne au mur opposé. Son visage se pare d'un rictus de douleur sincère. Avant la surprise, ce coup-ci. Elle tangue. Tombe sur le côté. Reste allongée, éclatant de rire en regardant l'entrejambe de Minh Tuan.

– Putain, tu bandes de ouf ! se moque-t-elle sans se relever.

D'une main tremblante, elle explore la moquette, continuant à rire, ses cheveux blond vénitien étalés autour de son visage. Elle trouve son téléphone, le rallume, et le tend au-dessus d'elle.

– OUAAAAAAAIS, LES PETITS CHATS !

Minh Tuan reprend sa respiration, essuie son visage, la trace de salive dans son cou, puis, enfin, il dévale les escaliers.

Au rez-de-chaussée, plus d'une trentaine d'adolescents se trouvent dans l'immense salon.

semblent pas avoir des sexes spécialement plus petits que ceux des Occidentaux. C'est Gaspard qui, l'année dernière, l'a appris *via* la lecture d'une étude sur Internet, et qui l'a répété à Minh Tuan pour le rassurer. Minh Tuan lui a alors rappelé qu'il n'avait jamais exprimé la moindre inquiétude concernant la taille de son sexe, et l'a invité à plutôt s'occuper du sien. Chloé, spectatrice de l'échange, a conclu celui-ci par un sagace : "Vous avez qu'à vous sucer l'un l'autre, comme ça vous saurez qui a la plus grosse."

L'un d'eux, un gobelet en plastique à la main, se met soudain à hurler "POOOO PO PO PO PO POOO, PO!". Minh Tuan se dirige vers le buffet. Il prend une nouvelle bière, puis deux autres pour les poches de sa veste.

Entre un énorme saladier rempli de chips et un plateau couvert de makis, un quelconque débile a ramené un putain de saucisson. Minh Tuan trouve ça plutôt cool. Il le met aussi dans sa poche.

Il se souvient alors de son portable en train de vibrer. Il regarde le message qu'il a reçu. Gaspard et Chloé sont arrivés. Il sort dans le jardin pour les retrouver. Le ciel s'est assombri, depuis tout à l'heure ; bientôt, il fera nuit. Minh Tuan traverse la terrasse sans se soucier des autres invités qui le regardent.

Il ne se rend pas compte qu'il pleure.

10.

Deux types dont Gaspard ne connaît pas les noms plongent dans la piscine. S'y trouvent déjà cinq filles, parmi lesquelles Amélia Tournant. Personne ne porte de vrais maillots de bain, ils sont tous en sous-vêtements. Amélia, hilare, sort de l'eau et s'assied sur le rebord du bassin. Gaspard se demande si ce ne sont pas des poils pubiens qu'il peut deviner à travers sa culotte verte imbibée d'eau… Pas sûr. Peut-être qu'il imagine juste. Il commence à faire presque nuit, et il commence à être presque défoncé, aussi. Il regarde quand même encore un peu, du coin de l'œil, très discret et respectueux, évidemment, puis, en désespoir de cause, il se tourne de nouveau sur la gauche pour tenter d'intégrer la conversation à laquelle il ne participe pas depuis près de dix minutes.

C'est toujours la chiasse, ça, en soirée, quand on débarque sans bande : on essaie de se fondre dans un groupe de visages vaguement connus, histoire de ne pas avoir l'air trop seul ni rien, on hoche la tête et on rit lorsque les autres le font, on cache son désarroi derrière son verre, et on espère qu'à un moment ou à un autre on arrivera à en placer une. Ou, au minimum, que personne ne s'interrogera sur la présence, en retrait, de cette silhouette en trop qui ne dit rien. Chloé s'est barrée à l'autre bout du jardin, Minh Tuan est introuvable, et probablement Tina ne va-t-elle même pas venir. Tous des lâcheurs.

Gaspard casse une ampoule de Phénergan dans son gobelet de Sprite, tout en riant en chœur avec les types qui l'entourent. Quelqu'un a dû dire quelque chose de drôle. Il utilise sa paille pour mélanger.

– C'est quoi, ce truc que tu bois, Gaspard? demande Enzo, face à lui dans le cercle formé par le petit groupe. Je te vois ta bouteille à la main, dans les couloirs, depuis le début de l'année, mais j'ai jamais compris…

Gaspard redresse la tête, les yeux écarquillés, sous son bonnet, par un début de panique. Il ne s'attendait pas à être intégré à la discussion aussi soudainement. Mais la voix d'Enzo est plutôt sympa; il sourit. Dans le salon, quelqu'un change la musique et met *Réseaux**, de Niska. Plusieurs personnes crient immédiatement "POULOULOU!".

– C'est de la lean, explique Gaspard en prenant une première gorgée. Un genre de… Ouais, enfin, un genre de drogue, quoi. C'est pas méga fort, hein, c'est pas, tu sais, un truc de tox ni rien! Mais… Ouais, voilà.

***Réseaux* :** chanson sortie en 2017. À l'instar du *Seven Nation Army* des White Stripes, a légué à la culture populaire un gimmick mélodique, "pouloulou", désormais repris par les plus jeunes de manière complètement décorrélée de la chanson dont il est issu. Titre susceptible de rester en tête pendant une journée entière.

Sa bouche se tord sur le côté. Il a conscience d'avoir très mal expliqué. Il reprend une gorgée, sous le regard des autres membres du cercle. Puis il tend le gobelet à Enzo.

– Tu veux goûter ?

L'adolescent sourit toujours, les yeux baissés vers la lean. Derrière ses lunettes qui reflètent les lumières du jardin, le bleu électrique de la piscine, il semble intéressé. Ce sont des lunettes ultra classes, carrées avec une monture en bois. Rien à voir avec les horreurs que Tina a probablement chopées dans un Resto du cœur ou quoi.

– Vas-y… dit Enzo en haussant les épaules.

Il tend la main. Gaspard sourit aussi, ravi de servir à quelque chose. Sous les regards intrigués des autres, Enzo teste la lean. Perd son sourire. Rend le gobelet à Gaspard.

– Ça a un goût de Sprite. Et de médicament.

– Ouais. C'est pas méga fort. Faut en boire pas mal, quoi. Désolé.

– Pas grave.

La conversation se tasse. Tous les membres du cercle fixent leurs pieds. Une fille en string et soutien-gorge bleus saute dans la piscine. Quelque part à l'étage de la maison, une voix féminine crie "POULOULOU !". Gaspard regarde son gobelet, cherchant comment enchaîner.

– C'est polluant de ouf, non, les verres en plastique ? Ça me paraît pas méga Greta Thunberg*,

---

Greta Thunberg : Suédoise de dix-sept ans, porte-parole du combat contre le réchauffement climatique. Haïe par, globalement, tous les gens de plus de cinquante ans, qui semblent ne pas

d'avoir ça à sa soirée… tente-t-il, haussant un sourcil prudent en direction d'Enzo.

– Complètement, confirme celui-ci. C'est l'exemple typique de l'objet qui n'a aucune raison d'être.

– Alors pourquoi t'en as acheté ? Je veux dire, hein, je t'accuse pas ni rien, du tout, moi aussi j'en aurais acheté, en vrai, mais comme t'es grave actif sur la pollution et tout, je me disais, que… Bon, enfin, je t'accuse pas, hein. C'est ultra sympa de nous avoir invités, déjà.

De nouveau, la conversation cesse. "POULOULOU !" Rires. Quelqu'un hurle à un certain Isidore qu'il est un connard. Rires. "POULOULOU !" Gaspard sent bien qu'il a grillé toutes ses cartouches. Il est probablement temps pour lui de retenter sa chance auprès d'un autre groupe.

– Tu penses qu'on est chez moi ? demande Enzo, les paupières plissées, le retenant ainsi de partir.

Gaspard relève la tête.

– Parce que non ? Comme c'est Minh Tuan qui m'a dit que c'était Maxime qui lui avait dit, et que Maxime est plus ou moins ton pote, je croyais que, enfin…

– Gaspard… T'es déjà venu chez moi, en début d'année. Tu t'étais endormi dans le canapé, ivre mort, et tu t'étais pissé dessus. Mes parents ont dû amener les coussins au pressing.

– Ha. Ouais. Désolé.

Il boit un peu de lean. Renifle. Réfléchit.

---

apprécier qu'on leur rappelle qu'ils ont défoncé la planète et que ce sera à leurs enfants d'en payer le prix.

– Mais on est chez qui, alors ?

– Je pensais qu'on était chez Minh Tuan, justement, dit Félix*, sur la gauche de Gaspard. Rapport au fait que ses parents sont blindés et tout ça.

– Moi j'étais sûr qu'on était chez Nadège*, réplique Kevin. Non ?

– Sûr que non, Nadège habite vers l'église… répond un quatrième garçon, que Gaspard ne connaît pas.

Les cinq adolescents se regardent un moment. Puis rient. Gaspard fait désormais réellement partie de leur cercle.

– Bon, en tout cas, c'est cool qu'on ait tous été invités… Même moi et mes potes, quoi. C'est généreux de la part de la personne, je veux dire.

Un instant, il tourne la tête vers le fond du jardin. Dans le ciel, il ne reste plus que quelques voiles violets oubliés par le soleil. La nuit recouvre tout, lente, chaude, apaisante. L'amie éternelle des lycéens enivrés. Gaspard se sent bien, tranquille. Cette impression rare que, pour une fois, rien ne l'attend. Son planning est vide. Il a juste à être là et à profiter. Il n'arrive plus vraiment à discerner Chloé, par contre.

Félix Rambois : terminale L. Extrêmement myope. Porte une écharpe en hiver comme en été. Son livre favori est *Sur la route*, de Jack Kerouac. Aimerait faire un voyage en solitaire aux États-Unis, dès qu'il le pourra.

Nadège Niodet : terminale ES. Aime beaucoup les cassettes audio, en tant qu'objets, et en possède près d'une centaine, achetées en vide-greniers. A été quatre fois, depuis l'école primaire, dans la même classe que Gaspard et Chloé. Considère Enzo comme son meilleur ami.

Seulement sa silhouette, assise tout au fond, sur un transat, près d'une autre fille. Quelqu'un chante "POULOULOU!". Quelqu'un d'autre réclame des cigarettes, à personne en particulier. Gaspard lui en aurait donné une, s'il en avait. Il se demande vraiment ce que fout Minh Tuan.

– Pourquoi tu dis ça? demande Enzo, après quelques gorgées de la bière qu'il tient.

– Quoi?

– Pourquoi tu dis que c'est sympa de vous avoir invités, toi et tes potes?

– Ho! Ha. Ouais. J'aurais dû dire "mes potes et moi". Désolé.

– Non, précise Enzo en secouant la tête. Enfin, si, mais…

– Non mais t'inquiète, j'ai compris, coupe Gaspard avec un sourire amusé. Je suis pas si con… C'est juste parce que personne nous aime, au lycée. Je me plains pas, hein! C'est normal. On est relous de ouf.

Enzo reprend un peu de bière. À côté de lui, Kevin soupire en roulant des yeux.

– Faut que t'arrêtes avec ça, putain… grogne-t-il.

– C'est juste faux, Gaspard, explique Enzo. On ne vous déteste pas du tout. Au contraire. Le lycée vous aime bien, je crois, Minh Tuan, Chloé et toi. Vous êtes… Je ne sais pas. Comme des petites célébrités locales. Tout le monde a plein de souvenirs agréables, vous concernant. Tu vois?

Gaspard passe une main sous son bonnet et en extirpe une mèche bleue. Il reprend une gorgée de lean, puis une autre. Non, il ne voit pas vraiment.

– Pour de vrai ?

– Je t'assure, Enzo me parle toujours de vous et de vos dernières conneries ! renchérit le garçon que Gaspard ne connaît pas.

– Ha. Cool.

Ses yeux s'arrondissent soudain. Son sourire s'étire.

– Ha ! répète-t-il, plus fort, frappé par la foudre de la compréhension. T'es le mec* d'Enzo ?

Les deux garçons sourient. S'embrassent. C'est la première fois que Gaspard voit des mecs se rouler une pelle. Il sourit encore davantage. Quelqu'un crie "POULOULOU !", alors que la chanson de Niska vient de s'arrêter.

– Trop cool ! s'exclame Gaspard avec une joie sincère. Putain, tu sais, Enzo, pour de vrai, je m'inquiétais de ouf pour toi, en fait, parce que tu sais, bah, au lycée, je crois que t'es le seul gay et tout, et je me disais, merde, ce gars est sympa et beau gosse et tout ça, et c'est triste parce qu'il est condamné à rester puceau tout le lycée, et je sais que c'est pas ouf, parce que c'est mon cas aussi, tu vois, et…

– Heureusement que les sites de rencontres existent, hein ? coupe le petit ami d'Enzo avec un sourire amusé.

Mickael Laudrinian : petit ami d'Enzo Molton. Vingt et un ans. Aime les sports de combat, notamment le viet vo dao, qu'il pratique en club. A été rejeté par ses parents lorsqu'il a avoué son homosexualité. Vit désormais chez son oncle et sa tante, qui lui ont assuré de l'accueillir aussi longtemps que nécessaire. Apprécie Enzo, mais ne pense pas être amoureux. Le quittera le mois prochain.

– Tu sais, Gaspard, en fait, je pense que c'est ça, le truc qu'on vous reproche, à Chloé, Minh Tuan et toi : vous dites absolument n'importe quoi.

– Ha. Merde.

Gaspard reprend de la lean. Même si Enzo est passé à travers, elle est quand même pas mal chargée. Il n'a pas mis assez de Sprite, et il sent que son cerveau commence à peser plus lourd. Il baisse les yeux, jouant avec sa mèche bleue.

– Sur les gays, sur le féminisme, sur l'engagement politique… continue Enzo. Vous êtes à la ramasse sur la plupart des sujets, et ça vous fait dire des horreurs en permanence. Je ne saurais même pas par où commencer, si je devais vous expliquer pourquoi vos propos sont à chier !

– Ha. Ouais. Désolé.

– Je m'en fiche, note bien ! Je le dis pour toi.

– Merci. C'est cool de ta part. Je te jure qu'on va y réfléchir et tout.

Gaspard aimerait vraiment que Minh Tuan soit là. Il espère qu'il a des clopes pour rouler un joint. Non mais oui : Minh Tuan a toujours des clopes.

– Mais réellement, on ne vous déteste pas, reprend Enzo d'une voix redevenue bienveillante. Au contraire. Je suis super heureux que vous soyez là, ce soir… Ça aurait été triste, de faire cette soirée sans vous. Si ça se trouve, c'est la dernière fois qu'on se voit, tous. Et que tu le croies ou non, vous trois, je pense que vous resterez dans les mémoires de plein de gens, ici… Vous avez joué un sacré rôle, au lycée. D'ici quelques années, on repensera à vous, tous. Et ce sera en bien, je crois.

Gaspard reste une seconde immobile. Depuis l'intérieur de cette gigantesque maison qui, en réalité, n'appartient à personne d'autre qu'à cette soirée elle-même, une fille hurle de rire.

Gaspard réalise que, oui, peut-être est-ce la dernière fois qu'il voit certains des visages qui l'entourent. Il ne reste plus que quelques jours de cours. Puis le bac. Ensuite l'été. La suite de leurs vies.

Le lycée, c'est fini.

– Merde, dit-il en regardant les bulles qui éclatent à la surface de la lean. J'avais pas réalisé.

– Quoi? demande Kevin.

– J'en sais rien… Qu'on finirait par plus se voir.

Il relève la tête et sourit.

– Vous êtes des gars cools, en tout cas. Surtout toi, Enzo. Si j'étais gay, je voudrais grave être ton mec.

Il se tourne vers celui qui l'est.

– Je dis ça sans vouloir te blesser ni rien, hein. T'inquiète. Je crois pas que je suis gay.

– Je ne suis pas inquiet, je te rassure.

– Toi aussi, t'es cool, Gaspard, dit Enzo. Tu me manqueras, l'année prochaine.

Ils se sourient tous, encore une fois. Puis Kevin et Félix se tournent vers la piscine. Leurs mains nouées, Enzo et son mec se dirigent vers la maison pour reprendre des bières. Gaspard reste seul près de la piscine. Il cherche Amélia du regard. Elle a dû partir ailleurs.

Sa lean à la main, le cerveau qui vibre, il regarde les visages dans la pénombre. Quasiment tous les élèves de terminale sont là, ce soir. Ils sourient, ils chantent, ils crient, ils nagent, ils boivent, ils fument. Une dernière soirée tous ensemble avant de devenir les uns pour les autres des souvenirs de plus en plus lointains. Gaspard les regarde tous, un par un. Enzo. Kevin. Félix. Malik, là-bas, allongé seul sur un transat, son téléphone à l'oreille. Les deux filles qui se font tourner un joint près de la porte-fenêtre. Le crâne rasé de Joris, assis au bord de la piscine, les pieds dans l'eau. Cette fille, là, la gothique qu'il a déjà vue à des concerts… Nadia. En train de rire avec Sophie Maurer, de terminale S3. Maxime, qui tente misérablement de draguer Karima. Stéphanie, à l'une des fenêtres de l'étage, faisant coucou à une fille de STMG au bout du jardin.

Océane Delage. Valentin Berreau. Ousmane Barouani. Matthieu Constant. Aurélie Choukroun. Salomé Bardet. Wafa Kerouma. Jennifer Sarr. Nicolas Delfin. Amaury Gaulait. Erwan Lenoyer.

Des noms, des visages. Pas des amis, non… Mais des gens de son lycée. Des gens avec lesquels Gaspard a passé trois ans dans ce bâtiment. Des gens qui, pour certains, étaient déjà avec lui au collège. En primaire. À la maternelle. Des gens de son quartier. Des gens qu'il a croisés à Auchan. Dans le bus. À la gare. Des gens à qui il a fait la bise, serré la main. Des gens qu'il a dans ses souvenirs et qui l'ont dans les leurs. Une discussion sur le chemin de la maison, une clope partagée, un regard pendant un cours, une connaissance commune… Rien.

Mais c'est tout ça qui fait qu'il est lui. C'est la toile qui soutient ses pas, comme les trottoirs de sa ville.

Qu'est-ce qu'il en restera, bientôt ? De quoi se souviendra-t-il ? De quoi se souviendront-ils ?

Il se voit, un instant, sortir un pistolet de sa poche. Et tirer sur les gens. Les tuer, un par un, pour les empêcher de devenir autre chose que des lycéens. Il aimerait s'assurer de ne jamais oublier cette soirée. Les sourires, les rires, les "POULOULOU !", la musique, le goût de la lean dans sa bouche, l'odeur du chlore, les souvenirs. Il peut voir les balles faire éclater les crânes, sans bruit, au ralenti. Personne ne hurle, personne n'a peur. Ça n'efface pas les sourires : ça les fige. Tout est beau. Même le sang qui mêle son rouge au turquoise de la piscine.

Mais comme, en réalité, Gaspard n'a pas de flingue, il doit se contenter de larmes aux yeux*.

Une main se pose sur son épaule pour le faire se retourner. Minh Tuan est là.

– J'étais en train de penser à tuer tout le monde, avoue Gaspard en buvant un peu de lean. Une balle dans la tête de chacune des personnes qui sont ici.

Minh Tuan regarde son ami, puis son gobelet. Il arrache celui-ci des mains de Gaspard, le termine

---

Syndrome Holden Caulfield : du nom du narrateur de *L'Attrape-cœurs*, un roman de J. D. Salinger. Désigne le fait de ressentir de la nostalgie pour des moments et des gens qui, pourtant, au présent, ne semblaient pas si importants. Gaspard ne connaît pas ce roman.

en une fois, puis s'en débarrasse, vide, dans la piscine. Une fille en sous-vêtements l'attrape et le jette à une copine avant d'éclater de rire.

– Tina a raison : faut que t'arrêtes de boire cette merde en permanence, ordonne Minh Tuan. Ça commence à te rendre complètement con.

Minh Tuan regarde sur le côté, aperçoit une chaise longue, s'y assied.

– Cela dit, t'as raison : moi aussi, j'en ai plein le cul, de cette soirée de merde et de toutes ces têtes de bite.

– C'est pas ce que je voulais dire… tente Gaspard, avant de se souvenir de la priorité du moment. T'as des clopes, au fait ?

Minh Tuan lui en donne une et en prend une seconde pour lui.

– Je crois que Marina vient de m'agresser sexuellement, dit-il en l'allumant.

– Ha ? demande Gaspard. Putain, cool !

Minh Tuan le regarde de nouveau, en haussant un sourcil. Il souffle sa fumée, puis tourne la tête sur le côté.

– Elle est où, Chloé ? Et Tina ?

Gaspard allume sa cigarette lui aussi, puis remet ses mains dans les poches de sa veste, heureusement vides du moindre pistolet.

– Tina, je sais pas. Je vais lui renvoyer un message. Mais Chloé est là-bas. Elle parle avec une meuf.

Minh Tuan pivote sur lui-même pour regarder dans la direction indiquée par Gaspard. La nuit est désormais bien là, et il n'y a plus rien à voir.

– Bonne, la meuf ?

– Ouais, plutôt.
– Viens on y va.
– OK.

Minh Tuan se relève. Gaspard remarque, dépassant de la poche de sa veste, le saucisson de sanglier de son père. Il retrouve son sourire. Minh Tuan lui lance un regard dégoûté.

– Il est vraiment dégueulasse, ton collier.

Gaspard baisse les yeux vers la tête de chien couverte de faux diamants qui pend autour de son cou. Son sourire gagne un centimètre ou deux. Il l'avait oubliée. Les garçons se dirigent vers Chloé, tandis que, derrière eux, quelqu'un saute dans la piscine depuis l'un des balcons du premier étage. Les gens applaudissent. “POULOULOU!”

11.

Des lèvres qui se crispent.
Une bouche qui aspire.
Une cigarette qui grésille.
Son extrémité qui brille.

Puis, sur le transat voisin, la même chose, avec juste une seconde de décalage.

C'est pour cette seule raison que Chloé se trouve à côté de cette fille.

En pénétrant dans le jardin, elle l'a vue, assise toute seule dans le crépuscule, une cigarette à la main. Gaspard était d'avis de plutôt retrouver Minh Tuan, comme quoi il aurait forcément des clopes et tout ça, mais Chloé voulait une cigarette *maintenant*, et il y avait cette fille, et voilà. Gaspard est parti de son côté pour aller sucer Minh Tuan ou quoi, et Chloé se retrouve assise avec cette fille à fumer l'une de ses clopes.

Elle souffle sa fumée et lui rend son briquet. La fille le reprend sans rien dire. Face aux deux adolescentes, quinze mètres plus loin, la fête bat son plein. Des silhouettes qui dansent et qui tanguent, en ombres chinoises, contre les baies vitrées de la maison. Le rectangle bleu de la piscine. Le voile violet du crépuscule. Les basses d'une chanson de Niska. "POULOULOU."

– Titre du tableau : cérémonie rituelle de fin d'année scolaire, dit la fille, assise à l'extrémité de son transat, les yeux rivés à la soirée.

Chloé tire une deuxième fois sur sa cigarette.

– Hein ?

Sur sa gauche, la fille fume. Souffle. Sourit.

– Rien. Je donnais juste un titre à ce qu'on voit.

– Ha.

– Comme si c'était un tableau, quoi… J'étais inscrite en histoire de l'art. C'est pour ça. C'était une blague.

– Ouais non mais oui, OK. Je capte.

Chloé tire encore sur sa cigarette. Se penche en avant. Fait tomber sa cendre dans l'herbe, entre ses Converse. Du coin de l'œil, elle regarde la fille. Elle la connaît de vue depuis le début du lycée. Elle est en terminale S. 1, 2 ou 3, aucune idée. Elle y était déjà l'année dernière, d'ailleurs. Chloé ne connaît pas son prénom.

– J'ai déjà vécu ça, dit la fille en continuant à regarder les silhouettes danser.

– T'es redoublante*, hein ?

– Yep.

Chloé souffle sa fumée vers le ciel, tout en passant une main distraite sur ses tresses. Leurs extrémités sont en train de partir dans tous les sens. Il faudra bientôt que Tina rebosse dessus. Chloé est prête à la payer. À part cette pétasse

---

La redoublante au cul bandant : Chloé ne sait pas grand-chose d'elle. Elle est en terminale S. Elle est objectivement belle. Elle a un bon cul. Elle faisait partie de la classe de la tentative de suicide, l'année dernière.

de Stéphanie, tout le monde semble kiffer, et elle la première.

Au-dessus de la gigantesque maison où ils se trouvent, les étoiles commencent à apparaître, même s'il ne fait pas encore complètement noir. C'est pas mal joli. Chloé ne sait pas bien pourquoi, mais pour le moment, elle est bien, là, dans la pénombre. Dans la soirée, mais pas encore tout à fait. Elle ne se sent pas encore prête. À voir ces têtes de cul, à leur parler, à se soûler, à s'embrouiller. Combien de fois a-t-elle déjà fait ça ? Ce soir, c'est la dernière. Il faudrait partir en feux d'artifice. Et elle ne se sent pas prête. Elle se demande si Tina va venir. Elle espère que oui. Elle ne sait pas pourquoi, mais elle se sent en colère. Comme d'habitude.

– C'était, genre, vraiment dur, alors, le bac ? demande-t-elle, plus pour parler que réellement par curiosité.

– Bof, répond la redoublante. Pourquoi ? T'as peur de le rater ?

– Tu l'as raté, toi…

– Et ? Tu ne sais rien de moi. Si ça se trouve, je suis un genre d'attardée mentale ou quelque chose comme ça.

– T'as pas l'air.

– Faut pas se fier aux apparences.

– Je m'appelle Chloé.

– Enchantée.

La fille ne semble pas comprendre que, normalement, c'est à son tour de balancer son prénom. Peut-être est-ce réellement une attardée mentale, finalement. Chloé la regarde de nouveau du coin de l'œil. Elle est jolie. Plus qu'elle, probablement. Elle fait plus âgée. Parce qu'elle l'est, probablement.

C'est bête, Chloé le sait bien, mais elle est encore un peu impressionnée par ça. Par une seule année de différence d'âge. Bientôt, très bientôt, elle en est consciente, tout ça n'aura plus la moindre importance, mais là, pour encore quelques jours, quelques semaines, ça en a. Elle n'ose pas demander frontalement son nom à l'inconnue.

La lèvre inférieure de cette dernière tremble un peu, comme parcourue par une brève décharge électrique, lorsqu'elle fait à son tour tomber sa cendre dans le gazon. Face à elles, deux garçons sautent dans la piscine en hurlant. Des filles éclatent de rire. La redoublante se penche sur le côté de son transat, y récupère une bouteille de whisky, boit, la tend à Chloé. Chloé boit aussi.

– Ça te fait pas flipper, d'avoir invité autant de gens chez toi ? demande cette dernière.

C'est au tour de la redoublante de regarder Chloé du coin de l'œil. Ses joues sont gonflées du whisky qu'elle a avalé. Elle le fait passer dans son œsophage. Les joues se dégonflent.

– On n'est pas chez moi.

– Putain, mais on est chez qui, alors ? soupire Chloé.

– Aucune idée. C'est vraiment important de le savoir ?

– J'imagine que non…

– On n'est pas obligé de tout comprendre pour que les choses aient un sens.

– Désolée. C'est trop philosophique pour moi.

Chloé reprend une gorgée de whisky, puis rend la bouteille à sa propriétaire. Ou, du moins, à celle qui l'a réquisitionnée. Personne ne possède plus rien, lors d'une cérémonie rituelle de fin d'année scolaire.

– Pourquoi tu rejoins pas tes potes ? demande la fille, toujours sans regarder Chloé.

Ses yeux restent fixés depuis tout à l'heure sur les silhouettes encombrant la terrasse. Chloé se demande si cette fille est défoncée. Et si oui, à quoi. Peut-être qu'elle peut lui taxer un cachet ou quelque chose.

– Parce qu'ils font chier de ouf, répond-elle. Ils doivent déjà être en train de se droguer et de faire chier la moitié des meufs de la soirée. Ils sont tout le temps en train de s'afficher.

– Ce sont tes potes, pourtant, non ?

Cette fois la fille la regarde, en disant ça. Elle sourit même un peu. Au-dessus du toit de la maison, désormais, on peut dire qu'il fait vraiment nuit. Un instant, non, et l'instant d'après, oui. Marrant.

– Ouais... Et donc ?

– Rien. Tu sors avec le Chinois ?

Chloé tourne la tête un peu brutalement. La redoublante sait donc qui elle est. Elle aussi, elle l'a vue évoluer dans le lycée, arpenter les couloirs ces trois dernières années. Sept cents élèves. Sept cents trajectoires entrecroisées en silence, depuis tout ce temps.

– Qu'est-ce que vous avez, avec ça, tous ? grogne-t-elle. Non, je sors pas avec, putain ! Et il est vietnamien.

– D'accord. Je demandais juste. J'aurais cru. Et le mec aux cheveux bleus?

– Putain, mais jamais de la vie! T'es, genre, une tarée de ouf, toi!

– Tu réagis plus violemment à cette idée qu'à celle de sortir avec le Vietnamien...

– Va te faire foutre.

Les deux filles regardent un instant vers la piscine. Puis la redoublante sans nom reprend la parole.

– On est en train de devenir BFF*, hein?

– Grave.

Les deux filles rient à la nuit. Puis Chloé recommence à fumer, soufflant lentement sa fumée à travers le O majuscule qu'elle forme avec sa bouche. Même si c'est flou, elle sait à peu près pourquoi elle est assise ici, à l'écart. Elle se demande si c'est également le cas de cette fille.

– Tu me demandes pourquoi je suis pas avec mes potes et tout, mais toi aussi, t'es genre cachée toute seule au bout du jardin... dit-elle, le visage nimbé de fumée.

– Moi j'ai pas de potes à rejoindre. Ils sont tous partis du lycée l'année dernière.

– Tu t'en es pas refait, cette année?

– Non.

– Chelou. T'es marrante et t'as pas l'air débile.

– Merci. Mais non. J'avais pas envie.

#BFF : *"Best Friends Forever"*, "meilleurs amis pour toujours". Un hashtag utilisé cinq fois par Chloé depuis la création de son compte Instagram. Sur quatre des cinq photos en question se trouvent Minh Tuan, Gaspard, Tina, ou les trois à la fois.

Sa cigarette est terminée. Elle se penche de nouveau sur le côté pour reprendre du whisky. Cette fois, elle n'en propose pas à Chloé. Chloé n'en demande pas.

– Je suis juste venue ce soir parce qu'on m'a invitée. Mais je vais rentrer. J'ai l'impression de pas être où je devrais. J'ai rien à faire ici… Va retrouver tes potes, toi. Assure-toi qu'ils ne s'affichent pas trop, si réellement ce sont tes amis.

La fille se lève, le whisky à la main. Elle réunit ses cheveux blonds sur son épaule droite. À la lumière des projecteurs éclairant le jardin, ils semblent orange.

– Tu penses que t'auras ton bac, cette fois ? demande Chloé.

– Oui, répond la fille sans hésiter, se penchant sur le transat pour récupérer son blouson. Et toi ?

Chloé tente de plisser les yeux pour discerner Minh Tuan, Gaspard ou Tina dans la foule. Elle ne trouve cependant pas leurs visages.

– Ouais, répond-elle aussi, plus hésitante.

– Bien. Je croise les doigts pour toi.

– Pareil.

Avec un sourire étrange, peut-être moqueur, la redoublante, debout, tend sa main vers Chloé. Celle-ci coince ce qu'il reste de sa cigarette entre ses lèvres, puis lève le bras pour taper son poing contre celui de la fille.

– Titre du tableau : BFF le temps d'une cigarette.

Chloé sourit, tandis que la redoublante s'éloigne. Elle a conscience que, probablement, elle ne la reverra jamais.

– HÉ ! crie-t-elle.

La fille se retourne dans la nuit.

– Tu t'appelles comment ? demande Chloé.

La fille sourit.

– On n'est pas obligé de tout comprendre pour que les choses aient un sens, si ?

Chloé lui lève son majeur.

Sur sa gauche, deux silhouettes s'approchent. Elle tourne la tête. Minh Tuan et Gaspard, souriant, probablement ivres. Lorsqu'elle regarde de nouveau vers la redoublante, c'est pour la voir disparaître de l'autre côté du portail. Chloé soupire et se laisse tomber en arrière sur le transat. Elle termine sa cigarette et la jette au hasard dans le jardin, tandis que les garçons s'asseyent près d'elle.

– C'était qui, cette meuf ? demande Minh Tuan.

– C'est la redoublante, répond Gaspard. Celle avec le cul bandant.

– Non mais je sais, ça, mais je savais pas que Chloé la connaissait ! D'où tu la connais ?

Chloé croise les mains sur son ventre. Pour une fois, les battements de cœur qu'elle sent contre ses paumes ne lui paraissent pas énervés. Elle fixe un instant les étoiles au-dessus d'elle. Elle ne connaît pas le nom de la moindre constellation. Elle aimerait, pourtant. Suffirait de se renseigner. De le vouloir vraiment, plus d'une seconde. De simplement sortir son portable de sa poche et de chercher. Elle ne le fait cependant pas.

– Elle a oublié ses clopes ! dit Gaspard en tendant le bras vers le transat abandonné par la redoublante.

– Putain, classe ! Pour une fois, vous allez pas me taxer toute la soirée…

– Minh Tuan passe une mauvaise soirée, explique Gaspard tout en commençant à rouler un joint. Marina l'a violé.

– Non mais elle m'a pas *violé*, mais elle a été reloue et…

– Les gars ?

Les garçons se taisent, assis en tailleur d'un côté et de l'autre de Chloé.

– J'ai peur de pas pouvoir aimer, dit-elle tout bas en regardant toujours les étoiles.

Sous ses mains, sa respiration reste calme.

– T'es bourrée ? demande Gaspard.

– Non. Je crois pas.

– Moi je crois que… Enfin, je crois qu'on m'a jamais aimé, répond Minh Tuan.

– Ha ouais, donc en fait c'est moi qu'ai bu de la lean et tout, mais c'est vous deux qui êtes torchés, quoi !

– C'est pas ça ! s'agace Minh Tuan en arrachant des brins d'herbe au gazon. C'est juste que… J'en sais rien. Ce que m'a dit Marina et tout. Je suis pas sûr d'être quelqu'un qu'on peut aimer. Je suis pas super intéressant. Personne pourrait me vouloir moi plutôt qu'un autre, vous voyez ?

– Moi je ne veux personne, reprend Chloé. Je ne ressens rien. Je ne suis attirée par aucun mec. Jamais. Je n'aime personne. J'ai jamais aimé personne. Je suis seule depuis toujours. Genre, vraiment, seule, vous voyez ?

Ils se taisent un moment, tous. Derrière eux, la fête continue. Les gens rient et hurlent, pour la dernière fois de l'année. Des petits groupes se sont formés. Peut-être que d'autres discussions similaires ont lieu partout dans la maison. Gaspard termine la confection de son joint, passant sa langue sur le papier.

– Putain, c'est grave la bonne ambi, ce soir…

– Ta gueule, soupire Chloé. Respecte, un peu. On a le droit d'être dépressifs, nous aussi. Y a pas que toi, dans la vie.

– Vous êtes pas dépressifs. Et moi non plus, probablement. Mais vous, c'est sûr que non.

Il allume son joint. Tire dessus. L'odeur parvient jusqu'à Chloé, qui tend le bras au hasard. Gaspard lui glisse le joint entre les doigts. Un instant, sa main effleure la bague qu'elle porte à l'index. Celle avec la fleur séchée. Sa bague.

– Vous êtes cons de ouf, soupire Gaspard.

– Ta gueule, dit à son tour Minh Tuan.

– Non mais pour de vrai ! Toi, Chloé, tu dis de la merde ! Et toi, Minh Tuan, pareil ! Vous dites de la merde et c'est super blessant pour moi, et même pour vous-mêmes, en fait !

– Ta gueule, Gaspard.

– Ta gueule, Gaspard…

– Non mais vous, vos gueules, pour une fois ! Vous me laissez jamais parler, putain !

Le joint passe à Minh Tuan. Celui-ci soupire d'un air théâtral et, d'un signe de main, encourage Gaspard à poursuivre.

– Minh Tuan : t'es aimé. Au moins par Chloé et par moi. Et si ça te suffit pas, bah, va te faire enculer. Et toi, Chloé, t'aimes au moins Minh Tuan et moi. Et, pareil, si ça te suffit pas, bah, tu vas te faire enculer aussi.

Sous les mains croisées de Chloé, son ventre continue à descendre, à monter, à descendre, à monter. Elle pense un bref instant à la redoublante. À cette connerie sur les choses qui ont du sens sans avoir de nom. Elle se demande si elle n'est pas un peu bourrée, tout compte fait. Elle réalise qu'elle a les larmes aux yeux.

Peut-être qu'un jour elle avouera aux garçons qu'elle est vierge. Qu'elle a envie de le rester. Que l'idée d'embrasser qui que ce soit la dégoûte. Peut-être. Ou peut-être pas. Ça n'a pas d'importance. Ils savent déjà, d'une certaine façon, non ?

– Je vous aime, dit-elle.

– J'imagine que je suis aimé, alors… soupire Minh Tuan, comme à regret.

– Bien. Rendez-moi mon joint, maintenant.

– Wesh, mais depuis quand t'es genre le psychologue de notre bande, toi, en vrai ? demande Chloé en se redressant sur ses coudes.

– Depuis que j'ai baisé ta mère.

– Putain, mais t'as une répartie claquée au sol, gars, je te jure !

Il sourit. Ils sourient. Se tournent vers la maison en se faisant de nouveau passer le joint. De sa poche, Minh Tuan sort un saucisson que Chloé reconnaît. Il en coupe quelques tranches qu'ils mangent en fumant, continuant à regarder la soirée un moment.

Contre le gazon, un portable vibre. Celui de Gaspard. Il regarde le message.

– Tina ? demande Minh Tuan.

– Ouais…

– Qu'est-ce qu'elle dit ? intervient Chloé.

– Je sais pas… Message chelou à la Tina. Elle s'est paumée, je crois. Elle veut qu'on la rejoigne.

– Allons-y, alors.

– Elle aussi, je l'aime, dit Chloé en se levant.

– T'es sûre, réellement, que t'es pas défoncée ? demande Gaspard en rangeant son portable.

Ensemble, les trois adolescents passent le portail de la maison qui n'est à personne. Derrière eux, quelqu'un crie “POULOULOU !”. Quelqu'un d'autre crie “POOOO PO PO PO PO POOO, PO !”.

Avant de s'éloigner, Chloé se retourne et sort son téléphone. Elle prend en photo* les ombres chinoises.

#BFFLeTempsDuneCigarette
#DernièreSoirée
#LaBonneAmbi
#JeVousAime

La photo de la soirée : sur le compte Instagram de Chloé Vaguaire (@ClawHey), cette photo fera office de livre d'or, la plupart des élèves de terminale du lycée s'en servant pour poster à l'adolescente un message d'au revoir. La lecture desdits messages fera plusieurs fois pleurer Chloé, dans les jours à venir.

12.

Lorsque les adolescents de la ville parlent du “Parc”, ils parlent de cet endroit. S’ils veulent évoquer le parc des Velliades, ils disent généralement “les Velliades”, et s’ils veulent se référer au parc du Château, eh bien, ils disent “le parc du Château”. Mais juste “le Parc”, tout court, avec une majuscule, c’est ici, depuis maintenant trois générations.

Cet endroit situé dans les hauteurs, près du quartier de la Forestière. Une vaste étendue de béton craquelé, entre terrain vague et décharge à ciel ouvert. Des fissures dans le sol se sont extirpées des mauvaises herbes, des plantes difformes qui résisteront probablement à l’apocalypse. Et, ici et là, se découpent sur la nuit étoilée les formes étranges de hautes structures métalliques, semblables à des squelettes de bâtiments, depuis longtemps décédés.

Un grand huit. Des manèges. Une maison hantée. Des poubelles en forme de têtes de clown.

Au début des années 1990, excitée par le projet Disneyland* qui naissait à quelques dizaines de

Disneyland : l’une des raisons principales évoquées par les touristes pour venir en France. Ce qui constitue, culturellement,

kilomètres de là, la commune avait lancé l'idée de créer son propre parc d'attractions, afin de devenir l'un des pôles commerciaux majeurs du département des Yvelines.

Trente ans, quatorze procès, deux architectes en fuite au Maroc, un accident ayant coûté la vie à trois ouvriers et des millions d'euros jamais remboursés plus tard, le parc d'attractions promis quatre maires plus tôt ne se résume plus qu'à un champ de ruines dans lequel les adolescents de la ville aiment se réunir pour boire de l'alcool, fumer des joints, avoir des relations sexuelles ratées et s'exercer tranquillement au vandalisme.

Tina ignorait l'existence de ce lieu, jusqu'à ce soir. Pourtant, lorsqu'elle était arrivée dans la ville, en début d'année, elle avait pris le temps, guidée par Makalé et les autres jeunes de l'hôtel, d'explorer les rues, de comprendre les lignes de bus, d'identifier les différents quartiers. Mais le Parc, elle l'avait manqué. Elle le regrette, désormais. C'est un endroit vraiment bizarre. Hanté, probablement. Hantant, définitivement.

Son skate coincé sous les lanières de son sac à dos, son téléphone pendant au bout de son bras, elle marche prudemment entre les bâtiments jamais terminés, les boutiques jamais ouvertes. Sous les semelles de ses baskets, des tessons de bouteille crissent. Des branches mortes craquent. Sur sa droite, quelque chose remue. Peut-être un

---

une humiliation pour le pays. Est au cœur, même si de manière cryptique, du roman *Empire des chimèreS* d'Antoine Chainas. Tina lira ce polar l'année prochaine et en parlera à tout le monde pendant des semaines.

rat. Peut-être plus gros. Mais Tina n'a pas peur. Rien de ce qui se trouve ici ne pourrait lui faire du mal, elle en est sûre. Alors elle avance au hasard, les yeux plissés dans la nuit, les reflets des étoiles sur ses lunettes pour seules lumières. Au loin, elle entend des échos de musique. La soirée à laquelle Gaspard lui a dit de venir, probablement. Mais elle n'en a pas envie. Ou plus envie. Ou pas encore envie. Lorsque, en montant à la Forestière, elle a vu les silhouettes du Parc dans la pénombre, elle a compris que c'était là qu'elle devait être. Elle continue à avancer, entre un manège recouvert de mousse et un entrepôt à moitié écroulé sur lequel quelqu'un a tagué "TERRORTRISTE*".

Quelque part, un grincement métallique; peut-être celui de cette grande roue sans cabines. Et face à Tina, loin, très loin, de l'autre côté des champs qui l'entourent, les lumières de la ville brillent, minuscules. Des dizaines, des centaines, des milliers, peut-être. Des salons allumés. Des maisons. Des immeubles. Des fenêtres. Des familles derrière. D'autres constellations. Tina lève une main pour essuyer la sueur sur son front. Il est presque vingt-deux heures, mais il fait une chaleur à crever. Elle baisse de nouveau son bras. Au bout de celui-ci, toujours, son téléphone portable.

Il y a une heure, l'association l'a appelée.

Bien sûr. Il fallait que ce soit ce soir. Pile ce soir.

---

* ***Terrortriste*** : premier roman de l'écrivaine locale Sarah Tomich, publié de façon clandestine quinze ans plus tôt. Encore trouvable sur Internet.

Il fallait que ce soit ce soir qu'ils retrouvent la trace de ses parents.

Il fallait que ce soit ce soir que ses parents cessent d'être à la fois vivants et morts. Il fallait que ce soit pile ce soir qu'ils choisissent leur camp.

Tina continue à regarder la ville au loin, ses lumières, immobile dans le Parc en ruines.

Elle pense un instant à Kinshasa. À leur appartement. Au canapé. À l'écran plat. À la bibliothèque du lycée*. Aux rues qu'elle prenait. À ses amis. Ceux qui, peut-être, ont donné l'adresse de ses parents. Elle se souvient des odeurs d'essence, du bruit des rues, de la sécheresse de l'air, de la chaleur, des bus, de l'ascenseur, de la façon dont sa mère l'appelait "Titi" et son père "Nana". Des oiseaux qu'elle voyait. Des lézards. Des insectes.

Mais c'est ici, chez elle, maintenant. Cette ville. Cette odeur nocturne des champs, de la forêt, de l'autoroute, des pavillons tous semblables avec leurs fenêtres qui brillent. Le bruit lointain de la fête. Gaspard. Chloé. Minh Tuan. Il va falloir s'y faire. Qu'elle le veuille ou non, c'est ici, chez elle, maintenant.

Elle n'arrive pas à savoir ce qu'elle ressent. Elle n'y arrive réellement pas. Parfois, les émotions

La bibliothèque du lycée : Tina y passait une bonne partie de son temps, à Kinshasa. Elle aimait beaucoup lire. Étrangement, elle n'empruntait que rarement les livres, préférant poursuivre sa lecture d'une pause à l'autre, en remettant chaque fois le roman en cours sur les étagères avant de retourner en classe. Ce goût pour la lecture lui est passé avec son arrivée en France. Il lui reviendra bientôt.

sont trop compliquées pour les mots. Parfois, tout ce qu'on peut faire, c'est les vivre, immobile, silencieux, en regardant sa ville. Parfois, tout est tellement compliqué qu'on ignore si on est encore en vie. Comme l'envie de devenir un rocher, un arbre, les pieds enfoncés dans le sol, les yeux cloués à l'horizon. Rester comme ça pour l'éternité, ce serait plus simple, non ?

Dans son dos, Tina entend le grillage du Parc grincer. Quelqu'un grogner. Quelqu'un d'autre dire qu'il y a une ouverture et que ce n'était pas la peine d'escalader. Le premier quelqu'un répondre "ta gueule, connard" au deuxième. Un troisième dire "vos gueules" aux deux premiers. Il ne s'agit pas de rats, cette fois. D'autres semelles écrasent à leur tour les tessons de bouteille, les branches mortes.

Puis la voix de Gaspard.

– Hé, Tina ! Tina ! On est là !

– Putain mais wesh, la ferme ! On fait, genre, un bruit de ouf, bien sûr qu'elle sait qu'on est là, arrête de t'agiter comme ça tout le temps, putain !

De sa main libre, Tina glisse un doigt sous ses lunettes pour s'essuyer les yeux. Elle ne peut pas devenir un arbre ou un rocher. Ses amis l'en empêchent. Elle sourit. Se retourne dans la nuit.

– Heureusement que tu souris, lance Chloé, sinon on te verrait pas !

– Plus vieille blague raciste du monde, soupire Minh Tuan. Doublement merdique, donc.

– Sois pas jaloux de mon humour, bébé.

– Aucun risque, t'en fais pas… Et depuis quand tu m'appelles "bébé", aussi, là ?

– Je t'appelle comme je veux, ferme ta gueule.
– Trop pas ! Toi, ferme ta gueule !
– Ça va, Tina ?

Gaspard s'approche, le bonnet de travers. Il pose sa main sur l'avant-bras de Tina, qui hoche la tête. Elle ne sait pas trop s'ils peuvent voir son visage, dans le noir. La lampe du téléphone de Minh Tuan est allumée, alors, peut-être que si. Peu importe. Elle essaie d'encore sourire. Elle discerne, autour du cou de Gaspard, le collier qu'elle lui a offert. Elle parvient à sourire.

– Ça va, oui.

Sur leur droite, un nouveau bruit s'élève, de sous une pile de palettes blanchies par le temps. Un couinement.

– C'est un rat* ? demande Chloé d'une voix soudain moins assurée.

– Qu'est-ce que j'en sais, moi ? répond Minh Tuan.

– Oui, ment Tina. J'en ai vu un très gros, tout à l'heure. Presque de la taille d'un chien.

– Tu mens, sale pute.
– Non.
– Si.
– Comme tu veux.

Chloé allume elle aussi la lampe de son

Chloé et les rats : s'il ne s'agit pas exactement d'une phobie, Chloé déteste tout de même les rats, les souris, et tout ce qui se rapporte à l'idée d'un petit animal susceptible de vivre dans ses murs.
Elle ignore l'origine de cette peur, mais c'est celle-ci qui, lorsqu'elle quittera la maison de sa mère pour habiter un petit appartement, la poussera à adopter un chat. Elle nommera celui-ci Clark, sans bien savoir pourquoi.

portable et se rapproche discrètement des garçons. Tina sourit plus largement. Puis elle se tourne de nouveau vers la ville, tandis que, du bout de sa chaussure, Minh Tuan soulève une plaque de tôle couverte de rouille. Le grincement se répercute dans toutes les directions, couvrant un instant les basses de la fête au loin.

– C'est bizarre, ici, hein? dit Tina en fixant encore les lumières lointaines.

– Ouais… répond Gaspard en tirant sur le joint qu'il tient. Ma sœur y venait, parfois.

Tina redresse ses lunettes et tourne les yeux vers lui. Derrière eux, Chloé et Minh Tuan s'engueulent à propos de la pertinence ou non de faire du bruit pour chasser les éventuels rats. Les faisceaux lumineux de leurs téléphones balaient le Parc, éclairant les tags, les bouteilles vides, les caddies renversés, les piles de briques brisées.

– Je ne savais pas que tu avais une sœur.

– Elle est morte, répond Gaspard en soufflant sa fumée vers la ville en contrebas.

– Ho. Je suis désolée.

– C'était y a quelques années, maintenant. T'inquiète.

– Elle est morte comment?

– Accident de voiture. Elle avait eu son permis la veille, littéralement.

– Je suis désolée.

– Tiens, tu veux? demande Gaspard en lui tendant le joint.

Tina acquiesce. Prend une latte. Gonfle ses joues. Souffle. Chloé et Minh Tuan les rejoignent.

– Tu crapotes*! dit Minh Tuan. C'est du gâchis!

– Laisse les gens faire ce qu'ils veulent, bordel! T'es genre un putain de tyran, espèce de connard!

– Les gens de l'association m'ont appelée. Ils m'ont dit ce qui est arrivé à mes parents.

Les adolescents se taisent. Dans le Parc, le nouveau couinement d'un peut-être-rat. Au loin, les basses d'une nouvelle chanson. Quelqu'un qui crie "POOOO PO PO PO PO POOO, PO!". Tina fume encore une fois sur le joint, ou y crapote, peu importe, puis le passe à Chloé.

– Tu veux en parler? demande Gaspard, en caressant doucement sa main d'un doigt timide.

Tina n'essaie pas d'essuyer ses larmes, cette fois.

– Non. C'est bien. Maintenant je sais. C'est mieux, comme ça, je ne suis plus dans le flou.

– On sera là pour toi, dit Chloé avant de cracher entre ses pieds. Sérieusement. On n'est peut-être pas les meilleures personnes du monde ni rien, d'accord, mais on sera là pour toi, ça marche, meuf?

– Je sais.

– Pareil, ajoute Minh Tuan, posant ses fesses dans la poussière. Si t'as besoin, j'en sais rien, d'un toit ou quoi, j'ai une baraque gigantesque… Et je suis sûr que mon père serait ravi de pouvoir

---

Crapoter : désigne l'acte de tirer sur une cigarette sans avaler la fumée. Ne fait pas diminuer drastiquement les risques de problèmes à la bouche ou à la gorge. Tina crapote parce qu'elle ne sait pas comment avaler la fumée. Ses amis ont au moins eu la décence de ne pas le lui apprendre.

faire une bonne action pour pas cher. OK? Pareil si t'as besoin d'argent pour des funérailles ou, je sais pas…

– On te lâche pas, confirme Gaspard. On t'aime. Vraiment.

Tina tourne lentement sur elle-même, regardant tour à tour, derrière ses lunettes, ses trois amis. Ses trois seuls amis. Ses trois meilleurs amis. Ses yeux s'arrondissent progressivement, dans la nuit, tandis que sa bouche s'entrouvre. Ils lui sourient, doux, attentifs, comme jamais elle ne les a vus. Ils l'entourent. Ils la soutiennent.

– Non mais vous êtes complètement cons… murmure-t-elle. Mes parents sont pas morts ! Ils se sont enfuis en Angola, bande de crétins !

– Ha, dit Chloé, visiblement déçue.

– Je ne sais pas si on doit s'excuser, là ? s'interroge Minh Tuan en prenant le joint. Si ? Non ? J'en sais rien du tout, pour de vrai…

– Hé mais t'es une folle, sérieusement ! s'exclame Gaspard en cessant de lui caresser la main. C'est de ta faute aussi, t'as vu comment t'as dit ça ?! "Oui, ils m'ont dit ce qui était arrivé à mes parents, blablabla, ouin ouin !" T'es une folle ! Pour de vrai, t'es une folle !

– C'est vous qui l'êtes ! Pourquoi vous pensez toujours au pire ?! C'est vous les fous !

– N'importe quoi, c'est toi, wesh ! confirme Chloé, qui a visiblement oublié la menace des rats. T'es toute seule à pleurer dans le noir en nous envoyant des messages chelous et tout ! T'es ouf ! J'ai failli chialer, moi ! Je vais te claquer, putain !

Tina lève les yeux au ciel en gémissant de

désespoir. Puis elle se frotte les yeux et lève une main devant elle en signe d'apaisement. Elle ne sait pas bien pourquoi, mais elle sourit de nouveau.

– Bon… Oublions, d'accord ? Mes parents sont vivants. C'est juste qu'ils ont tout laissé derrière eux, qu'ils n'ont plus d'argent, qu'ils n'ont aucun moyen de venir ici et qu'ils sont bloqués dans un camp de réfugiés, alors, bon, oui, ils sont vivants, mais rien n'est encore réglé et ça risque de ne pas l'être avant longtemps. Alors la situation n'a pas changé.

– Ouais bah quand même ! s'énerve encore un peu Chloé, pour la forme. La prochaine fois, fais gaffe à comment t'annonces les choses, sinon je te tarte, t'as compris, connasse ?!

– Oui. Désolée.

– Bien. Dis-le encore.

– Je suis désolée.

Chloé s'avance. Fait une bise à Tina, qui rit un peu. Gaspard soupire et passe son bras sur les épaules de la jeune femme. Minh Tuan se relève, récupère le joint, y fume une dernière fois, en offre le mégot aux rats.

– Si tout est comme avant, alors, on retourne à la soirée, non ?

– Il est vingt-deux heures, dit Chloé en regardant son portable. Ça va à peine vraiment commencer.

Ensemble, ils quittent le Parc, ses ruines, ses bruits. Ils traversent la route, la nuit, la lumière orange des lampadaires, la chaleur de cette fin de printemps. Ils approchent des basses, du portail ouvert, de l'immense maison qui n'appartient à personne. Tina sourit toujours, le poids du bras de Gaspard sur les épaules, de Chloé contre elle, regardant Minh Tuan qui s'allume déjà une autre cigarette. Ses trois meilleurs amis.

Tous les quatre, ils s'arrêtent à l'entrée du jardin et restent un moment là, spectateurs immobiles, silencieux, impressionnés.

Dans l'herbe, Marina Javandi est à quatre pattes, en train de vomir. Près d'elle, Enzo et un groupe de garçons boivent de la bière avec un entonnoir et un tuyau. Plus loin, Stéphanie se fait plaquer au mur par Kevin, qui lui roule une pelle pornographique en la soulevant par les fesses. À l'une des fenêtres de l'étage, un garçon* complètement nu essaie de faire l'hélicoptère avec son sexe tout en criant "POULOULOU !".

Cependant, ce que Tina fixe, c'est la piscine, dans laquelle se trouvent déjà plusieurs élèves de leur classe. Un immense bassin turquoise, éclairé par des spots. Elle n'a pas nagé une seule fois, depuis qu'elle a quitté le Congo. Elle adore nager. Elle mordille son sourire.

– Ta putain de race de chien… grogne Chloé entre ses dents serrées.

– C'est pour la dernière soirée de l'année qu'ils se lâchent enfin, tous ces enculés ? murmure Minh Tuan.

Julian Verdier : élève de terminale S1, d'habitude timide et solitaire. C'est la première fois de sa vie qu'il dépasse le stade de la simple ivresse. Il passera la journée suivante dans un état lamentable, qui ne s'améliorera pas lorsque Julian découvrira les vidéos publiées par ses camarades sur Instagram pour immortaliser ses faits d'armes.

– Ils nous ont volé notre place ! gémit Gaspard.

Il lâche les épaules de Tina et se retourne vers le groupe.

– C'est hors de question ! dit-il, les yeux exorbités par l'urgence. On a une réputation à tenir ! Un rôle à jouer, putain ! C'est ça, qu'ils attendent de nous, tous !

– De quoi tu parles, bordel ? soupire Chloé.

– Tu sais très bien de quoi je parle ! Les derniers des branleurs !

– Tous ces connards nous détestent, dit Minh Tuan en souriant.

– Et je déteste tous ces connards, répond Chloé en souriant elle aussi, comprenant de quoi il retourne.

– Moi non, ça va, intervient Tina.

– Tututut ! la corrige Gaspard, intransigeant. T'es de la bande, maintenant. T'as vu, quand tes parents sont morts, on est tous venus vers toi !

– Mes parents ne sont pas morts.

– Oui, mais on croyait. C'est pareil. Tu peux pas nous trahir. Tu sais que j'ai raison.

– N'importe quoi…

– Tu sais qu'il a raison, confirme Chloé.

– Si vous voulez…

– Bien.

Gaspard se tourne de nouveau vers le jardin. Embrasse du regard l'orgie lycéenne qui s'y déroule. Puis il hoche la tête.

– Vous savez ce que vous avez à faire, alors, dit-il.

– Chloé ? demande Minh Tuan. Tu peux t'embrouiller en priorité avec Marina, s'il te plaît ?

– T'as pas besoin de me le demander, répond-elle en tirant sur ses tresses avec un sourire mauvais.

Ils se regardent encore une fois. Se sourient. Puis Gaspard hoche la tête. Et la dernière soirée des derniers des branleurs commence enfin réellement. Ils se dirigent vers le buffet ; vers, surtout, les bouteilles qui s'y trouvent. D'un coup de pied dans les côtes, Chloé fait tomber Marina, toujours en train de vomir, dans la piscine.

Debout sur son skate, roulant en direction de la baie vitrée, Tina sourit. Il fait chaud. Il y a du bruit partout. Elle est avec ses amis. Elle est chez elle.

13.

Il est six heures du matin et le soleil se lève. Les quatre adolescents ne se souviennent plus du moment où il s'est couché. Ensemble, ils marchent en silence, redescendant vers la ville, traversant la brume blanche, les rayons jaunes, la tiédeur des trottoirs et la quiétude des rues. Même les boulangeries sont encore fermées. Ils sont les derniers survivants de l'apocalypse.

Tina se sert du t-shirt de Gaspard pour se sécher les cheveux. Elle a passé la nuit à nager.

Minh Tuan fume l'avant-dernière cigarette de son paquet. Il l'allume au moment où ils passent devant l'ancien collège de Chloé et Gaspard. Ils parlent un peu de leurs profs d'alors, des gosses qu'ils étaient. Minh Tuan et Tina écoutent.

Ils tournent vers la mairie, remontent à travers un petit parc désert. L'arrosage automatique est en route. Dans le silence de l'aube, on l'entend résonner. Le soleil projette des arcs-en-ciel sur l'eau. Un animal marron passe d'un buisson à l'autre. Chloé dit que c'est une marmotte. Tina demande si c'est un castor. Minh Tuan dit qu'il n'y a pas de castors en

France*. Gaspard leur apprend que le castor est monogame et reste avec le même partenaire toute sa vie, et que la femelle marmotte n'est chaude pour baiser qu'un seul jour dans l'année.

L'animal ressort un instant du buisson ; en fait, il s'agit d'un chat.

Tina pose son skate par terre et roule. Elle ne sait toujours pas faire de ollie, mais elle peut désormais tourner et avancer sans avoir à mettre trop souvent son pied par terre.

Gaspard la regarde. Il a perdu son bonnet. Certainement pendant qu'il vomissait dans le salon. Il n'est pas trop triste. Ce n'était pas son favori et il en a plein d'autres. Il a toujours son collier, qui repose contre sa peau. Sous son blouson ouvert, il est torse nu.

Appuyée contre lui, Chloé traîne des pieds, la dernière bière de la soirée à la main. Elle n'y boit plus vraiment, se contentant de la tenir comme un souvenir. Son visage est parcouru de griffures. Probablement héritées de sa bagarre contre Marina. Ou de celle contre Stéphanie. Ou de celle contre Karima.

Ils s'arrêtent devant l'arrêt de bus. Tina et Minh Tuan s'y installent. Debout, Gaspard s'étire. Chloé bâille. Demain, c'est l'avant-dernier jour au lycée. Quasiment tout le monde va sécher. Il n'y a plus vraiment de cours, plus vraiment de raison d'y aller. Mais ils s'y donnent quand même rendez-vous, pour préparer leur

Les castors en France : si, il y a bien des castors en France. Mais pas en région parisienne, effectivement.

plan pour le bac. Au loin, le bus arrive. On l'entend vibrer, seul sur la route. Gaspard fait une bise sur le front de Tina, tape dans le poing de Minh Tuan. Chloé tape dans la main de Tina, donne une claque sur le crâne de Minh Tuan.

Puis le quatuor devient deux duos.

Minh Tuan et Tina montent dans le bus* ; dimanche, six heures trente, ils sont les seuls passagers. Chloé et Gaspard s'éloignent vers la résidence du Pont. Ils ne discutent plus beaucoup. Ils sont trop fatigués pour ça. Mais il reste quand même à Gaspard de quoi faire un dernier joint, alors Chloé propose une pause dans le parc du Château. Gaspard accepte. Il n'a pas envie que cette nuit s'arrête. Et peu importe que ce soit déjà le matin.

Il dit qu'il est peut-être amoureux de Tina.

Chloé dit qu'elle sait.

Dans leur dos, le bus s'éloigne. Minh Tuan les regarde par la vitre, à travers les reflets du soleil ; deux silhouettes qui rapetissent. Ses meilleurs amis. Tina a la tête contre son épaule. Elle est déjà en train de s'assoupir. Il la réveillera quand ils passeront devant son hôtel. Le bus monte vers la forêt. Minh Tuan continue de regarder l'horizon.

Le bac. Plus qu'une épreuve à surmonter. Et

La 10A : ligne principale pour les bus de la ville. Elle traverse la quasi-totalité de ses quartiers, allant de Pontchartrain à Versailles en passant par Saint-Quentin-en-Yvelines. C'est pour ainsi dire la seule qu'utilisent Minh Tuan et Tina. Sans le savoir, tous les deux aiment s'asseoir du côté droit du véhicule. Le chauffeur favori de Minh Tuan est "l'Arabe aux lunettes de soleil", et celui de Tina "le gros avec les cheveux blancs".

ensuite, tout ça sera terminé. Le soleil coule sur les champs. Minh Tuan ne sait pas ce qu'il ressent. Contre son épaule, Tina ronfle doucement.

Il sort son portable de sa poche. Bloque le numéro de Marina. Son contact Messenger. WhatsApp. Tout. Puis il regarde de nouveau son reflet dans la vitre. Le soleil face à lui. C'est presque fini.

JUIN

"Shoryuken!"

Ryu, dans les jeux vidéo *Street Fighter*.

1.

À travers les stores, un soleil jaune, aveuglant, tombe sur le lit en rayures brûlantes. Gaspard grogne, puis jette un regard vers son téléphone dont l'alarme est en train de sonner. Sept heures. Putain. Pourquoi a-t-il mis son réveil si tôt ?

C'est à cause de Minh Tuan et de son plan, ça. Ça fait deux semaines qu'ils passent tout leur temps chez ce crétin, à réviser et à peaufiner cette histoire idiote ; à la longue, ça a forcément stressé Gaspard, et c'est ça qui l'a empêché de finir sa nuit.

Après tout, on est le 17 juin. Le bac commence aujourd'hui.

L'adolescent lève son bras et le laisse retomber sur ses yeux, décidant de gratter encore cinq minutes de demi-sommeil avant de réellement se lever. Dans un état flottant, il laisse ainsi ses pensées dériver, juste quelques minutes, au gré du flot tranquille de sa somnolence. Il voit Tina, Minh Tuan, Chloé. Les deux semaines qu'ils viennent de passer. L'année qui s'est écoulée.

Il pense au nain qu'il a vu dans le bus, il y a quelques jours. Il avait une petite trottinette à sa taille. Gaspard s'est demandé si ça coûtait plus cher qu'une trottinette normale, vu que c'était plus rare, ou moins cher, vu que c'était plus petit. Il n'a toujours pas la réponse. Le nain et sa trottinette s'en vont, suivant le courant avec le reste.

Les yeux toujours fermés, Gaspard pense aux oiseaux qu'il entend de l'autre côté de la fenêtre, au soleil dont les rayons grimpent le long de son drap. Il pense au plan. Il pense aux risques. Il pense à la semaine qui s'annonce, à la vie qui suivra.

Il pense, aussi, à l'érection matinale qu'il sent dans son caleçon. Et à Starfucked*.

Il a découvert le compte Instagram de cette fille la veille, dans la chambre de Minh Tuan. Les trois autres ressassaient pour la millième fois les derniers détails du plan, tandis que Gaspard fumait un joint près de la fenêtre en jouant avec son portable, cliquant discrètement de lien en lien à la recherche d'une nouvelle égérie pour égayer ses moments de solitude. Il est tombé amoureux au premier coup d'œil. La proximité de Chloé, malheureusement, l'avait forcé à ranger immédiatement son téléphone et à reprendre le fil de l'inepte conversation en cours. Mais il est peut-être désormais l'heure de faire quelque chose de son coup de foudre virtuel, non ?

Sans sortir de son lit, Gaspard se sert du mur derrière lui pour se redresser un peu. Torse nu, uniquement vêtu de son caleçon et du pendentif

---

Starfucked : nom de scène d'une modèle érotique suédoise très suivie sur Instagram. Connue pour ses tatouages, ses cheveux rouge et noir et ses tenues de latex moulant. Trois caractéristiques qui reviennent souvent dans la collection privée de Gaspard.

en forme de chien avec lequel il a dormi, il tend l'oreille… Mais non, la maison est complètement silencieuse. Ni son frère ni ses parents ne sont encore levés. Normal, étant donné l'heure, d'ailleurs… L'épreuve de philo, qui ouvrira le bac, n'aura lieu que dans… quoi, quatre heures ? Cinq ? Enfin, à midi, quoi.

Merde. Il a besoin de se donner du courage.

Gaspard reprend son téléphone, ouvre Instagram et, sous son drap, retire son caleçon.

Son portable se met à vibrer au moment exact où il retrouve la page de sainte Starfucked. Gaspard grogne en voyant le nom de Chloé s'afficher sur son écran. Toujours là pour le faire chier, celle-là… À regret, sa main droite revient à l'air libre, tandis que la gauche lève l'appareil jusqu'à son oreille.

– Ouais, quoi ? demande-t-il en essayant de maquiller son énervement en fatigue.

– Quoi, “quoi” ?! hurle Chloé à quelques millimètres de ses tympans, sans se soucier de maquiller son énervement en quoi que ce soit. Tu te fous de ma gueule, connard ?! Tu branles quoi, putain ?

Un instant, Gaspard est tenté de répondre la vérité. Malheureusement, il ne trouve pas de façon de le faire sans être vulgaire. Or, il lui semble très important, pour le bien de l'humanité et tout ça, de ne pas s'adonner à la grossièreté gratuite, dans la vie.

– Je suis en train de réviser pour tout à l'heure, répond-il donc, tout en se levant pour allumer son ordinateur, décidé à profiter de Starfucked sur un écran digne de ce nom.

Dans son oreille, le soupir de Chloé dure environ deux siècles.

– Je vois… souffle-t-elle, visiblement habitée par toute la lassitude du monde. C'est à quelle heure, pour toi, la philo ?

Tandis que son ordinateur s'extirpe à son tour de son sommeil, Gaspard fronce les sourcils. Cette question ne lui plaît pas. Il s'y trouve un sous-entendu obscur et menaçant qu'il n'a pas envie de comprendre. Son érection est toujours présente, là, et il convient de d'abord s'occuper d'elle avant de prêter attention aux habituels délires de Chloé. Incapable de résister, Gaspard regarde tout de même l'heure dans le coin inférieur droit de son écran*. 07 h 28. Il s'est un peu plus servi que prévu en rab de sommeil, mais rien d'inquiétant, si ?

– Bah, midi, pourquoi ? répond-il tout en tapant "Starfucked Insta" dans Google.

– Putain de ta mère ! gémit Chloé. Il est encore chez lui, probablement en train de se branler ! Il croyait que c'était à midi ! crie-t-elle en éloignant sa bouche du téléphone, certainement pour parler à Minh Tuan et Tina.

Gaspard prend une seconde pour faire ses adieux à son érection. Il n'est certes pas d'une

---

Paradoxe de l'alarme surpréventive : lorsque, par prévention excessive, on programme l'alarme de son réveil trop tôt par rapport à l'heure où l'on doit réellement se réveiller, on court le risque de se dire "j'ai encore le temps, je peux dormir deux minutes de plus". Parfois, ces deux minutes en durent trente. Il convient donc, lorsqu'il est important de se lever le matin, de programmer son réveil pile à l'heure nécessaire plutôt que trop tôt. Gaspard a souvent été victime de ce problème.

intelligence foudroyante, mais il a déjà compris de quoi il retournait.

– Ça *finit* à midi, sombre connard ! hurle de nouveau Chloé dans son téléphone. Ramène ta gueule au lycée et magne ton cul ! Putain de débile de merde !

Elle raccroche aussitôt. Ce qui arrange plutôt Gaspard, puisqu'en posant son téléphone sur son bureau il peut ainsi se servir de ses deux mains pour enfiler en urgence le premier jean et le premier t-shirt venus, tout en gémissant sa panique sous la forme de petits cris aigus. De l'autre côté de la fenêtre, le soleil continue à briller et les oiseaux à chanter, incapables de se montrer solidaires de sa détresse. Poursuivant ses gémissements, Gaspard enfile ses baskets sans se soucier de d'abord mettre des chaussettes, attrape son sac, sort dans le couloir en courant, se souvient de son portable, retourne dans la chambre le récupérer, descend au rez-de-chaussée en courant, sent son téléphone vibrer, regarde le message de Minh Tuan lui disant "Et oublie pas ta carte d'identité, connard", remonte dans sa chambre en courant, éparpille ses affaires sans ordre ni logique, trouve sa carte d'identité sous sa table de nuit, continue à gémir, et, enfin, parvient à sortir dans la rue, toujours en courant. Pourquoi ses parents ne l'ont pas réveillé, putain ?! On se fout complètement de sa gueule, dans cette famille…

Il arrive dans la cour du lycée à 07 h 48, douze minutes avant le début de l'épreuve. La plupart des élèves sont déjà dans leur salle. En haut des escaliers, seuls Tina, Chloé et Minh Tuan l'attendent, leurs ombres sévères allongées dans sa direction par le soleil matinal.

Chloé le frappe.

Tina secoue la tête d'un air profondément déçu.

Minh Tuan lui demande s'il était en train de se branler.

Gaspard s'excuse tout en évitant de répondre à la question et, ensemble, les quatre derniers lycéens entrent dans le bâtiment.

Dans la chambre de Gaspard, figée à demi nue sur l'écran de l'ordinateur, Starfucked adresse un clin d'œil au silence.

La session 2020 du baccalauréat commence. Le plan de Minh Tuan Deloix, Chloé Vaguaire, Gaspard Lang et Tina Akono également.

Ils se séparent au fil des couloirs, chacun rejoignant sa table dans les salles d'examen, selon sa place dans l'alphabet.

Tina, salle 101.

Minh Tuan, salle 102.

Gaspard, salle 106.

Chloé, salle 110.

En sueur, hagard, dispensé de douche, d'un brossage de dents ou même d'un bref coup de déodorant, Gaspard soupire, tandis qu'un prof inconnu vérifie les pièces d'identité et qu'un autre passe entre les rangs.

Gaspard regarde un bref instant le ciel blanc derrière la fenêtre, les visages concentrés des autres élèves, puis, enfin, il retourne sa feuille et lit les sujets de philosophie.

Sans trop s'affoler, il prend en considération le fait qu'il ne comprend ni le premier ni le deuxième. Après tout, c'est pour ça qu'il y en a un troisième, non ?

"« Carpe Diem » ou, en français, « profite du moment présent ». Cette maxime latine ressemblant à un ordre est-elle une façon réaliste et souhaitable de mener son existence ?"

Gaspard renifle. Il se rend compte que, dans l'urgence dudit moment présent, il a oublié de prendre un stylo.

Tandis que l'un des enseignants qui surveillent la salle lui en apporte un en soupirant, l'adolescent s'interroge sur l'utilité d'avoir monté tout ce plan à la con. Distraitement, il joue avec l'immonde pendentif qui brille à son cou.

Puis, contraint et forcé, il commence à écrire. Il se demande s'il y a un moyen de parler de Starfucked dans sa dissertation.

2.

Dix jours avant la première épreuve du bac, dans la chambre de Minh Tuan.

La fenêtre est ouverte sur les cigarettes de Chloé et de celui-ci. Dans un angle de l'immense pièce, sur l'écran de l'ordinateur, une vidéo du championnat du monde de *Street Fighter V**, le son coupé. Branché aux enceintes, un téléphone diffuse du Narratah*. De l'autre côté de la chambre, Gaspard est accroupi sur la moquette, devant les interminables étagères contenant la collection de mangas de Minh Tuan.

EVO : diminutif de l'*Evolution Championship Series*, un championnat de jeux de combat qui fait figure de rassemblement annuel pour les joueurs. En 2004, le Japonais Daigo Umehara a marqué l'histoire de *Street Fighter III* en réussissant, contre le Coréen Justin Wong, une série de parades extrêmement difficile à effectuer. Minh Tuan se repasse parfois la vidéo de ce moment d'anthologie lorsqu'il se sent déprimé.

Narratah : chanteuse pop originaire de la ville où habitent Chloé, Minh Tuan, Tina et Gaspard. Devenue célèbre avec son deuxième album, *Rythmes cardiaques*, sorti en 2012. Personne la plus connue de l'histoire de la ville, devant la youtubeuse Marina Javandi et l'écrivaine Sarah Tomich. Chloé prétend l'avoir croisée à Auchan. Narratah l'aurait complimentée sur ses cheveux. C'est un mensonge intégral, auquel personne n'a jamais cru.

Consciencieusement, il met de côté les volumes avec lesquels il compte repartir ce soir.

Et, enfin, assise au bureau, Tina révise comme elle peut, son livre d'histoire à la main et Rose, le chat de Minh Tuan, sur les genoux.

Minh Tuan souffle sa fumée par la fenêtre. De l'autre côté de celle-ci, le soleil de fin d'après-midi repeint en or le golf qui entoure sa maison. En tendant l'oreille, on peut discerner les voix lointaines de quelques connards en train de jouer. Chloé se demande comment ils font, ces enfoirés, avec la chaleur qu'il fait… Comme tous les ans depuis un moment, c'est la canicule absolue. Les records ont encore été battus, deux jours plus tôt. Comme l'année dernière. Comme l'année d'avant. Une nouvelle bande-annonce de la fin du monde qui arrive. Chloé a l'impression que ses vêtements collent à sa peau depuis qu'elle les a enfilés quelques heures plus tôt. Mais peut-être que les riches qui font du golf ont des vêtements climatisés ? Et peut-être que c'est à cause de ça, justement, qu'il y a ce réchauffement climatique ? Elle s'essuie les paupières, frotte sa main moite à son short.

– Je m'y suis mise, à *Street Fighter*, dit-elle en pointant sa cigarette vers l'ordinateur.

– Non, répond Gaspard sans se retourner ni mettre de point d'interrogation après ce bref mot. C'est pas vrai.

– Je te dis que je m'y suis mise, donc c'est que je m'y suis mise, wesh ! insiste-t-elle, autant irritée par la stupidité de Gaspard que par la chaleur.

– Ha ouais ? lui demande Minh Tuan avec un sourire en coin. Et tu joues qui, alors ?

Chloé a parfaitement conscience qu'il s'agit d'une question piège. Dommage pour ces deux tocards : elle a appris sa leçon.

– Camille, répond-elle fièrement.

– Y a pas de Camille, dans *Street*, intervient de nouveau Gaspard, toujours sans se retourner.

– Ferme ta gueule ! Bien sûr qu'il y a une Camille ! La blonde !

– Cammy, corrige Gaspard.

– Elle s'appelle Cammy, confirme Minh Tuan sans se départir de son sourire hautain de sale merdeux très content de lui.

Les yeux plissés, Chloé siffle entre ses dents, son souffle pointé vers l'extrémité de sa cigarette. Puis elle jette celle-ci par la fenêtre. Avec un peu de chance, elle se plantera dans l'œil d'un golfeur. Ou, plus probablement, elle foutra le feu à la baraque de Minh Tuan. Ce sera déjà ça.

– Vous voyez, c'est pour ça que vous êtes, genre, fondamentalement des merdes, au fond de votre âme et tout : moi j'essaie de m'intéresser à votre jeu de puceaux, là, et vous, le premier truc que vous trouvez à faire, c'est de me casser les couilles parce que je suis une débutante. Allez vous faire enculer !

– T'as jamais joué à *Street*, insiste Gaspard tout en extirpant des étagères plusieurs volumes de *L'Attaque des Titans**.

***L'Attaque des Titans* :** manga de Hajime Isayama. Raconte l'histoire d'un monde médiéval menacé par des créatures géantes. Bénéficie d'un énorme succès, notamment grâce à son adaptation animée.

– Hé mais t'es méga relou, aujourd'hui, wesh ! crie Chloé. Pourquoi il est méga relou, aujourd'hui ? demande-t-elle à un Minh Tuan qui se contente de hausser les épaules. J'ai plus joué à *Street Fighter* que toi, connard !

– Bon, je suis désolée, mais il reste dix jours avant le bac, et je pense qu'il faudrait vraiment commencer à réviser. C'est pour ça qu'on est ici, non ?

Dans la chambre de Minh Tuan, les yeux se tournent vers Tina. Adossée au cadre de la fenêtre, Chloé hausse un sourcil, les bras croisés sur son t-shirt humide. Face à son regard, Tina a un petit sourire timide. Du bout de son stylo, elle remonte ses lunettes sur son nez.

– Mais je vous jure que je trouvais ce débat très intéressant, hein. Au moins autant que toutes vos discussions habituelles.

Chloé tourne la tête vers Minh Tuan et Gaspard.

– Elle se fout de notre gueule ?

– Je crois… répond Minh Tuan.

– Elle se fout de notre gueule, confirme Gaspard.

Chloé regarde encore une fois Tina. Puis elle sourit à son tour.

La voir comme ça, assise dans cette pièce qui doit faire dix fois la taille de sa chambre d'hôtel, le chat de Minh Tuan sur les genoux,

A donné naissance à un nombre conséquent de séries dérivées. Fait partie des cinq mangas favoris de Minh Tuan. Gaspard trouvera le dessin très moche, peut-être du fait que le récit ne contient aucune femme dénudée.

ses livres de cours ouverts devant elle, son sourire moqueur tirant vers le haut le coin de sa bouche… Cette bâtarde a trouvé sa place. Chloé en est heureuse. Pour Tina, pour elle-même.

Gaspard se relève en grognant, tandis que Minh Tuan s'assied par terre, contre le lit, tendant le bras pour récupérer une bouteille de Coca qui traîne là.

– Faut qu'on se mette d'accord sur le plan, aussi. J'ai réfléchi à une nouvelle stratégie.

– Putain… soupire Chloé en roulant des yeux.

– En vrai, t'es relou, assène Gaspard, définitif.

– Tu connais l'accord, conclut Tina. On trichera si tu veux, mais d'abord, je veux que vous essayiez de réviser.

C'est au tour de Minh Tuan de grogner. Chloé brait un bref ricanement, accompagnée par Gaspard.

La promesse des révisions. L'espèce de pacte débile que Tina a tenu à leur faire passer la veille. Cette tocarde veut sauver leurs âmes scolaires, ou un truc comme ça. C'est assez mignon, au fond.

– Et tu veux qu'on commence par quoi ? demande innocemment Gaspard, aussi stupide et naïf que d'habitude.

– Vous êtes tous les trois mauvais en maths*, alors on pourrait…

Chloé et les maths : c'est un nouveau mensonge de Chloé. Elle est la plus mauvaise du trio, en mathématiques. Ce qui est loin de signifier que les moyennes de Gaspard et Minh Tuan soient tellement plus honorables que la sienne.

– Je suis pas *si* mauvaise ! s'offusque Chloé. Bien moins que ces deux grosses merdes, déjà…

– À quoi ça sert de réviser si j'ai un nouveau plan et que…

– Tu as promis, Minh Tuan ! coupe Tina en écarquillant les yeux, menaçante.

Sur ses genoux, Rose rouvre un œil, probablement tirée de sa somnolence par le ton de l'adolescente. Constatant que tout va bien, le chat fait un tour sur lui-même avant de se rendormir. Minh Tuan termine son Coca, puis le jette à travers la pièce en gémissant, son moral à l'agonie. Lui aussi écrasé par la chaleur, il semble fondre sur la moquette. Dans les enceintes, le téléphone passe de Narratah à PNL.

– Putain… Bon, vas-y, c'est bon… Mais tu jures de nous aider à tricher, hein ?

– Si tu jures d'essayer de réviser.

Minh Tuan gémit une dernière fois.

– Allez : tout le monde sort son livre de maths, ordonne-t-il en soupirant.

Tina hoche la tête, satisfaite.

Sourire aux lèvres, Chloé sort son portable et prend une photo de la pièce. Reculant de quelques pas, elle parvient à avoir ses trois amis dans le cadre.

#Révisions

#LaBonneAmbi

#Canicule

#OnVaTousMourir

#LDDB

Une fois le cliché posté, elle s'approche du bureau, des trois autres, et sort ses affaires de son sac de cours. Par la fenêtre ouverte résonnent des rires et des applaudissements au loin. Fin du monde ou non, les riches continuent à golfer. Les quatre adolescents commencent à réviser.

3.

Dans la cour, les élèves de terminale sont réunis en petits groupes, débattant des sujets de philosophie qu'ils viennent de traiter. Ce sera ça toute la journée, à la télé, sur Internet, partout. Le bac de philo, ça plaît aux gens, ça. Tous les Français peuvent y aller, pendant quelques heures, de leur petit avis à eux. Tout le monde se fait plaisir. D'ailleurs, cette épreuve, toujours la première du bac, sera conservée, après la réforme, d'après ce qu'a lu Minh Tuan.

C'est important, probablement, de laisser croire aux gens que leurs opinions ont une importance.

Tout en allumant une cigarette, il descend les escaliers, évite le groupe d'Enzo et Kevin sans répondre à leurs mains levées, et rejoint les autres sur l'herbe entre la cour et le terrain de volley. À travers les frondaisons des arbres, le soleil fait pleuvoir des feuilles de lumière. Minh Tuan jette son sac presque vide entre Chloé et Tina.

– Alors ? demande Gaspard, assis sur le banc en train de rouler un joint.

– Alors quoi ?

– T'as réussi ?

– On doit vraiment parler de ça ?

– Oui, juge Chloé.

Minh Tuan se laisse tomber en arrière. Les feuilles de lumière maquillent son visage. Le bruit du vent dans les branches accompagne les voix dans la cour.

– J'ai pris le truc sur le moment présent, là…

– Hé, moi aussi ! s'étonne joyeusement Chloé.

– Pareil ! ajoute Gaspard. On est grave en connexion spirituelle et tout !

– C'était le sujet le plus facile… tempère Tina.

– Tu l'as pas pris ? demande Chloé.

– Si. Parce que c'était le sujet le plus facile.

– J'ai dit que vivre le moment présent, c'était le seul truc valable, reprend Minh Tuan en soufflant. Qu'il fallait s'en foutre de la trace qu'on laissera. C'est ici et maintenant qui importe, et on doit s'en branler complet de savoir de quoi sera fait demain et toutes ces conneries.

– T'as cité des philosophes ? interroge Chloé.

– Non. J'ai parlé de la crise climatique.

– Hé, trop bien ! Moi aussi, j'ai dit que c'était bientôt la fin du monde et tout ! Sérieusement, pour de vrai, je vous dis, on est en connexion astrale de ouf ! s'exclame Gaspard. Ça se trouve, on est des âmes sœurs !

– Dis pas ça, c'est dégueulasse, frémit Chloé.

Sans que Minh Tuan n'ait à se redresser, les deux garçons se tapent dans la main. Gaspard allume le joint.

– Moi j'ai fait le classique, reprend Chloé. Première partie : il faut vivre le moment présent. Deuxième partie : il ne faut pas vivre le moment présent. Troisième partie : il faut vivre le moment présent, mais pas trop. J'assure au moins, genre, un 16, avec ça.

– Je suis pas sûr à cent pour cent… ose Gaspard en fronçant le nez.

– Vous croyez vraiment que le monde va bientôt se terminer ? demande Tina.

– Toi pas ? se moque Minh Tuan. T'as pas les infos, dans ton hôtel ? Ou, juste, je sais pas, t'as un microclimat qui fait que t'as pas senti la canicule ?

– Si vraiment vous pensez que le monde est presque terminé, pourquoi ne pas vous suicider ?

Minh Tuan tourne la tête vers elle, écrasant les brins d'herbe sous son crâne.

– Putain, t'es hardcore, meuf ! ricane Chloé. Ça te plairait, qu'on se suicide ? Tu viendrais à notre enterrement ?

– Tu veux faire un discours, au mien ? propose Gaspard.

– Tu crois qu'elle aurait, genre, quoi que ce soit à dire de bien sur toi, tête de bite ? "Nous sommes ici réunis pour dire adieu à Gaspard, qui passait son temps à se droguer en se branlant…"

– Je ne me branlais pas du tout, ce matin, tu sais. Je faisais des révisions de dernière minute. Et puis, toi, définitivement, si je meurs en premier, je t'interdis de prononcer un seul mot à mon enterrement.

– Tu mourras *évidemment* en premier. Je suis pas une droguée, moi ! répond Chloé en lui volant le joint.

– Vous comprenez ce que je veux dire, reprend Tina en soupirant. Moi je ne crois pas que vous pensiez réellement que c'est bientôt la fin du monde. Je crois que c'est juste une excuse que vous vous êtes trouvée.

– Ah ? demande Minh Tuan en regardant sa cigarette. Une excuse pour quoi, alors ?

– Pour continuer à ne rien faire de vos journées.

– T'es très sévère, avec nous, Tina, se plaint Gaspard. Très sévère, vraiment.

Minh Tuan se redresse. Écrase sa cigarette. Lisse ses cheveux en arrière. Dans la cour, une fille* pleure, consolée par ses amies. Probablement n'a-t-elle pas trouvé de philosophes à citer, elle non plus.

– On fait quelque chose de nos journées, surtout en ce moment… répond-il en regardant la foule des adolescents face à lui. Vous avez fait vos devoirs, ce matin, j'espère, hein ?

Près de lui, Chloé remue, renifle, fume sur le joint, le propose à Tina qui refuse, le tend à Gaspard. Les quatre adolescents, imperceptiblement, se rapprochent les uns des autres. Les voix baissent d'un ton. Les sourires disparaissent.

– Ouais. J'ai été aux toilettes, à un moment.

– Et ? demande Minh Tuan.

– L'un des surveillants m'a accompagnée. Il faisait gaffe à rien, genre, il était sur son portable et tout. J'aurais pu sortir un couteau et le planter, il aurait rien vu.

– Ha, parce que le plan, maintenant, c'est

Aurélie Ovenbeck : terminale S1. Pense avoir raté son épreuve. Tout comme, depuis des années, elle pense avoir raté absolument chacun de ses contrôles. Elle aura finalement 15. Tout comme, depuis des années, elle a d'excellentes notes à chacun de ses contrôles. Toute sa classe la déteste lorsqu'elle fait ça.

de tuer les surveillants ? demande calmement Gaspard.

– Non, mais je disais ça en exemple, fais pas le relou !

– Et le premier exemple qui te vient c'est de tuer des gens ?

– Bref, peu importe ! Pendant que j'étais aux toilettes, il est resté dehors. J'ai pu rentrer dans la cabine que je voulais, il s'en foutait. Lui, il était dans le couloir à discuter avec la meuf qui surveillait l'étage, là…

– Ouais, confirme Minh Tuan. Y a deux surveillants par salle et, je sais pas, un ou deux autres à l'étage…

– Au moins deux, dit Tina. Il y avait la fille de la cantine près des escaliers, et j'ai vu un homme de l'autre côté, devant la salle 103.

– Bien, murmure Minh Tuan. Moi je suis resté jusqu'au bout. À la fin, c'était le bordel… Pendant la dernière heure, les surveillants ne récupéraient plus les sujets ni rien, tout le monde partait avec. Mon hypothèse, c'est qu'ils sont stricts au début, mais que plus ça avance, plus ils s'en branlent.

– Ouais, mais on peut pas attendre la dernière heure ! objecte Chloé. Ce serait beaucoup trop serré…

– J'ai le droit de partir de la salle au bout d'une heure, explique Tina. Sur une épreuve de quatre heures, ça laissera trois heures pour mettre ton plan en place. On a besoin d'au moins ça.

– T'es partie à quelle heure, là ? interroge Minh Tuan.

– Au bout de deux heures.

– Et t'as fait ce qu'on avait dit ? demande Chloé.

– Oui : je suis allée aux toilettes. Aucun surveillant ne m'a suivie. J'y suis restée dix minutes, pour voir. Quand je suis ressortie, je n'ai croisé personne. Ils ne faisaient pas attention à moi.

– Et t'as pu prendre le sujet avec toi ?

– Je n'ai pas essayé… murmure-t-elle d'une voix désolée.

– Putain ! gémit Minh Tuan. Mais c'était la journée des repérages, ce matin ! Pourquoi tu l'as pas fait ?!

– J'avais peur de me faire engueuler…

– Putain !

– Désolée…

– Putain.

Il se laisse de nouveau tomber en arrière, les bras en croix. Sous sa veste ouverte, son torse monte et descend en rythme avec sa respiration, ses yeux aveuglés par les feuilles de soleil au-dessus de sa tête.

– Bon. Demain c'est l'histoire-géo. Tu pourras peut-être te passer des sujets. C'est surtout pour les maths, qu'il faudra absolument que tu les prennes.

– J'ai la priorité, sur les maths, hein, on a dit ! rappelle Chloé.

– Oui, bah ça on verra, marmonne Gaspard en rallumant le joint. Premier arrivé, premier servi.

– Pas du tout, arbitre Minh Tuan. Tout le plan repose sur une organisation précise. Faites pas n'imp', ou on va se faire griller.

– Ton plan, il pue la merde… souffle Chloé.

– Bah si tu veux tu participes pas et tu te débrouilles toute seule, connasse, hein !

– Les feuilles de brouillon, ils te les ont prises ? demande Gaspard.

– Non, répond Tina, ouvrant son sac à dos pour prouver ses dires.

Les trois autres adolescents imitent son sourire. À leur tour, ils sortent de leurs sacs des liasses de feuilles colorées, propres aux épreuves du bac. Chacun d'eux a une couleur différente.

– Merde… murmure Minh Tuan.

– T'as pas fait gaffe ? s'étonne Gaspard. Ils filent les brouillons en alternant à chaque élève, pour qu'on n'ait pas tous les mêmes couleurs… Comme ça, ils peuvent repérer direct si on a une feuille qu'est pas à nous sur notre table.

– Ouais, bah, je peux pas faire attention à tout, hein ! Et utilise pas des mots comme "alterner", tu sais pas faire.

– Tu crois qu'on aura chacun les mêmes couleurs toute la semaine ? demande Tina.

– J'en sais rien… Putain… On va trouver une solution.

Il se redresse encore. Enroule ses bras autour de ses genoux. Regarde les élèves. Le lycée. La cour à moitié vide. Plus de seconde, plus de première. Juste les terminales, derniers survivants de l'année scolaire. C'est presque terminé.

– Tu penses vraiment qu'on se cherche une excuse, quand on parle de la fin du monde ? demande-t-il.

– C'est ce que j'ai dit dans ma dissertation, répond Tina.

– Genre, t'as parlé de nous ? s'étonne Chloé.

– Non, pas vraiment… Mais j'ai dit qu'on se représente souvent le temps comme une ligne, mais qu'en réalité, c'est plutôt un point qui se déplace, vous voyez ? Que le passé, c'est du présent qui a été, et que le futur, c'est du présent à venir. Les deux notions sont en nous, aujourd'hui. Croire que ce sera bientôt la fin du monde, c'est espérer qu'on va mourir. “Le monde”, ça n'existe pas. Il n'y a que nous, qui existons. Tout le reste, vos histoires… c'est juste des excuses.

– Ou bien, propose Gaspard, c'est que, comme on sait qu'on va mourir et tout ça, alors on profite au max du présent, tu vois ?

– C'est faux. Si vous pensiez réellement ça, alors vous profiteriez plus. Vous feriez plein d'expériences. Des voyages. Des excès. Des choses dangereuses. Vous ne réfléchiriez à rien, à aucune conséquence.

– Et t'as pas l'impression que c'est ce qu'on fait ? demande Minh Tuan.

– Non. Vos drogues et tout ça, ce n'est rien. Vous vous préservez beaucoup, en réalité… Parce que vous espérez ne pas mourir. Vous espérez pouvoir vous déplacer encore un moment sur la ligne du temps. Je vous connais, maintenant. Vous faites juste semblant.

Les quatre lycéens restent un peu silencieux.

– Ça pue la merde, ton truc, finit par dire Chloé. T'auras une sale note, toi aussi.

– Tu ne peux pas savoir !

– Je suis méga forte, en philo.

– Non. Tu es mauvaise ! En philo et dans tout le reste !

– T'es une salope, Tina.

– Toi, t'es une salope !

– Venez, on va se prendre un McDo, propose Minh Tuan en se redressant. Histoire de se poser pour préparer demain. Faut qu'on trouve une idée pour cette histoire des feuilles de brouillon.

– Tu paies mon menu ? demande Tina.

– Ils te suffisent pas, mes trois mille euros ?

– Non.

– Putain… Vas-y, lève ton cul.

Tina obéit en souriant. Minh Tuan soupire et vole son joint à Gaspard. Il regarde une dernière fois les autres élèves, tout en quittant la protection des feuilles de lumière.

Il se demande encore, un instant, s'il croit en demain. Il se demande de quoi ils se souviendront, tous, dans dix ans. Ce qu'il restera d'aujourd'hui lorsque ce sera devenu hier. Puis il remarque que Gaspard n'a pas de chaussettes dans ses baskets. Ça lui semble tout aussi intéressant.

– Je déteste la philo, en vrai.

4.

Sept jours avant la première épreuve du bac, dans le salon de Chloé.

Les volets roulants sont baissés ; la lumière de midi se réduit à de fins rayons qui transpercent les interstices du plastique. Dans un coin, le ventilateur tourne, balayant la pièce de son bruit de fond et de son courant d'air vaguement froid. Toutes les dix secondes, Chloé y a droit, d'un côté puis de l'autre. Affalée à même le sol, en débardeur et en short, elle sent son corps fondre dans la pénombre. Malgré le ventilo, malgré le Mr. Freeze* qu'elle tient, jamais elle n'a eu aussi chaud.

– Pourquoi ta mère* garde tout ça ?

Lentement, ses cervicales grinçant sous la couche de sueur qui couvre sa peau, Chloé

Mr. Freeze : le goût favori de Chloé est "bleu", qu'elle ignore être supposément le goût "framboise", pour une raison dont la logique échappe à l'analyse.

Liane Vaguaire : mère de Chloé et Lucas. Orthodontiste. N'a pas fréquenté d'homme depuis quatre ans. Chloé ne le lui dirait jamais, mais elle l'admire, pour s'être occupée seule de Lucas et elle sans jamais sembler peiner. Elle ignore cependant que sa mère est sous Lexomil depuis maintenant deux ans. L'écrivain favori de Liane Vaguaire est Stephen King, dont elle possède tous les romans.

tourne la tête vers Tina, debout près de l'armoire. Ça fait cinq minutes que, fascinée, elle joue avec les moulages de sa mère. Des dizaines, des centaines, probablement, de mâchoires en plâtre. Des souvenirs de patients auxquels elle a posé des appareils.

– J'en sais rien du tout, soupire-t-elle, à bout de forces, avant de suçoter son Mr. Freeze. On lui a déjà demandé, genre, dix mille fois, avec mon frère, de se débarrasser de ces horreurs… On se croirait dans la maison d'une tueuse psychopathe ou quoi.

– Je trouve ça vraiment intéressant… dit Tina tout en jouant à faire claquer l'un des dentiers.

– Tu peux en prendre un, si tu veux. Elle le remarquera jamais.

Tina met son propre Mr. Freeze dans sa bouche et tourne un regard surpris vers Chloé.

– Sérieusement ? Je peux ?

– T'es une tarée, putain… Tu vas en faire quoi ?

– Je trouve que c'est joli.

– T'es une tarée…

– Merci beaucoup, Chloé. Vraiment. C'est très gentil.

Tina prend une mâchoire complète, avec des gestes respectueux et prudents, et la met dans son sac sous l'œil dégoûté de Chloé.

– On peut se remettre au plan, sinon, ou vous préférez parler de dents toute la journée ? demande calmement Minh Tuan, assis à la table, dans l'angle du salon.

– Ferme ta gueule, toi ! ordonne Chloé. Tu squattes le ventilo, en plus, je me prends ta vieille odeur de transpi à chaque fois ! Pousse-toi de devant !

– Si tu venais t'asseoir ici pour bosser, tu te la prendrais pas, connasse.

– Une fois j'ai vu une vieille* qui avait plus qu'une seule dent, intervient doctement Gaspard, assis contre la fenêtre, ses cours à la main. Juste devant, en plein milieu... Je me disais que ça devait être super chiant. Si ça avait été moi, je l'aurais arrachée. Je trouve que zéro dent, c'est moins chiant qu'une seule dent. Elle doit lui rentrer dans la gencive et tout, non ?

– J'imagine que ça doit être difficile, de décider de volontairement te séparer d'une partie de ton corps, répond mollement Chloé. Tu préfères la garder jusqu'au bout.

– Toi tu t'arracherais la dent, si c'était la dernière, Tina ?

La jeune femme réfléchit, remettant ses lunettes en place tout en poursuivant sa visite. C'est la première fois qu'elle vient chez Chloé, réalise celle-ci.

– Je pense, oui. Comme tu dis, c'est plus pratique, à mon avis. Avec une seule dent, tu ne peux plus mâcher, de toute façon... Deux, ce

---

La vieille à une dent : Marthe Lieb. En réalité, Gaspard l'a croisée plus d'une fois, comme les autres, même s'ils n'en ont pas toujours eu conscience. Survivante de l'Holocauste, Marthe Lieb habitait depuis plus de cinquante ans dans une maison près des champs menant au quartier de la Forestière. Bien que sa santé déclinât et qu'elle vécût dans un dénuement inquiétant, elle n'a jamais souffert de sénilité. Est morte deux mois plus tôt, dans son sommeil. Aucun des adolescents ne le saura jamais. A plusieurs fois envisagé de se faire arracher sa dernière dent, mais n'a finalement pas pu s'y résoudre.

serait différent. Au moins, si c'est une en haut et une en bas.

– Ha ouais non mais clair, deux, c'est totalement un autre sujet ! Là je parle vraiment d'une.

– HÉ ! crie Minh Tuan. Ho ! Je suis là ! J'existe encore ? Vous m'entendez, quand je vous dis qu'il faut qu'on bosse le plan ? Sérieusement, vous êtes méga chiants, quand vous vous y mettez ! Et Tina, putain, depuis quand tu rentres dans ce genre de discussions, toi ?! Les laisse pas t'influencer !

– Dit celui qui la paie mille euros pour qu'elle l'aide à avoir son bac… ricane Chloé en finissant son Mr. Freeze, réduit à l'état de sirop bleu et visqueux.

– Bah justement, j'ai le droit d'en avoir pour mon argent !

En soupirant, tout le monde accepte enfin de prêter attention à ce relou spatial. Chloé n'en peut plus, de son histoire de plan. Elle n'en peut plus de grand-chose, ces jours-ci. Probablement la canicule qui la rend irritable. Ou cette ambiance bizarre. Les cours sont terminés, mais pas encore l'année. Son frère continue à aller au collège, sa mère au travail. Les rues de la ville sont vides, silencieuses, écrasées par la chaleur et l'ordinaire. Pendant encore une semaine, les lycéens ont le droit d'assister à ce qu'il se passe lorsque personne ne regarde. Et, surprise : c'est sans intérêt.

Chloé se sent comme en stase. Elle pourrait rester là, allongée par terre, pour le reste de son existence.

– Bon, dit Minh Tuan, une fois certain que les

autres l'écoutent. Donc, mercredi, c'est philo. On peut pas vraiment tricher sans se faire griller, c'est pas autant des trucs à apprendre que le reste… Donc ce que je propose, c'est qu'on utilise cette première épreuve pour repérer, vous voyez ?

– En vrai tu kiffes, hein, te croire dans un film d'espionnage et tout ? demande Gaspard en souriant.

– C'est pas la question, putain ! Concentre-toi… Bref. On repère. Comment les surveillants s'organisent, comment se passent les épreuves, où on est dans le lycée exactement… Vous voyez le genre.

– Ça veut dire que tu ne veux pas tricher pour la philo ? demande Tina, visiblement soulagée.

– Exactement. C'est pas grave. C'est juste une épreuve sur cinq.

– C'est coefficient quoi, la philo ? demande Chloé.

– Vous ne vous êtes vraiment pas beaucoup renseignés… murmure Tina, désolée, en se tordant un peu la bouche. Coefficient quatre.

– On va se rétamer, sans tricher, annonce Gaspard, assez calmement étant donné le propos.

– Tant pis ! coupe Minh Tuan. On se rattrapera dans les autres épreuves.

Il tapote son stylo contre le livre de maths ouvert devant lui.

– Si on se débrouille bien pour tout vérifier mercredi, à partir de jeudi, mon plan se met en place réellement.

– C'est quoi, le jeudi ?
– Histoire-géo.

En geignant, Chloé pousse de ses coudes contre le carrelage, parvenant à vaguement se redresser contre le canapé. Elle passe une main dans ses cheveux. L'une de ses tresses s'est complètement barrée.

– Bon… Allez, vas-y, explique ton plan, soupire-t-elle, moins pour satisfaire une curiosité qu'elle ne ressent pas que pour faire plaisir à Minh Tuan.

Toujours assis à la table, celui-ci a un sourire mauvais.

– Tout repose sur les toilettes du lycée.

Avec une plainte sonore et désespérée, Chloé roule des yeux. Elle se lève, se dirige vers la cuisine, et ramène des Mr. Freeze à tout le monde. Elle sent qu'ils vont en avoir besoin.

5.

– Ça va, tu t'en es sortie ? demande d'une voix prudente le surveillant assis à la sortie de la salle.

– Oui. Ça va.

– Bien… Bonne chance pour demain, alors.

– Merci, monsieur.

Remontant le couloir vide et silencieux, passant de zones de lumière en zones d'ombre au rythme des fenêtres donnant sur la cour, Tina s'éloigne, laissant derrière elle l'épreuve d'histoire-géographie. Elle a passé à peine une heure à sa table, quittant la salle avant tout le monde.

C'est probablement ce qui explique l'inquiétude dans les yeux du surveillant. Celui-ci la regarde disparaître en direction des toilettes.

Tina ne le connaît pas ; ce n'est pas un prof du lycée, ni même l'un des surveillants de la veille. Peut-être est-ce une bonne chose pour le plan de Minh Tuan, ou peut-être pas. Tina a du mal à juger de tout ça, là : elle sent son cœur battre vraiment beaucoup trop fort, et elle a l'impression que, dans la poche de son pantalon, la feuille de brouillon qu'elle a pliée cinq fois dégage une chaleur brûlante, qui va bientôt faire naître un panache de fumée. C'était horrible, de la plier en cachette sous son bras. Le bruit du papier, ses mouvements, ses regards nerveux… Logiquement, elle aurait dû se faire prendre mille fois.

Mais non. Aucun des deux surveillants n'a semblé s'intéresser à elle.

C'est à ça qu'elle a passé cette seule heure de l'épreuve : elle a lu le sujet, puis, aussi rapidement que possible, elle a écrit le plan idéal sur son brouillon, avant de rapidement le recopier sur la feuille qu'elle a rendue. Faute de temps, elle n'a rien développé, rien rédigé. Juste un plan détaillé et une introduction. Ça lui semble peu probable qu'elle puisse avoir la moyenne. Pourtant, c'était un sujet facile.

Le développement de l'Afrique*. Un sujet facile, oui. Et ironique, dans son cas. Elle a évité de focaliser sur le Congo.

Étant donné le timing organisé par Minh Tuan, impossible de s'occuper du sujet secondaire. Mais juste avec la question principale, si les trois autres idiots ont au moins un peu retenu tout ce qu'ils ont révisé ces deux dernières semaines, ils devraient s'en sortir, grâce au plan de Tina. Normalement, le 12 est assuré.

Au bout du couloir, les toilettes du premier étage sont désormais en vue. Dans la cage thoracique de l'adolescente, son cœur trouve le moyen de battre encore un peu plus fort. L'intérieur de

---

Le développement de l'Afrique : sous-partie de l'un des trois grands chapitres de géographie pour les terminales ES lors de l'année scolaire 2019-2020. Mme Préteau, la prof d'histoire-géo de Tina, a fait en sorte de ne jamais interroger celle-ci lors des cours portant sur ce sujet. Silencieusement, Tina l'en a remerciée.

ses mains est poisseux de sueur. Assise près de l'entrée, une autre surveillante se trouve derrière un petit bureau, un livre de poche à la main. Une seconde, elle en lève les yeux et accorde à Tina un vague hochement de tête. La gorge serrée au point de ne pas pouvoir avaler sa salive, l'adolescente lui répond de la même façon, puis entre dans les toilettes.

À gauche, celles des garçons. À droite, celles des filles. Avec un regard en coin vers la silhouette de la surveillante, Tina prend à gauche. Elle a l'impression qu'à tout moment, elle risque de s'évanouir. Ses battements de cœur font bouger son t-shirt. Elle entre dans la deuxième cabine.

En arrière-plan de son cerveau, une pensée parasite : ce n'est donc pas un mythe, les toilettes des garçons puent clairement davantage que celles des filles. La bouche sèche, les yeux palpitants de nervosité, elle soulève le couvercle de la chasse d'eau.

À l'intérieur, collée à la faïence, une enveloppe blanche, scotchée la veille par Minh Tuan. Elle est toujours là. Le plan n'a pas été découvert. Tina tire de l'enveloppe plusieurs des feuilles qu'ils y ont cachées. Des vert pomme, des rose saumon, des jaune citron… Autant de couleurs que possible, pour parer à toutes les éventualités. Ils ne l'avaient pas vu venir, le problème des brouillons… S'asseyant sur le siège, se servant de son sac comme d'une table, Tina se met, à toute vitesse, à recopier son plan détaillé sur chacune des feuilles.

Sept minutes. Elle est dans les temps.

Avec des gestes précautionneux, tremblants, elle remet le couvercle en place, puis retourne vers l'entrée.

Plaquée au mur, elle attend, essayant de voir où se trouve la surveillante. Son cœur, son souffle, ses mains contre le crépi… Tout lui donne l'impression de faire un raffut pas possible.

La surveillante n'est plus à son bureau.

Merde.

Tant pis. Il faut qu'elle se lance.

Si elle la voit, elle dira qu'elle s'est trompée de côté. Ce n'est pas très crédible, ça fait un an qu'elle est élève ici, mais peut-être que la femme ne réfléchira pas, peut-être que… Mais de toute façon, elle ne la voit pas. Tina entre dans les toilettes des filles et, une nouvelle fois, choisit la deuxième cabine. À l'intérieur de la chasse d'eau, une nouvelle enveloppe, uniquement destinée à Chloé. Tina recommence à écrire.

Ça ne lui demande que trois minutes, cette fois. Elle s'améliore.

Elle se laisse tomber sur les toilettes, le souffle court. D'un doigt vibrant, elle remet ses lunettes en place.

C'est fait.

Et elle ne sait pas ce qu'elle en pense.

Elle sait qu'elle s'en fiche réellement, d'avoir son bac, que ça n'a aucun sens pour la vie à laquelle elle est autorisée dans ce pays. Elle sait aussi qu'elle va avoir trois mille euros, bientôt.

Oui, ça, d'accord, elle le sait.

Elle veut s'acheter un ordinateur à elle, avec. Comme ça, quand Makalé partira, elle en aura quand même toujours un. Elle veut peut-être changer les roues de son skate*, aussi. Pourquoi pas acheter des livres. Un abonnement à Netflix* pour regarder des séries. Du fromage. N'importe quoi.

Mais elle sait également de quoi il retourne.

Elle sait qu'elle aide ses amis à tricher. Elle sait que les amis en question l'ont envoyée en première ligne, seule, et qu'ils sacrifient ses résultats à elle pour les leurs. C'est elle qui quitte les épreuves au bout d'une heure pour pouvoir leur faire leurs réponses sans attirer l'attention. Elle qui doit se débrouiller pour plier discrètement les feuilles. Elle qui prend tous les risques. Elle le sait. Elle l'a accepté.

Ils pensent qu'elle est surdouée. Elle ne l'est pas. Elle a juste de bonnes notes parce que, contrairement à eux, elle écoute en classe. C'est tout.

Mais ils pensent qu'elle est surdouée, oui. Ils pensent beaucoup de bien d'elle. Tout le plan

---

Changer les roues de son skate : Tina a vu sur Internet qu'il existait de très nombreux modèles de roues, et que sélectionner les siennes était primordial pour maîtriser son skate. Elle n'a pas encore arrêté son choix sur un modèle précis, mais elle a noté l'adresse d'une boutique spécialisée se trouvant près de la fac où Gaspard, Chloé et Minh Tuan veulent aller. Elle aimerait s'y rendre.

Netflix : récemment, avec Makalé, Tina a regardé la série *Stranger Things*, au rythme de trois épisodes par soir avant de s'endormir. Elle a beaucoup aimé la première saison. Elle a détesté la deuxième. Elle a trouvé la troisième passable. Elle en a parlé à Chloé et Gaspard, par la suite, et Chloé était du même avis qu'elle. Gaspard, en revanche, disait avoir aimé toute la série. Minh Tuan, présent dans la pièce, n'est intervenu que pour dire que c'était une série de merde du premier au dernier épisode. Chloé lui a demandé pourquoi il l'avait regardée en entier, dans ce cas. Minh Tuan n'a pas répondu.

tourne autour de son intelligence. Ils l'estiment et se reposent sur elle. Tina se sent utile.

C'est beaucoup de sentiments contradictoires, tout ça. Beaucoup d'émotions qui partent dans un sens, dans l'autre, se rentrent dedans en des gerbes d'étincelles silencieuses qui coulent de son crâne à sa nuque avant de se diffuser dans tous ses muscles, jusqu'à la plante de ses pieds, jusqu'au carrelage bleu des toilettes. Autour d'elle, le silence bourdonne, dans une odeur de détergent.

Mais elle ne sait toujours pas ce qu'elle pense.

Ses parents. Sa mère. Son père. Qu'est-ce qu'ils en penseraient, eux, hein ? Elle aimerait avoir leur avis... Mais elle réalise qu'il faudrait, pour ça, leur expliquer exactement ce qu'est le bac. Ce qu'est sa condition, ici. Qui sont Gaspard, Chloé, Minh Tuan. Ce que vaut un euro. Ce que vaut une amitié.

Il faudrait, pour tout ça, également, que ses parents soient là, avec elle. Et ils ne le sont pas.

Tina est la seule, désormais, à pouvoir choisir dans quel sens orienter sa vie. Et elle a envie d'aller dans le même sens que ses amis. Bientôt, ils deviendront adultes. Elle, elle l'est déjà. Elle a hâte qu'ils la rejoignent. Et pour ça, il faut qu'ils aient leur bac.

Ils sont sa famille, maintenant. Et c'est à elle de veiller sur eux, pour le moment.

Tina se lève, s'apprête à sortir de la cabine, puis a soudain l'idée de tirer la chasse. Ça crédibilisera le temps qu'elle a passé ici. Elle se dirige ensuite vers les lavabos. Se nettoie les mains. Retire ses lunettes. Se passe de l'eau sur le visage. Remet ses lunettes. Elle regarde un instant par la fenêtre.

Ça fait bizarre, de voir la cour du lycée vide. Elle n'y reviendra plus jamais, après le bac. Cette idée la rend triste, pendant un bref instant. Vraiment très triste. Un peu plus calme, la poche de son jean beaucoup plus légère, elle ressort des toilettes.

La surveillante est près des escaliers, en train de parler dans son téléphone portable. Elle n'a probablement même pas entendu Tina tirer la chasse d'eau, ni fait attention au temps qui s'écoulait. L'adolescente en ressent une certaine frustration. Elle a vraiment fait beaucoup d'efforts pour être discrète.

Tina passe près de la femme, qui ne lui accorde pas un regard, puis rejoint le hall du lycée pour y attendre ses amis.

Dans quinze minutes, Chloé ira à son tour aux toilettes. Dans trente, Gaspard. Dans quarante-cinq, Minh Tuan. L'ordre a été choisi pour laisser plus de temps à ceux qui ont les pires moyennes, selon les matières. Il reste un peu moins de trois heures. Le temps pour tout le monde, normalement, d'assurer une note acceptable. Sauf pour Tina.

Elle ne sait pas ce qu'elle en pense, de tout ça. Elle sait juste qu'elle considère Minh Tuan, Gaspard et Chloé comme ses amis. Et qu'ils la considèrent de la même façon.

Et là, tout de suite, ça suffira.

Elle s'assied dans un coin du hall, près des portes, et soupire en fermant les yeux. Elle est épuisée.

6.

Cinq jours avant la première épreuve du bac, devant un lycée de Versailles.

En sortant du bâtiment, Gaspard a l'impression de tanguer. Au-dessus de sa tête, le soleil fond dans le ciel, entraînant dans sa chute dégoulinante un amas d'humidité poisseuse, comme si l'air était saturé de transpiration.

Merde : Gaspard va avoir du mal à oublier cette image, maintenant. Il agite son t-shirt pour s'éventer, se frotte le front. Il aimerait avoir l'un de ses bonnets sur la tête. Là, sans rien, il a l'impression bizarre d'avoir froid au cerveau. Alors que, bon Dieu, il crève de chaud. C'est sa mère, ce matin, qui lui a dit de ne pas en mettre. Soi-disant que ça ferait mauvais genre, pendant l'oral d'espagnol. Par souci de ne faire perdre du temps à personne, Gaspard s'est abstenu de lui répondre que, des cheveux bleus, ce n'était pas tellement mieux. Ceux-ci sont attachés à l'arrière de sa tête. Ça lui donne l'impression de tirer son visage en arrière. Il retire l'élastique qui les retient.

Bonnet ou non, son oral d'espagnol, il l'a foiré.

Évidemment, qu'il l'a foiré. Qui s'attendait à autre chose, hein ? Pas lui, en tout cas.

"Este documento fue escrite en la año mile noveciento noventa y dos."

C'est la seule phrase à peu près correcte qu'il a réussi à placer. Un extrait de roman qu'ils avaient vaguement étudié en milieu d'année. Un truc sur la guerre d'Espagne*.

L'examinateur, grand prince, voyant que Gaspard galérait sur la langue pure, a essayé de le faire parler sur ce sujet. Il lui a demandé quand avait eu lieu la guerre d'Espagne. Gaspard a répondu au hasard.

"Los años mile noveciento setenta?"

Raté. C'était les années 1930.

Le sourire désolé de l'examinateur lui a fait mal. Comme le ronronnement du ventilateur dans un coin de la pièce. Comme le petit pouffement étouffé de la fille qui préparait son oral au fond de la salle pendant que Gaspard débitait ses conneries.

Putain.

Il s'adosse au mur, le temps de fouiller ses poches à la recherche de son tabac, de ses feuilles, de son shit. En arrivant, il a repéré un banc un peu à l'écart, à l'ombre des arbres. Il s'y installe, roule rapidement. Dans la cour de ce lycée qui n'est pas le sien, d'autres élèves de terminale venus de tout le département errent dans la cour, les couloirs, le hall, à la recherche

---

Guerre d'Espagne : conflit civil qui, entre 1936 et 1939, opposa la gauche espagnole à la droite nationaliste de Franco. C'est ce second camp qui remporta la guerre et installa au pouvoir une dictature qui durerait près de quarante ans. Tout ce que Gaspard sait de ce sujet tient au contenu du film *Le Labyrinthe de Pan*, de Guillermo del Toro.

de leur salle d'examen. Gaspard était le dernier à passer, dans la bande. Tina et Minh Tuan s'en sont sortis, d'après eux. Chloé, non. Dans sa poche, son portable vibre. Un message de celle-ci : *"Alors, fdp* ? T'as foiré, hein ?"*

Il préfère allumer son joint plutôt que répondre. Le message reste en attente, aux côtés de celui de Minh Tuan, envoyé dix minutes plus tôt, en plein oral : *"Franchement, si t'as 8, tu pourras estimer que c'est déjà un braquage, dans ton cas."* Gaspard souffle sa fumée vers le ciel, sans se soucier d'être repéré par qui que ce soit. Personne ne le connaît, ici.

Minh Tuan et Chloé sont des chiens galeux. Particulièrement du fait qu'ils ont raison.

Gaspard est idiot. Il ne connaît rien à rien, ne s'intéresse qu'aux mangas, aux pornstars et aux groupes de rock, est incapable d'avoir une discussion intéressante avec qui que ce soit d'un peu intelligent.

Pourquoi il est comme ça ? Pourquoi il est complètement débile ? Il souffle de nouveau sa fumée, les bras luisants de sueur, les doigts glissants, son sac à dos posé entre ses pieds, les yeux qui clignent pour lutter contre la canicule.

Il a honte d'être lui. De ses cheveux bleus, de son t-shirt aux couleurs du groupe blink-182*,

---

FDP : sigle pour "fils de pute". Même à l'oral, Chloé a pris l'habitude de plutôt utiliser cette abréviation. Elle réserve désormais "fils de pute" aux moments où elle tient à paraître solennelle.

blink-182 : groupe de pop-punk californien actif depuis les années 1990. Longtemps décrié par les gardiens du temple à cause de ses paroles juvéniles, il est désormais reconnu comme l'un des pères fondateurs du genre tel qu'on le connaît aujourd'hui.

du joint dans sa main, de son idiotie, des messages que lui envoient ses amis. Il ne sert à rien. Il est un objet de mépris, de moquerie, quelqu'un que l'on regarde pour se rassurer sur sa propre valeur. Il est une merde et il n'a aucune excuse pour l'être. Ses parents l'aiment, son petit frère, il a des amis, il a tout. Mais il est une merde quand même. C'est comme ça. Chacun sa place. La sienne est là, à penser que la guerre d'Espagne a eu lieu dans les années 1970.

Il aurait aimé être quelqu'un d'autre.

Une fois le joint terminé, il écrase celui-ci dans la cour de ce lycée où il ne remettra jamais les pieds puis s'éloigne vers la gare. Ses parents travaillent, aujourd'hui, personne n'a pu l'accompagner.

Il y a quelque chose d'incroyablement solitaire, dans ce moment. Un instant, il envisage d'aller faire un tour pour acheter des disques. L'instant d'après, il envisage de se jeter sous les roues du bus qui passe devant lui.

Finalement, il ne fait ni l'un ni l'autre. Il n'a plus d'argent, ni envie d'imposer un autre enfant mort à ses parents. Il entre donc plutôt dans une boulangerie pour s'acheter une cannette d'Ice Tea, histoire de laver toute cette salive dégueulasse dont le joint a tapissé l'intérieur de ses joues. Il est quinze heures. Les rues sont presque vides. Tout le monde est en train de cuire. Les bruits de ses semelles sur les trottoirs lancent des échos bizarrement métalliques.

Célia, la grande sœur de Gaspard, en était fan, surtout de l'album éponyme. Le t-shirt que porte Gaspard, représentant un lapin anthropomorphique à l'air ahuri, lui appartenait.

Dans sa poche, son portable vibre encore, tandis que la gare apparaît au loin.

Tina.

"Je croise les doigts pour toi ! Courage ! Tu vas y arriver <3"

Gaspard s'appuie à un lampadaire. Dans son dos, le poteau métallique est brûlant. Il ouvre sa cannette et commence à boire.

Tina ne mérite pas de participer au plan de Minh Tuan. C'est sale, tout ça. Tina ne mérite pas ça, et lui non plus, pour d'autres raisons. Il ne mérite pas de s'en sortir, il ne mérite pas d'avoir la moyenne, encore moins une mention. Il mérite qu'on le pointe du doigt en riant, c'est tout. Et Tina est la seule à ne pas le traiter ainsi. Tout en continuant à boire son Ice Tea, à ce message-là, il répond :

"Merci, ça me touche. Mais j'ai foiré. Pas grave. Merci quand même, beaucoup, pour m'avoir fait réviser et tout ça. Sinon, Minh Tuan t'a menti : il peut te filer trois mille euros, plutôt que juste mille."

Il envoie. Puis, sans attendre la réponse, il entre dans la gare de Versailles-Chantiers*. Le train pour rentrer chez lui est dans plus de vingt minutes. Bordel. Il s'assied dans le hall, assommé par la chaleur. Prend un Xanax pour s'assommer encore davantage. S'assoupit. Laisse passer deux trains avant de se réveiller. Sous ses yeux,

---

Versailles-Chantiers : l'une des deux gares de la célèbre ville yvelinoise. Située à cinq gares de celle où descend Gaspard. Un train allant vers chez lui y passe toutes les demi-heures, de six heures du matin à minuit trente.

ses paupières sont gonflées d'anesthésiant, de fatigue, de sueur, de tristesse.

Il est une merde et il ne mérite pas d'être considéré autrement. Ses écouteurs dans les oreilles, il pose son front contre la vitre du train et regarde le paysage familier défiler. Le soleil qui brûle tout. La fin du monde.

La guerre d'Espagne dans les années 1970. Quel débile.

7.

Ses feuilles de brouillon sont bleu ciel, cet après-midi.

Revenu de sa balade, Gaspard se rassied à sa table et regarde l'horloge accrochée au-dessus du tableau. 15 h 53. À peine plus d'une heure avant la fin de l'épreuve. Ça ira.

Il avait le dernier tour aux toilettes, aujourd'hui, sous prétexte qu'il est moins nul en anglais que dans les autres matières. Il est à peu près sûr que Minh Tuan et Chloé l'ont arnaqué, mais ce n'est pas bien grave. S'ils avaient dû chaque fois favoriser celui qui a la pire moyenne, Gaspard serait forcément passé en premier tous les jours. Ça n'aurait pas été juste. Il ne leur en veut pas.

Sur le bureau, encore un portable qui vibre, à l'intérieur de la caisse en plastique contenant les téléphones de tous les élèves. Le surveillant émet un claquement de langue agacé, parcourt la pièce des yeux. Personne ne lève la tête. Seul Gaspard croise son regard et hausse les épaules avec un sourire désolé. Le surveillant plonge la main dans la caisse, coupe la sonnerie sans commentaire. C'est la quatrième fois depuis tout à l'heure que ça arrive. Puis le silence reprend ses droits. L'autre surveillant, celui qui a accompagné Gaspard dans les couloirs, passe lentement entre les tables, les mains croisées dans le dos.

Gaspard se prépare.

Il prend l'une de ses feuilles de brouillon et, sans chercher à se cacher, commence à la plier dans tous les sens en jouant avec son stylo de sa main libre. À sa droite, Laurine Melissier* lève les yeux un instant, l'air courroucée, puis reprend son travail. Gaspard triture sa tentative d'origami un moment, le regard dans le vague.

Puis le surveillant errant passe à la rangée d'après, lui tournant le dos. Derrière le bureau, l'autre surveillant regarde en direction de la fenêtre. Personne ne fait vraiment attention à quoi que ce soit. Probablement tout le monde est-il aussi pressé que lui que ça se termine.

Gaspard sort de sa poche la feuille préparée par Tina et la pose sur la table, sans la cacher. Lorsque le surveillant se tourne de nouveau, Gaspard déplie la feuille et la pose près de sa copie.

Toutes les réponses sont là, parfaitement organisées, avec les numéros des questions. À la fin, il y a même des pistes pour la dissert. Gaspard, à son tour, regarde vers la fenêtre en souriant.

Tina déchire vraiment tout.

Laurine Melissier : terminale ES. Excellente moyenne générale. Méprise ouvertement la majeure partie des élèves du lycée. S'est inscrite en classe préparatoire littéraire sur Parcoursup. Deviendra députée dans un peu plus de quinze ans. N'a jamais eu de petit ami. Tient en secret un blog de fanfictions érotiques sur *Harry Potter*, où elle écrit sous le pseudonyme "Madame Weasley".

Alors voilà. Après avoir hésité toute la semaine dernière, après avoir trouvé que l'idée de Minh Tuan était horrible, après s'être dit que Tina méritait mieux que ça, qu'eux-mêmes méritaient de rater leur bac, Gaspard a fait comme Chloé et Minh Tuan : il a triché. Il est allé aux toilettes, hier, aujourd'hui, et il a pris ce que Tina y avait caché.

Parce que lui aussi, il a envie d'avoir son bac. Lui aussi, il a envie, pourquoi pas, d'avoir une mention.

Parce que Tina se casse le cul pour eux et qu'il n'est plus l'heure de faire le chevalier blanc. C'était il y a un mois, que Gaspard aurait dû faire ça ; maintenant c'est trop tard. Il a fait ce qu'il a pu pour rendre la situation un peu moins sale qu'elle aurait pu l'être, mais c'est tout. Maintenant, il faut aller au bout.

Ce sera l'année prochaine, qu'il faudra changer.

Commencer à s'intéresser au monde.

Cesser de croire que tout commence et finit avec lui.

Seul à ne pas écrire, Gaspard regarde la classe. Tous ces élèves qu'il connaît, en train de bosser en se rongeant les ongles. D'une certaine façon, il croit bien qu'il est fier d'être l'un d'eux. Les mots d'Enzo, lors de la dernière soirée, lui reviennent en tête. Cette histoire selon laquelle lui aussi a eu un rôle à jouer, au lycée. Gaspard les regarde, tous, et il se fait une promesse : celle d'un jour, enfin, ne plus être un crétin.

Il sait ce que tous attendent de lui, sans même peut-être se le dire. Ils l'imaginent devenir serveur au McDo, ou magasinier à Auchan. Toujours avec l'air ahuri, un bonnet sur sa calvitie, à quarante ans.

Et là, tout de suite, ils ont raison d'imaginer ça.

Mais il revient à Gaspard de les détromper. Il revient à Gaspard de ne pas les décevoir. Ou, plutôt, en fait, si, justement, de les décevoir. Peu importe. Il lui revient, quoi qu'il en soit, de changer. Il ignore s'il en sera capable. Mais il sait qu'il le désire. Que, pour la première fois, il le désire réellement.

Par les fenêtres brille un soleil qui a cessé d'être caniculaire. Il étale des rectangles brillants sur les bureaux, sur les dalles au sol.

Gaspard réajuste son bonnet, retourne sa copie, boit une gorgée à la bouteille d'eau posée sur un coin de sa table, puis, enfin, il lit les réponses de Tina et corrige les siennes en conséquence.

Demain. Demain, il change.

La fac. Ce sera différent. *Il* sera différent.

Mais pour le moment, que tout ça se termine comme ça a commencé. Minh Tuan, Chloé, Tina, lui.

Il connaît Chloé depuis toujours.

Minh Tuan depuis la seconde. Depuis cette exclusion de cours qu'ils ont partagée et qu'ils ont mise à profit pour fumer un joint.

Il connaît Tina depuis le début de l'année.

Les trois personnes qu'il aime le plus au monde. Avant Melchior, avant Célia, avant ses parents. Chloé, Minh Tuan, Tina. Les siens. Ceux qu'il s'est choisis.

Il n'avait pas le choix, en vérité. Il ne l'a jamais eu. Bien sûr, qu'il triche. Demain, la fac, la suite, ça se fera avec eux. Ce sera ensemble, qu'ils cesseront d'être des crétins.

Gaspard commence la dissertation.

Sur le bureau du surveillant, un cinquième portable vibre*. Gaspard se fait la réflexion qu'en réalité, c'est peut-être le même chaque fois. Possiblement le sien, d'ailleurs. Il est certain d'avoir oublié de l'éteindre.

Le portable qui vibre : il s'agit bien de celui de Gaspard.

8.

Trois jours avant la première épreuve du bac, dans le couloir à l'étage de la maison de Minh Tuan.

– Non mais sérieusement, t'es d'accord, quand même ?! C'est un énorme bâtard, de lui avoir dit que j'avais trois mille euros à lâcher ! Moi j'aurais jamais fait ça, à sa place !

Les mains appuyées sur le rebord du velux, les bras tendus, Chloé regarde de l'autre côté de la vitre, en direction de l'allée du jardin. Elle répond à Minh Tuan sans se retourner.

– Bien sûr que tu l'aurais fait ! T'es, genre, le plus gros enculé que je connaisse, gars… Et puis, tu l'as mérité : t'avais dit que t'avais trois mille euros à lâcher, tu lâches trois mille euros, c'est la justice de Dieu et toutes ces conneries. Arrête de vouloir exploiter les immigrés. Maintenant, la ferme et viens voir, c'est trop intéressant !

Grommelant toujours, Minh Tuan consent à s'approcher. Il se dresse sur la pointe des pieds, à droite de Chloé, et regarde lui aussi par la fenêtre.

Dehors, remontant l'allée de graviers, Gaspard pousse son vélo tout en discutant avec Tina, qui tient son skate sous le bras. Ils sourient. Rient même un peu, au moment de rejoindre la route. D'un air entendu, Chloé hoche la tête.

– Quoi ? demande Minh Tuan d'une voix agacée.

– Tu te fous de moi ? Genre, tu vois pas ?

– Je vois pas quoi, putain ?

– T'as des bites à la place des yeux, ou quoi ?!

– Faut que t'arrêtes d'inventer des expressions qui n'existent pas, surtout qu'en plus tu fous le mot "bite" partout, et…

– Gaspard et Tina ! Ils sont trop *in love* de ouf, putain !

Minh Tuan fronce les sourcils, puis regarde de nouveau dehors. Ses deux amis sont désormais un peu plus loin, à une vingtaine de mètres de chez lui.

– N'importe quoi.

– Bien sûr que si, putain ! Ça crève les yeux !

– Parce que t'es une experte de ça, toi, hein ?

– Plus que toi.

– Moi j'ai eu des copines, au moins.

Chloé avale sa salive, sans tourner la tête vers Minh Tuan. Il a touché quelque chose qu'il n'aurait pas dû toucher. Elle le sait. Il le sait. Ils se taisent.

Dehors, le soleil de début de soirée a tout repeint en orange. Le ciel, l'herbe du golf, le bitume de la route, les éclats de lumière lancés par les roues du vélo de Gaspard, ceux lancés par les verres des lunettes de Tina. Sur les bras nus de Chloé, un peu de transpiration coule. Elle mordille sa lèvre, tire le col de son débardeur pour s'essuyer le front.

– Tu devrais pas lancer des rumeurs quand

t'es pas sûre, en tout cas, reprend Minh Tuan en essayant de changer de sujet. C'est pas bien.

– Genre.

– Quoi, "genre" ?

– Genre, tu me fais la morale.

– Y a des rumeurs pareilles sur toi et moi. Tu le sais. Tu devrais pas faire la même chose avec Gaspard et Tina juste parce que ça t'amuse de jouer à Cupidon ou je ne sais quoi.

Enfin, Chloé tourne la tête vers Minh Tuan. De toute façon, de l'autre côté du velux, Tina et Gaspard ont disparu. Ils ont dû rejoindre leur arrêt de bus.

– Ha ouais ? demande Chloé. Toi aussi, y a des gens qui te demandent si on est, genre, ensemble et tout ?

– Pourquoi tu dis "genre" dans toutes tes phrases ? Je te jure, tu pourrais le virer à chaque fois, ce serait exactement pareil, et ça te rendrait vachement moins…

– Réponds, putain !

– Ouais. Ça fait, genre, deux ans que tout le monde dit ça.

Encore quelques secondes, Chloé reste dressée sur ses bras tendus, regardant le monde orange de l'autre côté de la vitre. Elle croit se souvenir d'avoir lu quelque part qu'on appelait ça la *golden hour**, en photographie. Elle se dit qu'elle a envie de regarder un film avec des

***Golden hour* :** terme effectivement utilisé pour désigner la qualité de lumière qui suit l'aurore ou qui précède le crépuscule. Terrence Malick, notamment, est connu pour l'avoir utilisée dans plusieurs de ses films, dont *Les Moissons du ciel* et *La Ligne rouge*. Chloé s'intéressera fortement à son cinéma l'année suivante.

scènes qui se passeraient à ce moment de la journée.

Chloé plie les bras, repose ses pieds à plat sur la moquette de l'étage, et se tourne une nouvelle fois vers Minh Tuan.

– Tu viens de dire “genre”, toi aussi.

– Ouais.

Ils se sourient. De sa main gauche, Chloé joue avec la bague passée à sa main droite.

– Pourquoi t'es pas partie avec eux ? demande Minh Tuan en se retournant en direction de sa chambre. Tu veux encore réviser ?

Chloé reste immobile un instant. Elle regarde le dos de Minh Tuan. Son t-shirt gris, aux couleurs de ce tocard de héros de *Dragon Ball**, est mouillé de sueur, lui aussi. Aux infos, ils commencent à dire que si la canicule continue, les épreuves du bac seront peut-être décalées, afin d'éviter de regrettables décès dans les salles d'examen. Il s'agit des pires températures de l'histoire humaine, paraît-il. C'était déjà le cas l'année dernière, et puis aussi l'année d'avant. Mais si la fin du monde doit arriver, alors ce sera comme une *golden hour* permanente, non ? Au moins, toute cette merde se finira joliment.

– Ouais.

Chloé suit Minh Tuan.

Dans la chambre, Rose dort au pied du ventilateur, ses poils s'agitant dans la brise artificielle.

Son Goku : ledit héros de *Dragon Ball*. Chloé connaît en réalité très bien son nom, comme à peu près tous les Français nés après 1980, mais elle répugne à s'abaisser à l'utiliser, même intérieurement.

De l'ordinateur ronfle une playlist vaporwave que Chloé a lancée quatre heures plus tôt, lorsqu'ils ont commencé à travailler les maths.

– Et puis je voulais les laisser tranquilles pour qu'ils puissent s'enculer dans les champs en attendant leur bus, ajoute-t-elle en riant, se laissant tomber, les bras en croix, sur le lit de Minh Tuan.

Assis sur sa chaise, celui-ci se contente de sourire. Il fait pivoter son siège, d'un côté puis de l'autre, dans un grincement étrangement synchronisé avec le va-et-vient du ventilateur.

– Ça te dérange pas, l'idée que Gaspard kiffe une renoi ?

Chloé se redresse sur les coudes, les yeux écarquillés.

– T'es sérieux, enfoiré ?

– Ouais, répond Minh Tuan en haussant les épaules. Vu que t'es raciste et que c'est ton meilleur pote.

Chloé se laisse retomber en arrière. Ses cheveux blonds, foncés par l'humidité, forment une méduse dorée autour de sa tête, tandis qu'elle fixe le plafond.

– Vous pensez vraiment que je suis raciste, alors ? Sans rire ?

Dans la chambre, Minh Tuan se lève. Puis il s'allonge près de Chloé. Leurs bras se touchent. Leurs sueurs se mêlent. Au centre de sa poitrine, Chloé sent son cœur accélérer un peu. Autour des deux adolescents s'étalent les livres de cours, les fiches de révisions, sur la moquette, sur le drap. Chaque geste froisse une feuille.

– Ouais, confesse Minh Tuan. Mais c'est pas grave. On t'aime bien quand même… *Moi*, je t'aime bien quand même, en tout cas. Ce côté ultra vénère. Qui déteste tout le monde et qui tient à ce que ça se sache, tu vois ?… Ouais. J'aime beaucoup ça, chez toi.

Entre eux, les doigts de Minh Tuan s'emmêlent à ceux de Chloé. Malgré la douleur dans son cœur, elle le laisse faire. Et quand il serre un peu la main, elle fait pareil. Face à elle, le plafond se pare lui aussi du doré de la *golden hour*.

Chloé respire lentement. Minh Tuan. L'odeur de sa peau. Elle écoute son souffle. Le frottement de ses cheveux sur les draps. Elle sent le sang qui bat dans leurs veines, à tous les deux. Ça ne lui plaît pas, cette proximité de leurs corps. Mais elle n'a pas non plus envie d'y mettre fin.

Elle ignore ce que ça signifie. Elle ignore également si ça a une importance d'en trouver le sens.

Pendant quelques secondes, quelques secondes qui durent quelques heures, Chloé bouge la bouche sans rien dire, tentant de prononcer une première syllabe. Puis, lorsqu'elle y parvient enfin, les autres suivent toutes seules.

– Si je voulais sortir avec un mec, ce serait avec toi, dit-elle tout bas. Mais je veux sortir avec aucun mec. D'accord ?

C'est un bout de confession. Peut-être pas la confession entière, d'accord, parce qu'elle ne doit celle-ci à personne. Mais même juste un bout, ça lui fait du bien, déjà. Son cœur va mieux.

– Je sais, réplique Minh Tuan sur le même ton. Moi non plus, je veux pas sortir avec toi.

– Cool. Alors m'embrasse pas ou quoi, d'accord ? Fais pas un truc bizarre, s'te plaît.

– D'accord. Tu veux que je lâche ta main ?

Chloé et les reflets orange y réfléchissent un instant.

– Non. Mais pas plus.

– D'accord.

Ils restent comme ça. Ils regardent les mêmes reflets orange. Pensent peut-être aux mêmes choses.

À Gaspard et Tina. Aux rumeurs. Au bac. À la canicule. Au point de contact, brûlant, de leurs bras. À leurs doigts que la sueur soude les uns aux autres.

Ils ne parlent pas. Ils ne se regardent pas.

Chloé sort son portable et photographie le plafond, la projection orange de la fenêtre.

#GoldenHour

Puis, lorsqu'ils sont prêts, ils se remettent aux révisions, s'interrogeant sur les grandes dates du programme d'histoire tout en fumant des cigarettes et en mangeant le poulet aux épices que la mère de Minh Tuan a laissé dans le frigo.

Chloé ne se sent pas trop mal.

Elle espère que Tina et Gaspard sont en train de baiser comme des tarés.

9.

À 11 h 02, Chloé regroupe ses affaires, se lève, se dirige vers le bureau du surveillant avec sa copie de SES à la main, et l'y pose. En murmurant, le prof la regarde et lui demande si elle est sûre. Oui, elle l'est. Il reste encore une heure, mais elle a terminé et ne voit pas l'intérêt de rester assise à stresser en relisant ses réponses pour la vingtième fois sans y trouver les erreurs à corriger. Elle hoche la tête. Lui aussi. Elle signe un papier, récupère son téléphone, son sac, sort de la salle, seule.

Dans les couloirs vides, ses Converse résonnent en direction des toilettes. Assise à une petite table dans un coin, juste à côté des escaliers, une jeune femme* la regarde un instant, puis se replonge dans son roman. C'est la fille qui faisait le pointage à la cantine. Une surveillante que Chloé a vue presque quotidiennement, ces

Chan Louk : étudiante en lettres à l'université de Versailles Saint-Quentin. Travaille en parallèle comme assistante de vie scolaire. Un emploi à mi-temps qui lui permet de payer ses livres pour les cours. Son auteur favori est Anthony Burgess. Depuis qu'elle travaille ici, n'a jamais eu d'échange intéressant avec quelque élève que ce soit. Pense que ça lui convient, mais sort généralement du lycée avec une sensation de tristesse vide.

trois dernières années. Elles ne se sont jamais dit autre chose que “bonjour”, pendant tout ce temps. Ce serait stupide de changer ça maintenant, non ? Alors Chloé lui dit “bonjour”, puis entre dans les toilettes.

Elle soulève le réservoir de la deuxième cabine, y récupère les feuilles de brouillon que Tina lui a préparées, y jette un œil distrait. Mouais. C’est à peu près ce qu’elle a mis. Bon… Pas tout à fait, d’accord… Arf, non, merde, sur cette question-là, c’est même pas *du tout* ce qu’elle a mis. Et clairement, c’est Tina qui a raison. Bah. Tant pis. *A priori*, Chloé devrait avoir, genre, 13, quelque chose comme ça. Ou 12. Ou 11.

Elle déchire les feuilles de brouillon, en plein de petits morceaux qu’elle enfonce dans la poche de son jean, puis elle remet le couvercle de la chasse d’eau en place, vide sa vessie, ressort. Dit “au revoir” à la surveillante, qui lui sourit et lui souhaite bonne chance pour demain. Chloé dit “merci” et s’en va.

Dans la cour, quelques élèves sont déjà là, eux aussi. Aucun de sa salle, cependant. Elle était la première à sortir. D’un pas traînant, elle se dirige vers le bout d’herbe entre le terrain de volley et le reste de la cour.

Il ne reste plus que l’épreuve de maths, demain.

Ça veut dire que, probablement, c’est la toute dernière fois de sa vie qu’elle s’assied ici.

Du coin de l’œil, elle repère deux garçons de S qui, plus loin, se partagent une clope. Elle envisage d’aller leur en taxer une. Mais non, maintenant elle est assise, elle n’a pas envie de se relever. Elle met ses écouteurs dans ses oreilles,

les branche à son téléphone, trouve sur YouTube l'une de ses vidéos d'ASMR favorites, sur la chaîne de Gibi*, et se laisse dériver au rythme du bruit du crayon contre ses oreilles. Le frottement d'un pinceau sur une toile. D'un fusain sur un papier. De ses souvenirs sur son cerveau.

Elle ne dira jamais, jamais, à aucun prix, qu'elle n'a pas triché une seule fois, depuis le début de la semaine. Ni à Minh Tuan, ni à Gaspard, ni, surtout, à Tina. Jamais. Pas après tout ce qu'ils ont fait pour ça, pas après leurs deux semaines de révisions, leur plan à la con, leur organisation débile, les trois mille euros déboursés. Pas après la main de Minh Tuan dans la sienne, ce soir de *golden hour*. Pas après cette année, leur dernière.

Dans sa cage thoracique, Chloé sent quelque chose d'autre que son cœur, quelque chose qui bat cependant au même rythme, fort, juste là, entre ses seins, sous ses côtes, dans ses poumons.

De l'amour, peut-être.

Elle n'est pas incapable d'aimer, c'est faux, ça, elle le sait, désormais.

Elle a juste l'amour labyrinthique.

Mais ces trois personnes, elle les aime.

Elle ne les aime pas "beaucoup", elle ne les aime pas "bien", elle les aime, c'est tout.

Gaspard, Tina et Minh Tuan sont le bureau sous lequel elle se cache pour échapper au monde. Ils sont son cocon, ils sont son ASMR, ils sont son enfance perdue, ils sont la *golden hour*,

---

Gibi : vidéaste américaine, célèbre dans le milieu de l'ASMR. Chloé s'endort au son de sa voix depuis des mois.

ils sont le monde qui ne prendra jamais fin, son passé, son présent, son avenir, ils sont ce qui bat dans sa cage thoracique. Ils sont les gosses du divorce, des décès, des parents absents ou démissionnaires, les gosses de l'échec scolaire, du train de banlieue, les gosses des pavillons, les gosses des choses qu'on refait à l'identique chaque jour, chaque heure. Ils sont tout ce qu'elle connaît de l'univers et d'elle-même.

Du bout des doigts, Chloé caresse l'herbe, en arrache quelques brins*, machinalement, comme elle l'a déjà fait des milliers de fois, à chaque récré, à chaque pause déjeuner. Ça va lui manquer, tout ça.

Chloé n'est ni Gaspard et ses pornstars, ni Minh Tuan et ses mangas, ni Tina et tout ce passé qui justifie ce qu'elle ressent. Chloé est seule, sans passion, sans raison à la douleur en elle. Trop longtemps elle s'est définie vis-à-vis de ça, à refuser de croire qu'elle avait quelque chose à offrir au monde.

Mais aujourd'hui, cette semaine, elle a besoin de savoir ce qu'elle vaut, à défaut de savoir ce qu'elle est. Elle a envie d'avoir une note qu'elle mérite, à ce bac de fils de pute. C'est tout.

Allongée ici pour la dernière fois de sa vie, elle s'assoupit.

Une main se pose dans ses cheveux. Les caresse. Elle rouvre les yeux sans se relever.

Arracher les brins d'herbe : une occupation inconsciente à laquelle Chloé, Gaspard et Minh Tuan se sont adonnés de manière répétée, depuis trois ans. Aucun d'eux ne s'en est cependant jamais rendu compte. Dans quelques années, lorsque Chloé repensera au lycée, ce sera toujours cette image qui lui reviendra en premier.

Tina est accroupie à côté d'elle, des morceaux de soleil sur les verres de ses lunettes. Avant de retirer ses écouteurs, Chloé sourit elle aussi.

– T'as réussi, alors ? demande Tina.

– Ouais, je crois... T'as encore assuré. Merci.

– De rien.

Chloé se redresse. Dans la cour du lycée, les garçons qui fumaient ne sont plus là. D'autres élèves ont pris leur place.

– Et toi ? T'as eu le temps d'écrire quelque chose ?

– Ça devrait aller.

– Je suis triste pour toi.

– Pourquoi ?

– Parce que tu vas rien faire de ton bac, si tu l'as.

– Toi si ?

– Touché, grognasse.

Elles sourient de nouveau.

– Tes tresses partent dans tous les sens... Tu veux que je te les resserre ?

– On a le temps ?

– Bien sûr.

Tina s'installe derrière Chloé. Commence à lui masser le crâne. Chloé soupire de plaisir.

– J'adore tes cheveux. J'aimerais avoir les mêmes.

– Les tiens sont mieux.

– Non.

– Si.

– Non.

– Si.

– Non.

– Je te dis que si, putain !

– Et moi je te dis que non, mince !

Chloé rit. Tina aussi, tout en s'attaquant à la première tresse.

– Dis "putain".

– Non.

– Dis-le !

– … Putain, murmure Tina.

– Plus fort !

– Putain !

– Voilà ! Maintenant, dis "putain, espèce d'immonde salope bouffeuse de bites" !

– Non !

– Allez ! Pour me faire plaisir !

– Non ! Je ne suis pas ta marionnette.

– Pfff… Tu fais chier, espèce d'immonde salope bouffeuse de bites.

Tina tire sur les tresses de Chloé, lui arrachant un petit cri, un petit rire, une petite mèche de cheveux.

Puis Chloé soupire, regardant la cour à moitié vide, l'été à moitié là.

– À la fac, j'ai vu qu'ils avaient une option cinéma, dit-elle. On y étudie des films, comment ils sont montés et tout ça… Genre, les thématiques sociales, leur contexte, leur importance… Tu vois le truc.

– Oui. Ça a l'air bien. Tu vas t'y inscrire ?

– Peut-être.

Tina passe ses doigts sur le côté gauche de la tête de Chloé, lentement.

– Tu aimes beaucoup les films, hein ?

– Ouais… Enfin, j'aime bien, quoi.

– Tu aimes beaucoup.

– D'accord. Si tu veux.

– Ce n'est pas "si je veux". Tu aimes beaucoup.
– Si tu veux.
– Tu es quelqu'un de très agaçant, Chloé.
– Moi aussi, je t'aime bien.

Tina défait complètement une tresse. Sur son crâne, les cheveux blonds de Chloé sont tordus, gardant la forme qu'ils ont depuis maintenant deux mois.

– Tu aimerais devenir actrice ?
– Non. Jamais de la vie, putain !
– Réalisatrice ?
– Je sais pas.
– Ça veut dire "oui" ?
– T'es quelqu'un de très agaçant, Tina.
– Moi aussi, je t'aime bien.

Chloé sourit. Pose sa main sur celle de Tina. Sous leurs doigts, les mèches blondes sont chaudes.

Chloé a hâte d'être à la fac. De voir si l'option cinéma sera aussi intéressante qu'elle l'espère. Hâte de continuer à fréquenter Gaspard, Minh Tuan, Tina. Hâte que tout continue, que rien ne s'arrête.

Du lycée sortent de nouveaux élèves. En masse.

– L'épreuve est finie… dit Tina.
– Ouais.
– Tu crois qu'ils l'ont réussie, eux aussi ?
– Qui ? Toutes ces têtes de bite ? Balek*.
– Gaspard et Minh Tuan.
– Bien sûr. Grâce à toi.

Balek : abréviation de "bat les couilles". Chloé en est une utilisatrice forcenée, malgré la non-pertinence flagrante, dans son cas, de l'image.

– Pas que. Ils ont beaucoup révisé…

– Grâce à toi.

Tina remet en place la tresse de Chloé, bien resserrée. Puis elles se lèvent et rejoignent Minh Tuan, qui leur fait de grands gestes depuis le haut des escaliers.

Tina avait raison.

Le monde ne se terminera jamais. Tant que Chloé aura ses amis, les gens qu'elle aime, le monde ne se terminera jamais. C'est à ça que ça se résume, finalement, non ? Les gens qui nous ont touchés, ceux qu'on a touchés. C'est ça, le monde. Est-ce qu'ils se souviendront de nous ? Est-ce qu'on se souviendra d'eux ? Qui a eu un impact sur qui ? Qui a été qui ? Ouais. Genre, toute cette merde. C'est ça, le monde.

Elle ignore pourquoi, mais soudain, tandis que Minh Tuan leur dit qu'il a assuré de fou, Chloé réalise qu'elle aimerait avoir des enfants, un jour. Elle n'a pas envie d'en faire, ça la dégoûte, l'idée d'être grosse, d'avoir un putain de fœtus dans le ventre, de devoir accepter une bite en elle, un mari dans sa vie ou quoi, mais elle a envie d'en avoir quand même. D'adopter, peut-être. Les mères célibataires, ça existe. La sienne n'a pas tant merdé, finalement.

On verra ça en temps et en heure.

Dans la poche de son jean, Chloé sent les morceaux des feuilles de brouillon.

Elle a hâte. Elle ne sait pas de quoi, mais elle a hâte. Jamais le monde ne se terminera.

10.

La veille de la première épreuve du bac, devant l'hôtel de Tina. Dix-huit heures.

Ça a un sens, comme moment, depuis toujours. La pression dans le ventre à l'idée de retourner en cours le lendemain… Mais bientôt ce sera fini, tout ça. Pour quelques mois, le calendrier n'aura plus d'importance. Les jours seront juste des jours. Le temps anonyme de l'été.

Abrités sous l'auvent de l'entrée, les quatre adolescents regardent la pluie tomber, le bruit des gouttes au-dessus d'eux comme une main doucement posée sur la bouche du monde. Gaspard et Tina sont assis sur la marche, la tête de la seconde appuyée sur l'épaule du premier. Minh Tuan se demande vaguement s'il y a quelque chose entre eux, maintenant. Chloé, debout de l'autre côté, fume l'une de ses cigarettes, les yeux tournés vers la forêt. Minh Tuan se demande s'il y a quelque chose entre elle et lui, maintenant. C'était bizarre, l'autre soir, sur son lit. Ils ne sont pas ensemble. Ils ne le seront probablement jamais. Mais il y a quelque chose.

Adossé à la porte, il les regarde, tous les trois.

– J'imagine que les épreuves vont bien avoir lieu, alors… dit Chloé en respirant plus fort, soufflant vers le ciel brisé une fumée qui y disparaît aussitôt.

– Ouais, confirme Gaspard en regardant le joint qu'il tient. Plus de canicule pour nous sauver.

– Tant mieux, intervient Tina. Ça aurait juste été reculer pour mieux sauter.

– Ouais, tant mieux, répète Minh Tuan.

Et c'est la vérité. Dès demain matin, le plan va se mettre en place. Leur dernier coup d'éclat. Le dernier souvenir qu'ils se créeront du lycée. Il est pressé de le faire, avec eux. Ils sont prêts. Ou, en tout cas, ils ne pourront pas l'être davantage.

Gaspard se retourne pour lui passer le joint.

– J'ai vu un nain, dans le bus, l'autre jour, commence-t-il.

– Ho, putain de ta mère… soupire Chloé en levant les yeux au ciel. Il m'en a déjà parlé, genre, dix mille fois ! Pourquoi tu parles toujours de ça, putain ?! On s'en fout, de ton nain de merde !

– Non mais, attends, en vrai j'ai une question intéressante, à ce sujet !

– Genre.

– Non, vraiment. En fait, vous voyez, je me demandais… Est-ce que j'aurais dû lui laisser ma place assise ? Enfin, bon, le bus n'était pas plein, alors il en a eu une, mais, je veux dire, si ça avait été l'heure de pointe et tout, est-ce que j'aurais dû ?

– Si le bus n'était pas plein, pourquoi tu te demandes ? interroge Tina.

– C'est de la curiosité théorique. Pour préparer la philo.

– Genre !

– Non mais réellement, je veux dire, est-ce que… Enfin, tu vois, tu laisserais ta place à quelqu'un avec des béquilles, d'accord ? Ou à une femme enceinte ?

– J'imagine…

– Mais est-ce que, être nain, c'est pareil ? Est-ce que ça compte comme handicap, ou est-ce que, au contraire, je l'aurais, je sais pas, tu sais, vexé ou quoi ?

– Putain, mais j'en sais rien, je suis pas naine, connard !

– C'est théorique.

– J'en sais rien.

– C'est risqué, tente Minh Tuan. C'est comme les vieux, vous savez ? Quand c'est un papy tout branlant et tout, c'est facile, mais parfois, on n'est pas sûr qu'ils soient *assez* vieux, en fait. Y a toujours le risque de les blesser. D'être, je sais pas, la première personne, dans leur histoire personnelle et tout, à se lever pour leur laisser la place… Ça doit faire bizarre, quand ça t'arrive pour la première fois. Comme si le monde rendait officiel le fait que t'es vieux.

– J'espère être jamais vieille, putain ! ricane Chloé.

– Moi je me pose souvent la question, dit Tina. Quand un bus est à la limite d'être plein, qu'il ne reste, peut-être, qu'une place ou deux, en général je reste debout. Comme ça, si quelqu'un de vieux-mais-peut-être-pas-assez arrive, je n'ai pas à me poser le dilemme.

– Ouais. Je fais pareil, confirme Chloé.

– Moi aussi, sourit Minh Tuan.

Il tire sur le joint, le rend à Gaspard.

– Ça répond pas à ma question sur le nain, se plaint celui-ci.

– Ta gueule, avec ton nain, ordonne Chloé.

Tina sourit. Puis Gaspard. Puis Chloé. Puis Minh Tuan. Il ferme un instant les yeux, laissant la fumée du shit irriguer son cerveau comme la pluie irrigue la fin du printemps. Ça fait du bien. La canicule se termine enfin.

Il est heureux d'avoir fait ça. Le plan. Les révisions depuis deux semaines. Les heures passées à quatre chez lui, chez Chloé, chez Gaspard. Les souvenirs. Les engueulades. Gaspard qui semble avoir arrêté la lean. Chloé qui serre ses doigts sur le lit. Tina qui va voir venir pendant quelques mois grâce à son fric. Lui qui a été pardonné, qui les a aidés, qui a été le chef de bande qu'ils lui demandaient d'être depuis trois ans.

Ce qu'ils pouvaient faire les uns pour les autres, à leur échelle. Ce qu'ils pouvaient faire, ce qu'ils devaient faire. Cette merde-là.

Comme il l'avait dit, il ne sait plus quand… Tout ça, c'est pour maintenant. Pour ces instants présents. Peu importe la fac. Peu importe, finalement, ce que les gens pensent d'eux. Les parents, les profs, Marina, tout le monde. Peu importent ces conneries. Ce qui importe, c'est ce qu'ils font maintenant et ici. Ce joint sous la pluie. Ce débat sur les nains dans le bus. C'est ça qui importe, ça qui importera. Ce qu'ils font ensemble. Il rouvre les yeux. La pluie est en train de faiblir.

– Rendez-vous demain, alors ? demande-t-il.

– Ouais, soupire Chloé, avalant mal sa nervosité à cette idée. Huit heures à midi. Ça va le faire.

– Gaspard ? appelle Minh Tuan, regardant son ami fixer son joint d'un air absent.

– Ouais, répond Gaspard. Midi. Ça va le faire.

– Ouais.

– Tout ira bien, prophétise Tina. J'en suis persuadée.

– Moi aussi.

Gaspard finit le joint, se lève, en jette le mégot dans le cendrier devant l'hôtel, ses baskets évitant les flaques. Il regarde les autres en replaçant son bonnet. Chloé caresse ses tresses. Tina remonte ses lunettes. Minh Tuan lisse ses cheveux noirs en arrière.

– On est les derniers des branleurs, s'amuse Gaspard.

– Les meilleurs des branleurs, répond Minh Tuan.

Chloé, Gaspard et lui embrassent Tina. Puis, ensemble, ils retournent vers la ville.

Demain ça commence.

Demain ça se termine.

Et ensuite, la suite.

D'autres moments à vivre.

11.

Minh Tuan pousse le verrou des toilettes et s'assied un instant sur le siège. Juste le temps de souffler, de réfléchir un peu à ce qu'il vient de vivre.

C'est l'épreuve de maths, aujourd'hui. Dans le planning qu'ils ont prévu, il est le dernier à venir chercher les réponses de Tina. Chloé et Gaspard sont encore plus nuls que lui, en maths.

Ça veut dire que dans une heure, ce sera fini. Que les autres sont retournés dans les salles d'examen et sont en train de courir le sprint final. Ça veut dire, oui, qu'une fois qu'il aura soulevé le couvercle de la cuvette, qu'il aura récupéré la feuille de brouillon, jaune citron, aujourd'hui, le plan sera terminé.

Ils s'en seront sortis. Du bac, du lycée, de l'adolescence. Ouais… Cette idée mérite bien une seconde de réflexion, non ? Ses mains tremblantes d'excitation jointes entre ses genoux, il regarde le plafond. Gravé dans le plâtre, quelqu'un y a écrit *"nique les profs"*. Minh Tuan sourit.

Ils auront leur bac. Probablement avec mention. Ils niqueront les profs, les adultes, le monde entier. Un vol à l'arraché, une conclusion logique à leur scolarité. Ça lui aura coûté pas mal de thunes, ces conneries, mais il est loin de le regretter.

Il prend le temps de repenser à cette histoire de réforme. Aux élèves de l'année prochaine, à tous ceux qui viendront après eux. Peut-être qu'ils seront davantage impliqués. Qu'ils y croiront un peu plus. À leurs cours, à leur avenir, à la possibilité de sauver le monde. Peut-être qu'ils n'auront pas à tricher au bac parce qu'ils se seraient souvenus trop tard qu'ils étaient en vie.

Il l'espère. Il leur souhaite, de tout son cœur, bonne chance.

Au son des canalisations qui grincent, il essaie d'imaginer le jour des résultats. Eux quatre debout devant les panneaux. Souriants. Victorieux. Il fera beau. Certains profs seront là. Danverre, probablement. Ils la regarderont. Lui tendront leurs majeurs, réellement ou métaphoriquement.

Il essaie d'imaginer la fac. Les heures passées dans des amphithéâtres, à discuter de conneries en faisant semblant de prendre des notes.

Il essaie d'imaginer les nouveaux trajets en bus, les nouvelles habitudes, les endroits où ils se retrouveront pour manger le midi.

Il essaie d'imaginer sa chaîne YouTube. Il compte la reprendre, peut-être avec Gaspard. Une émission hebdomadaire, pour parler de mangas.

Il essaie d'imaginer sa relation avec Chloé, dans les années à venir. Jamais ensemble, jamais très loin non plus. Partageant quelque chose qui n'a pas besoin de nom.

Il essaie d'imaginer Tina trouver un travail intéressant. Devenir une skateuse pro. Rester en France. Y faire venir ses parents. L'inviter à son mariage avec Gaspard.

Il essaie de s'imaginer adulte. Des mangas dans la bibliothèque du salon. Pas de saloperie de tableau représentant New York ou Londres dans sa chambre.

Il essaie de s'imaginer ce soir, rentrant chez lui, caressant Rose, allumant *Street Fighter*, répondant de loin à ses parents que, ouais, putain, ouais, le bac s'est bien passé.

Il essaie d'imaginer tout ça, et puis, à la fin, il y parvient.

Bien sûr qu'ils ont triché. Bien sûr que ce bac, ils ne l'auront pas tout à fait mérité. Mais, et alors ? On ne leur a pas donné grand-chose. C'est à eux de prendre, maintenant. Ils ne sont pas méchants. Ils ne l'ont jamais été. Ils sont les héros de cette histoire, et que les autres aillent bien se faire enculer.

Nique les profs, nique les parents, nique Marina, nique tout le monde. Tina, Gaspard, Chloé, Minh Tuan. Ouais. Ils ont réussi. Et finalement, que les autres le veuillent ou non, peu importe : ils l'ont mérité. Ils ont le droit d'être fiers, en fait. Ce n'était pas rien, tout ça. Le plan, le lycée, leurs familles. Ce n'était pas rien.

Minh Tuan se redresse, soulève le couvercle de la cuvette, regarde les réponses de Tina. Elles sont, sans surprise, parfaites. Il replie la feuille, la cache dans sa manche, tire la chasse, sort des toilettes.

Entre la porte et les lavabos l'attendent deux surveillants. Ils sont accompagnés de Poscard, le proviseur du lycée.

Dans le ventre de Minh Tuan, tout est froid, soudain. Froid et calme, comme une banquise silencieuse, semblable à celles que la crise climatique est en train de faire fondre.

La fin du monde.

– Tu nous donnes la feuille et tu viens avec nous, Minh Tuan ? ordonne Poscard.

Nique le monde, hein ?

Nique Minh Tuan, ouais.

Quelle victoire a-t-il espérée ? Il n'y a jamais eu de victoire, ici. Juste quatre adolescents trop bêtes pour l'emporter sur une vie qui ne les aime pas beaucoup.

Il hoche la tête et secoue sa manche, faisant tomber la feuille de brouillon sur le carrelage des toilettes. Poscard le regarde. Minh Tuan ne bouge pas. S'il veut la feuille, que cet enfoiré la ramasse lui-même. C'est effectivement ce que fait le proviseur, en soupirant, au bout d'un instant. C'est une victoire dérisoire, mais c'est la seule qu'il reste à Minh Tuan. Un surveillant sur sa gauche, un autre sur sa droite, on le fait sortir des toilettes.

– Tu nous dis qui est ton complice ? demande Poscard à voix basse. Qu'on le récupère sur le chemin…

Ton complice.

Singulier.

Ces connards ne savent rien.

Finalement, il reste à Minh Tuan une autre victoire possible.

– C'est votre mère, répond-il, les larmes aux yeux.

Poscard s'arrête, se retourne, les sourcils froncés. Il n'a pas compris.

– Quoi ?

– Votre mère, répète Minh Tuan. C'est elle qui me donnait les réponses, chaque matin. Elle les sortait de sa chatte.

Une première larme coule sur sa joue. Il a honte, mais il ne peut pas la retenir. Elle est brûlante. Il ne peut pas davantage retenir les suivantes.

Poscard secoue la tête en soupirant.

– Allez. Dans mon bureau.

Minh Tuan obéit. Il s'en fout qu'on le voie pleurer. De toute façon, les couloirs sont vides.

Chloé avait raison : c'était vraiment de la merde, ce plan.

12.

Légèrement penchée en avant, un bras appuyé au rebord de la fenêtre qui, depuis la salle des professeurs, donne sur la cour du lycée, Élise Danverre regarde la masse des élèves qui se trouvent en bas.

Réunis par groupes, ils hurlent de joie devant les grands panneaux qui annoncent les résultats. Ici et là, malheureusement, quelques victimes isolées qui, paniquées ou abattues, viennent d'apprendre qu'elles ont échoué ou sont en partance pour deux jours de révisions supplémentaires en vue des rattrapages.

Au-dessus des ex-lycéens, le ciel est parfaitement dégagé. Une superbe journée. Un soleil brillant de fin de matinée, de début d'été, donnant à la scène des allures sereines. Élise Danverre lève la main, boit une gorgée du café qu'elle tient. Parmi tous ces adolescents, combien se souviendront de son visage, une fois devenus adultes ? Et elle, de combien de noms se souviendra-t-elle, dans un an ou deux ?

Mais aujourd'hui, pour la dernière fois, ils sont tous là. Tous les élèves de terminale.

Tous sauf un.

Sur WhatsApp, les profs en ont tous parlé,

ce week-end. Ça a même donné lieu à quelques articles putassiers dans les journaux, et Poscard traite ça comme une crise majeure pour la réputation du lycée, même si, en vérité, dès l'année suivante, ce sera juste un sujet de plaisanterie.

Un élève qui a monté une combine pour tricher au bac. Trois mille euros donnés à un autre lycéen pour qu'il lui laisse, cachées dans les toilettes, les réponses aux épreuves. Une stratégie parfaitement stupide, que les surveillants ont bien sûr percée à jour.

Cependant, Minh Tuan Deloix a refusé de donner l'identité de son aide de camp. Malgré la pression de l'administration, malgré la pression de ses parents, malgré la pression d'absolument tout le monde. Soi-disant ignorait-il lui-même de qui il s'agissait. Soi-disant que tout s'était fait par mails, même s'il n'en avait plus aucune preuve.

Soi-disant, également, que l'administration elle-même a été incapable de deviner de qui il a bien pu s'agir. Soi-disant, toujours, que trop d'allées et venues ont eu lieu vers ces toilettes pour réussir à identifier le coupable.

Élise Danverre imagine que personne n'avait à cœur de mettre en danger le titre de séjour d'une jeune immigrée. C'est toujours ça de pris pour l'humanité, probablement. Elle boit une nouvelle gorgée de café, tandis que, dans la cour, certains élèves commencent à repartir.

Est-ce qu'il y a une leçon à tirer de tout ça ? Elle n'en sait rien. Probablement pas. "Tout a un prix, dans la vie" ? Allons, Élise, un peu de respect pour toi-même… Il n'y a presque jamais de leçon à tirer de quoi que ce soit, en vérité, contrairement à ce qu'elle a parfois pu dire à ses élèves. La vie continue, toujours, des choses s'y produisent, elles ont des conséquences, et puis, quand même, la vie continue, toujours.

Ce qui ne nous tue pas nous rend plus forts.

Ou alors, ce qui ne nous tue pas nous affaiblit.

Elle ignore de quoi il en retournera pour Minh Tuan. Elle l'aimait vraiment bien, cet élève. Quel gâchis. Elle termine son café. La cour est presque vide, maintenant. Il ne reste plus que quelques élèves ici et là.

Sur la droite, elle aperçoit Tina Akono, Gaspard Lang et Chloé Vaguaire.

Admise, sans mention, moyenne générale de 10,6.

Admis, mention assez bien, moyenne générale de 12,04.

Admise, mention assez bien,. moyenne générale de 13,3.

Ni Gaspard ni Chloé n'ont été inquiétés, eux non plus. Minh Tuan n'a rien dit. Il est resté les yeux mouillés et les mâchoires serrées jusqu'au bout. Encore une fois, c'est toujours ça de pris pour l'humanité, peut-être.

Depuis la cour, Chloé Vaguaire croise le regard de l'enseignante. Un instant, toutes deux restent immobiles. Puis Chloé lève la main, en un geste timide, bizarrement touchant. Élise Danverre lui répond de la même façon. Elle a l'impression fugace d'un déjà-vu.

Peut-être Chloé a-t-elle compris, par son diplôme, qu'Élise Danverre avait gardé le silence, elle aussi. Qu'elle n'avait trouvé aucune raison de dire à qui que ce soit que les moyennes finales de Gaspard et Chloé n'avaient rien de cohérent avec leurs résultats sur l'année… Après tout, peut-être avaient-ils simplement bien révisé. Elle ne peut être sûre de rien.

Elle ignore si cette incertitude volontaire, ce silence sont une preuve de son manque d'éthique professionnelle ou, au contraire, de sa compassion pour ses élèves. S'il s'est agi d'une action ou d'une inaction. Les deux à la fois, peut-être.

Les tresses qui ornent le crâne de Chloé lui vont super bien, en tout cas. Élise Danverre n'a jamais eu l'occasion de le lui dire.

Au bout d'un moment, Tina, Gaspard et Chloé s'en vont, eux aussi.

Élise Danverre sait que c'est la dernière fois qu'elle les voit.

De ces trois-là, elle se souviendra des noms.

Elle espère qu'ils s'en sortiront. C'est tout ce qu'elle peut faire pour eux. Elle se redresse et avale un Doliprane qu'elle fait passer avec ce qu'il reste de son café.

La question revient : est-ce qu'il y a une leçon à tirer de cette histoire ? Une morale ? Quelque chose pour conclure tout ça et passer à la suite ? Un bilan à faire sur sa responsabilité à elle, sur l'avenir de ces gosses, sur ce qu'ils en comprendront au sujet de la vie ? Sur ce que ça dit du monde, de l'ordre cosmique, de l'espoir, du destin ?

Non.

Alors elle se dirige vers son casier, regroupe ses affaires, ferme son sac et quitte le lycée, puis la ville. Pour elle aussi, les vacances commencent. Élise Danverre souhaite qu'elles ne prennent jamais fin. Elle est épuisée comme jamais elle ne l'a été.

JANVIER

"J'aimerais te faire des poèmes,
Mais je gâcherais tout avec un « j'te baise ». "

PNL, *Frontières.*

Il a neigé, la semaine dernière, et sur le campus de l'université de Versailles Saint-Quentin, tout est recouvert d'un blanc encore presque net. L'air sent le propre et le vide.

On efface et on recommence.

Assis sur un muret devant l'un des bâtiments principaux, Minh Tuan attend, la vapeur de son souffle se mêlant à la fumée de sa cigarette. Ici et là, des étudiants se promènent par deux ou trois, discutant au rythme des crissements de leurs chaussures tassant la neige.

Puis, enfin, Chloé apparaît près de l'entrée.

Elle est avec une autre fille. Elles aussi, elles discutent. Du cours dont elles viennent de sortir, ou bien de tout autre chose. Minh Tuan ne la connaît pas, tout comme il ne connaît pas non plus les gens qui les entourent, les gens dont elles parlent peut-être ensemble. Une seconde, il est un peu triste. Puis Chloé l'aperçoit, sourit, se dirige vers lui en abandonnant son amie, et Minh Tuan cesse d'être triste. Il jette sa cigarette, du bout de sa basket il la recouvre de neige, puis il se redresse, les mains enfoncées dans les poches de sa veste.

– Salut.

– Salut.

Ils se regardent un instant. Puis ils se font la bise. Chloé a les cheveux attachés. Minh Tuan se demande si ce n'est pas la première fois qu'il la voit ainsi coiffée.

Ils n'ont pas tellement parlé, ces dernières semaines. Minh Tuan sort avec une fille, depuis quelque temps. Une stagiaire de l'ambassade où son père le force à bosser. Après le fiasco du bac, il a décidé de ne pas se réinscrire dans un lycée, et de plutôt retenter l'examen en candidat libre. Ça lui laisse le temps de travailler à mi-temps. De passer son permis de conduire. De lire des mangas. De se promener à Saint-Quentin.

– Tu bosses pas, aujourd'hui ? demande Chloé en reniflant.

– Non. J'ai ma journée.

– Cool. Tu me files une clope ?

– Putain…

Il sort son paquet et le lui tend. Chloé met une cigarette dans sa bouche, puis, avec un sourire carnassier, deux autres dans la poche de son anorak. Juste punition, à ses yeux, sûrement. Elle n'a pas tellement aimé cette histoire de Minh Tuan en couple. Elle lui a envoyé un long mail, il y a un mois, pour lui faire part de ce qu'elle en pensait. Les mails, c'est réservé aux choses graves. Mais était-ce réellement une chose grave ? Chloé a eu des années pour qu'il se passe un truc entre eux. Elle n'en a rien fait. Elle n'a pas le droit d'être jalouse. Minh Tuan le sait. Et elle-même le sait aussi, probablement. Sinon, après tout, ils ne seraient pas là à se sourire. Elle allume sa cigarette.

– T'étais en quoi ?

– Ciné. On étudie *La Fureur de vivre.*
– C'est bien ?
– Tu te fous de ma gueule ?! C'est à chier, putain ! Mais ça va, je vais faire mon exposé du prochain semestre sur les films pour ados. Je vais prendre *Les Beaux Gosses*, comme exemple.
– Cool.
– Grave.
– Tu manges, là ?
– Ouais. Tu viens ?
Ils partent ensemble, traversant le campus l'un à côté de l'autre en direction du bâtiment voisin.
Devant celui-ci, un jeune homme distribue des flyers publicitaires pour un nouveau snack qui vient d'ouvrir. Au coin de sa bouche se trouve un joint, qu'il n'essaie aucunement de cacher. Minh Tuan et Chloé s'approchent de lui.
– Yo ! Putain, mais tu bosses pas, aujourd'hui ? demande Gaspard.
Sous son bonnet, noir, aucun cheveu ne dépasse. Ni bleu, ni rouge comme cet automne, rien. Avec un timing parfaitement inapproprié, il s'est rasé la tête il y a deux semaines, en pleine vague de froid. Ça lui va plutôt bien.
– C'est chaud, quand même, que vous vous souveniez pas du tout de mon emploi du temps… répond Minh Tuan. Je bosse jamais, le jeudi. Et moi, je les connais, vos emplois du temps. Je suis un meilleur ami que vous.
– T'es, genre, le pire ami de l'histoire des amis, enculé… soupire Chloé.
– Va te faire foutre, pétasse.
– Toi, va te faire enculer, fils de pute !
– Donc on part du principe qu'"aller se faire

foutre" et "aller se faire enculer", c'est synonyme ? demande Gaspard.

– "Foutre" c'est par-devant, et "enculer" c'est par-derrière, tranche Chloé. On va bouffer, tu viens ?

Gaspard regarde la pile de flyers qu'il tient, hésite un instant, puis hausse les épaules et les jette dans une poubelle voisine. De la poche de son blouson en jean, il tire une autre série de prospectus, au sujet d'une prochaine manifestation contre la crise climatique. Il en donne un à chacun de ses amis, tandis qu'ils se remettent à marcher.

– Tu fais tellement chier, en vrai, depuis que tu t'es trouvé une conscience politique… soupire Minh Tuan en lisant le tract.

– J'essaie de sauver le monde, amigo ! répond Gaspard avec un sourire stupide.

– M'appelle pas "amigo".

– OK, amigo.

– Connard.

– Dites, je pensais à un truc, tout à l'heure…

– Ça sent la conversation débile typique de Gaspard Lang, ça, comme intro… commente Chloé.

– Non, pas du tout, je te jure. C'est juste que, je me disais, est-ce que, si un mec vous filait mille euros par jour, vous accepteriez que, tous les matins, un type vienne chez vous pour vous pisser dessus ?

– Putain…

– Non mais c'est une question sérieuse ! Je veux dire, mille euros par jour, c'est pas rien… Mais se faire pisser dessus tous les jours, c'est pas rien non plus.

– Je discuterais avec le mec chargé de me pisser dessus et je lui filerais la moitié de mon salaire. Cinq cents euros chacun. Et en échange, il me pisserait pas dessus.

– Pas possible. Parce que lui, il est payé deux mille euros par jour pour le faire.

– Bah j'essaierais d'être la meuf qui pisse plutôt que la meuf qui se fait pisser dessus, alors, intervient Chloé.

– T'accepterais d'être payée pour pisser tous les jours sur un mec ? s'étonne Minh Tuan.

– Bah de ouf ! Pas toi ?

– Je sais pas. Ça ressemble à de la prostitution.

– Ha ouais ? Ça t'excite, la pisse ? Vous jouez à ça, avec ta meuf ?

– Trop pas. Et parle pas d'elle. Mais je sais pas… Ça ressemble à de la prostitution, quand même.

– Grave pas ! Et je parle de ta pute si je veux.

– Non ! Et si, c'est plus ou moins de la prostitution.

– Enfin voilà, quoi, c'était juste pour savoir, conclut Gaspard en haussant de nouveau les épaules.

Il tire la porte du self de l'université. À l'intérieur, quelques dizaines d'étudiants font déjà la queue. Chloé sort son carnet de tickets et en donne deux à Minh Tuan pour qu'il puisse manger avec eux.

– On fait un épisode, ce soir ? demande-t-il en s'appuyant à la barrière métallique les séparant des tables.

– Ouais, répond Gaspard, de ouf. J'ai lu un manga, là, récemment, j'ai trop envie d'en parler !

– Lequel ?

– *Bonne nuit Punpun*. Tu connais ?

– Non, répond Minh Tuan. C'est quoi ?

– Gaspard a lu un manga que Minh Tuan ne connaît pas ?! commente Chloé en ouvrant des yeux ronds. Putain, le monde part tellement en couilles, ces jours-ci… Moi je veux parler du film *Edge of Tomorrow*. Vous l'avez vu ?

– Ouais, répondent en même temps les deux garçons. C'est inspiré d'un manga.

– Je vais trouver autre chose, alors, s'agace Chloé en fronçant les sourcils.

Ils arrivent devant le buffet des entrées et des fromages. Celui-ci est particulièrement fourni. Principalement en fromages horribles, qui dégagent une odeur infernale. Debout derrière, Tina les aperçoit et sourit. Elle se penche en avant, dans sa tenue bleu et blanc, et embrasse Gaspard à pleine bouche, sans prêter attention au regard de ses collègues du restaurant. Ils vivent ensemble depuis deux mois, dans une petite chambre étudiante à deux cents mètres de l'université. C'est là-bas qu'ils se regroupent, tous les quatre, une fois par semaine, pour enregistrer leur émission YouTube. Ce n'est pas encore un succès ni rien, mais ils viennent tout de même de dépasser les cinq mille abonnés.

– On fait un épisode, ce soir ! annonce Chloé. T'as un truc ?

Tina réfléchit en redressant ses lunettes, sans se soucier que, derrière ses amis, la queue commence à bloquer.

– Hmm… Bah, je viens de terminer un livre

pas mal, oui. Un truc de philo. Nietzsche. J'aimerais en parler.

– Elle l'a traîné pendant, genre, deux siècles ! dénonce Gaspard. Elle arrêtait pas de s'énerver dessus !

– Pas du tout ! se défend Tina. Et puis, le podcast, c'est aussi pour parler de choses qu'on n'a pas aimées, du moment qu'on peut en discuter.

– Vrai, confirme Minh Tuan. Hé, dis, je peux prendre deux entrées ?

– Non. Tu n'es même pas étudiant ici, en plus.

– Allez !

– Non.

– Putain… Et si je te donne encore mille euros ?

– Va te faire foutre, Minh Tuan.

– Hé, Tina, coupe Chloé, toi aussi tu penses que Minh Tuan est le pire gars sur terre ?

– Bien sûr. Ce n'est même pas une question.

– Cool.

– Bon, rendez-vous à l'appart à dix-sept heures, alors ? demande Gaspard.

– Non, dit Chloé. Je bosse à la boutique, ce soir. Je finis à dix-neuf heures.

– OK, bah voilà, alors. Dix-neuf heures.

– Ça marche. Minh Tuan, repose l'entrée, s'il te plaît. Je ne plaisante pas.

Minh Tuan soupire, mais remet le ramequin de radis dans le buffet frigorifié. Puis, enfin, Chloé, Gaspard et lui avancent, au grand soulagement des autres étudiants qui commençaient à grogner. Gaspard tire deux tranches de fromage industriel de sa poche et, sur son plateau, les rajoute à son assiette de poisson. Minh Tuan et Chloé échangent un regard désespéré.

Mais bon, après tout, Minh Tuan lui-même se balade en permanence avec du piment en poudre, ces jours-ci… La bouffe est dégueulasse, à l'ambassade. Tout y est dégueulasse, de toute façon. Au début de l'année, tout le monde l'a fait chier avec cette histoire de triche au bac. Ils étaient tous au courant et ça les faisait beaucoup rire. Mais ils n'en parlent plus tellement, désormais. Ils ont oublié. Ou bien, ils s'en foutent. Ça paraît loin, tout ça. C'était juste l'année dernière.

Leurs plateaux à la main, Minh Tuan, Gaspard et Chloé entrent dans le self à proprement parler. Ils s'arrêtent un instant, cherchant trois places du regard.

Ici et là, Minh Tuan reconnaît quelques visages. Là-bas, Enzo, en train de parler fort à un groupe qui semble fasciné. Plus loin, Stéphanie mangeant seule, ses écouteurs dans les oreilles. La redoublante au cul bandant, assise avec un mec qui semble plus âgé qu'elle.

Des gens du lycée. Des gens du passé. Des gens avec lesquels, pour certains, il pourrait encore discuter, avec lesquels il pourra discuter toute sa vie. Ressasser les souvenirs. D'autres avec lesquels il se contentera d'un signe de tête. D'autres encore dont il a déjà oublié les noms.

Eux aussi, ils paraissent loin, désormais. Tous ces gens pour qui Gaspard, Chloé, Tina et lui ont été des personnages secondaires. Tous ces gens qui ont été, pour Gaspard, Chloé, Tina et lui, des personnages secondaires.

Toute la population adolescente d'une ville de banlieue qu'ils sont en train de quitter, les uns après les autres, mais qu'ils n'oublieront pas. Ce qu'on fait quand on a dix-sept ans, ça n'a aucune importance. Mais c'est peut-être aussi ce qui en a le plus. Peut-être. Minh Tuan n'en sait foutre rien. De toute façon, ce qui compte, ça a toujours été ici et maintenant, non ? Peu importe ce qu'il restera de tout ça dans dix ans. Il y aura au moins les souvenirs. Ce qu'ils ont un jour été.

Ils sont restés eux-mêmes. Ils ont triché, mais ils n'ont pas menti. Des ratés, des drogués, des dégénérés, des dépressifs sans cause, des fils et des filles indignes, la rangée du fond de la classe. Les gosses des banlieues pavillonnaires.

Ils ont gagné quelque chose, perdu quelque chose, et puis voilà, c'est tout. À chacun d'y trouver sa vérité.

Si cette merde était un film, il se terminerait là-dessus. Eux quatre dans le réfectoire, debout, avec le reste des étudiants qui bougent autour d'eux. Mais Minh Tuan, Chloé, Gaspard et Tina ne bougent pas. Ils regardent la caméra. Droits. Fiers. Dignes.

Et en surimpression de l'image, soudain, le titre du film apparaît.

Le nom de leur émission sur YouTube.

#LDDB

Les derniers des branleurs.

Minh Tuan sourit. Les autres aussi. Ils lui ont bien niqué sa mère, à l'adolescence*. Il est temps de passer à la suite.

Générique.

Adolescence : supposée période de la vie située entre la supposée enfance et le supposé âge adulte. Rien de tout cela n'existe vraiment.

Remerciements

Merci, d'abord et surtout, à Élodie Denis, qui outre m'avoir soutenu et accompagné tout au long de l'écriture de ce roman, m'a beaucoup aidé quant aux détails de la vie d'un lycée et de l'organisation de l'épreuve du bac.

De la même façon, merci à ma sœur, Aline, qui m'a aiguillé sur le quotidien des jeunes migrants en France et sur la situation au Congo.

S'il reste des erreurs factuelles concernant ces sujets, ce sera évidemment ma faute, et non la leur !

Merci, ensuite, à Antoine, Boubkar, Camille, Romain et Stefania. Mes romans aussi font partie d'une bande de branleurs, et vous en êtes les membres… À vous de décider quoi en penser !

Merci, plus spécifiquement, à Joanne Richoux et à son roman *PLS*, qui a inspiré l'un des chapitres de ce livre. Si vous ne savez pas lequel, c'est que vous n'avez pas lu *PLS*. Et c'est très mal. Corrigez ça immédiatement.

Merci, également, à François Martin, Caroline de Salaberry, Nathalie Giquel, Thierry Magnier, Claire Petit, Noémie Seux-Sorek, Kallysté Dessart-Vincent et, plus globalement, à toute l'équipe d'Actes Sud junior pour croire autant que moi à cette histoire. J'espère qu'elle ne vous attirera aucun problème.

Merci, enfin, à la personne qui est en train de lire ces mots. Si Minh Tuan, Chloé, Gaspard et Tina t'ont donné l'impression, pendant ces quelques centaines de pages, d'être tes potes, alors c'est que j'ai fait mon travail. Merci de les avoir accompagnés jusqu'au bout.

2020 aurait pu ressembler à ce roman. Finalement, il en aura été autrement, faisant de cette histoire une espèce de version alternative de la réalité. Tout ce que je peux espérer, désormais, c'est qu'elle vous aura quand même touchés… Et qu'on se reverra à la rentrée.

Adolescent, **VINCENT MONDIOT** se passionne pour le punk-rock, le fanzinat et l'écriture. En 2005, il est lauréat du prix du Jeune Écrivain français, grâce à une nouvelle publiée par le Mercure de France. En 2013, il publie *Tifenn : 1 – Punk : 0* aux éditions Sarbacane. C'est en 2017 qu'il entre au catalogue d'Actes Sud junior avec *Nightwork* (mention du prix Vendredi 2018) suivi de *Rattrapage* dans la collection "D'une seule voix", en 2019. Il est également l'auteur des *Mondes-miroirs,* une saga fantasy aux éditions Mnémos. Vincent Mondiot vit en région parisienne.

ON LIT
PLUS
FORT.
COM

L'ACTUALITÉ DES ROMANS
GALLIMARD JEUNESSE

Le papier de cet ouvrage est composé de fibres naturelles, renouvelables, recyclables, et fabriquées à partir de bois provenant de forêts gérées durablement.

Mise en pages : Nord Compo
Photo de l'auteur : © D. R.

ISBN : 978-2-07-517171-7
Loi n° 49-956 du 16 juillet 1949
sur les publications destinées à la jeunesse
Dépôt légal : mai 2022
N° d'édition : 446502 – N° d'impresssion : 262230
Imprimé en France par Maury Imprimeur - 45330 Malesherbes